GAUGUIN A TAHITI ET AUX ILES MARQUISES

OUVRAGES PARUS DANS LA COLLECTION AGORA :

1	Raymond ARON	Dimensions de la conscience historique
2	Claude LÉVI-STRAUSS	La pensée sauvage
3	Pierre PASCAL	Dostoïevski, l'homme et l'œuvre
4	Friedrich von HAYEK	Prix et production
5	Jules ISAAC	Genèse de l'antisémitisme
6	Max WEBER	L'éthique protestante et l'esprit du capitalisme
7	Claude LÉVI-STRAUSS	Anthropologie structurale
8	Milton FRIEDMAN	Inflation et systèmes monétaires
9	H. C. BALDRY	Le théâtre tragique des Grecs
10	Jacqueline de ROMILLY	Problèmes de la démocratie grecque
11	Friedrich von HAYEK	Scientisme et sciences sociales
12	Ernst CASSIRER	La philosophie des Lumières
13	Raymond ARON	L'opium des intellectuels
14	Ernst Robert CURTIUS	La littérature européenne Tomes 1 et 2
15	John ROBINSON	Hérésies économiques
16	Léo STRAUSS	La cité et l'homme
17	Albert CAMUS/Arthur KOESTLER	Réflexion sur la peine capitale
18	Kostas PAPAIOANNOU	Hegel
19	Alain BESANÇON	Les origines intellectuelles du léninisme
20	Raymond ARON	Les désillusions du progrès
21	Marthe ROBERT	D'Œdipe à Moïse
22	Karl POPPER	Misère de l'historicisme
23	Vassili LEONTIEFF	Essais d'économiques
24	Hannah ARENDT	Condition de l'homme moderne
25	Claude LÉVI-STRAUSS	La voie des masques
26	Albert EINSTEIN	Quatre conférences sur la Relativité
27	Vladimir JANKÉLÉVITCH	Fauré et l'inexprimable
29	Marthe ROBERT	Seul comme Franz Kafka
30	Léo STRAUSS	La persécution et l'art d'écrire (à paraître)
31	Bengt DANIELSSON	Gauguin à Tahiti et aux Iles Marquises

AGORA

BENGT DANIELSSON

GAUGUIN A TAHITI ET AUX ILES MARQUISES

Dessins de Georgette Dumas

Version française revue et augmentée en collaboration avec Marie-Thérèse Danielsson

EDITIONS DU PACIFIQUE

Titre original : GAUGUINS SÖDERHAVSAR

Edition originale suédoise :
Gauguins söderhavsår
Forum, Stockholm, 1964
Première édition anglaise :
Gauguin in the South Seas
Allen & Unwin, Londres, 1965

Gauguin à Tahiti et aux Marquises

ISBN 2-266-02727-1

VOYAGES DE DÉCOUVERTE

Lorsqu'en mai 1951, quarante-huit ans après la mort de Gauguin, je débarquai à Hivaoa, dans l'archipel des Marquises — opération délicate exigeant un véritable don d'acrobate en raison de la mauvaise mer et de l'abrupt de la falaise sur laquelle il fallait sauter d'un frêle canot de débarquement au mouvement perpétuel — mon seul but était d'entreprendre une étude ethnologique dans une vallée isolée. Bien sûr, j'avais souvent entendu parler de Gauguin au cours de deux précédents séjours à Tahiti et j'avais lu un certain nombre d'articles et de livres sur lui, mais je n'étais ni critique ni historien d'art et l'idée ne m'était jamais venue d'essayer d'obtenir des renseignements sur sa vie dans les îles en vue d'une publication quelconque. Du reste, le nombre impressionnant d'ouvrages et d'études consacrés à ce grand peintre m'avait toujours laissé croire que tous les faits de son existence, en Océanie comme en France, étaient depuis longtemps recueillis et connus.

C'est peu de temps après mon périlleux débarquement, à quelques kilomètres seulement du village d'Atuona où Gauguin vécut et mourut, que je découvris, par hasard, combien je m'étais trompé. Celui qui m'ouvrit les yeux était un vieux colon breton, Guillaume Le Bronnec. Bien conservé et très actif malgré quarante années passées aux Marquises, il vivait au milieu d'une grande cocoteraie, dans une maison spacieuse et confortable. Sa bibliothèque, comprenant aussi bien des romans que des ouvrages scientifiques, en quatre langues, occupait une pièce entière. Sans aucune malice, je dirais qu'à juger de l'état dans lequel se trouvait sa plantation, l'heureux propriétaire de cette belle bibliothèque consacrait certainement plus de temps à cultiver son esprit que ses terres. Quoi qu'il en fût, M. Le Bronnec était un fin connaisseur de la littérature française et, en même temps, un remarquable érudit, capable de me fournir des renseignements précieux sur l'histoire et l'ancienne culture des îles Marquises. En outre, mon hôte, qui allait devenir mon ami, s'intéressait beaucoup à la vie de Gauguin et possédait un bon nombre d'ouvrages sur le peintre.

Je pus ainsi constater pendant mes visites successives chez M. Le Bronnec, qu'à l'inverse de la période bretonne de Gauguin, si bien connue grâce aux enquêtes faites très tôt sur place par des spécialistes français dont il faut surtout retenir le nom de Charles Chassé, il n'existait pour ses années océaniennes que trois études sans grande importance. La première était l'article que Victor Ségalen envoya au *Mercure de France* en 1904 sur *Gauguin dans son dernier décor*. Bien qu'il soit arrivé sur les lieux quelques mois seulement après la mort du peintre, sa demeure était déjà vide et la description détaillée que Ségalen en a faite est en réalité une reconstitution en partie erronée. Lorsqu'un autre écrivain, anglais cette fois, Robert Keable, s'installa à Tahiti en 1923, il était encore possible de recueillir les précieux témoignages de personnes qui avaient bien connu Gauguin. Après avoir publié immédiatement dans une revue américaine un article intitulé *From the House of Gauguin*, Keable abandonna cependant ce sujet pour écrire un très beau roman d'amour, qui fut la dernière œuvre de sa courte vie. La troisième personne qui entreprit des recherches dans les îles fut René Hamon, un reporter vagabond. Mais sa mince plaquette, parue en 1938, intitulée *Gauguin le solitaire du Pacifique*, est remplie d'erreurs et de déclarations complètement fantaisistes. Le peu de sérieux de ces trois reportages hâtifs avait d'ailleurs été mis en évidence par M. Le Bronnec. Au début de son séjour en Océanie, il avait été instituteur et, fidèle aux habitudes acquises à corriger des devoirs, il avait couvert toutes les marges de ces publications de corrections et de remarques. A mon grand amusement, tous les autres ouvrages consacrés à Gauguin avaient subi le même traitement.

Possédant un esprit plus constructif que négatif, M. Le Bronnec avait essayé de remédier lui-même à ces carences en questionnant, dès son arrivée, en 1910, les habitants d'Atuona. Chaque fois il notait soigneusement le résultat de son enquête et, sur ma demande réitérée, il finit par envoyer les plus intéressantes de ses notes au *Bulletin de la Société des Études Océaniennes*, qui les publia en 1954. Cet article fut alors jugé si important, que l'auguste *Gazette des Beaux-Arts* le réimprima deux ans plus tard. Des personnes qui avaient été interrogées par M. Le Bronnec étaient encore en vie lors de mon séjour aux Marquises en 1951. Certes elles n'avaient rien d'important à ajouter en ce qui concernait le peintre, mais, par contre, elles me racontèrent beaucoup sur la vie à Hivaoa et aux Marquises au début du siècle.

Peu de temps après, je m'installai définitivement à Tahiti. Ma curiosité pour la personne et l'œuvre de Gauguin étant alors sérieusement éveillée, je commençai à rechercher ceux qui avaient pu le fréquenter. Inutile de dire que j'étais dès le début conscient des difficultés représentées par cette tentative de ressusciter des souvenirs précis avec un recul de cinquante ans. La complication majeure en ce qui concernait les Tahitiens était le peu de cas qu'ils faisaient de Gauguin pendant son vivant. Puisque à Tahiti les années se succèdent sans saison, toutes pareilles, il ne faut pas non plus leur demander de situer un certain événement dans le temps, même s'ils s'en souviennent parfaitement car, pour eux, les dates n'ont aucune importance. En revanche, possédant cette mémoire photographique qui caractérise tous les peuples vivant près de la nature, ils ont parfois pu me décrire en détail toute une scène, avec les gestes, les paroles, les regards et même les costumes du peintre et des autres personnes présentes.

Avec les vieux colons européens, la difficulté était exactement opposée : ils juraient tous avoir été des amis intimes de Gauguin et racontaient avec enthousiasme les épisodes les plus invraisemblables qu'ils avaient lus quelque part, tout en s'imaginant souvent avec une bonne foi incontestable, les avoir observés ou entendus eux-mêmes. Et si on comptait toutes les œuvres du peintre qu'ils prétendaient avoir possédées, puis jetées ou détruites, leur nombre suffirait à remplir tout un musée.

Parmi la cinquantaine de personnes questionnées entre 1953 et 1962, quatre se distinguent très nettement par l'abondance et la précision des renseignements qu'elles ont pu me fournir. La première était un ancien interprète du gouvernement en retraite, M. Alexandre Drollet, né en 1871 et mort en 1963. M. Drollet était le seul qui, après avoir rencontré Gauguin quelques heures seulement après son arrivée à Tahiti, le 9 juin 1891, avait continué à le voir assez régulièrement jusqu'au moment du départ du peintre pour les Marquises en 1901.

Mon second informateur, M. Puto'ura à Ta'iterefa'ato'a, né en 1873, était originaire de Mataiea, district de la côte sud de Tahiti où Gauguin vécut de 1891 à 1893. A chacune de mes visites, jusqu'à sa mort survenue en 1961, je le trouvais, à n'importe quelle heure, assis dans sa case devant la même table rustique, ses lunettes sans verres sur le nez, lisant sa Bible tahitienne en prononçant chaque mot lentement, à voix haute. Avec humour et maintes digressions, il me racontait la vie à Mataiea dans les années 1890 et plus particulièrement celle de Gauguin. Mme Augustine-Célestine Buillard, 1873-1961, qui toute sa vie habita à Punaauia, où Gauguin s'était installé à son retour à Tahiti en 1895, possédait la même connaissance approfondie des gens et des événements de ce district.

La quatrième personne que je veux mentionner et remercier ici plus particulièrement est M. Émile Vernaudon, né en 1882, et toujours aussi jeune et vif d'esprit. Si ses souvenirs personnels de Gauguin sont peu nombreux, les renseignements qu'il a pu me donner sur les gens et la vie d'autrefois sont en revanche d'une grande valeur.

M. Vernaudon m'a également fait une excellente description de Papeete et on peut être certain qu'elle s'applique à la ville telle qu'elle était à l'époque du peintre, puisqu'il a quitté Tahiti en 1905 pour ne plus y revenir qu'en 1948.

De même, un heureux hasard a voulu qu'un commerçant suisse, M. Louis Grelet, qui avait résidé aux Marquises de 1900 à 1905, soit revenu vers 1955 pour terminer ses jours en Océanie chez son neveu, devenu chef de la vallée d'Omoa, à Fatuiva, aux Marquises. M. Grelet avait 22 ans lorsqu'il rendit visite à Gauguin pour la première fois, à Atuona, en 1902, et le peintre, qui n'avait comme amis que quelques colons assez rustres, trouvait un grand plaisir à converser avec ce jeune commis voyageur de bonne éducation. M. Grelet a bien voulu, de sa paisible retraite, répondre par de longues lettres aux véritables questionnaires que je lui envoyai en 1959 et 1960 par les goélettes de coprah qui assurent tant bien que mal le service postal entre Tahiti et les Marquises.

Mais il fallait bien se rendre à l'évidence : ce que j'avais pu réunir ainsi n'était que des fragments qui me permettraient tout au plus d'apporter quelques critiques, retouches et compléments aux biographies existantes. Pourtant, il restait dans la littérature considérable consacrée à Gauguin une autre sérieuse lacune à combler. Pas un seul de ses biographes n'avait visité Tahiti et les Marquises ou fait le moindre effort pour se documenter à l'aide des nombreux ouvrages qu'on trouve dans toutes les grandes bibliothèques. Même Henri Perruchot qui reconstitue patiemment le milieu breton et la vie artistique de Paris à la belle époque, suit l'exemple de ses prédécesseurs et n'utilise pour ses chapitres sur les dernières années de la vie de Gauguin que des extraits de ses lettres et de ses propres écrits.

L'inconvénient de cette solution de facilité est évidemment que la toile de fond est brossée par le peintre lui-même — ce qui signifie qu'elle est toujours incomplète et déformée. Et lorsque ses écrits ne contiennent pas de renseignements sur le milieu dans lequel les événements se déroulent, on le laisse évoluer dans un vide total, comme s'il était un Robinson sur une île déserte. Or, les difficultés et les drames qui marquent la vie de Gauguin en Océanie sont avant tout les conséquences d'un conflit entre sa personnalité originale et puissante et un milieu local très particulier qu'il faut bien connaître pour comprendre ses réactions. C'est pourquoi j'ai pensé qu'un livre ayant pour principal but de reconstituer la vie de l'artiste dans son contexte océanien, serait d'un intérêt certain.

Aucune étude d'ensemble de cette période de l'histoire des Établissements Français de l'Océanie, comme la colonie était alors appelée, n'a jamais été faite, les préférences de tous les chercheurs se portant toujours sur les années de la découverte, 1767-1793, et de l'établissement du protectorat français, 1842-1852, autrement riches en événements dramatiques. Mais, heureusement, il existe une masse considérable d'ouvrages imprimés ou de documents manuscrits qui offrent cependant l'inconvénient majeur d'être très dispersés.

Pour commencer, des centaines de livres de voyage, d'articles, de reportages, de pamphlets, d'études scientifiques, de lettres de missionnaires et de textes officiels ont paru en Europe et en Amérique. Pour plus de commodité, j'ai consulté la plupart de ces ouvrages, non dans les bibliothèques publiques, où il faut énormément de temps pour les repérer et les sortir des réserves, mais chez le grand collectionneur et bibliophile que fut mon ami norvégien Bjarne Kroepelien. Il avait réuni dans trois pièces contiguës de son appartement d'Oslo plus de 6 000 publications sur Tahiti et la Polynésie française, ce qui me permettait d'accomplir chez lui, en une semaine de travail concentré, plus que pendant plusieurs mois dans une grande bibliothèque. Comme tous les autres océanistes, j'ai également une importante dette de reconnaissance envers le R.P. Patrick O'Reilly pour sa magnifique *Bibliographie de Tahiti*, établie à partir de la collection d'un autre remarquable bibliophile aujourd'hui disparu, le Bourguignon André Ropiteau. Bien que les collections Kroepelien et Ropiteau-O'Reilly contiennent également des manuscrits intéressants, leur importance à cet égard n'est pas comparable à celle des archives de la France d'Outre-Mer et de la Marine, à Paris, où se trouve une abondance de rapports, de minutes, de procès-verbaux et d'autres documents contenant des renseignements détaillés et précis sur les gens et les événements à Tahiti et aux Marquises aux alentours de 1900.

Sur le plan local, il existe à Papeete quelques archives et bibliothèques de dimensions beaucoup plus modestes mais qui contiennent des documents importants, ainsi que des collections des périodiques publiés dans la colonie, dont le *Journal Officiel* qui, au siècle dernier, fait unique pour ce genre de publication, offrait dans chaque numéro hebdomadaire des articles intéressants sur les sujets les plus divers. Les journaux de caractère politique avaient une durée plus éphémère, mais il y en avait toujours deux ou trois qui présentaient des versions souvent très différentes des faits du jour. Grâce à cette presse locale, complétée par des pamphlets et des brochures de toute sorte, également imprimés à Papeete, tous les événements importants auxquels Gauguin avait été mêlé ont pu être reconstitués et datés avec précision.

Le plus étonnant, c'est qu'on peut encore trouver chez de vieux résidents de Tahiti ou chez les descendants de colons qui se sont retirés en France, de nombreuses photographies contemporaines. Lorsque Gauguin débarqua à Papeete en 1891, il y avait même un photographe professionnel, M. Charles Gustave Spitz, qui, depuis 1885, faisait les portraits des notabilités, des chefs tahitiens et des plus belles *vahinés*, dans son atelier bien équipé et décoré d'un paysage européen romantique, où ni le château médiéval ni les chênes séculaires ne manquaient. Son gagne-pain ainsi assuré, M. Spitz pouvait poursuivre des recherches plus artistiques et nous offrir ainsi de véritables reportages dans une série de fascicules publiés en Métropole vers 1895, montrant des scènes souvent fort pittoresques de la vie tahitienne et, de surcroît, coloriées. Gauguin appréciait ses œuvres au point d'en utiliser plusieurs comme source d'inspiration pour ses toiles. Avec une technique aussi habile et un souci d'authenticité plus grand, deux amateurs, Henri Lemasson et Jules Agostini, respectivement directeurs des Postes et des Travaux publics, ont pris des centaines de vues — souvent en compagnie de leur ami Gauguin. La plupart des photographies qui illustrent ce livre sont l'œuvre de ces trois photographes. Grâce à elles, nous pouvons reconstituer le milieu dans lequel le peintre vécut, avec une exactitude et une minutie que les mots ne peuvent jamais égaler et établir une comparaison entre la réalité et la vision très personnelle de Gauguin.

Finalement, il ne faut pas oublier que jusqu'aux grands bouleversements apportés à partir de 1961 par l'ouverture d'un aérodrome de classe internationale, permettant le développement du tourisme et l'envoi massif de militaires et de techniciens métropolitains à Tahiti pour la réalisation des essais nucléaires, le genre de vie dans les districts et certains quartiers de Papeete n'avait pas tellement changé depuis l'époque de Gauguin. Il était donc possible de se faire une idée, d'une manière très concrète et directe, de ce qu'avait été son existence océanienne.

Avant d'entreprendre ce travail d'un genre nouveau pour moi, j'avais innocemment cru que tous les documents de base étaient depuis longtemps publiés par des spécialistes compétents, avec le soin méticuleux qu'ils méritaient. Il ne me fallut pas longtemps pour comprendre que je m'étais lourdement trompé. Le plus gênant était le peu de confiance qu'on peut accorder au volume des *Lettres de Gauguin* recueillies, annotées et préfacées par Maurice Malingue. Gauguin négligeait le plus souvent de dater ses lettres, mais ce problème chronologique d'une importance capitale a malheureusement été esquivé par Malingue qui attribue des dates avec la plus grande nonchalance, sans jamais fournir d'explication. En ce qui concerne les lettres écrites en Océanie, j'ai découvert petit à petit que deux fois sur trois la datation de Malingue est incorrecte. Un défaut encore plus grave de son recueil, sur lequel tous les biographes et chercheurs s'appuient, est qu'une cinquantaine de lettres de la période océanienne manquent.

Quant aux dates habituellement assignées aux œuvres

de Gauguin, je me suis vite rendu compte que, de même, elles étaient souvent incertaines ou manifestement fausses. Loin de remédier à cette situation, le catalogue « définitif » des grands spécialistes Georges Wildenstein et Raymond Cogniat, publié en 1964, n'a fait qu'augmenter la confusion, en changeant arbitrairement beaucoup de datations précédentes parfaitement correctes ou plus vraisemblables.

Il fallait donc que je m'aventure en terrain inconnu afin de combler ces lacunes et de résoudre les nombreux problèmes chronologiques qui me tracassaient. Le musée Gauguin de Tahiti qui, grâce aux efforts déterminés de son directeur, Gilles Artur, possède aujourd'hui une bonne documentation sur le peintre, n'existait pas encore à cette époque. Si l'obligation dans laquelle je me trouvais de visiter un grand nombre de musées, de bibliothèques et d'archives ailleurs dans le monde, a ajouté quelques années à la gestation de ce livre, j'en suis maintenant extrêmement heureux, car cela m'a permis de rencontrer et de nouer des liens d'amitié avec de remarquables spécialistes dont la personnalité m'a souvent fasciné autant que leurs connaissances m'ont impressionné. Parmi les chercheurs américains, je veux avant tout remercier le Dr John Rewald, à New York, et le Dr Richard Field, à Philadelphie, pour la générosité avec laquelle ils m'ont fourni des copies de lettres inédites de Gauguin et des documents de toute sorte sur la vie et l'œuvre du peintre, absolument introuvables ailleurs. En Europe, M. Jean Loize à Collioure, Mme Ursula Marks-Vandenbroucke à Auvers, Mme Wladislawa Jaworska à Varsovie, et Mme Merete Bodelsen à Copenhague, ont répondu avec la même bienveillance à mes innombrables questions et demandes de renseignements, en même temps qu'ils m'ont aidé à mieux connaître et comprendre les problèmes purement esthétiques. Ma seule contribution personnelle dans ce domaine est une étude des *Sources exotiques de l'art de Gauguin*, figurant dans les catalogues de deux expositions sur le même thème, la première organisée par l'University Museum of Philadelphia, aux Etats-Unis, en 1969, et la seconde au Musée National de Suède à Stockholm, en 1970, par M. Bo Wennberg, ma femme Marie-Thérèse et moi-même.

Peu à peu, pendant ces pérégrinations répétées aux antipodes de Tahiti, je suis aussi entré en contact avec des personnes possédant des souvenirs ou des papiers intéressants, en raison de leurs liens avec Gauguin, sa famille ou ses amis. La plupart sont scandinaves et mes origines suédoises m'ont ouvert plus facilement certaines portes et permis de consulter directement des documents originaux. La rencontre la plus inattendue et fructueuse que j'aie faite est celle du Dr Gerda Kjellberg, née en 1881, grande spécialiste des maladies vénériennes et pionnière de l'éducation sexuelle en Suède. Pendant son premier séjour à Paris, à l'âge de 16 ans, elle fut prise en charge par la voisine de Gauguin au 6, rue Vercingétorix, Mme Ida Molard, née Ericson, et par la suite elle resta très attachée à tous les enfants et petits-enfants de la famille Molard. Dès notre première rencontre, avec une désinvolture qu'on pourrait presque croire feinte si on ne connaissait sa simplicité et sa modestie, elle prit dans un placard et me confia un carton tout rempli de documents que les Molard lui avaient laissés et dont elle avait seulement utilisé une petite partie dans son autobiographie publiée en 1951.

Un autre visiteur fréquent des Molard, et de Gauguin, rue Vercingétorix, était Julien Leclerq, jeune poète et collaborateur de revues d'avant-garde des années 1890. Vivement encouragé par les Molard, après le second départ de Gauguin pour Tahiti, Julien Leclerq partit hardiment en Scandinavie, en 1897, afin d'organiser pour le compte des marchands de tableaux Vollard et Bing des expositions-ventes d'art français moderne, accompagnées de conférences. Sur le plan financier cette tournée s'avéra un fiasco complet, mais pour Julien Leclerq personnellement, elle fut un événement décisif de sa vie car il tomba amoureux d'une jeune Finlandaise qu'il épousa l'année suivante, en même temps qu'il se fixait définitivement dans le pays de sa femme. La seule enfant née de cette union, artistiquement baptisée Saskia, et devenue par son mariage

Mme Arne Castrén, habite toujours Helsinki où elle possède encore un petit nombre de photographies et de documents laissés par son père et qu'elle a mis à ma disposition.

Reste le Danemark, patrie de la femme de Gauguin, Mette Gad, pays mal aimé, qui n'a pas voulu de lui pendant son vivant. Avec des guides aussi experts que Mme Merete Bodelsen et Paul-René Gauguin, le petit-fils du peintre, lui-même artiste de talent, j'ai pu visiter à plusieurs reprises les lieux où le pauvre Gauguin exilé et malheureux a habité, travaillé ou erré, ainsi que les trois musées où il est représenté par plus de quarante œuvres. A dire vrai, malgré l'intérêt et le plaisir causés par ces visites à Copenhague, elles ne m'ont rien appris de nouveau sur la vie et l'œuvre du peintre, tout simplement parce que après les deux biographies de Pola Gauguin (fils cadet de Paul et père de Paul-René) et toutes les recherches minutieuses faites depuis vingt ans par Mme Merete Bodelsen, il ne reste rien à découvrir dans ce pays.

Cependant, de tous mes pèlerinages aux sources, entre 1951 et 1971, celui qui m'a le plus ému est indéniablement le voyage que j'ai fait en compagnie de Mme Ursula Marks-Vandenbroucke et du R.P. Patrick O'Reilly, au domaine de Saint-Clément, face au mont Canigou, en Roussillon. C'est là qu'habitait Daniel de Monfreid, le plus fidèle de tous les amis de Gauguin, qui fut pendant les huit dernières années du peintre en exil son seul confident et correspondant régulier. Depuis la mort de Daniel, survenue en 1929, sa fille, Mme Agnès Huc de Monfreid, avec une piété exemplaire, n'avait rien voulu changer dans l'austère maison paternelle à l'allure de castel. Au premier étage, une grande porte de bois massif s'ouvrait sur une vaste salle très haute, tapissée de tableaux, de dessins et de pastels, dont un grand nombre de Gauguin, avec, d'un côté, un chevalet sur lequel était posé un tableau de Daniel et, de l'autre, une table à écrire. Des enveloppes avec de vieux timbres et des cachets portant les noms familiers de Papeete et d'Atuona, ainsi que des papiers et des notes de tout genre, s'entassaient sur la table et remplissaient les tiroirs. Dans une bibliothèque toute proche, j'apercevais les carnets de Daniel dans lesquels celui-ci notait régulièrement les petits et les grands événements de chaque jour et où le nom de Gauguin revenait très souvent.

Jamais et nulle part ailleurs, même pas en Océanie, je n'ai senti si fortement la présence de Gauguin que pendant les deux jours passés à examiner attentivement dans le calme et la sérénité de ce lieu isolé, au pied des massifs enneigés des Pyrénées, ces lettres et manuscrits jaunis qui représentaient l'ultime étape de mes longues recherches, commencées tant d'années auparavant dans une cocoteraie des îles Marquises.

Pour les appels de notes des chapitres suivants, se reporter à la page 337.

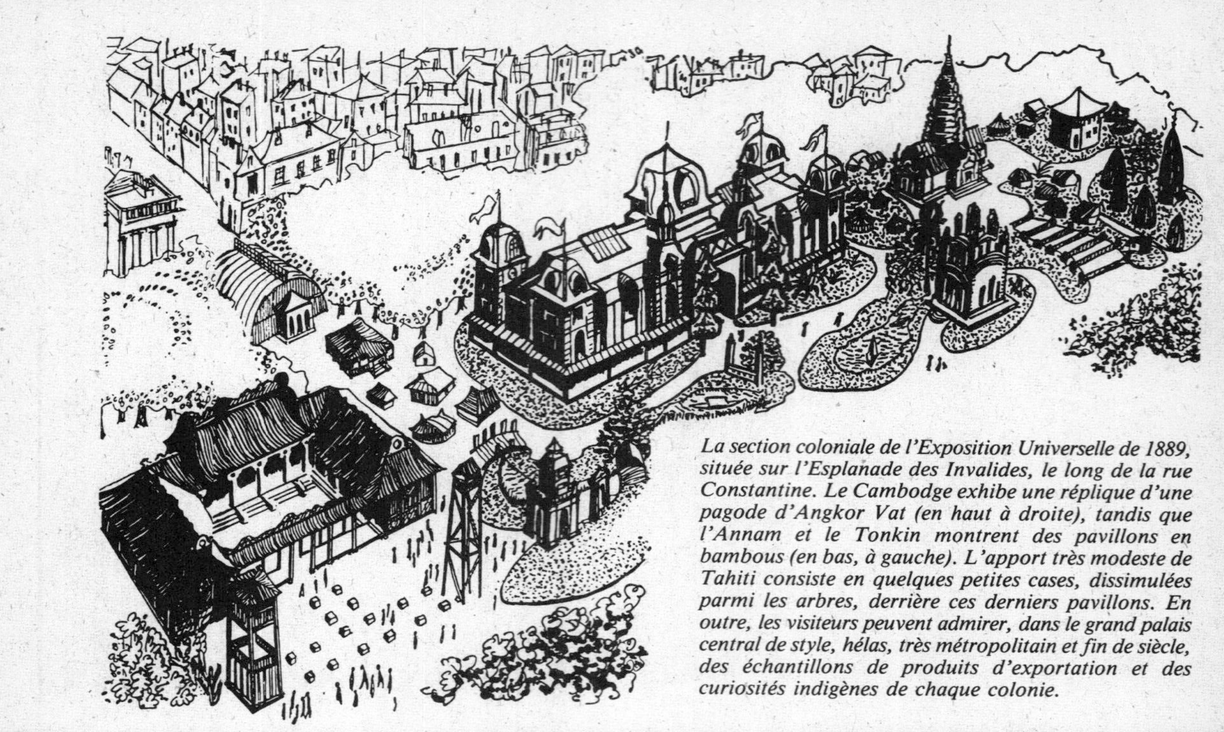

La section coloniale de l'Exposition Universelle de 1889, située sur l'Esplanade des Invalides, le long de la rue Constantine. Le Cambodge exhibe une réplique d'une pagode d'Angkor Vat (en haut à droite), tandis que l'Annam et le Tonkin montrent des pavillons en bambous (en bas, à gauche). L'apport très modeste de Tahiti consiste en quelques petites cases, dissimulées parmi les arbres, derrière ces derniers pavillons. En outre, les visiteurs peuvent admirer, dans le grand palais central de style, hélas, très métropolitain et fin de siècle, des échantillons de produits d'exportation et des curiosités indigènes de chaque colonie.

CHAPITRE I

L'ATELIER DES TROPIQUES

Depuis plus d'un demi-siècle, les noms de Gauguin et de Tahiti sont étroitement associés. En effet, si quelqu'un mentionne Tahiti, c'est inévitablement à Gauguin que l'on pense, bien plus qu'à Bougainville, Loti, Melville ou Stevenson, personnages pourtant célèbres parmi tant d'autres à avoir visité ou décrit cette île légendaire. De même le nom de Gauguin est devenu une sorte de mot clef qui évoque toujours Tahiti de préférence aux autres lieux où le peintre a vécu ou travaillé, comme Paris, la Bretagne, Arles ou la Martinique. Identification totale d'un homme à une île comme il n'en existe peut-être qu'un autre exemple, avec Napoléon et Sainte-Hélène. Et pourtant, paradoxalement, ce livre ne peut débuter que sur la constatation que seul le pur hasard a conduit le peintre à Tahiti en 1891.

Pour découvrir le premier maillon du long enchaînement des événements aboutissant à cet important tournant de sa vie, il faut remonter à l'automne 1883. C'est alors qu'à la suite d'une longue crise financière, ponctuée d'une série de scandales et de faillites retentissantes qui entraînent le chômage de milliers d'employés de bureau parisiens, il perd sa situation dans la compagnie d'assurances où il travaille depuis trois ans. Il a entamé sa carrière d'homme d'affaires douze ans auparavant, en 1871, comme coulissier ou remisier chez un agent de change à la Bourse, sans autre formation que des études secondaires classiques au petit séminaire de la Chapelle-Saint-Mesmin, à Orléans, suivies de cinq années en mer, naviguant d'abord sur divers navires marchands comme pilotin, puis en fonction de second lieutenant. Il a fait ensuite ses trois années de service dans la marine impériale de Napoléon III comme simple matelot. Si bien qu'au moment où il est congédié, aucun diplôme, aucune connaissance spéciale, ne lui permet de rétablir une situation d'autant plus critique qu'il a une femme et cinq enfants à charge, l'aîné âgé seulement de dix ans.

Pendant tout le temps qu'il a travaillé à la Bourse et dans les assurances, il a occupé ses loisirs à peindre [1]. Les encouragements et les compliments prodigués par Manet, Pissarro et Degas prouvent — à ses yeux tout au moins — qu'il a du talent. Les impressionnistes l'ont également laissé exposer quatre fois avec eux, affiliation très logique puisqu'il peint essentiellement à leur manière. On comprend donc que Gauguin, dans la situation critique où il se trouve, à l'automne 1883, essaie de se métamorphoser de peintre du dimanche en artiste professionnel [2]. En janvier 1884, il s'installe à Rouen, parce que la vie y est moins chère, et se met à travailler avec acharnement. Cette expérience se solde par un échec total et, moins d'un an plus tard, ses dernières économies sont épuisées.

Il ne lui reste plus qu'à accepter la proposition humiliante de Mette, son épouse danoise, de gagner Copenhague où sa belle-famille pourra l'aider. Grave erreur, en fait, car les parents de sa femme le considèrent comme un raté incorrigible qui ne vaut plus la peine d'être secouru. Ils conseillent même à Mette d'abandonner ce piètre mari à la première occasion. Cependant, elle demeure fermement convaincue que son Paul a du génie… pour les affaires. Elle le presse d'abandonner ses ambitions absurdes et de trouver une situation dans une maison de commerce ou dans une banque danoise. Avec une obstination égale, Gauguin est persuadé que, peu à peu, avec le temps, sa peinture lui procurera des revenus suffisants pour offrir à sa famille une vie matérielle aussi aisée qu'autrefois et c'est surtout pour échapper aux disputes perpétuelles qui l'empêchent de travailler qu'il retourne à Paris en juin 1885.

Pour Paul comme pour Mette, qui, courageusement, commence à donner des leçons de français et à faire des traductions pour subvenir aux besoins de leurs enfants, il ne s'agit que d'une séparation temporaire, chacun d'eux étant convaincu que l'autre se rangera rapidement à ses raisons.

L'hiver suivant, 1885-1886, d'une rigueur exceptionnelle, demeurera la période la plus pénible de toute l'existence de Gauguin. Il ne survit qu'en acceptant des emplois intermittents et, pour un temps, il est même colleur d'affiches à cent sous par jour. « J'ai connu la misère extrême », rappellera-t-il plus tard, « c'est-à-dire avoir faim, avoir froid et tout ce qui s'ensuit. Ce n'est rien ou presque rien, on s'y habitue et avec de la volonté on finit par en rire. Mais ce qui est terrible dans la misère c'est l'empêchement au travail, au développement des facultés intellectuelles. A Paris surtout, comme dans les grandes villes, la course à la monnaie vous prend les trois quarts de votre temps, la moitié de votre énergie. Il est vrai que par contre la souffrance vous aiguise le génie. Il n'en faut pas trop cependant, sinon elle vous tue. »

Pourtant, malgré ce long hiver de privations, d'humiliations, Gauguin refuse toujours d'accepter les conditions que Mette a posées pour reprendre la vie en commun. Il comprend néanmoins qu'il doit quitter Paris pour survivre. Mais où aller ? Peu importe, pourvu que l'endroit soit tranquille et bon marché. Il est curieux de voir qu'il a déjà eu à cette époque un vague projet de s'installer dans une île du Pacifique. Dans une lettre à sa femme, datée de mai 1886, il raconte qu'on lui « offre en Océanie une place d'ouvrier dans la culture ». Malheureusement, il ne précise pas le nom de la personne qui a eu l'idée saugrenue d'employer un artiste, ancien agent de change, aux travaux des champs en Océanie. Il n'indique pas non plus le nom de l'île où doit se dérouler cet étrange essai de colonisation. En tout cas, il refuse cette offre mystérieuse, car « c'est l'abandon de tout avenir et je n'ose m'y résigner quand je sens que l'art peut avec de la patience et un peu d'aide me réserver encore quelques beaux jours ». Qu'il lui ait fallu un certain courage pour refuser ce qu'il considère comme une offre sérieuse ressort de la fin de cette même lettre où, faisant allusion à un événement dramatique survenu récemment dans l'entourage de sa femme, il écrit : « Hermann est devenu fou. Il est bien heureux, comme cela on s'occupe de lui. »

Par un ami, il entend parler d'une pension de famille dans la petite ville de Pont-Aven, en Bretagne, où il n'en coûte pas plus de soixante francs par mois pour être nourri et logé. Voilà la raison prosaïque qui, pour la première fois, en juin 1886, pousse Gauguin vers ce lieu qui aujourd'hui lui doit une grande partie de sa renommée. L'information s'avère exacte et Marie-Jeanne Le Gloanec, la bonne propriétaire de la pension où il s'installe, au centre de Pont-Aven, trouve rapidement le peintre si sympathique qu'elle lui fait, par la suite, bien souvent crédit. Il est fasciné par le paysage morne et austère et par les coutumes et les croyances millénaires qui situent les Bretons comme un groupe ethnique à part. Mais il réalise vite que la vie dans un bourg breton a tout de même maints inconvénients. Il éprouve le besoin constant d'analyser, d'expliquer, d'entretenir une discussion sur l'art, son art en particulier. Au cours des mois d'été, des peintres amateurs ou des « villégiateurs » lui tiennent compagnie et l'écoutent exprimer, pendant des soirées entières, ses idées d'iconoclaste. Mais à l'approche de l'hiver il se retrouve bien seul dans cette pension mal chauffée. Si, au moins, il pouvait avoir des modèles lorsque, par mauvais temps, il est contraint de travailler à l'intérieur, il supporterait certainement mieux la solitude. Malheureusement, les femmes des paysans ou des pêcheurs de Pont-Aven sont si bigotes et défiantes qu'il est impossible de les convaincre de poser, même tout habillées, avec leurs corsages brodés, leurs châles et leurs coiffes amidonnées.

Depuis longtemps, Gauguin sait qu'il existe bien d'autres lieux où la vie est meilleur marché et le climat plus favorable, et des pays où les gens sont plus primitifs et plus avenants. Il est difficile de dire quels souvenirs il a conservés de son enfance lorsque, avec sa mère et sa sœur Marie, d'un an plus âgée que lui, il a vécu, de 3 à 7 ans, au Pérou, chez des parents éloignés. Mais nous savons qu'il pense souvent avec plaisir à ses autres voyages en Amérique du Sud quand âgé de 17 à 19 ans, il naviguait comme pilotin sur divers navires. Rien d'étonnant s'il rêve maintenant de retourner là-bas. Il possède aussi d'autres raisons de vouloir tenter sa chance dans ce nouveau monde. Quelques années auparavant, sa sœur a épousé un Colombien qui vient d'ouvrir un magasin dans l'isthme de Panamá, avec l'espoir de faire rapidement fortune en vendant toute sorte de pacotille aux travailleurs de la Compagnie Universelle, chargée de creuser le canal. Gauguin prend une décision audacieuse : il se rendra à Panamá, mais ne demeurera avec sa sœur et son beau-frère que le temps de voler de ses propres ailes. A ce moment-là, il s'installera à Taboga, petite île sur la côte Pacifique de l'isthme « presque inhabitée, libre et fertile » et là il vivra « en sauvage ». Pour compagnon, il emmènera son plus fidèle admirateur, Charles Laval, un peintre de santé délicate, à peine sorti de l'adolescence, qui copie si servilement le style de son ami que des marchands de tableaux sans scrupules ont depuis, sur presque toutes ses œuvres, remplacé sa signature par celle, beaucoup plus lucrative, de Gauguin. Comment les deux voyageurs sans le sou obtiennent leurs billets demeure une énigme, mais en tout cas ils embarquent à destination de Panamá en avril 1887, passagers de pont sur un navire à voiles bondé.

Gauguin ne s'est jamais entendu avec sa sœur et, comme il aurait dû le deviner à l'avance, elle et son mari cherchent au plus vite à se débarrasser de leurs hôtes indésirables. Déconvenue supplémentaire, l'île paradisiaque de Taboga est déjà occupée par de vrais sauvages, des Indiens, qui sont cependant assez civilisés pour savoir profiter du « boom » économique et qui, sans vergogne, demandent six francs du mètre carré pour leurs terres arides et caillouteuses. Gauguin regrette immédiatement de n'avoir pas débarqué à la Martinique qu'il décrit avec nostalgie comme

« un beau pays avec la vie facile et bon marché ». Afin de rassembler assez d'argent pour y retourner, Laval commence à peindre des portraits tandis que Gauguin se fait embaucher comme terrassier sur les chantiers du canal, car pour ce qui est des portraits, comme il le dit lui-même, « il faut qu'ils soient faits d'une façon spéciale et très mauvaise, chose que je ne puis faire ». Il est licencié quinze jours plus tard au moment où la Compagnie Universelle affronte ses premières graves difficultés financières. Cela lui sauve sans doute la vie, car il a déjà contracté la dysenterie et le paludisme. D'une manière ou d'une autre, les deux peintres parviennent enfin à gagner la Martinique. En dépit de son état lamentable, avec une volonté et une énergie extraordinaires, Gauguin peint une douzaine de tableaux pendant les quatre mois qu'il passe dans cette île, avant d'être contraint de rentrer en France pour se faire soigner.

Ses tableaux de la Martinique sont plus lumineux et plus poétiques que ses toiles précédentes et il a de bonnes raisons d'être satisfait. Mais d'autres impressionnistes ont exécuté pendant ce temps des toiles beaucoup plus remarquables sans même quitter Paris. Les œuvres récentes de Gauguin ne retiennent donc guère l'attention et ne trouvent pas d'acheteurs. Profondément déçu, il cherche à nouveau refuge chez Mme Le Gloanec à Pont-Aven.

Cette fois, il y séjourne neuf mois. Période morne et monotone en apparence seulement car, sur le plan artistique, elle est peut-être la plus riche et la plus féconde de son existence. Il est depuis longtemps insatisfait du programme des impressionnistes qui cherchent finalement, eux aussi, comme les peintres académiques qu'ils détestent si cordialement, à donner une image fidèle de la réalité — avec la seule différence qu'il s'agit d'un autre aspect de celle-ci, peint avec une nouvelle technique. Il est encore moins attiré par les efforts de Seurat et des autres pointillistes qui prétendent faire de la peinture une science exacte. Celui qui l'aide à trouver sa voie est un artiste inquiet, nerveux, de moitié plus jeune que lui, Emile Bernard, qui passe son temps à discuter et écrire plutôt qu'à peindre.

Au cours de l'été 1888, Emile est en vacances en Bretagne avec sa mère et sa ravissante sœur Madeleine, dont Gauguin tombe vite amoureux. Il a fait la connaissance d'Emile deux ans plus tôt, mais c'est seulement maintenant que ces deux peintres aux tempéraments si disparates deviennent assez intimes pour sérieusement discuter d'art. Ils découvrent vite qu'ils ont des idées étonnamment semblables. En premier lieu, ils pensent que le but d'un peintre est d'exprimer des visions et des idées plus que de chercher à reproduire des objets, des paysages ou des figures. Voici comment Gauguin formule leur programme : « Ne copiez pas trop d'après nature. L'art est une abstraction, tirez-la de la nature en rêvant devant et pensez plus à la création qu'au résultat. » S'inspirant dans une mesure à peu près égale des estampes japonaises, des images d'Epinal et des vitraux d'église, ils élaborent un nouveau programme esthétique et, chose bien plus difficile, ils l'appliquent avec succès et éclat dans une série de toiles. Dans celles-ci, le modelé traditionnel et le jeu de lumière subtil des impressionnistes sont remplacés par des surfaces de couleurs unies, ce qui fait disparaître la perspective classique et l'illusion de profondeur. En même temps, les contours des personnages et des objets sont marqués de gros traits accentuant le caractère décoratif de ces tableaux et justifiant l'usage du terme cloisonnisme. Mais puisque le nouveau style de Gauguin et de Bernard consiste avant tout dans un effort conscient de simplifier et de réduire les formes à leurs éléments essentiels, il est généralement décrit comme un art synthétique.

Au début de l'automne, Emile et Madeleine rentrent à Paris avec leurs parents et Gauguin se retrouve à nouveau seul dans un Pont-Aven froid et pluvieux. Une fois de plus il rêve des tropiques. Ce sont finalement les frères Van Gogh, de vieilles connaissances, qui prennent pitié de lui. Vincent l'invite à Arles, plus ensoleillée que la Bretagne, puis Théo lui accorde une allocation mensuelle de 150 francs et lui promet d'exposer ses toiles à Paris dans la galerie Boussod et Valadon, dont il est gérant. Sous l'influence de la chaleur provençale, ses projets de voyage prennent une forme plus concrète et définitive. Au début de décembre 1888, débordant d'optimisme, il écrit à Emile Bernard, retenu loin d'Arles par son service militaire : « (Théo) Van Gogh espère vendre tous mes tableaux. Si j'ai ce bonheur j'irai à la Martinique, je suis convaincu que maintenant j'y ferai de belles choses. Et même je trouverais une plus grosse somme que j'y achèterais une maison pour y fonder un atelier où les amis trouveraient la vie toute préparée avec presque rien. Je suis un peu de l'avis de Vincent, l'avenir est aux peintres des tropiques qui n'ont pas été encore peints et il faut du nouveau comme motifs pour le public stupide acheteur. » Peu après il annonce son intention de partir en mai 1889 pour s'absenter pendant dix-huit mois.

Comme on le sait, le séjour de Gauguin à Arles s'achève brusquement par un des épisodes les plus célèbres et macabres de l'histoire de l'art, lorsque Vincent, après une querelle, se tranche une oreille et devient si violent qu'on est obligé de l'interner dans un asile. A son retour précipité à Paris, Gauguin découvre de surcroît que le public a même été si stupide qu'il a refusé d'acheter les toiles resplendissantes des couleurs chaudes du Midi qu'il avait envoyées à la galerie Boussod et Valadon. En attendant les collectionneurs qui ne viennent toujours pas, Gauguin réalise qu'il existe d'autres pays tropicaux infiniment plus intéressants pour un peintre que la Martinique, où la population primitive indienne a été remplacée il y a longtemps par des esclaves noirs dont les descendants n'ont conservé que quelques vestiges de leur culture africaine ancestrale.

Ces autres pays exotiques, il les découvre à Paris pendant l'Exposition Universelle de 1889, où il présente 17 tableaux. Bien sûr, ceux-ci ne figurent pas au salon officiel, dans le magnifique Palais des Beaux-Arts, au Champ-de-Mars, qui est réservé aux grands maîtres de l'époque (aujourd'hui tombés dans l'oubli), tels que Dagnan-Bouveret, Détaille, Gérôme, Roll, Bonnat, Cormon et Bouguereau. Mais un ami de la Bourse, Emile Schuffenecker, connu sous le diminutif de Schuff, lui-même peintre amateur, a trouvé un moyen astucieux de s'introduire subrepticement dans l'exposition. Juste en face du Palais des Beaux-Arts se trouve un restaurant cédé en gérance à un cabaretier italien nommé Volpini. Ce dernier l'a baptisé, bien entendu, le *Café des Arts* et il n'a pas lésiné pour en faire un lieu cossu.

Volpini a notamment commandé de splendides miroirs. Hélas, ils tardent à venir. Schuff, au courant de ce contretemps, accourt, trouve Volpini en lamentations devant ses murs dénudés et suggère de remplacer les glaces par des tableaux, les siens et ceux de ses amis. L'idée plaît au restaurateur. Tout compte fait, c'est la manière la plus économique et rapide de décorer la salle. Et ainsi le café justifiera mieux son nom. Il y a assez de place sur les murs pour accrocher une centaine de peintures et de dessins. Le trio Schuff-Gauguin-Bernard, mué en comité d'accrochage, invite donc cinq autres peintres synthétistes et impressionnistes à se joindre à eux. Pour attirer le public, les huit exposants font imprimer une petite affiche qu'ils placardent eux-mêmes, sous la conduite de Gauguin qui tire ainsi profit de son expérience de colleur d'affiches, quatre ans plus tôt.

En attendant de voir accourir au Café des Arts les critiques, les collectionneurs et les marchands de tableaux, Gauguin se promène dans l'immense exposition dominée par la tour Eiffel toute neuve, « symbole audacieux du progrès technique de la nation et de l'esprit inventif du peuple français ». A vrai dire, il ne parvient guère à se passionner pour les produits industriels et les machines ingénieuses qu'abritent les nombreux palais de verre et d'acier au Champ-de-Mars. Par contre, il s'attarde longuement dans la section placée entre la tour Eiffel et la Seine, consacrée à l'*Histoire de l'Habitation* et comprenant un nombre impressionnant de cases, de huttes et de maisons de toutes les époques et de tous les pays du monde. Avec encore plus d'intérêt et de plaisir, il visite à plusieurs reprises la section coloniale aux Invalides, où il y a une profusion de temples et de pagodes d'Extrême-Orient, richement décorés de sculptures, soit originales, soit en moulage. Par-ci, par-là, il y a même des villages entiers, habités par des indigènes authentiques, comme par exemple ce *kampong* indonésien où vingt jeunes Javanaises, d'une beauté inaccoutumée et d'une souplesse admirable, exécutent tous les jours des danses religieuses qui fascinent Gauguin et le laissent rêveur.

Toutes les colonies de l'empire français sont naturellement représentées, les plus grandes et les plus riches par des bâtiments de style local, abritant des collections des produits les plus typiques, et celles de moindre importance par une section, dans un grand palais central, d'un style neutre, bâtard, couronné de quatre tours [3]. Les Etablissements Français de l'Océanie, dont Tahiti est l'île principale, y exposent un mélange très curieux de queues de billard en bois tropicaux, de chapeaux tressés, d'idoles et de casse-tête, de pièces de coton, de boutons en nacre, de jupes de danse, de cassonade, de farine de *maiore* et même une coupe à boire taillée dans un crâne humain. Le clou est un échantillon de cellulose (bourre de coco), « substance avec laquelle on a résolu le problème de l'insubmersibilité des cuirassés ». Voici le mode d'emploi très sereinement affiché : « Qu'un projectile vienne à traverser la muraille du bâtiment derrière laquelle se trouve le matelas de cellulose, la partie en rapport avec la mer prend au contact un volume tellement supérieur à celui qu'elle occupait qu'il se produit une obturation automatique de l'ouverture pratiquée par le projectile. » De plus, il y a quelques spécimens vivants de la belle race des bons sauvages, en l'occurrence une douzaine de Tahitiens parqués dans une case minuscule, presque entièrement cachée sous les arbres touffus de la rue Constantine [4]. Il n'existe aucune preuve que Gauguin ait vu ces collections ni les habitants de son futur pays d'élection. Il n'en parle nulle part dans ses lettres ni ses livres, ce qui indique assez clairement que, s'il est passé devant, c'est avec une complète indifférence.

Chez Volpini, au grand dépit des huit peintres synthétistes et impressionnistes, l'orchestre dirigé par une pseudo-princesse russe et composé d'une douzaine de femmes violonistes et d'un seul homme cornettiste, obtient plus de succès que les tableaux suspendus aux murs. Si parfois un consommateur s'y intéresse, c'est en général pour s'en moquer. Pas une seule peinture ne se vend. La déception de Gauguin imprègne les articles qu'il écrit sur les exposants officiels pour la petite revue d'art *Le Moderniste*, vouée bientôt à la disparition. En voici un extrait assez prophétique : « En entrant à la section des beaux-arts si chèrement payée par l'Etat, c'est-à-dire par nous tous, nous restons écœurés plutôt qu'étonnés. Je dis bien étonnés, car depuis longtemps nous savons à quoi nous en tenir sur la mauvaise qualité si peu rachetée par le bon marché. Tout ce monde vaniteux étale à plaisir leurs croûtes avec une désinvolture qui n'a pas de nom... Il y a aussi, en 1889, sans doute toute une pléiade d'artistes indépendants que les peintres officiels suivent d'un œil inquiet, depuis quinze ans, et que tous les gens délicats, assoiffés d'art pur, d'art vrai, regardent avec intérêt. Et ce mouvement est en tout, en littérature comme en peinture. Tout l'art du XXe siècle dérivera d'eux. Et vous voulez, messieurs de l'Institut, les passer sous silence. Nous aurions voulu voir ces artistes indépendants avec une *section à part* dans l'Exposition. Nous sommes étonnés que l'Etat et la ville de Paris persistent à obéir aussi servilement à M. Bouguereau et consorts. »

Ce fiasco est plus particulièrement ressenti par Gauguin, plus anxieux que jamais de partir pour les tropiques. Seul son but a changé. Très impressionné par tout ce qu'il a vu à la section coloniale, il envisage maintenant de gagner l'Orient plutôt que la Martinique. Malheureusement l'Inde est anglaise et Java est hollandaise. Il est donc peu probable qu'un artiste français désargenté puisse compter sur une aide quelconque dans ces pays-là. Mais la France a récemment conquis le Tonkin et l'Annam, pays riches en monuments et en œuvres d'art, influencés par les vieilles civilisations de la Chine et de l'Inde. Il y a là une immense tâche colonisatrice à accomplir et Gauguin est persuadé qu'il suffit d'en faire la demande pour que le ministère l'engage comme administrateur — de préférence pour un poste éloigné, dans la brousse, rarement visité par des inspecteurs gênants. Ou, comme il l'exprime lui-même si candidement : « Je pense obtenir ce que je demande en ce moment, une bonne place au Tonkin, où je travaillerai ma peinture et ferai des économies. Tout l'Orient, la grande pensée écrite en lettres d'or dans tout leur art, tout cela vaut la peine d'étudier et il me semble que je me retremperai là-bas. Et on en revient un ou deux ans après "solide". »

Comme la pension Le Gloanec à Pont-Aven est le seul endroit où il puisse encore obtenir du crédit en attendant sa nomination d'administrateur des colonies, il y retourne une fois de plus, au début de l'été 1889. Mais, à son grand chagrin, la pension est cette fois occupée par une horde de touristes et de peintres académiques. Il cherche un havre de grâce dans les environs et découvre une petite auberge au Pouldu, lieu isolé sur la côte au milieu des dunes de sable qui, avec ses quelques maisons disséminées, peut à peine prétendre à l'appellation de village. Il s'y installe et commence à décorer la salle à manger, afin de se sentir un peu plus chez lui. Petit à petit viennent se joindre au maître ses quatre disciples préférés, à savoir :

Charles Laval, son compagnon de Panamá et de la Martinique, de plus en plus mélancolique et morose, à cause de sa santé compromise par la tuberculose.

Paul Sérusier, aux allures bourgeoises, peintre médiocre et théosophe ardent.

Charles Filiger, homosexuel au passé obscur, qui peint des madones et des compositions chromatiques.

Jakob Meijer de Haan, Hollandais roux, bossu et boiteux, qui partage généreusement avec ses amis l'allocation mensuelle de 350 francs que sa famille lui envoie d'Amsterdam.

L'absence du jeune théoricien du groupe, Emile Bernard, est due à l'opposition de son père qui désire voir son fils entrer dans les affaires et lui interdit catégoriquement de se joindre à cette bande de ratés.

Cependant les mois passent sans que le ministère des Colonies réalise quel extraordinaire bâtisseur d'empire peut se cacher sous l'habit d'un peintre synthétiste. Mette, restée pendant toutes ces années en correspondance avec son mari, fait un nouvel effort pour le persuader d'abandonner sa maudite peinture. S'il souffre autant qu'elle de leur longue séparation, Paul n'en demeure pas moins convaincu que « mon affaire c'est l'art, c'est mon capital, c'est l'avenir de mes enfants, c'est l'honneur du nom que je leur ai donné... En conséquence je travaille à mon art qui n'est rien (en argent) pour le présent (les temps sont difficiles) qui se dessine pour l'avenir. C'est long direz-vous, mais que voulez-vous que j'y fasse, est-ce ma faute ? ». Il ne voit toujours qu'un moyen d'atteindre son but et c'est de s'exiler pour quelque temps en Orient, afin de pouvoir offrir au public une série de tableaux d'inspiration exotique. L'attente prolongée l'irrite de plus en plus et, désolé, il écrit en novembre à Bernard : « Je promène mon vieux corps par la bise du Nord sur les rives du Pouldu ! Machinalement, je fais quelques études... Mais l'âme est absente et regarde tristement le trou béant qui est devant elle. Trou dans lequel je vois la famille désolée sans soutien paternel, pas un cœur où déverser ma souffrance. Depuis janvier dernier, j'ai vendu pour 925 francs. A 42 ans, vivre avec cela, acheter couleurs, etc., c'est de quoi troubler dans le travail l'âme la mieux trempée. » Quand le ministère des Colonies lui accuse enfin réception de sa demande d'emploi, il ne peut dissimuler son étonnement et son intense déception, car la réponse est « presque négative ». Il en découvre bientôt la triste raison : « Les gens qu'on envoie aux colonies sont généralement ceux qui font des bêtises, volent la caisse, etc. »

Gauguin décide alors de se rendre à Paris pour entreprendre le siège du ministère. Comme souvent dans le passé, le fidèle Schuff lui avance non seulement le prix du billet de chemin de fer, mais à son arrivée lui offre le vivre et le couvert. Gauguin n'est pas très encombrant car il ne possède que quelques tableaux invendables et les vêtements qu'il porte : un pantalon élimé, un chandail de marin poisseux orné de broderies bretonnes et une houppelande beige usée. Pour couvre-chef un béret et aux pieds une paire de sabots sculptés et décorés de fleurs peintes.

A son grand désappointement, son apparition dans les bureaux du ministère, en février 1890, n'a qu'une suite : le rejet rapide et définitif de sa candidature.

Néanmoins sa visite à Paris n'est pas sans utilité. Elle lui fait modifier son projet une fois de plus. La personne responsable de ce nouveau changement est la femme de son vieil ami Odilon Redon, l'un des rares artistes français de l'époque considéré comme encore plus excentrique que Gauguin lui-même. Mme Redon, originaire de la Réunion, a visité Madagascar à plusieurs reprises, au cours de voyages entre la France et son pays natal. Plus elle en parle, plus Gauguin est convaincu que Madagascar offre d'autres intérêts dans le domaine de l'art et du folklore que l'Indochine. C'est donc là qu'il faut installer un atelier des tropiques sur le modèle de celui qu'il avait envisagé à la Martinique, une communauté d'artistes qui subviendraient à leurs propres besoins en cultivant des légumes, en faisant de l'élevage et en chassant. Gauguin a vu des cases malgaches à l'Exposition Universelle et elles sont heureusement d'une construction si simple que n'importe qui peut en construire une en quelques jours.

Le seul ennui est que le voyage coûte relativement cher. De plus, Gauguin aimerait emporter un petit capital en vue d'acquérir une terre dès l'arrivée. Heureusement, par l'entremise de Schuff, il fait la connaissance d'un médecin parisien nommé Charlopin, à la fois collectionneur d'art et inventeur à ses moments perdus. Il lui propose presque toutes ses œuvres invendues, un total de trente-huit tableaux et cinq poteries, au prix forfaitaire de 5 000 francs. Charlopin promet de conclure l'affaire dès qu'il aura été payé d'une de ses récentes inventions. Cela prendra deux mois tout au plus. Tout ragaillardi, Gauguin retourne en Bretagne et commence à choisir les compagnons qu'il emmènera avec lui à Madagascar.

La première personne à qui il offre de partager cette nouvelle existence merveilleuse est, bien entendu, Emile Bernard. Le choix du généreux Meijer de Haan s'impose à peu près autant. Le troisième invité est le fidèle ami Schuff. Certes Gauguin le trouve terriblement banal et guindé mais, grâce à son sens pratique, le bon Schuff sera un compagnon très utile, surtout si on réussit à le persuader de vendre un terrain qu'il possède à Paris. Il décide aussi d'inviter Vincent Van Gogh, non sans hésitation car celui-ci n'est toujours pas sorti de l'asile. Mais avec Vincent comme partenaire, l'atelier des tropiques pourra compter sur son frère Théo pour vendre dans sa galerie parisienne les œuvres du groupe. En ce qui concerne les autres disciples, Gauguin pense qu'il est plus sage d'attendre les événements.

Entre tous, Emile Bernard affiche le plus grand enthousiasme et répond immédiatement : « Votre lettre m'enchante, m'émerveille, me rend la vie ! Partir, fuir, loin, loin, tout là-bas au diable, où que ce soit, pourvu que dans l'inconnu ! Mais deux questions m'encombrent. La première, l'argent, la seconde la facilité de travailler là-bas... Oh ! partir sans s'inquiéter de rien, très loin, très loin. Laisser là cette abominable vie d'Europe, ces mufles, ces cancres, ces railleurs de repus, cette engeance pestiférée... Eh ! celle que j'aime (oui, j'aime, et quoi !), elle me viendra rejoindre ; elle fera bien cela si elle est tant férue d'amour, et puis, et puis, comme cela me serait bon me soûler de liberté à en crever, pouvoir regarder la mer, être ivre de vide... Merci de m'avoir si bien consolé, merci et j'espère. »

Si Bernard se montre un peu plus exalté que d'habitude ce n'est pas seulement parce qu'il est tombé amoureux. (Pour pouvoir se marier, il a même accepté un poste de dessinateur dans une fabrique d'impression textile.) Son agitation a aussi une autre cause, plus grave. Pour la première fois de sa vie, il est la proie de doutes de toutes sortes, qu'il s'efforce de guérir par « un enivrement d'encens, d'orgues, de prières », selon son propre aveu. Gauguin lui donne un conseil très judicieux et éminemment pratique. En bref, il lui suggère d'oublier son grand amour et de se procurer sur place, à son arrivée, une femme malgache, solution qui entre autres avantages offre celui d'avoir toujours un modèle à sa disposition. Quant au coût du voyage, Bernard pourra facilement résoudre ce problème en travaillant comme garçon de cabine à bord d'un paquebot.

Par retour de courrier, il reçoit une lettre dans laquelle Bernard inopinément propose d'installer leur atelier des tropiques non à Madagascar mais à Tahiti. Avec une admirable candeur, il avoue qu'il est arrivé à cette conclusion en lisant le roman sentimental à la mode, *Le mariage de Loti*[5]. L'auteur y décrit la vie à Tahiti en ces termes alléchants : « En Océanie, le travail est chose inconnue. Les forêts produisent d'elles-mêmes tout ce qu'il faut pour nourrir ces peuplades insouciantes ; le fruit de l'arbre à pain, les bananes sauvages, croissent pour tout le monde et suffisent à chacun. Les années s'écoulent pour les Tahitiens dans une oisiveté absolue et une rêverie perpétuelle, et ces grands enfants ne se doutent pas que dans notre belle Europe tant de pauvres gens s'épuisent à gagner le pain du jour... » Dans un autre chapitre Loti écrit : « Il n'est besoin d'emporter avec soi, ni armes, ni provisions, ni argent ; l'hospitalité vous est offerte partout, cordiale et gratuite, et dans toute l'île il n'existe d'autres animaux dangereux que quelques colons européens ; encore sont-ils fort rares, et à peu près localisés dans la ville de Papeete. »

Gauguin objecte avec raison qu'il s'agit là d'une œuvre littéraire, d'un roman écrit par un jeune officier de marine au cours d'une brève escale et il demande à Bernard de se renseigner ailleurs. Celui-ci lui adresse immédiatement un guide officiel publié tout récemment et, comme on l'indique sur la page du titre « par ordre du sous-secrétaire d'Etat des Colonies sous la direction de M. Louis Henrique, Commissaire spécial de l'Exposition coloniale ». Avec ses aperçus historiques, ses tables statistiques, ses noms latins de plantes et ses indications des prix, ce guide a l'air très sérieux.

Les pages que Gauguin lit avec le plus vif intérêt[6] sont celles qui concernent le caractère et la vie des indigènes et qui contiennent ces informations encourageantes : « Les Tahitiens, et d'une façon générale les Malayo-Polynésiens, constituent une race magnifique, d'une grande beauté de formes… Au point de vue moral cette race s'était élevée, dans certaines îles comme Tahiti, à une civilisation assez avancée qui décelait de grandes qualités dont l'affabilité, la douceur, l'hospitalité étaient les caractéristiques. Le vol et l'assassinat sont à peu près inconnus à Tahiti. » Un peu plus loin on cite un colon français qui a passé la moitié de sa vie dans l'île et qui affirme : « La Tahitienne est en général un modèle de statuaire, quelquefois ses traits ont un peu trop l'accentuation de la Malaise, mais ses yeux grands et noirs sont si beaux et si purs, ses lèvres, quoiqu'un peu grosses, forment avec sa dentition magnifique de régularité et de blancheur, un ensemble d'une expression si douce et si voluptueuse sans effronterie, qu'il est impossible de se dérober à l'admiration qu'elle cause. Sa chevelure, d'un noir d'ébène, est divisée au sommet en deux épaisses nattes qu'elle laisse flotter sur ses épaules ou dénoue suivant la mode. Sa physionomie est calme et ouverte. Les préoccupations ou le chagrin ne s'y reflètent jamais. »

Quant aux problèmes de la subsistance, ils sont pour ainsi dire inexistants : « Né sous un ciel sans hiver, sur une terre d'une fécondité merveilleuse, le Tahitien n'a qu'à lever le bras pour cueillir le fruit de l'arbre à pain et le féhi qui constituent la base de sa nourriture. Aussi bien ne travaille-t-il jamais, et la pêche, à l'aide de laquelle il varie son alimentation, est pour lui un plaisir dont il est très avide. »

Et voici le véritable poème en prose qui résume d'une manière parfaite la situation : « Pendant qu'à l'extrémité opposée de la planète terrestre, hommes et femmes n'obtiennent qu'après un labeur sans répit la satisfaction de leurs besoins, pendant qu'ils se débattent dans les convulsions du froid et de la faim, en proie à la misère et à toutes les privations, Tahitiens et Tahitiennes au contraire, heureux habitants des paradis ignorés de l'Océanie, ne connaissent de la vie que les douceurs. Pour eux, vivre c'est chanter et aimer. »

Le choix de Tahiti offre un autre avantage pour Gauguin et ses camarades. Ils n'auront pas besoin de s'engager comme garçons de cabine pendant la traversée car l'excellent guide contient aussi ces renseignements précieux : « La Société française de colonisation fournit de grandes facilités aux agriculteurs qui veulent aller se fixer en Océanie. Ses ressources limitées ne lui permettent pas encore de distribuer des terres dans l'Océanie orientale, comme elle va le faire en Nouvelle-Calédonie ; mais la bienveillance des pouvoirs publics à l'égard de cette société, lui permet d'obtenir des passages gratuits pour les colons sérieux. » En interprétant les mots « colons » et « sérieux » dans le sens le plus large, Gauguin trouve que lui et ses amis remplissent assez bien les conditions requises par la Société de colonisation. Une étude plus approfondie du guide révèle enfin qu'en Océanie on peut gagner de l'argent d'une manière facile et tout à fait inattendue. Aux îles Tuamotu, à l'est de Tahiti, les indigènes font régulièrement la plonge aux huîtres perlières. Gauguin expose dans sa réponse à Bernard l'idée brillante que la lecture de ce passage a fait naître : « Il est possible et probable que de Haan fasse là-bas, sans beaucoup de dérangements à notre vie sauvage et libre, le commerce des perles fines, en relation avec les premiers marchands de Hollande. »

Puisque Tahiti s'avère un tel paradis terrestre, il change aussi ses plans sur un autre point. Dans une lettre au peintre danois J.F. Willumsen, il écrit : « Quant à moi, ma résolution est prise, je vais aller dans quelque temps à Tahiti, une petite île de l'Océanie où la vie matérielle peut se passer *d'Argent*. J'y veux oublier tout le mauvais du passé et mourir là-bas ignoré d'ici, libre de peindre sans gloire aucune pour les autres. » En termes semblables, il informe Odilon Redon : « Je vais aller à Tahiti et j'espère y finir mon existence. Je juge que mon art que vous aimez n'est qu'un germe et j'espère là-bas le cultiver pour moi-même à l'état primitif et sauvage. Il me faut pour cela le calme. Qu'importe la gloire pour les autres ! Gauguin est fini pour ici, on ne verra plus rien de lui. » Quant à sa femme et à ses enfants, il exprime l'espoir qu'éventuellement ils le rejoindront là-bas lorsqu'il sera bien installé et pourra leur offrir une existence meilleure que celle qu'ils ont endurée jusqu'à présent à Copenhague.

C'est très probablement à cette époque qu'il peint un tableau assez peu connu, signé et daté de 1890, qui révèle encore plus nettement ce qu'il espère trouver à Tahiti. Ce tableau représente une Eve nue s'apprêtant d'un geste désinvolte à cueillir un fruit rouge, symbole du péché, sur un arbre imaginaire comme en avait seul peint jusqu'alors le Douanier Rousseau. Depuis des années, Gauguin a dû se contenter d'amours vénales ou de liaisons furtives avec des servantes d'auberges bretonnes. A première vue cette toile serait donc seulement l'expression picturale d'une banale fantaisie érotique. En fait, ce tableau a une genèse et une signification beaucoup plus complexes, comme Henri Dorra l'a démontré. Tout d'abord, la source d'inspiration principale est orientale et plus exactement c'est un bas-relief de l'admirable frise du temple bouddhiste de Borobudur à Java, dont Gauguin avait sûrement vu des photographies à l'Exposition Universelle. Si on regarde de plus près le visage de cette Eve primitive, on découvre cependant que ses traits n'ont rien d'oriental. En effet, Gauguin lui a donné la figure de sa propre mère, morte dix-neuf ans plus tôt, mais dont il possédait une bonne photographie. L'interprétation que Dorra donne à cet emprunt, apparemment étrange, éclaircit bien certains aspects fondamentaux de sa personnalité et de son art. « Là comme dans ses œuvres antérieures, écrit-il, l'Eve symbolise la quête de l'artiste pour le primitif. Gauguin, dont la philosophie sociale doit beaucoup à Jean-Jacques Rousseau, oppose souvent dans ses écrits la civilisation corrompue de l'Occident à un état de bonheur primitif. Et en cherchant l'inspiration dans les archétypes, les religions, les symbolismes, les mysticismes des peuples primitifs, il recherche les traces d'un passé lointain et glorieux commun à toute l'humanité. De ce rêve d'âge d'or, quel meilleur symbole que la mère robuste et féconde de toutes les races ?

L'Eve de Gauguin est exotique et correspond ainsi à son affinité naturelle pour la vie tropicale. Il y a chez lui davantage qu'un simple attrait envers la sensualité des femmes indigènes. D'origine mixte — sa mère a du sang péruvien, espagnol et français — il est très conscient de son atavisme, parlant souvent de lui-même comme d'un paria et d'un sauvage qui doit retourner à l'état sauvage.

Tout en étant primitive et exotique, l'Eve de Gauguin est aussi une mère et elle représente comme telle cette sécurité affective qu'il a dû, à cause de son destin particulier, associer à l'existence sous les tropiques. Car, il ne faut pas l'oublier, Gauguin, qui a perdu son père peu après sa naissance, a passé quatre ans de sa tendre enfance au Pérou, vivant dans un certain luxe avec sa mère et sa grand-mère. Ensuite sa vie n'a jamais été aussi aisée... Il n'est donc pas tellement surprenant que Gauguin ait été amené à lier sa recherche d'une sécurité affective à ses rêves d'évasion vers les tropiques. Tout au long de son adolescence, les terres exotiques qu'il a visitées sont devenues comme un refuge spirituel dans lequel il est à l'abri pendant les périodes d'anxiété. »

Le premier événement qui vient troubler les doux rêves où se complaît Gauguin, date du début d'août 1890, quand il apprend que, dans un nouvel accès de folie, Vincent van Gogh s'est tiré une balle dans la poitrine et qu'il est mort peu après d'hémorragie. Avec sa franchise habituelle, il commente : « Si attristante que soit cette mort, elle me désole peu, car je la prévoyais et je connaissais les souffrances de ce pauvre garçon en lutte avec sa folie. Mourir dans ce moment c'est un grand bonheur pour lui, c'est la fin justement des souffrances, et s'il revient dans une autre vie il portera le fruit de sa belle conduite en ce monde (selon la loi de Bouddha). Il a emporté avec lui la consolation de n'avoir pas été abandonné par son frère et d'avoir été compris de quelques artistes. »

Un autre revers qui décourage plus Gauguin est le silence prolongé du docteur Charlopin, en dépit de plusieurs rappels. Ce manque d'empressement de conclure l'affaire convenue, qui doit lui rapporter 5 000 francs, est d'autant plus regrettable qu'à son grand étonnement la Société française de colonisation n'a pas considéré Gauguin et ses compagnons comme des colons suffisamment sérieux pour leur accorder des passages gratuits à Tahiti. C'est bientôt l'automne. Les jours raccourcissent et le temps devient pluvieux. A partir d'octobre, Gauguin et Meijer de Haan sont les seuls pensionnaires de l'auberge glacée du Pouldu. « Quand est-ce serai-je dans les bois vivre enfin libre ? » se plaint-il amèrement, « Dieu que c'est long à venir ! Et dire qu'on fait journellement des souscriptions pour des inondés, mais des peintres ? Jamais rien en leur faveur ! Crève si tu veux ! » Cependant au moment où tout est au plus sombre, un miracle survient, il reçoit le télégramme suivant :

DÉPART ASSURÉ POUR TROPIQUES. ARGENT SUIT.
THÉO DIRECTEUR.

Gauguin est convaincu que Théo Van Gogh a eu la bonne idée de vouloir honorer la mémoire de son frère en aidant ses amis à réaliser le rêve qu'il partageait. Geste noble et intelligent. Avec l'appui de Théo et de sa galerie, tous leurs soucis financiers prendront fin. Mais quelques jours plus tard, le miracle, comme tant d'autres, trouve une explication toute naturelle. Théo, à son tour, est devenu fou et, après l'envoi du télégramme, il a sombré dans une apathie totale, ne voulant plus vivre. Evidemment les propriétaires de la galerie font tout de suite savoir qu'ils ne répondent pas de ses engagements et surtout pas de la folle idée de financer le coûteux voyage aux antipodes d'une bande de barbouilleurs inconnus.

Pour comble de malheur, la famille de Meijer de Haan se montre aussi peu disposée à investir de l'argent dans leur entreprise. Quelque temps après, elle menace même de couper son allocation mensuelle s'il persiste à vivre avec Gauguin. Meijer de Haan décide de se rendre à Paris pour discuter de ce problème avec son frère. Mais son départ précipité à la mi-octobre n'est peut-être pas étranger non plus à un autre événement fâcheux qui se produit vers cette époque, puisque la propriétaire de l'auberge, Marie Henry, met au monde, huit mois plus tard, une fille dont elle attribue la paternité à Meijer de Haan. Gauguin serait volontiers parti avec son ami, persuadé que s'il pouvait s'expliquer avec Charlopin entre quatre yeux, l'affaire serait vite arrangée. Sinon, il trouverait tant bien que mal un autre acheteur. Schuff aussi a besoin d'être secoué. Mais Gauguin est obligé de rester encore quelque temps au Pouldu comme otage pour une dette de 300 francs que Meijer de Haan n'a pas pu régler. Finalement Emile Bernard arrive à la rescousse. Il a réussi l'impossible : vendre cinq tableaux de Gauguin au prix de cent francs pièce.

CHAPITRE II

DE SUCCÈS EN SUCCÈS

Le 7 novembre 1890, Gauguin arrive enfin à Paris pour livrer l'importante bataille qui décidera de son avenir. Comme à l'accoutumée, Schuff l'héberge et le nourrit. Mais le bon Schuff n'a pas vendu son terrain et il manifeste peu d'empressement à quitter son poste de professeur de dessin dans un lycée et à abandonner sa femme et ses deux enfants pour suivre son ami à Tahiti. Quant à Meijer de Haan, ses négociations avec une famille parcimonieuse n'ont pas abouti non plus au résultat escompté. Mais le coup le plus dur provient du docteur Charlopin qui n'arrive toujours pas à se décider et refuse finalement de conclure ce qui aurait peut-être été la plus belle affaire du siècle (les 38 tableaux proposés pour la somme de 5 000 francs peuvent aujourd'hui être évalués à plus de 80 millions). Gauguin répète son offre à un autre collectionneur, le musicien Ernest Chausson, faisant miroiter une spéculation aussi simple qu'avantageuse. Il lui suggère en effet de revendre aussitôt un à un, à ses nombreux amis, la moitié des tableaux au double du prix d'achat, ce qui revient à acquérir l'autre moitié pour rien. Idée excellente ! Mais encore faudrait-il, pour que Chausson se laisse tenter, qu'il appréciât son art et il n'en est rien !

Les marchands de tableaux auxquels Gauguin s'adresse ensuite, dans l'espoir d'exposer chez eux, se montrent à peine plus encourageants. En fait, il n'existe que deux galeries dont les propriétaires s'intéressent aux nouveaux peintres. L'une d'elles n'est autre que la galerie Boussod et Valadon qui détient déjà un important stock de ses toiles invendues, datant du temps où Théo Van Gogh assurait la direction de la succursale de la rue Montmartre. Le successeur de Théo, Maurice Joyant, est bien disposé. Malheureusement, le jour de sa nomination, les propriétaires lui ont donné ces consignes précises : « Notre gérant, une sorte de fou d'ailleurs, comme son frère, le peintre... a accumulé des choses affreuses de peintres modernes qui sont le déshonneur de la maison... Vous trouverez aussi un certain nombre de toiles d'un paysagiste, Claude Monet, qui commence à se vendre en Amérique... Quant au reste, ce sont des horreurs. Débrouillez-vous et ne nous demandez rien, sinon on fermera la boutique. » Parmi toutes ces « horreurs », les pires sont évidemment celles de Gauguin. En dépit de la désapprobation de ses employeurs, Joyant a néanmoins gardé ces tableaux en dépôt et tenté, à l'occasion, de les montrer discrètement à des clients de choix. Mais, tous ses efforts ont été vains. Avec précaution, Gauguin approche l'autre marchand susceptible d'apprécier son art, Durand-Ruel, le courageux champion des impressionnistes. Mais Durand-Ruel, qui se débat au milieu de difficultés financières, ne veut pas, juste à ce moment-là, risquer d'exposer un artiste dont les œuvres sont encore plus révolutionnaires.

La seule consolation de Gauguin provient du nombre inattendu de jeunes artistes qui manifestent le désir de le rencontrer, avides de l'entendre exposer ses théories. Il doit surtout cet engouement à Paul Sérusier qui a prêché, tel un apôtre, l'évangile synthétiste dans les ateliers et cafés de Paris. Bon nombre de ses nouveaux admirateurs prennent régulièrement l'apéritif avec les écrivains et les poètes symbolistes. Comme dans tous les mouvements littéraires, ils arrivent à expliquer beaucoup mieux ce qu'ils désapprouvent dans la littérature contemporaine — à savoir les tendances réalistes et naturalistes — qu'à énoncer clairement leur propre programme. Ils s'accordent au moins sur un point : la nécessité de libérer l'imagination ou, comme le dit l'un des prophètes du mouvement, « d'indiquer, de suggérer et de stimuler » au lieu de décrire et d'élaborer. Beaucoup de membres de cette école littéraire s'intéressent aussi à la théosophie, à l'occultisme, au spiritualisme, à la cabale, à l'astrologie, à l'alchimie et à toutes les autres doctrines pseudo-scientifiques fort à la mode à Paris à cette époque. Politiquement, de nombreux symbolistes sympathisent — à distance respectable — avec les anarchistes. L'une de leurs doctrines esthétiques les plus révérées est celle des « correspondances », si chère à Baudelaire, qui proclame l'unité de tous les arts. Avec des moyens techniques différents, empruntant des voies parallèles, les poètes, les peintres, les musiciens, les chorégraphes peuvent exprimer des idées et des sentiments identiques. Parmi les poètes, les symbolistes trouvent que Mallarmé incarne le mieux leurs idées. Il assiste souvent à leurs réunions au café auxquelles ils invitent aussi le pauvre Verlaine, malade et abruti par l'alcool. Ils voient pourtant en lui un des pionniers du symbolisme, bien qu'il grommelle : « Je suis un décadent, c'est ce que je suis. » Parmi les musiciens, Wagner est sans conteste le maître suprême. Or, au début des années 90, il leur manque encore un grand peintre symboliste.

Certains, il est vrai, pressentent le génie d'Odilon Redon, mais celui-ci est, hélas, trop modeste, discret et timoré, pour servir de porte-drapeau au nouveau mouvement. C'est un rôle pour lequel ce nouveau venu, Gauguin, semble tout indiqué. Son éducation médiocre et ses connaissances limitées l'écartent quelque peu des discussions subtiles des symbolistes à la langue dorée qu'à l'occasion il n'hésite pas à affubler du nom moqueur de « cymbalistes ». Il est néanmoins flatté de l'intérêt et de l'admiration qu'on lui témoigne et il se rend compte que ses nouveaux amis — surtout ceux qui écrivent dans des journaux ou des revues — peuvent lui être utiles. Il prend donc soin de ne pas trop protester quand ils insistent pour le proclamer chef de file de la peinture symboliste.

Parmi les membres de cette coterie, Gauguin, dès le début, marque une sympathie pour un homme de trente ans, aux cheveux bouclés, du type raphaélique, poète et critique littéraire, conférencier, récitateur et orateur brillant, nommé Charles Morice. D'après ses contemporains, Morice est si éloquent qu'il parvient toujours, quel que soit le sujet traité, à fasciner son auditoire et s'enivre si bien de sa propre rhétorique qu'il en demeure longtemps après comme hébété. Mais il arrive aussi que cet état d'intoxication soit tout simplement dû à sa soif excessive car Charles Morice est déjà fort épris de la bouteille. De plus, digne image populaire d'un bohème parisien, il possède un penchant très marqué pour les femmes qui, de leur côté, sont le plus souvent très sensibles à son charme.

Depuis longtemps admirateur fervent de Verlaine, il donne maintenant une autre preuve de la grande sûreté de son jugement en défendant, dès le premier abord, l'art de Gauguin et cela avec des arguments très justes et perspicaces. Sincèrement persuadé du génie de ce nouveau venu et de la place importante qu'il occupera un jour dans l'histoire de l'art, Morice l'observe de près et note consciencieusement ses impressions pour la postérité. Voici ce qui, au physique, l'a surtout frappé lors de leur première rencontre : Gauguin a « un grand visage osseux et massif au front étroit, au nez non pas courbé, non pas busqué, mais comme cassé, avec une bouche aux lèvres minces et sans inflexion, avec des paupières lourdes qui se soulevaient paresseusement sur des yeux un peu saillants, dont les prunelles bleuâtres circulaient dans leurs orbites pour regarder à gauche ou à droite, sans que le buste et la tête, presque, prissent la peine de se déplacer » Brouillon, un autre habitué des cafés symbolistes, complète ce portrait en observant que les longs cheveux bouclés du peintre « originairement châtain tirant sur le roux, étaient maintenant passés de couleur », sa moustache « peu fournie » et sa barbe « frisottante, mais courte et clairsemée ». Ajoutons que Gauguin, bien que de taille modeste — 1,63 m — est bâti tout en muscles, pratique la savate, la boxe, sait manier une épée et est un excellent joueur de billard.

Malgré son admiration pour Gauguin, Morice avoue qu'au début il est choqué par « l'incorrection savoureuse de sa parole où l'argot maritime et l'argot d'atelier habillaient étrangement des idées d'une pureté, d'une noblesse absolue ». Brouillon ajoute que « sa voix, dès cette époque, était sourde et voilée, soit par l'effet d'un arthritisme constitutionnel ou acquis, soit peut-être par un usage immodéré du tabac, car Gauguin ne quittait guère la cigarette que pour prendre la pipe de terre ». Le même témoin raconte aussi que, lorsqu'il était au café, ce qui lui arrivait souvent, Gauguin avait l'habitude de verser distraitement dans sa tasse un carafon presque entier de cognac frelaté.

Selon Morice, le trait dominant du caractère de Paul Gauguin est une « noblesse hautaine ». Il a vu juste car les mots qui reviennent constamment dans tous les témoignages sont : supérieur, hautain, orgueilleux ou arrogant. Même sa mère l'admet à contrecœur dans son testament lorsqu'elle constate[7] : « Quant à mon cher fils, lui-même devra se faire sa carrière, car il a su si peu se faire aimer de tous mes amis qu'il va se trouver bien abandonné. » Dans une lettre à Schuff, qui a osé hasarder une remarque dans ce sens, Gauguin confirme involontairement tous ces jugements en répondant : « Je suis très étonné du tort que je me fais avec mon caractère hautain. Vous ne vous expliquez pas là-dessus. Les personnes qui pourraient m'être utiles sont peu nombreuses, je les connais et je ne crois pas que je les aie mal traitées. Quant à ceux qui peuvent me faire du tort, Pissarro et compagnie, c'est plus pour mon talent qu'ils crient que pour mon caractère. J'aurais beau faire, ma tête est toujours là pour faire croire au dédain, je n'y puis rien. Et puis, zut ! on ne gagne jamais à faire la cour aux imbéciles. Et j'ai de quoi mépriser une grande partie du monde. »

La raison principale de cette inébranlable confiance en soi découle surtout de sa conviction absolue qu'il est un grand artiste. Connaissant aujourd'hui l'importance de son œuvre, on donne volontiers raison à son ami symboliste, Jean Dolent, quand il affirme que Gauguin a vécu « dans la légitime férocité d'un égoïsme productif ». Cette foi constante dans son génie explique aussi son optimisme exagéré qui le fait souvent agir imprudemment et le pousse toujours à anticiper le succès. Ses échecs répétés ne résultent donc pas d'une naïveté mais du fait qu'hélas ses contemporains ne partagent pas sa propre certitude qu'il est un homme exceptionnel et, par conséquent, mérite plus de compréhension et d'indulgence qu'un simple mortel.

Quand Morice apprend que Gauguin songe à quitter définitivement l'Europe pour l'Océanie, il salue comme il se doit cette décision audacieuse en déclamant les célèbres vers de Mallarmé :

La chair est triste, hélas, et j'ai lu tous les livres.
Fuir ! Là-bas fuir ! Je sens que des oiseaux sont ivres
D'être parmi l'écume inconnue et les cieux !
Rien, ni les vieux jardins reflétés par les yeux
Ne retiendra ce cœur qui dans la mer se trempe,
O nuits ! ni la clarté déserte de ma lampe
Sur le vide papier que la blancheur défend
Et ni la jeune femme allaitant son enfant.
Je partirai ! Steamer balançant ta mâture,
Lève l'ancre pour une exotique nature !

Quant à lui, Gauguin se montre beaucoup plus prosaïque. Il se contente d'informer Morice du coût élevé de la réalisation de son rêve et il lui avoue qu'il n'a même pas assez d'argent pour manger. Heureusement il vient de découvrir un moyen de rassembler les fonds nécessaires. Il envisage de mettre en vente aux enchères, à l'hôtel Drouot, les meilleures de ses peintures invendues. Mais, pour que l'entreprise réussisse, il est indispensable que les principaux journaux et revues consacrent à cette vente quelques articles bien placés. Il a donc besoin d'un journaliste expérimenté de la qualité de Charles Morice. Sur-le-champ, et cela est encore à porter à son crédit, celui-ci accepte cette tâche délicate et ingrate. Son premier effort, couronné de succès, consiste à s'assurer du concours de Mallarmé.

Tandis que Gauguin fréquente journellement les symbolistes, ses rapports avec Schuffenecker, son hôte et compagnon de voyage présumé, deviennent de plus en plus tendus. La désinvolture avec laquelle il vide sa cave, fume ses cigares, agit en maître de maison, accroche ses tableaux sur les murs et ramène des amis à toutes les heures du jour et de la nuit, Schuff s'y est accoutumé depuis longtemps et l'accepte avec indulgence. Mais hélas, il semble que Gauguin prenne aussi des libertés avec la belle et coquette Mme Schuffenecker. C'est du moins l'affreux soupçon qui envahit Schuff, bien qu'il ne possède aucune preuve concluante. La rupture survient à la fin de janvier 1891. Pourtant, même alors, l'admiration sans bornes de Schuff pour le génie de Gauguin prévaut sur tous ses autres sentiments et tout en le mettant à la porte, il s'offre de continuer à prendre soin de ses tableaux. Mais après cet incident, il refuse naturellement de s'embarquer avec lui pour une nouvelle expérience de vie en commun.

Gauguin loue une chambre garnie près du cimetière Montparnasse, rue Delambre, à 18 francs par mois. L'ameublement, en rapport avec le loyer modeste, est tout ce qu'il y a de plus sommaire, si l'on en juge par la description que le peintre danois J.-F. Willumsen[8] en a faite après sa première visite : « La pièce est totalement nue à l'exception d'un lit en fer disposé au milieu et sur lequel Gauguin est assis. Une femme est elle-même assise sur ses genoux, ce qui ne l'empêche pas de jouer de la guitare. La seule œuvre d'art que j'ai vue en ce lieu est une statuette de bois de facture toute récente, placée sur la cheminée. Elle représente une femme d'allure exotique et personnifie peut-être l'un des rêves qui hantent l'esprit de Gauguin. Une de ses jambes est inachevée. Gauguin l'a nommée *La Luxure*. »

La femme assise sur les genoux de Gauguin est sans doute Juliette Huet, une pâle et maigre lingère de 20 ans, à la chevelure noire et raide, avec laquelle il vit à l'époque. A grand-peine, il a réussi à la persuader de poser nue pour une grande peinture symboliste, car il veut bien se montrer solidaire de ses nouveaux amis. Il appelle ce tableau *La perte du pucelage*, titre qu'à son insu, plus tard, on transformera pudiquement en *L'éveil du printemps*. On y voit Juliette étendue sur le dos au milieu d'un champ divisé en trois bandes horizontales, brune, verte et rose, tenant à la main une fleur fanée. Un renard se repose sur son épaule et la procession d'un mariage breton apparaît dans le lointain, avançant en diagonale à travers le champ. Pour comprendre le sens profond de ce tableau, il faut cependant savoir qu'aux Indes le renard incarne le désir physique et l'impureté. Le symbolisme de ce tableau n'est donc guère plus original que les représentations allégoriques traditionnelles du Moyen Age.

Si Gauguin a choisi ce quartier, ce n'est pas seulement en raison du loyer extrêmement modeste de sa chambre, mais aussi parce que, tout près de là, de l'autre côté du boulevard Montparnasse, au n° 13 de la rue de la Grande-Chaumière, se trouve une crémerie bon marché. La boutique, qui fait restaurant, se nomme « Chez Charlotte », d'après le prénom de sa propriétaire alsacienne, Mme Caron, née Futterer, et la plupart de ses clients viennent de l'académie Colarossi, école de peinture privée située juste en face dans la même rue. Gauguin, qui a fréquenté cette académie quand il n'était encore qu'un peintre du dimanche, connaît bien Mme Charlotte et sait qu'avec son bon cœur elle accorde souvent du crédit aux artistes démunis et accepte même parfois qu'ils règlent leurs dettes avec des tableaux. Il s'installe du reste assez rapidement dans l'immeuble où se trouve l'académie Colarossi, c'est-à-dire au n° 10 de la rue de la Grande-Chaumière, probablement à la suite d'un arrangement par lequel il s'engage à donner quelques leçons par semaine à l'académie.

Le peintre polonais Karol Maszkowski décrit en ces termes la crémerie et Mme Charlotte [9] qui ont joué un rôle d'une certaine importance dans la vie de Gauguin : « Juste en face de Colarossi, deux grandes enseignes peintes sur métal attirent le regard, l'une représente des fleurs, l'autre des fruits. Elles sont remarquablement exécutées, d'une composition parfaite et hautes en couleur. La première est l'œuvre d'Alphonse Mucha, la seconde de Wladyslaw Slewinski. Entre les deux enseignes se trouve l'accès à une petite pièce qui ressemble surtout à une galerie de marchand de tableaux parisien tellement on y voit de peintures de toutes dimensions accrochées aux murs jusqu'au plafond... A l'heure du déjeuner et du dîner l'endroit est bondé et bruyant. On peut y entendre parler français, anglais et polonais. Les bérets de velours des Français se mêlent aux chapeaux éculés des Polonais et souvent on peut apercevoir la tête gracieusement coiffée d'une jolie Anglaise. Et là, dans le coin, face à la porte, derrière le comptoir, est assise la grosse Mme Charlotte, vêtue d'une robe jaune orangé à motifs de fleurs roses. *Ci-devant belle*, elle a une abondante coiffure, des cils et des sourcils noirs, des yeux bleu clair. Elle accueille les arrivants d'un sourire aimable, ils semblent tous de bons et intimes amis de la patronne. Au-dessus de sa tête est accroché son portrait sur lequel elle porte exactement la même robe.

L'été, l'assistance entière s'installe dans une cour entourée de murs élevés qu'on appelle le petit jardin. D'un jardin l'endroit ne possède que le sable au sol, un petit fragment de ciel et un grand paysage peint par Wyspianski sur l'un des murs, à la manière d'un fond de décor de théâtre. Cette fresque représente le jardin du Luxembourg avec ses pelouses parsemées de statues de pierre et de balconnades sur un arrière-plan de platanes qui cernent la façade du palais. En premier plan, plusieurs jeunes filles vêtues du costume national italien. Ce sont les modèles favoris de Wyspianski. »

Parmi les habitués de Mme Charlotte, Gauguin rencontre continuellement de vieux amis et l'un d'entre eux, Daniel de Monfreid, voyant le dénuement dans lequel il vit, lui offre généreusement de venir travailler dans son atelier. Gauguin a fait la connaissance de Daniel chez Schuff, trois ans auparavant, à son retour de la Martinique. Comme Schuff, Daniel vit pour l'art, mais il se distingue par un caractère plus calme. Il est certainement aussi beaucoup plus intelligent que Schuff. De son côté, Gauguin estime suffisamment le talent de Daniel pour l'avoir admis parmi les exposants au Café des Arts en 1889. Par ailleurs, Daniel se trouve dans la même situation conjugale que Gauguin, car sa femme n'apprécie guère qu'il s'adonne à l'art et il la laisse dans le Roussillon pendant de longues périodes afin de pouvoir travailler en paix à Paris. Le goût commun des deux artistes pour la mer crée entre eux un lien supplémentaire. Daniel, qui est relativement aisé, possède même un yacht, avec lequel il fait régulièrement de longues croisières — mode d'évasion qu'appréciera encore plus son fils Henri de Monfreid.

Pendant ce temps, Charles Morice a fait le tour des cafés et des salles de rédaction pour inciter les critiques d'art à parler dans leurs chroniques de Gauguin et de sa vente aux enchères qui est maintenant toute proche. Son éloquence et son charme ont fait merveille et la plupart des grands quotidiens et revues d'art importantes publient au moment propice des notices et des articles. Le plus long et le plus remarqué, qui paraît dans *L'Echo de Paris* du 16 février, est signé par Octave Mirbeau, chroniqueur indépendant d'une si grande popularité que les quotidiens tirent immédiatement 10 000 exemplaires de plus lorsqu'ils peuvent offrir à leurs lecteurs un de ses articles. Ce que Mirbeau trouve « curieux et touchant » c'est surtout « le cas d'un homme fuyant la civilisation, recherchant volontairement l'oubli et le silence pour mieux se sentir, pour mieux écouter les voix intérieures qui s'étouffent au bruit de nos passions et de nos disputes ». Il consacre donc plus de place à la vie aventureuse de Gauguin qu'à son art — en quoi il est largement suivi par les autres chroniqueurs.

A son honneur, il faut dire que Mirbeau rachète rapidement ce penchant pour un exotisme banal en fabriquant un second article pour *Le Figaro*, publié le 18 février, dans lequel il exprime en termes chaleureux son admiration pour « l'art très noble, très étrange, très raffiné et très barbare à la fois » de Gauguin. « Que les autres rient devant ces toiles, les plus récentes, dont quelques-unes ont l'ampleur mystique et lointaine d'un vitrail de cathédrale ; le rire n'est plus souvent que l'impuissance à sentir la beauté. Moi, devant ces toiles, je sens un cerveau qui pense et un cœur qui souffre, et cela m'émeut. » Son appréciation des céramiques de Gauguin, non incluses dans la vente —

et qui constituent, encore aujourd'hui, l'aspect le moins connu de son œuvre — est encore plus perspicace : « Et j'éprouve aussi une joie profonde à tenir dans mes mains, à tourner, à retourner une de ses miraculeuses poteries, un de ses surprenants flambés : poèmes tangibles aux oxydations imprévues, aux colorations si riches et si sourdes fondues l'une dans l'autre, en coulées d'or fauve, de rouge minéral, de vert vénéneux ; vases, coupes, groupes symboliques, hallucinantes statuettes, fleurs sexuelles, aux enroulements tentateurs, dont les formes si neuves, si hardies, si harmonieusement combinées se plient aux caprices d'une imagination et d'un rêve de poète, qui a tout vu, tout chanté, tout pleuré. » Gauguin est si content de ces chroniques qu'il demande à Mirbeau l'autorisation de reproduire la première comme préface du catalogue de la vente.

Mais celui dont la voix s'élève le plus haut dans ce concert de louanges, savamment dirigé par le maestro Morice, est, comme il se doit, le jeune critique d'art et poète symboliste Albert Aurier. Dans le *Mercure de France*, le principal organe du mouvement, il conclut une analyse détaillée de l'œuvre de Gauguin par ces véritables coups de clairon, destinés à réveiller les philistins : « Gauguin, il faut le répéter, de même que tous les peintres idéalistes, est, avant tout, un décorateur. Ses compositions se trouvent à l'étroit dans le champ restreint des toiles. On serait tenté parfois de les prendre pour des fragments d'immenses fresques, et presque toujours elles semblent prêtes à faire éclater les cadres qui les bornent indûment !...

Eh quoi ! nous n'avons, en notre siècle agonisant, qu'un grand décorateur, deux peut-être, en comptant Puvis de Chavannes, et notre imbécile société de banquiers et de polytechniciens refuse de donner à ce rare artiste le moindre palais, la plus infime masure nationale où accrocher les somptueux manteaux de ses rêves !

Les murs de nos Panthéons de Béotie sont salis par les éjaculations des Lenepveu et des Machin de l'Institut !

Ah ! Messieurs, comme la postérité vous maudira, vous raillera et crachera sur vous, si quelque jour le sens de l'art se réveille dans l'esprit de l'humanité ! Voyons, un peu de bon sens, vous avez parmi vous un décorateur de génie : des murs ! des murs ! donnez-lui des murs ! »

Les trente tableaux — dont trois d'Arles, deux de la Martinique et les autres de Bretagne — que Gauguin met en vente, sont présentés au public d'abord dans la galerie Boussod et Valadon, le samedi 22 février, et ensuite, le lendemain, à l'Hôtel Drouot. C'est surtout sa décision de fuir la vie civilisée qui intéresse les visiteurs. A un journaliste qui le questionne [10], il répond avec sérénité : « Je pars pour être tranquille, pour être débarrassé de l'influence de la civilisation. Je ne veux faire que de l'art simple ; pour cela, j'ai besoin de me retremper dans la nature vierge, de ne voir que des sauvages, de vivre leur vie, sans autre préoccupation que de rendre, comme le ferait un enfant, les conceptions de mon cerveau avec l'aide seulement des moyens d'art primitifs, les seuls bons, les seuls vrais. »

Parmi les nombreux curieux qui se pressent dans la salle de vente de l'Hôtel Drouot, il rencontre inopinément Emile Bernard qu'il n'a pas vu depuis longtemps et qui ne lui a pas donné signe de vie. Il est évident que Bernard est en colère et sa jolie sœur qui, comme d'habitude, l'accompagne, ne tarde pas à accuser Gauguin de « trahison ». Bernard se sent trahi parce que aucun journal, aucune revue n'a mentionné le rôle qu'il a joué dans la naissance du style synthétiste. D'autre part, il en veut à Gauguin de ne pas l'avoir invité à participer à sa vente. Même si le premier de ces griefs n'est pas tout à fait sans fondement, Bernard oublie qu'un obstacle majeur l'empêche de partager la gloire de son ami : il n'a presque rien peint de valable depuis son séjour mémorable à Pont-Aven, en 1888. Mais comment expliquer cela dans le brouhaha du vernissage à deux personnes aussi susceptibles qu'Emile et sa sœur ? C'est naturellement impossible. Alors, sans répondre, avec tristesse, Gauguin tourne le dos à celui qui fut longtemps son meilleur ami. Ainsi, des quatre compagnons, qui, à l'origine, ont envisagé de le suivre à Tahiti, il ne reste que

Meijer de Haan, toujours en difficulté avec sa famille.

A part ce pénible incident, tout se déroule selon le plan prévu. Beaucoup de gens assistent à la vente et les enchères se succèdent à une cadence rapide. Des trente tableaux présentés, tous, sauf un, sont vendus à des prix bien supérieurs au minimum des 250 francs fixé par Gauguin. La peinture la plus admirée, *La lutte de Jacob avec l'ange*, son grand manifeste synthétiste de 1888, atteint la somme la plus élevée avec 900 francs. Plusieurs autres se vendent à 400 et 500 francs. En tenant compte des 240 francs d'un tableau racheté par Gauguin parce qu'il n'a pas atteint la somme minimum imposée, le total brut de la vente s'élève à 9 395 francs. Après déduction de la commission allouée aux commissaires-priseurs, du prix des cadres, de l'impression du catalogue et des autres dépenses, les bénéfices s'élèvent au moins à 7 000 francs, soit beaucoup plus que n'eût rapporté l'affaire proposée à Charlopin. Reconnaissant envers Morice, Gauguin lui donne 500 francs, sous la forme discrète d'un « prêt », et le charge de ses affaires pendant son absence.

Après ce succès, il croit sincèrement que les mauvais jours sont terminés et qu'il pourra enfin reprendre sa vie familiale. Il n'a rencontré sa femme que brièvement, en 1887, et n'a pas revu ses cinq enfants depuis six ans. Mais Mette acceptera-t-elle de venir le rejoindre à Tahiti, même si elle n'a plus de souci matériel ? Dans une lettre où se mêlent tendresse et fierté, Paul demande s'il peut se rendre à Copenhague pour lui dire au revoir. « J'aurai tellement de choses à dire », explique-t-il, « choses que je ne peux écrire. Je comprends que les charges que tu as soient lourdes, mais il y a l'avenir à toujours prévoir et je crois que je pourrai un jour m'en charger complètement. Il arrivera bien un jour où *tes enfants* pourront se présenter devant n'importe qui n'importe où avec le nom de leur père pour protection et honneur. » A cause de la crainte, exprimée par Mette dans une lettre précédente, que leurs sentiments ne l'emportent et qu'ensemble ils ne fassent « une bêtise », Paul, un peu vexé, promet de descendre à l'hôtel. Elle lui répond alors qu'il sera le bienvenu. Pour conclure le pacte, elle demande qu'il lui apporte comme cadeau de réconciliation une paire de corsets parisiens à la dernière mode.

Gauguin arrive le 7 mars à la gare centrale de Copenhague par le Nord-Express. Il est accueilli sur le quai par sa femme, maintenant un peu grisonnante, et par les deux aînés de ses enfants, Emil et Aline, respectivement âgés de seize et treize ans. Comme promis, il dépose ses bagages dans un hôtel bon marché au centre de la ville, puis se rend, tout près de là, dans l'appartement spacieux de Mette où ses trois plus jeunes enfants l'attendent. Clovis, Jean et Paul, âgés de douze, dix et sept ans, ne connaissent du français que le mot « bonjour ». Les deux aînés en savent à peine plus et, dès le début, Emil se montre hostile à son père. Gauguin n'a donc de véritables contacts qu'avec sa fille Aline. Il est très ému par l'intense curiosité qu'elle manifeste pour son existence de peintre qui apparaît si romantique à sa jeune imagination.

Ni Gauguin ni sa femme n'ont jamais révélé ce qui s'est passé entre eux au cours de la semaine que dure cette visite. Mais deux lettres de Paul, écrites après son retour à Paris, indiquent clairement que Mette a consenti à une reprise de la vie conjugale — à condition qu'ils s'installent en Europe et non dans une île perdue du Pacifique. Pour cette raison, Paul est maintenant disposé à revenir quand il aura peint assez de tableaux pour faire une exposition. La réconciliation a évidemment été complète. La preuve en est l'émouvant adieu de Paul à son « adorée Mette », ainsi qu'il l'appelle maintenant : « Voilà l'avenir assuré et je serai heureux — très heureux — si tu veux le partager avec moi. A défaut de passion, nous pouvons, avec des cheveux blancs, entrer dans une ère de paix et de bonheur spirituel entourés de nos enfants, chair de notre chair. » Puis il conclut sa lettre ainsi : « Adieu chère Mette, chers enfants, aimez-moi bien. Et quand je reviendrai nous nous remarierons. C'est donc un baiser de fiançailles que je t'envoie aujourd'hui. »

Pendant le voyage de Gauguin à Copenhague, Morice a continué à travailler pour son ami. A l'aide de personnes interposées, il s'est efforcé de persuader le ministère de l'Instruction Publique et des Beaux-Arts d'honorer d'une mission officielle ce peintre dont on parle tant dans les journaux. Ary Renan et Georges Clemenceau ont finalement promis à Mirbeau, à qui Morice a demandé d'intervenir, de dire un mot en faveur du peintre, bien qu'ils ne le connaissent pas personnellement. A son retour de Copenhague, apprenant que le terrain a été soigneusement préparé, Gauguin rédige sur-le-champ la demande suivante :

Paris, le 15 mars 1891

Monsieur le Ministre,

Je désire me rendre à Tahiti afin d'y poursuivre une série de tableaux sur le pays dont j'ai l'ambition de fixer le caractère et la lumière.

J'ai l'honneur de vous demander, Monsieur le Ministre, de bien vouloir, ainsi qu'il a été fait pour M. Dumoulin, me confier une mission qui, *gratuite*, faciliterait cependant, par les avantages qu'elle entraîne, mes études et mon transport.

Agréez, Monsieur le Ministre, l'assurance de ma haute considération.

Paul Gauguin.

Accompagné de Morice, il a même l'audace de rendre visite au grand protecteur de l'art officiel qu'il méprise tant, le directeur général de l'Académie des beaux-arts, dont l'attitude déterminera la décision du ministre. Le directeur, impressionné davantage par les puissants amis de Gauguin que par son art si peu académique, promet non seulement son soutien, mais aussi l'achat par l'État, au retour de l'artiste, d'un tableau au prix de 3 000 francs. Comme il le raconte lui-même, Morice est enchanté de ce nouveau succès et se met à converser gaiement sur la route qui les ramène chez eux après cette visite. « Gauguin se taisait. Je lui disais que la période des luttes douloureuses était finie pour lui, qu'il allait enfin pouvoir réaliser son œuvre librement... Tout à coup, l'ayant regardé, je me tus à mon tour, stupéfait de l'expression désolée de son visage. Son teint, naturellement plombé, s'était éclairci d'une pâleur maladive, les traits se décomposaient, l'œil fixe ne voyait plus qu'en dedans et la démarche hésitait. Je lui pris doucement le bras. Il tressaillit et, désignant un café quelconque :

— Entrons là, me dit-il.

Nous nous assîmes dans le coin le plus sombre de l'établissement, du reste vide, — c'était le matin, — et Gauguin, s'accoudant sur la table et cachant sa figure dans ses mains, pleura. J'étais terrifié bien plus encore qu'apitoyé : cet homme, cet homme-là, pleurer !

— Je n'ai jamais été aussi malheureux, murmura-t-il enfin en se redressant.

— Comment ! aujourd'hui, aujourd'hui que la justice commence, que la gloire vient !

— Ecoute-moi... je n'ai pas su faire vivre ma famille et ma pensée... je n'ai même pas su, jusqu'ici, faire vivre ma pensée toute seule... Et aujourd'hui qu'il m'est permis d'espérer, je sens plus affreusement que je ne l'ai jamais senti l'horreur du sacrifice que j'ai fait et qui est irréparable.

Et il me parla longuement de sa femme, de ses enfants, dont il s'était séparé pour consacrer toutes ses forces, toutes ses années à l'accomplissement de son œuvre. Comme il les aimait !

Et tout à coup, se levant :

— Laisse-moi partir, j'ai besoin d'être seul. Et ne nous revoyons pas de quelques jours... Le temps, ajouta-t-il avec un sourire navrant, de me pardonner d'avoir pleuré devant toi. »

Cependant, en présence de tous ses autres amis symbolistes, Gauguin reprend vite son air habituel d'optimisme et d'assurance. Quant à eux, après ces récents succès, ils sont plus désireux que jamais de le compter comme l'un des leurs. Ils décident donc de ne pas le laisser partir sans lui payer, ainsi qu'à leur idéal commun, un tribut solennel. L'hommage prend la forme traditionnelle d'un banquet, organisé le 23 mars dans leur rendez-vous favori du Quartier latin, le café Voltaire, place de l'Odéon, où l'on peut avoir un excellent repas de potage, hors-d'œuvre, poisson, viande, fromages et fruits pour cinq francs, vin compris. Bien qu'ils ne soient pas considérés comme des symbolistes orthodoxes, Paul Sérusier et Daniel de Monfreid sont tous les deux présents. Mais, par contre, on remarque deux absences navrantes, bien qu'attendues, celles d'Emile Bernard et d'Emile Schuffenecker. Quant à Meijer de Haan, aucun des convives n'a pris la peine de noter s'il était là ou non. Tout ce que nous savons de lui avec certitude c'est qu'il a déjà abandonné tout espoir d'obtenir de sa famille l'argent nécessaire à son passage. Mais comme Gauguin n'a plus l'intention de s'exiler de manière définitive, il a moins de regrets à partir seul.

Les discours sont aussi nombreux que les plats [11]. Stéphane Mallarmé parle le premier, clair et concis :

« Messieurs, pour aller au plus pressé, buvons au retour de Paul Gauguin, mais non sans admirer cette conscience superbe qui, en l'éclat de son talent, l'exile pour se retremper, vers les lointains et vers soi-même. »

L'orateur suivant, le poète Edouard Dubus, porte un toast bien mérité aux écrivains et journalistes qui ont si puissamment contribué à l'excellent résultat de la vente à l'Hôtel Drouot. Puis Charles Morice décrit en vers élégants, d'un pur style symboliste, la vie paradisiaque qui attend Gauguin au terme de son long voyage :

Dans un là-bas de nature et de liberté,
Où marchent dans les fleurs de vivantes statues
D'enfance humaine, gaies et de soleil vêtues,
Dans la douce ardeur d'un inaltérable été,
Dans la forêt dorée où point d'aile ne vibre,
Dans les îles qui sont l'écume de la mer,
Ainsi, tu t'en vas donc chercher l'asile cher
Où tu seras seul dans ton âme clair et libre.

Là-bas pourra ton rêve, ici demi fané,
Largement fleurir pour ta gloire et notre joie.

Où ton œuvre t'attend, que l'amitié t'envoie,
Fût-ce à regret, et suis ton chemin destiné.
Buvons le vin brûlant des adieux sans faiblesse,
Voyageur, comme aussi nous boirons quelque jour,
Certes joyeusement, le vin frais du retour.
Et souviens-toi dans ton bel exil, toi qui laisses
Tant de souvenirs, nous sommes de ton combat,
Et nos pensées te suivent doucement, là-bas.

Après ce poème, un autre symboliste porte des toasts au paradis tahitien, à Gauguin et à tous les orateurs précédents. Vient ensuite le tour de Julien Leclercq, l'un des plus jeunes de cette assemblée. Sa prétention au titre de poète repose davantage sur son apparence physique, si proche de l'image populaire d'un génie méconnu, maigre, pâle, les cheveux en bataille et le regard fiévreux, que sur un mince recueil de poèmes intitulé *Strophe d'amant*. Il est d'ailleurs fort intimidé devant ce cénacle et il ne parvient qu'à prononcer des phrases embrouillées : « Mon cher Gauguin, on ne peut admirer le grand artiste que vous êtes sans beaucoup aimer l'homme quand on le connaît ; et c'est une grande joie de pouvoir admirer ceux qu'on aime. Pendant les trois années que durera votre absence, vos amis regretteront souvent l'ami en allé ; pendant ces trois années il se passera bien des choses, Gauguin. Ceux d'entre nous qui sont encore très jeunes — et j'en suis — vous les retrouverez grandis au retour ; nos aînés seront déjà pleinement récompensés de leurs efforts. Et comme les temps seront proches qui s'annoncent déjà, tous nous aurons plus d'autorité dans la voix pour proclamer vos belles œuvres. » De ce discours fort banal, un seul passage nous intéresse, celui qui nous révèle que Gauguin a l'intention de rester trois ans à Tahiti.

Heureusement, l'audience est vite captivée par la déclamation lyrique du poème d'Edgar Poe *Le Corbeau* dans la récente traduction de Mallarmé. Enfin, c'est le tour de Gauguin d'exprimer ses remerciements, ce qu'il fait avec une maladresse bien explicable après le grand nombre de toasts qui ont précédé. Voici tout son discours : « Je vous aime bien tous et je suis très ému. Je ne puis donc parler beaucoup et parler bien. Parmi nous, quelques-uns ont réalisé de grandes œuvres que tout le monde connaît. Je bois à ces œuvres, comme je bois aux œuvres futures. Je suis heureux de remercier ici M. Ary Renan qui m'a tant aidé pour l'accomplissement de mes projets de voyage. »

Le premier avantage de la « mission officielle » dont il a été chargé est une réduction de 30% sur tous les navires et paquebots de la Compagnie des Messageries Maritimes. Cette concession détermine le choix de la route à prendre. Il existe à cette époque quatre voies pour se rendre de France à Tahiti[12]. La première est une « liaison directe », mais qui est en même temps la moins rapide. Cette ligne, entre Bordeaux et Papeete, est desservie par de vieux voiliers qui font le voyage deux ou trois fois par an, lourdement chargés de vin, de cognac, de liqueurs, de fromages, de conserves et de tissus et qui, si tout va bien, arrivent à leur destination quatre mois plus tard, après une traversée difficile à 40° de latitude sud de l'océan Indien et du Pacifique. La liaison la plus rapide emprunte la direction opposée et se fait successivement par bateau, par le train, et encore une fois par bateau, passant par Le Havre, New York et San Francisco. Si on ne perd pas de temps en correspondance, on peut ainsi atteindre Tahiti en six semaines. La troisième et la quatrième route passent par le canal de Suez et suivent un tracé commun jusqu'à Sydney. Cette ligne est exploitée par la Compagnie des Messageries Maritimes, dont les navires appareillent de Marseille avec une grande régularité, tous les quarante jours. A partir de Sydney, on peut soit poursuivre sa route à bord du même bateau jusqu'en Nouvelle-Calédonie, où il y a une correspondance pour Tahiti, soit s'embarquer pour Auckland, d'où part, une fois par mois, un navire pour Tahiti, passant par la Nouvelle-Zélande, les Samoa et Rarotonga.

Pour profiter au maximum de son droit à une réduction, Gauguin choisit la route par la Nouvelle-Calédonie. Sagement il prend un billet de deuxième classe qui, au tarif réduit, lui coûte 805 francs. Il a toutes raisons d'être économe. Le prêt accordé à Morice, le voyage à Copenhague, les frais de séjour à Paris de février à avril et les achats de couleurs, de cent mètres de toile et de vêtements tropicaux, ont déjà sérieusement entamé ses ressources. Par malchance, il a aussi été contraint de régler quelques dépenses totalement imprévues, dues à la grossesse de Juliette. Pour l'apaiser, il lui a offert une petite somme d'argent, l'a installée dans une chambre garnie et lui a procuré une machine à coudre qui lui permettra de continuer à travailler. Ainsi, des 7 000 francs nets réalisés à la vente de février, il lui reste probablement moins de la moitié en poche au moment du départ. Il se trouve donc dans l'impossibilité d'envoyer de l'argent à Mette comme il le lui avait promis lors de sa visite à Copenhague. Mais il compte pouvoir bientôt réparer cette négligence, persuadé qu'après le succès de la vente aux enchères, les toiles qu'il possède encore et qu'il a réparties entre la galerie Boussod et Valadon et un petit marchand de bonne réputation, nommé Portier, trouveront rapidement des acquéreurs. De plus, au mois de mai, il partagera avec Verlaine les recettes d'un spectacle organisé au Théâtre d'Art par ses amis symbolistes. La pièce principale sera un grand drame de Charles Morice.

Tard dans l'après-midi du 31 mars 1891, Gauguin prend le train pour Marseille, son port d'embarquement. Une demi-douzaine d'amis l'accompagnent à la gare de Lyon et l'aident à porter ses bagages qui comprennent notamment un fusil, un cor de chasse, deux mandolines et une guitare. Armé du fusil et du cor, il pourra chasser les animaux sauvages de la jungle tahitienne et réduire ainsi ses frais de subsistance. Quant aux instruments de musique, ils seront bien sûr encore plus utiles dans une île dont les heureux habitants passent leur temps à chanter et à aimer.

CHAPITRE III

PAPEETE, ERREUR CAPITALE

Le navire de Gauguin, l'*Océanien*, appareille de Marseille le 1er avril 1891. C'est un paquebot de 4 150 tonnes, neuf et confortable, pouvant recevoir 90 passagers en première classe, 38 en seconde et 75 en troisième. La vitesse moyenne sur le parcours Marseille-Nouméa se situe d'habitude aux alentours de 13 nœuds, ce qui, même de nos jours, est une allure fort respectable [13]. Le 7 avril l'*Océanien* traverse le canal de Suez et le 11 il est à Aden. Là, Gauguin poste une lettre brève à Daniel de Monfreid dans laquelle il regrette d'avoir inutilement pris passage en seconde classe, car il trouve que « les troisièmes sont presque aussi bien et cela me ferait 500 francs d'économisés ».

Une fois bien engagé dans l'océan Indien, le navire cingle droit vers le Sud, le port d'escale suivant se trouvant à Mahé, aux îles Seychelles. Une courte promenade à terre, l'après-midi du 16 avril, permet à Gauguin de faire quelques croquis, avant que l'*Océanien* poursuive sa route vers l'Australie. Comme tous les voyageurs qui parviennent sous les tropiques après un long et rude hiver, Gauguin est envahi de paresse et ressent un bien-être général. Si l'on en croit ses dires, il passe la meilleure partie de son temps à manger, à boire et à regarder stupidement l'horizon. « Les marsouins sortent quelques fois des lames pour nous dire bonjour et c'est tout. » Il ne semble pas que Gauguin ait eu beaucoup plus à dire à ses compagnons de voyage qui sont tous des fonctionnaires et leurs familles, envoyés pour occuper des postes dans l'administration coloniale de la Nouvelle-Calédonie. Au cours des deux années écoulées depuis que Gauguin a essayé d'obtenir un poste d'administrateur au Tonkin, son opinion sur les fonctionnaires coloniaux s'est considérablement modifiée, puisque dans une lettre à Mette, il parle maintenant avec mépris de tout ce « monde inutile », payé par « ce bon Gouvernement » à faire « des petites promenades qui coûtent, femmes et enfants, frais de déplacement ». Il concède cependant que « au fond ce sont de très braves gens qui n'ont qu'un tort, assez commun du reste, d'être parfaitement médiocres ». Mépris sans doute réciproque, car Gauguin avoue lui-même qu'il se sent « bien étrangement seul » parmi tous ces respectables fonctionnaires en faux col. Si ceux-ci l'évitent, c'est sans doute en grande partie en raison de son allure et de son accoutrement fort singulier. Sur ses longs cheveux tombant presque jusqu'à ses épaules, il porte un chapeau d'artiste aux larges bords et, avec son costume de velours marron, une cravate rouge.

Après de courtes escales à Adélaïde, Melbourne et Sydney, autant de villes typiquement anglaises que Gauguin trouve « grandioses dans le burlesque », l'*Océanien* mouille enfin le 12 mai au soir à Nouméa. Avec grande impartialité, il ne décrit pas en termes moins sarcastiques ce lieu de déportation pénitentiaire : « Quelle drôle de colonie que Nouméa. Bien jolie et amusante. Employés et leurs femmes, des ménages avec leurs 5 000 F d'appointements, trouvent moyen de rouler en voiture et ces dames en toilettes merveilleuses. Résoudre ce problème !! Impossible ! Les forçats libérés sont les plus riches, ils tiendront un jour le haut du pavé. Cela vous donne envie de jouir de la vie en faisant des faux et si on est condamné on arrive en peu de temps à être très heureux. »

Pendant la traversée, Gauguin a appris avec consternation qu'il y a que deux ou trois départs par an de la Nouvelle-Calédonie vers Tahiti et qu'on est souvent obligé d'attendre plusieurs mois à Nouméa si l'on rate une correspondance. C'est donc avec grand soulagement qu'il découvre à son arrivée que le prochain navire partira dans une semaine. Ce bateau est un aviso-transport de la Marine nationale, la *Vire*, qui embarque aussi des passagers civils, faute d'autres communications. Le prix du passage est dérisoire, 60 francs seulement. Grâce à sa « mission officielle », Gauguin est logé avec les officiers et on lui attribue aussi une place au carré. Malgré ces attentions, cette dernière partie du voyage s'avère la plus pénible et la plus inconfortable. La *Vire* est en réalité un voilier suranné qui aurait dû être envoyé à la casse il y a longtemps. Par mesure d'économie, il a été conservé et doté d'un moteur de 150 CV qui, dans des conditions favorables, lui permet d'atteindre une vitesse de six nœuds. Mais à la longue, le moteur est devenu si capricieux que le commandant doit souvent hisser les voiles afin d'arriver au port. Ce vénérable navire de guerre a un dernier inconvénient : bien qu'utilisé exclusivement depuis une dizaine d'années comme transporteur, la *Vire* porte toujours, sur chaque bord, trois canons lourds qui la font rouler affreusement, même par beau temps.

La Nouvelle-Calédonie et Tahiti sont situées à peu près sur la même latitude, dans une région où les alizés soufflent de l'est tout au long de l'année. En conséquence, le commandant de la *Vire*, habitué aux défauts de son navire, ne tente jamais la folle entreprise de naviguer vent debout lorsqu'il fait route vers Tahiti mais gagne le plus rapidement possible la région des forts vents d'ouest, située entre 40° et 45° sud. Bien que la distance ainsi parcourue soit presque le double du trajet direct Nouméa-Tahiti, il ne faut qu'environ trois semaines pour faire ce détour.

Selon les prévisions, la *Vire* appareille de Nouméa le 21 mai, au début de l'hiver austral[14]. Ainsi Gauguin ne souffre pas trop du froid pendant la traversée. En revanche, le manque d'espace à bord est très gênant. Parmi ses compagnons de voyage, il ne dénombre pas moins de trente-cinq soldats, trois officiers de marine, un gendarme et sa famille, un capitaine de l'Infanterie de la Marine, nommé Swaton, et une Tahitienne. Quant aux aménagements du bord, voici comment un autre voyageur les décrit : « J'occupe seul une petite cabine, à côté d'un magasin de vivres. Je m'y tiens le moins possible, car on n'y voit goutte, même en plein jour, et le hublot, toujours fermé, m'interdit de renouveler un air vicié par l'odeur des huiles grasses et les écœurantes senteurs que dégage la machine. Cependant j'y ai assez bien dormi jusqu'à présent, malgré les innombrables et monstrueux cancrelats qui courent partout chez moi, attirés par le voisinage de la soute au lard... Le temps se passe tant bien que mal. Le meilleur moment de la journée est le matin. Quand vient le jour, je suis heureux de quitter mon infecte cabine pour aller, sur le pont, respirer à pleins poumons l'air vivifiant de la mer. »

Pendant tout le voyage le temps se maintient au beau et, contre toute attente, le moteur ne donne aucun souci. Au matin du dix-huitième jour de mer, la première terre polynésienne est en vue. C'est la petite île montagneuse de Tubuai, dans l'archipel des Australes, au sud de Tahiti. C'est le 7 juin, jour même de l'anniversaire de Gauguin. A 43 ans, un homme aborde une période critique de sa vie, et cela est d'autant plus vrai pour qui n'a pas encore réussi à accomplir l'œuvre pour laquelle il est destiné. Il fait encore noir quand, dans la nuit du 8 au 9 juin, la *Vire* s'engage dans le chenal qui sépare Tahiti de son île sœur Moorea. Les seuls signes visibles de l'approche de ce paradis terrestre dont Gauguin a tant rêvé, sont des torches qui dansent sur l'eau. Elles appartiennent à des pêcheurs du large qui, sur leurs pirogues à balancier, croisent le long de la côte pour attirer des poissons volants.

Une étroite ouverture dans le récif de corail de la côte nord-ouest de Tahiti donne accès au lagon profond et sûr au bord duquel s'étend Papeete, la petite capitale des Etablissements Français de l'Océanie, comme se nomme alors la colonie devenue aujourd'hui la Polynésie Française. Il est trop risqué de franchir cette passe par nuit noire et le commandant fait réduire la vitesse pour s'y présenter juste à l'aube. Néanmoins, lorsque le 9 juin, vers six heures du matin [15], la silhouette de la partie septentrionale de Tahiti, en forme de cône, avec son pic central Orohena qui culmine à 2 241 mètres, sort de la pénombre, le navire est déjà trop près pour que Gauguin puisse avoir une bonne vue d'ensemble. La meilleure distance pour admirer Tahiti dans toute sa splendeur est une dizaine de milles et le temps doit être parfaitement dégagé. Il est alors possible de distinguer clairement chaque pic escarpé, chaque vallée profonde creusée par l'érosion. Les couleurs dominantes sont le bleu et le gris, laissant croire que les montagnes sont totalement dénuées de végétation. Impression trompeuse, car au fur et à mesure que le bateau se rapproche, l'île prend lentement la couleur vert sombre des fougères et des herbes qui couvrent partout les pentes du grand cratère éteint qu'est Tahiti.

Bien que la *Vire* ne se trouve qu'à quelques centaines de mètres du rivage, Gauguin ne peut davantage se faire une idée précise de Papeete. Un épais rideau de flamboyants qui s'étend d'un bout à l'autre d'une baie infléchie sur deux kilomètres cache la ville. Seules dans le lagon, une ou deux goëlettes blanches au mouillage et quelques pirogues à balancier décèlent la présence des habitations à l'entour. Il y a un excellent quai d'amarrage au fond de la baie, mais selon la coutume des navires de guerre, la *Vire* jette l'ancre à quelques dizaines de mètres de la plage herbeuse, devant les bâtiments de la Marine. Ce n'est donc qu'au moment où il débarque en canot avec les autres passagers que Gauguin peut enfin vérifier si la réalité correspond à son rêve.

Il voit tout de suite qu'il n'en est rien. Au lieu des petites huttes en bambou et en feuilles tressées, il découvre une triste agglomération de magasins et de tavernes, construites en briques souvent laissées à nu, et de maisons en bois couvertes de tôles ondulées toutes rouillées. Si Gauguin était arrivé avec Loti, vingt ans plus tôt, il aurait trouvé une ville un peu plus coquette. Mais, en 1884, un incendie a détruit la moitié de Papeete et entraîné l'interdiction de construire des maisons en matériaux du pays. Autre sujet de déception : les quelques indigènes que Gauguin voit sur le quai ne ressemblent en rien aux nobles sauvages légendaires. Quant aux femmes, dont la beauté a été tant vantée, il ne peut s'en faire aucune idée, car leurs corps sont entièrement dissimulés sous d'amples robes qui tombent jusqu'aux chevilles. De même, pour satisfaire aux exigences des missionnaires, les vêtements des hommes sont tout aussi pudiques et grotesques. Leur tenue comporte un pagne ou *pareu* aux dessins multicolores, une chemise blanche aux pans flottants, un canotier et même, parfois, une veste de drap noir. La seule concession aux traditions locales est l'habitude générale de marcher pieds nus.

De son côté, Gauguin se différencie étrangement de tous les autres Européens que les Tahitiens ont vus, étant donné qu'il ne porte ni complet de toile blanche, ni redingote, ni uniforme, ni casque colonial. Comme son chapeau d'artiste et ses cheveux longs lui donnent une allure féminine, certains Tahitiens en concluent qu'il est un *mahu,* espèce de travesti encore assez répandu à Tahiti à cette époque.

La date de l'arrivée de la *Vire* n'a pas pu être annoncée à l'avance, faute de câble télégraphique reliant Tahiti au monde extérieur. Personne n'attend donc les passagers, ce qui est bien fâcheux pour le pauvre Gauguin. Il n'existe pas d'hôtel à Papeete et il demeure indécis sur le quai, entouré d'un groupe de Tahitiens qui dissimulent mal leur hilarité. Mais, peu après, un lieutenant de l'Artillerie de la Marine arrive, essoufflé, pour accueillir le capitaine Swaton, qui vient prendre le commandement de la garnison de Tahiti. Comme Gauguin se trouve en sa compagnie, le jeune lieutenant, qui se nomme Jénot, l'invite aussi courtoisement chez lui, à quelques centaines de mètres de là, au bord du lagon [16]. Les badauds, curieux de voir de plus près ce *mahu* européen, se regroupent derrière le portail du jardin et, finalement, le lieutenant doit intervenir pour les disperser.

Le personnage dont le rang est le plus élevé est le roi Pomare V mais le maître véritable et tout-puissant de la colonie est le gouverneur. Gauguin se rend donc à sa résidence dès l'heure d'ouverture des bureaux pour lui présenter son titre de mission et s'aviser du meilleur usage à en faire. Le gouverneur Etienne-Théodore-Mondésir Lacascade est un petit bonhomme dans la cinquantaine avec de grands favoris et un teint plutôt basané qui s'explique par son lieu de naissance, la Guadeloupe. Un témoin aussi impartial que l'historien américain Henry Adams le décrit [17] en ces termes peu flatteurs : « Il était très affable et nous fit toutes sortes d'invitations que nous ne pouvions accepter. Sa conversation était saccadée, avec ce mélange si typique pour les Japonais de déférence, d'air protecteur et de suspicion. »

Henry Adams a visité Tahiti au cours d'un voyage autour du monde et vient de quitter Papeete, quatre jours seulement avant l'arrivée de Gauguin. Son compagnon de voyage et meilleur ami, le peintre John La Farge, qui jouit d'une belle réputation, est considéré comme le Puvis de Chavannes américain. Gauguin partage l'admiration de La Farge pour Puvis de Chavannes et il se serait aussi très bien entendu avec Henry Adams qui, comme lui, fuit la vie civilisée. Tous les deux, Adams et La Farge, nous ont laissé dans leurs livres et leur correspondance de remarquables récits de leur rencontre avec Robert Louis Stevenson aux Samoa. S'ils étaient restés un peu plus longtemps à Tahiti, nous posséderions probablement aujourd'hui ce qui nous fait le plus défaut, un fin portrait psychologique de Gauguin et le compte rendu d'un expert sur ses théories artistiques et ses méthodes de travail au cours de son premier séjour à Tahiti.

Pour en revenir au gouverneur Lacascade, il n'y a pas de doute qu'en dépit de toutes ses manières pompeuses, il est capable et efficace. Tout d'abord médecin chirurgien puis, pendant de nombreuses années, directeur de banque, il a été élu député de la Guadeloupe avant d'entrer dans l'administration coloniale. Il jouit d'une confiance remarquable à Paris puisque à l'arrivée de Gauguin il est déjà gouverneur des Etablissements Français de l'Océanie depuis cinq ans alors que la plupart de ses prédécesseurs n'ont pu atteindre la fin des trois années de leur mandat. Effrayé par l'état dans lequel il a trouvé la colonie, il a tout de suite commencé à lutter avec un succès très variable[18] pour « la répression de la lubricité qui s'étale jusqu'en public, la répression de l'alcoolisme qui abêtit, dégrade et avilit ».

Lacascade a été informé deux semaines plus tôt de la « mission officielle » de Gauguin, par une lettre du ministère des Colonies, expédiée par la valise diplomatique, qui prend la voie la plus rapide à travers l'Amérique. Il se montre donc extrêmement courtois et attentif et lui alloue provisoirement une chambre dans l'immeuble de l'administration réservé aux fonctionnaires de passage, ce qui résout immédiatement le problème de logement de Gauguin. Dans sa première lettre à Mette, écrite à Tahiti, celui-ci rapporte avec satisfaction : « Très bien reçu chez le Gouverneur et chez le Directeur de l'Intérieur qui est un brave père de famille, sa femme et ses deux filles. J'ai déjeuné avec eux et ils ne savent quoi faire pour me faire plaisir. »

Faveur spéciale, Gauguin est aussitôt admis au Cercle militaire, club très fermé, uniquement réservé aux officiers et fonctionnaires métropolitains. Très important dans la vie sociale de Papeete, ce club est bien situé, au centre de la ville, dans le grand parc devant le palais du roi, au pied d'un banian géant. Sur ses branches, on a édifié, à environ trois mètres du sol, une plate-forme d'où les membres du club peuvent, tout en buvant leur apéritif, s'amuser à observer le petit monde qui défile à leurs pieds. C'est là que sont reçus, à la fin de leur première journée, les deux nouveaux arrivants, le capitaine Swaton et Gauguin, couronnés de fleurs selon la coutume tahitienne et abreuvés d'absinthe selon la coutume française.

La protection spéciale dont jouit Gauguin est confirmée publiquement deux jours plus tard quand le *Journal Officiel* local publie une notice annonçant que la colonie est honorée par la visite de « l'artiste peintre *Goguin*, ici en mission officielle ». La faute d'orthographe passe évidemment inaperçue, personne à Tahiti n'ayant jamais entendu parler de Gauguin. Mais il est évident que celui-ci doit être un personnage très important, et beaucoup même soupçonnent que sa mission artistique n'est qu'une simple couverture et qu'il est envoyé par le ministère pour enquêter discrètement sur les affaires de la colonie. Gauguin est donc reçu partout avec beaucoup de respect, ce qui fait immédiatement naître en lui de grands espoirs : « Je crois que d'ici peu de temps j'aurai quelques portraits bien payés : de tout côté on me fait demander si je veux les faire. Je fais le plus possible le difficile en ce moment (le plus sûr moyen de se faire bien payer). En tout cas, je crois que je vais gagner de l'argent ici, chose sur laquelle je ne comptais pas. Je dois voir demain toute la famille royale. Ce que c'est que la réclame et comme c'est bête ; enfin laissons-nous faire. »

Mais le lendemain matin, juste avant l'heure de l'audience, les canons de Papeete commencent à tonner et les cloches à sonner. Ainsi que Gauguin l'apprend avec consternation, ces coups de tocsin annoncent la mort du roi Pomare V. Bien que le décès soit survenu brusquement, le roi est depuis longtemps un homme condamné et c'est presque un miracle qu'il ait survécu jusqu'à l'âge de 52 ans. Il faut surtout attribuer ce décès prématuré à une soif intarissable qu'une rente confortable lui a permis d'étancher au mieux. S'enivrer jusqu'à la mort est en fait la règle pour la dynastie des Pomare. L'arrière-grand-père de Pomare V, qui, à la fin du XVIIIe siècle, s'est rendu maître de tout Tahiti après de sanglants combats contre des chefs rivaux, son grand-père, Pomare II, un tyran ayant converti par la force toute la population au christianisme, et son père le prince consort, insignifiant époux de la reine Pomare IV, sont tous morts subitement de la même façon. Quant à Pomare V, les jours de sobriété pendant son existence sont faciles à compter. L'apanage vraiment royal de 5 000 francs par mois qu'il a touché depuis la cession définitive de ses îles à la France, en 1880, et qu'il a consacré en grande partie à de joyeuses fêtes, a considérablement hâté sa fin. Son cocktail favori est un mélange de champagne, de bière, d'absinthe, de whisky, de vin rouge et de Bénédictine. En dépit de sa consommation énorme d'alcool, il a pourtant assez bien joué son rôle de figurant.

Mais Gauguin se trompe lourdement quand il croit que la mort de Pomare V est une tragédie nationale et quand il se plaint : « Avec lui disparaissaient les derniers vestiges des habitudes et des grandeurs anciennes. Avec lui la tradition maorie était morte. C'était bien fini. La civilisation, hélas, triomphait — soldatesque, négoce et fonctionnarisme. » La vérité est moins dramatique et plus triste. La décadence de la société tahitienne a commencé le jour de l'arrivée des premiers navigateurs européens, c'est-à-dire cent ans avant le règne de Pomare V, et n'a cessé de s'amplifier depuis à un rythme régulier. Quant aux anciennes traditions, le roi n'y a jamais porté le moindre intérêt, au contraire de sa jeune femme, la reine Marau, qui, après s'être vite séparée de son mari, a consacré beaucoup de ses loisirs à rassembler et noter les légendes, les chants et les généalogies de son peuple.

L'ordonnance des obsèques est confiée au directeur des Travaux publics. Celui-ci se félicite d'avoir à sa disposition un décorateur officiellement approuvé et reconnu. Il lui demande donc d'arranger « artistement » la grande salle de réception au rez-de-chaussée du palais royal où le corps du roi est exposé, habillé d'un uniforme d'amiral. A son grand étonnement, Gauguin décline sèchement en faisant valoir que la reine et sa suite de femmes tahitiennes avec leur goût inné sont plus capables que lui de s'acquitter de cette tâche.

Les funérailles ont lieu le 16 juin. A l'instar de plusieurs milliers de Tahitiens et de quelques centaines de fonctionnaires et de colons européens, Gauguin suit le corbillard, à pied, jusqu'au mausolée royal, situé à Arue au bord du lagon à cinq kilomètres à l'est de Papeete. Gauguin est horrifié par ce « monument indescriptible qui faisait avec l'atmosphère et le décor végétal le plus terrible contraste ». Il est en fait facile de décrire cet étrange caveau, conservé jusqu'à nos jours. C'est une tour carrée de morceaux de corail, de cinq mètres de haut, s'effilant légèrement dans la partie supérieure et couverte d'un toit de tôle ondulée. Bien avant la mort de Pomare V, le faîte a été embelli d'une urne grecque, que tout le monde prend aujourd'hui pour une bouteille de Bénédictine, symbole plus approprié de la passion dominante du roi défunt.

Quel régal néanmoins pour un artiste fraîchement débarqué que la vue de tant de Polynésiens de types si divers, rassemblés en un même lieu. Pendant que le gouverneur lit son discours, pompeux et rempli de clichés, Gauguin sort son carnet et se met à dessiner. Il peut travailler à son aise car le discours de Lacascade doit être ensuite traduit en tahitien ; puis un pasteur prononce un éloge d'une longueur surprenante, considérant les rares vertus du défunt. Le dernier orateur est le beau-frère du roi, le chef Tati de Papara, l'un des plus remarquables orateurs tahitiens, pour qui le temps ne compte pas quand il parle[19]. La cérémonie terminée, tout le monde rentre en ville en débandade et avec une hâte que le peintre trouve quelque peu irrévérencieuse.

Bien que celui qu'il avait considéré comme un mécène certain soit mort, il reste de nombreux autres personnages dont il serait profitable de faire le portrait et il se met aussitôt à la recherche d'une maison à Papeete. Le choix est très limité puisqu'elles sont toutes construites en bois, sur le même modèle, et ne se distinguent que par leurs dimensions. La plupart sont édifiées sur pilotis pour faciliter la libre circulation de l'air, mais malgré cette précaution, les toits, invariablement en tôle, transforment en fournaises ces habitations, surtout celles qui ne sont pas plafonnées. Pour cette raison, les habitants de la ville passent la plus grande partie de leur temps sur les vérandas qui ornent la façade, à moins que les pilotis ne soient suffisamment élevés pour qu'on puisse se tenir en dessous du bâtiment. Enfin à cette époque, les maisons n'ont pas l'eau courante et il faut se ravitailler avec des seaux aux trois bouches d'eau qui alimentent la ville. Mais tous ces inconvénients sont en grande partie compensés par d'agréables jardins ombragés qui entourent la plupart des habitations.

Chose étonnante, les maisons à louer ne sont pas meublées et lorsqu'on a trouvé un logis convenable, il faut se procurer du mobilier séparément. Ce système peu commode a sans doute son origine dans la diversité des goûts et des besoins des locataires. Si les fonctionnaires veulent être bien installés avec des guéridons, des glaces, des rideaux à glands et des tentures, en revanche les gens de passage qui ne séjournent à Papeete que peu de temps se contentent des meubles, de la vaisselle et du linge les plus nécessaires. Gauguin, lui, décide de meubler de façon très complète la maison qu'il loue dans le quartier résidentiel d'Orovini, derrière la cathédrale. Il se procure un grand lit, deux tables, quatre chaises, une commode à tiroirs, un divan et un coffre. En outre, il décore les murs de reproductions d'art et de quelques photographies de Mette et de ses enfants.

Pour se faire une clientèle, il commence à fréquenter assidûment la société locale. Soucieux de correction, il se fait même couper les cheveux et s'achète un costume blanc empesé à col droit, selon la mode coloniale. (Pour le gouverneur, le procureur et les autres hauts fonctionnaires, la tenue quotidienne de rigueur est encore la redingote noire.) Heureusement pour Gauguin c'est la saison fraîche et sèche, durant laquelle la température dépasse rarement 28 degrés à midi pour tomber habituellement à environ 20 degrés pendant la nuit.

Comme il s'en aperçoit rapidement, les 3 000 habitants de la petite capitale des Etablissements Français de l'Océanie sont divisés en de nombreux groupes ethniques, professionnels et religieux. En haut de l'échelle se trouvent bien sûr les fonctionnaires et les officiers français avec leurs familles. Ils ne font habituellement qu'un séjour de trois ans et sont ensuite affectés dans une autre colonie. Dans les années 1890, une quarantaine de métropolitains occupent tous les postes de commandement. Ils se considèrent comme une élite intellectuelle et sociale, ce qui est en grande partie exact. Beaucoup d'entre eux portent même des noms aristocratiques. En conséquence, ils sont souvent condescendants envers les colons français qui, pour la plupart, sont d'anciens soldats ou marins envoyés faire leur service militaire dans la colonie et qui ont préféré être libérés sur place après avoir épousé des femmes tahitiennes. On en dénombre environ deux cents. Presque tous ont installé des magasins ou des tavernes à Papeete et beaucoup ont une situation fort aisée. Ce que les fonctionnaires leur reprochent, c'est moins leur langage grossier et leurs manières vulgaires que leur égoïsme et leur mesquinerie. De leur côté, les colons se plaignent des airs supérieurs et arrogants des fonctionnaires civils et militaires, quand ils ne les accusent pas franchement de malhonnêteté. De plus ils prétendent, avec beaucoup de véhémence et non sans raison, que ces employés du gouvernement, gouverneurs, secrétaires et commis, qui se succèdent à un rythme rapide, sont trop ignorants des conditions locales et bien moins qualifiés qu'eux-mêmes pour gouverner les vingt mille autochtones de la colonie. Cela mis à part, les colons sont rarement d'accord sur quoi que ce soit et se font continuellement la guerre entre eux.

Intrigues et querelles sont aussi fréquentes dans les cercles officiels. Les motifs de disputes les plus courants sont les pommes de terre et les Tahitiennes. Marchandises importées, les pommes de terre font chroniquement défaut ou, le plus souvent, arrivent avariées. Comme les femmes de fonctionnaires refusent obstinément d'utiliser le fruit de l'arbre à pain, la patate douce, le *taro* ou les autres excellents tubercules tahitiens, la bataille qui se livre à chaque arrivée de navire autour des quelques caisses de pommes de terre débarquées en bon état, est acharnée et impitoyable. Le problème des Tahitiennes est exactement inverse : il y en a une surabondance et les fonctionnaires sont trop souvent inclinés à se réfugier dans leurs bras pour se reposer de leurs fatigues et de leurs frustrations. A défaut de théâtre, de concerts, de salons et de cafés, la vie sociale se confine à une ronde perpétuelle de dîners dont la composition des menus et le placement des invités constituent toujours de grands problèmes. Entre ces soirées les femmes papotent en prenant le thé, les hommes boivent de l'absinthe, bavardent et jouent aux dominos au Cercle militaire.

Deux ou trois fois par an, les fonctionnaires et les colons se rencontrent aux réceptions offertes par le gouverneur

PAPEETE A L'EPOQUE DE GAUGUIN
1. Le palais royal
2. La cathédrale
3. Le temple de Paofai
4. Le palais du gouverneur
5. Bâtiment administratif
6. Le bureau de poste
7. Le Trésor (Fare Moni)
8. Les Travaux publics
9. L'hôpital colonial
10. Le cercle militaire
11. Le kiosque de la fanfare
12. Manège à partir de 1895
13. Le marché « à la viande »
14. Le restaurant Renvoyé
15. Le lieutenant Jénot
16. Jean-Jacques Suhas
17. Sosthène Drollet
18. Madame Charbonnier
19. Gauguin, en 1898-99
20. La pharmacie Cardella
0
100
200
300 MTR

où ils s'efforcent en vain de trouver des sujets de conversation neutres. Pendant le reste de l'année, ils se contentent d'un salut cérémonieux quand ils se rencontrent dans la rue ou se promènent avec leurs familles en voiture, le soir ou le dimanche sur la route qui longe le lagon. Le seul lien réel entre ces deux groupes rivaux est leur profonde suspicion à l'encontre du troisième groupe : les quelque trois cents commerçants et planteurs anglais, américains, australiens et néo-zélandais. Presque tous ces Anglo-Saxons ont épousé des Tahitiennes appartenant aux meilleures familles de l'île, ce qui en fait de puissants concurrents.

Quant aux trois cents Chinois, derniers arrivants, ils forment un groupe à part. Certains d'entre eux sont d'anciens coolies amenés à Tahiti vingt-cinq ans plus tôt pour travailler sur une plantation de coton appartenant à un Ecossais mégalomane, nommé William Stewart, et restés dans le pays après la faillite de cette affaire. Par la suite, d'autres immigrants chinois, chassés d'Australie et de Californie, sont venus se joindre à eux. Les emplois tenus par ces Asiatiques sont les plus modestes et les plus mal rémunérés. Beaucoup sont tailleurs ou colporteurs, d'autres sont bouchers ou maraîchers. Ceux qui ont le mieux réussi possèdent des magasins de marchandises générales ou de petites gargotes fréquentées par les Tahitiens et les soldats de la garnison. Quelques-uns ont gagné assez d'argent pour réaliser vers la fin de leur vie la plus haute ambition de tout Chinois : retourner dans leur pays natal avec de quoi s'offrir de somptueuses funérailles.

Enfin, il y a aussi à Papeete des Tahitiens, environ deux mille. Bien qu'ils soient deux fois plus nombreux qu'Européens et Chinois réunis, ils forment le groupe ethnique le moins puissant et le moins influent. Parmi eux beaucoup sont des femmes mariées ou vivant avec des Européens, que leurs parents et enfants ont souvent accompagnées en ville. En revanche, très peu de Tahitiennes ont épousé des Chinois car elles leur reprochent ce qui, à leurs yeux, sont les deux péchés capitaux : la saleté et l'avarice. Les autres, provenant des districts et des îles éloignés, sont venus vendre leurs produits, coprah, vanille, nacre ou poissons à la ville, et ils ont été si fascinés par les merveilles de la vie civilisée qu'ils ne sont jamais repartis. Ces Tahitiens ont, dans une large mesure, délaissé leur coutumes ancestrales. Mais beaucoup se baignent encore joyeusement matin et soir dans la rivière de la Reine qui coule au centre de la ville et, dans les jardins qui entourent leurs maisons, on peut souvent apercevoir hommes et femmes préparant le repas à la manière polynésienne dans le *himaa,* ou *umu,* pour utiliser le terme de l'époque désignant le four creusé dans la terre.

Finalement, pour bien comprendre ce milieu tout à fait particulier que Gauguin trouve à Papeete, il est indispensable de connaître le rôle extrêmement important joué par les églises et par les missions. « Ici les disputes personnelles prennent aisément le caractère de guerres de religion », constate un inspecteur des colonies ébahi [20]. « A Tahiti subsistent, en effet, des querelles ecclésiastiques, avivées par des ambitions politiques et des compétitions d'intérêt. Les missionnaires y sont autant des hommes publics que les ministres ou les apôtres d'un culte ou de l'autre. La population française est tout entière catholique ; la population tahitienne est tout entière protestante.

« Les uns et les autres veulent à tout prix s'entre-convertir, et ce sont des rivalités aiguës, de sourdes intrigues dont l'administration, prise entre deux feux, paie les frais. Il y a des jours où l'on se croirait retourné au XVIe siècle, au temps des guerres de religion, de Montluc et du baron des Adrets, bien qu'au fond la religion soit pour les meneurs plus un prétexte qu'autre chose. »

Décidément, Papeete ne ressemble d'aucune manière à ce paradis primitif dont Gauguin a tant rêvé et il est terriblement déçu : « C'était l'Europe — l'Europe dont j'avais cru m'affranchir — sous les espèces aggravantes encore du snobisme colonial, d'une imitation puérile et grotesque jusqu'à la caricature. Ce n'était pas ce que je venais chercher de si loin. »

Il n'est donc pas étonnant qu'il se sente souvent mal à son aise quand il fréquente les fonctionnaires et les colons de Papeete. La seule personne qu'il voit avec plaisir est le lieutenant Jénot, toujours aimable et serviable. Jénot est très lié avec ses deux voisins qui viennent souvent boire un verre chez lui. L'un d'eux se nomme Jean-Jacques Suhas, infirmier marié à une beauté locale, fille d'Irlandais et de Polynésienne originaire de l'archipel des Tuamotu. L'autre, Sosthène Drollet, fabricant de confiture et de glace à rafraîchir, habite Tahiti depuis 1857 et connaît tous les tenants et aboutissants du pays. Gauguin a rencontré ces deux hommes chez Jénot très peu de temps après son arrivée et, par la suite, il se rend souvent chez eux pour obtenir des renseignements de toute sorte. Un fils de Sosthène Drollet, Alexandre, bien qu'il n'ait que vingt ans, est déjà, en 1891, l'un des meilleurs interprètes officiels. Gauguin veut apprendre le tahitien et, comme beaucoup d'Européens, il présume que cette langue est extrêmement simple puisqu'elle se construit à l'aide de racines et ne comporte ni déclinaison ni conjugaison. Aimablement, Alexandre Drollet tente de lui en enseigner les rudiments mais il s'aperçoit rapidement que son élève n'est pas très doué pour les langues. Il persévère cependant jusqu'au moment où, lassé, Gauguin y renonce.

Il y a bien sûr des colons plus riches et plus influents que Jean-Jacques Suhas et Sosthène Drollet. Gauguin tente de se lier d'amitié avec les deux plus importants d'entre eux. L'un se nomme François Cardella. Il est président, toujours réélu, du Conseil Général de la colonie et maire de la commune de Papeete depuis sa création en 1890. L'autre est Me Auguste Goupil, avocat autodidacte, homme d'affaires et industriel, qui se vante d'avoir commencé sa carrière, vingt-cinq ans plus tôt, les mains vides et même pieds nus. Grâce à son énergie et à son don pour le commerce, il a rapidement fait fortune en produisant de la noix de coco râpée et il habite depuis quelques années une splendide maison sur la côte ouest. Goupil est aussi un musicien passablement doué et la seule personne à manifester quelque intérêt pour l'art[21]. Cependant, avec sa mission officielle, Gauguin reste suspect aux yeux de tous les résidents locaux. Tout en demeurant corrects et polis, ni Cardella ni Goupil ne l'invitent chez eux et la plupart des autres colons suivent leur exemple.

L'attitude réservée de la bonne société l'incite peu à peu à fréquenter des gens et des quartiers beaucoup moins respectables. Il est d'ailleurs enchanté de découvrir que la vie y est plus gaie et intéressante. Ainsi, dans le parc à côté du Cercle militaire, depuis l'observatoire excellent que forme le banian, il voit par exemple un spectacle populaire qui le fait bientôt poser son verre d'absinthe et descendre quelques degrés de l'échelle sociale. A huit heures du soir, tous les mercredis et samedis, un orchestre amateur s'installe dans un petit kiosque circulaire et joue pendant une heure et demie des airs de gavotte, de polka et de valse. Là, on rencontre surtout des Tahitiens et des Tahitiennes, ainsi que des soldats, des marins, des employés de commerce et des domestiques métropolitains. Les fonctionnaires et les notables n'y font que rarement une apparition rapide et distante parce qu'il est jugé compromettant de trop se mêler avec cette foule. Gauguin ne voit aucune raison de rester à l'écart et, comme il danse fort bien, il devient rapidement un partenaire très recherché, puisque, selon une charmante coutume locale, les femmes peuvent inviter les hommes à danser si elles le désirent. Gauguin a sans doute éprouvé la même joie que ce médecin de la Marine[22], qui l'a précédé de quelques années, et a brossé le tableau suivant d'un de ces bals populaires :

« Tout autour de la place s'installent alors une vingtaine de petits marchands dont des lampes à pétrole ou des bougies éclairent les éventaires en plein vent ; sur des nattes ou des petites tables se débitent des cocos frais, des cigarettes tahitiennes : feuilles de tabac simplement séchées, roulées dans d'étroites feuilles de pandanus ; des couronnes de fleurs, des guirlandes de tiarés (gardénias) odorants, de fleurs artificielles en mince écorce de pias ; des verres de bière, des bouteilles de limonade et des sirops glacés.

Entre les marchands et le kiosque circule la foule des Canaques, hommes et femmes, surtout femmes qui pour la circonstance ont fait un brin de toilette, et de nombreux

Européens parmi lesquels sont largement représentés les équipages des navires en rade.

Ce public n'est pas très "sélect", mais il est original, et comme la musique a sur les nerfs de cette foule de grands enfants tahitiens venus pour s'amuser une influence incroyable, le spectacle devient aux premiers accords des cuivres encore plus pittoresque.

Des danses s'ébauchent au pied du kiosque au milieu des exclamations bruyantes et des éclats de rire, et ce sont, à travers la foule bon enfant, des galopades échevelées de groupes accompagnant la musique de leurs chants.

Tout ce monde en belle humeur s'amuse franchement sans grossièreté, et les bousculades les plus imprévues n'éveillent jamais chez personne que des lazzi ou des explosions de gaieté.

En dehors de la foule, sur un ou deux côtés de la place, les gens plus graves ont fait apporter des nattes et des coussins : officiers ou fonctionnaires et le "Tout-Papeete" féminin, Tahitiennes de race pure ou demi-blanches, la reine Marau et son entourage, et beaucoup d'autres. Et des groupes se forment de femmes aux longues robes claires, aux opulentes chevelures noires flottantes, aux yeux aussi noirs que les cheveux, aux lèvres sensuelles et railleuses.

A demi couchées sur des nattes, agitant leurs éventails, et fumant leurs longues cigarettes canaques, des gardénias piquant d'une note blanche leur chevelure d'ébène, dans une pénombre favorable aux confidences et au flirtage, elles reçoivent les hommages, les compliments et les plaisanteries avec cette grâce nonchalante des femmes des tropiques que relève ici le piquant d'une liberté de langage et de mœurs incroyable et d'une gaieté endiablée d'un fond inépuisable. »

Dès 21 h 30, l'orchestre clôt le bal en jouant *la Marseillaise.* Mais peu de gens rentrent chez eux de si bonne heure : « La grande mode est d'aller, à la fin de la musique, prendre le thé chez le Chinois ; les couples s'organisent ; accepter une telle offre est généralement pour la Tahitienne un consentement tacite à une intimité complète, mais en ce pays du soleil et des orangers, l'amour est chose si légère qu'un refus serait trop cruel, et voilà que subitement le quartier chinois est envahi par une foule extraordinairement bigarrée, mais dont les éléments disparates se rencontrent dans cette pensée de laisser fuir les heures gaiement. Et, fait digne de remarque, dans ce coudoiement de gens de toutes sortes il est rare que des gros mots s'échangent, que des querelles s'élèvent ou que la gaieté monte à un diapason trop élevé. D'ailleurs, telle échoppe de Chinois a sa clientèle habituelle plus ou moins choisie. »

Les autres soirs de la semaine, quand l'orcheste ne joue pas, le lieu des rendez-vous galants se situe place du Marché. Un chef des Travaux publics [23], qui l'a souvent fréquenté, accompagné de son ami Gauguin y consacre une page dans un ouvrage bien documenté sur Tahiti : « La place du Marché où se dressent quelques arbres est encadrée par les rues Bonnard et des Beaux-Arts, le jardin de la Mairie, les bâtiments Atwater et enfin par les Halles. Un petit bassin carré, entouré d'une grille en métal, et d'où bondit vers l'espace un filet d'eau presque invisible, est l'unique ornement de l'esplanade. Dans les ombres crépusculaires, partout des guirlandes de fleurs, des cigarettes tahitiennes fabriquées avec du tabac roulé dans une feuille de pandanus, parfois même des primeurs, et toujours munies d'un quinquet fumeux, de vieilles femmes s'adossant aux parois du bassin étalent par terre, sur un linge ou une natte, les objets tentateurs.

En face, contre les grilles du marché, s'installent des marchands d'oranges, de pastèques, de cocos, d'ananas, de mapés ou châtaignes, de gâteaux gluants, et un glacier dont le tic-tac de la petite machine ne laisse pas d'intriguer les naturels débarqués depuis peu au chef-lieu.

Dans les bâtiments des rues environnantes, les débits, les échoppes, les auberges, les bouis-bouis, les magasins tenus par des Chinois graves comme des magots, diversement éclairés, fourmillent de monde qui se répand peu à peu sur la place du Marché pour lui donner son animation et son cachet habituels.

Les tanés et les vahinés (hommes et femmes), pieds nus,

couronnés de fleurs, parfumés au monoï-tiaré ou au monoï-pipi (parfumerie européenne), se promènent par bandes, se donnant la main, chantant en un langage incompréhensible des choses moins difficiles à entendre.

Dans cette foule à l'accoutrement léger, sommaire parfois, parmi les vendeuses de fleurs, de fruits — d'amour aussi — circulent et stationnent de nombreux étrangers, marins de toutes les nations, soldats français, employés de commerce et d'administration, sans compter le dessus du panier qui, sous le manteau de la curiosité ou de l'étude des mœurs, dissimule fort mal le but qu'il poursuit.

Sur cette place de l'égalité où tout se mêle, on assiste à des scènes d'un réalisme indicible ; tout se vend et trouve preneur ; c'est une foire d'amour, ou plutôt, selon la pittoresque expression de la localité, le "Marché à la Viande". »

Les scènes du marché ont inspiré à Gauguin l'un de ses tableaux les plus célèbres, *Tamatete,* qui se trouve aujourd'hui au Musée d'art de la ville de Bâle. (Le titre, en apparence tahitien — dans lequel le premier mot devrait être l'article défini *Te* et non *Ta* — est en fait une corruption du mot anglais « market », marché.) Cette peinture fortement stylisée montre en premier plan des filles de joie tahitiennes, parées de leurs plus jolies robes, assises sur un banc, attendant le client, tandis qu'en arrière-plan deux hommes, torse nu, se dirigent vers les halles, portant sur un bâton de gros thons. Dans ce tableau, des spécialistes avertis ont reconnu les poses et les gestes de femmes d'une tout autre origine, à savoir d'un groupe de courtisanes égyptiennes qui figure sur la fresque d'un tombeau de la XVIIIe dynastie de Thèbes, conservée au British Museum de Londres, et dont Gauguin avait emporté une reproduction à Tahiti [24]. Bien que ce rapprochement iconographique semble tout à fait motivé, il faut également voir dans un cliché contemporain, dont le photographe local Charles Gustave Spitz est l'auteur, une source d'inspiration aussi importante, sinon plus.

Pendant ses cinq années de vie solitaire et misérable à Paris et en Bretagne, Gauguin a souvent été condamné à une continence forcée. A Papeete, il se trouve tout à coup dans un monde nouveau, où les mœurs sont infiniment plus libres, pour ne pas dire libertines, et, pour une fois, il a quelque argent devant lui. Il est donc très compréhensible qu'il s'accorde le droit de se détendre et de s'amuser un peu. Mais il semble qu'il éprouve quand même un léger remords de conscience, car sa seconde lettre de Tahiti à sa femme, écrite trois semaines après son arrivée, contient, outre des assurances réitérées de son amour, sans aucune explication préalable, ces lignes apologétiques, certainement tout à fait incompréhensibles pour la pauvre Mette : « Laissez-moi vivre quelque temps ainsi. Ceux qui me font des reproches ne savent pas du tout ce qu'il y a dans une nature d'artiste et pourquoi vouloir nous imposer des devoirs semblables aux leurs. Nous ne leur imposons pas les nôtres. »

Gauguin a de bonnes raisons de solliciter toute indulgence car ses frasques et ses beuveries atteignent bientôt des proportions alarmantes. Son cas n'est pas unique puisque c'est toute la population qui est emportée dans un tourbillon de plaisir par la fête nationale du 14 juillet, qu'avec un patriotisme vibrant, les Tahitiens célèbrent pendant plusieurs semaines. Les habitants de la campagne et des îles avoisinantes commencent à affluer dans la capitale dès le début de juillet, arrivant sur des cotres aux voiles orange. Ainsi, au cours des deux semaines suivantes, le chiffre de la population double à Papeete. Le programme complet des fêtes pour 1891 est reproduit dans le *Journal Officiel*, ce qui nous permet de nous faire une assez bonne idée de l'emploi du temps de Gauguin [25]. Elles ouvrent solennellement à trois heures de l'après-midi, le 13 juillet, par une salve de canons. Après avoir défilé à travers la ville, hommes, femmes et enfants passent le reste de la journée autour des baraques foraines. Les stands offrent de simples amusements comme le tir à la carabine, les jeux de fléchettes ou de massacre, ou encore des concours de poids. L'écrivain anglais Pallander [26], contemporain de Gauguin, nous donne un aperçu de cette vie pittoresque : « La petite rue qui mène du quai aux grilles du palais

Pomare, en passant devant le *Fare Moni* (Trésor), offre un spectacle inouï. Elle est bondée de baraques de toutes sortes. Jongleurs, tables de jeux, marchands de glaces et de boissons, vendeurs de fleurs, se sont installés sur les bas-côtés de la rue et parlent tous en même temps. Aux baraques qui font buvette, sont vendues les boissons alcoolisées les plus infectes. La qualité de certaines d'entre elles suffirait à donner le choléra sans même les goûter, rien qu'à les voir. Devant une table, légèrement surélevée par rapport aux autres, étonnant, magnifique avec sa chemise d'étoffe à carreaux, ses boutons de manchettes de pacotille, un monsieur fardé à outrance, fait tourner la roue de la fortune où brillent de nombreux clinquants. Si l'on en juge par l'incessant manège d'argent sur le comptoir en dessous, il réalise des affaires époustouflantes. »

Pendant la nuit du 13 au 14 juillet, les baraques restent ouvertes jusqu'à l'aube. Le matin du 14, la foule se dirige vers le parc devant le gouvernement, où les *himene* (hymnes) commencent à 8 heures. Chaque district ou chaque île présente un chœur de 40 à 50 personnes qui interprètent de magnifiques chants polyphoniques. Ces *himene*, qui ont beaucoup plu à Gauguin, constituent l'attraction majeure, tandis que les danses sont encore considérées à cette époque comme trop obscènes pour être admises pendant les fêtes publiques. A une heure de l'après-midi débute une longue série de régates sur le lagon devant Papeete. Y prennent part des pirogues à balancier, des cotres et les baleinières des navires en rade. Pendant ce temps, d'autres jeux, plus drôles et spectaculaires, dont des courses sur échasses, et l'ascension d'un mât de cocagne pour les femmes, sont des innovations du « juillet » de cette année-là. Le soir, les concurrents et les spectateurs se détendent en dansant autour du kiosque à musique, puis ils passent une nouvelle nuit à la fête foraine. Le 15 juillet, ils font à pied les trois kilomères qui séparent la ville du petit hippodrome, situé dans la vallée de la Fautaua, où des courses de chevaux alternent avec des courses à pied pour hommes, femmes et enfants. Cette journée-là se termine par une « fête vénitienne » où des prix sont décernés pour les pirogues les plus élégamment décorées de fleurs et de verdure. Le 16 au soir, a lieu la distribution des prix en espèces, ce qui permet à beaucoup de terminer ces journées de fêtes officielles par une dernière nuit joyeuse dans les baraques. Mais ceci ne veut pas dire que les gens des districts et des îles avoisinantes rentrent tout de suite chez eux. Au contraire, ils continuent à manger, à boire et à faire la bringue, comme on dit à Tahiti, jusqu'au dernier sou. Le mois d'août est déjà bien entamé lorsque le dernier fêtard, bien fatigué, s'en retourne chez lui.

Pour Gauguin, les fêtes du 14 juillet lui offrent de bonnes occasions aussi bien pour s'amuser que pour observer et dessiner de beaux types de Polynésiens. Selon les souvenirs d'Alexandre Drollet, qui lui a souvent servi d'interprète, Gauguin a été particulièrement surpris de la docilité avec laquelle les hommes et les femmes se sont prêtés à ses désirs quand il leur a demandé de rester immobiles le temps nécessaire pour faire un rapide croquis.

Toutes ces expériences prouvent qu'à Tahiti on peut en effet passer son temps à chanter et à aimer, comme Gauguin l'a sincèrement cru au moment où il a choisi cette île comme lieu de refuge. Mais ce premier mois lui a aussi démontré que pour mener une telle vie, il faut beaucoup d'argent, surtout si les femmes qu'on fréquente font partie des bringueuses du bal public et du Marché à la viande. Selon l'un de ses compatriotes [27] qui connaît infiniment mieux ce milieu que Gauguin, ces filles sont toutes « des insatiables à qui vous pouvez offrir de l'or et encore de l'or, et qui trouveront moyen de n'en avoir jamais assez. On a vu des officiers partir et laisser à leurs maîtresses des sommes considérables de plusieurs milliers de francs : en quelques jours elles gaspillaient tout dans de folles orgies, jetant leur argent pour ainsi dire à poignées avec le plus beau mépris. Songer au lendemain, avoir le sentiment de la reconnaissance sont deux choses parfaitement inconnues aux Tahitiennes. Elles vivent uniquement dans le présent sans jamais penser à l'avenir, sans même se souvenir du passé. L'amant le plus tendre et le plus dévoué vient à peine de s'éloigner que, du jour au lendemain, il est oublié. Elles ne se plaisent qu'à chercher l'excitation dans les chants, la danse, l'ivresse et l'amour et ne mettent à leurs appétits sensuels aucune limite. »

Même sans faire de folies, le coût de la vie est plus élevé à Papeete qu'à Paris. Le loyer d'une simple maisonnette comme celle que Gauguin habite, atteint facilement 50 francs par mois. Deux repas par jour chez Renvoyé, l'excellent restaurant français où il a pris l'habitude de se rendre, reviennent à 150 francs par mois. Il doit aussi souvent compter avec des invités, ce qui allonge immédiatement la note. Par conséquent, le petit capital qu'il a pu emporter diminue avec une rapidité inquiétante.

Quand au mois d'août il essaie finalement d'obtenir des commandes de portraits, les fonctionnaires métropolitains se montrent aussi peu empressés que les riches commerçants locaux. Ils ont probablement conclu qu'une personne qui a le mauvais goût de se mêler ouvertement aux filles de joie, aux soldats et aux petits employés, ne peut pas avoir un goût plus sûr quand il s'agit de la peinture. Peut-être aussi Gauguin a-t-il, à l'origine, mal jugé la situation et cru que l'intérêt indéniable manifesté pour sa personne par la bonne société de Tahiti s'appliquait également à son art. Toujours est-il qu'au lieu de se lancer dans une carrière prospère de peintre mondain, en commençant par exemple par le portrait du gouverneur, il est contraint de se rabattre sur une robuste matrone, Mme Tutana (c'est-à-dire Suzannah) Bambridge. Estimant avec raison qu'elle n'appréciera pas tellement son style synthétique-symboliste, il peint d'elle un portrait tout à fait ressemblant, s'efforçant même de donner à son nez sa couleur pourpre exacte.

La pauvre Tutana trouve naturellement le tableau grossièrement caricatural et, si elle ne l'a pas détruit sur-le-champ, c'est qu'elle a déjà payé au soi-disant artiste 200 francs. Mais, chagrinée, elle s'empresse de le cacher dans un appentis où on ne le découvrira qu'après la mort de Gauguin. Il figure aujourd'hui parmi les autres chefs-d'œuvre que possède le Musée Royal d'art moderne de

Bruxelles. Comme si la honte de Tutana l'avait poursuivie au-delà de la tombe, dans la plupart des livres d'art ce portrait est à tort censé représenter « Mademoiselle Cambridge ».

Bien que peu de gens à Papeete aient vu cette peinture, tout le monde apprend vite combien Gauguin manque de tact et de talent. Aussi, personne n'éprouve plus la moindre envie de lui commander des portraits. Furieux d'avoir perdu presque trois mois dans la petite capitale, il décide sans plus attendre de la quitter pour réaliser enfin l'ambition qui l'a poussé si loin de France, c'est-à-dire étudier et peindre de vrais Polynésiens.

Après avoir éprouvé une déception semblable à Papeete, vingt ans auparavant, Pierre Loti donne ce conseil réconfortant : « Non, ceux-là qui ont vécu là-bas au milieu des filles à demi civilisées de Papeete, qui ont appris avec elles le tahitien facile et bâtard de la plage et les mœurs de la vie colonisée, qui ne voient dans Tahiti qu'une île où tout est fait pour le plaisir des sens et la satisfaction des appétits matériels, ceux-là ne comprennent rien au charme de ce pays...

« Ceux encore — les plus nombreux sans contredit — qui jettent sur Tahiti un regard plus honnête et plus artiste — qui y voient une terre d'éternel printemps, toujours riante, poétique — pays de fleurs et de belles jeunes femmes — ceux-là encore ne comprennent pas... Le charme de ce pays est ailleurs, et n'est pas saisissable pour tous...

« Allez loin de Papeete, là où la civilisation n'est pas venue, là où se retrouvent sous les minces cocotiers — au bord des plages de corail — devant l'immense Océan désert — les districts tahitiens, les villages aux toits de pandanus. »

CHAPITRE IV

MATAIEA, PARADIS A CRÉDIT

Loti a raison de dire que la vie dans les districts les plus reculés de Tahiti est plus primitive qu'à Papeete. Mais tout est relatif et, en comparaison de l'image très idéalisée que Gauguin en a conçue à Paris, la vie à la campagne est, elle aussi, très civilisée. Les principaux responsables de toutes ces transformations profondes sont les missionnaires, les marins et les commerçants. Au moment de l'arrivée de Gauguin, les missionnaires protestants sont établis dans l'île depuis près de cent ans, les catholiques et le mormons depuis un demi-siècle. C'est pourquoi il ne reste plus rien de l'ancienne religion polynésienne. Peu de Tahitiens se rappellent ne serait-ce même que les noms de leurs anciens dieux païens et — en raison du dénigrement systématique des missionnaires — ils éprouvent tous de la honte en évoquant les mœurs dénoncées comme sauvages et diaboliques de leurs ancêtres. Par contre, ils connaissent par cœur un nombre impressionnant de versets bibliques, de prières et d'hymnes. A quelque secte qu'ils appartiennent, ils vont régulièrement à l'église, au moins une fois par jour. Leurs dimanches sont presque entièrement consacrés à la pratique religieuse.

La seule chose qui leur échappe est l'apport essentiel du christianisme : l'évangile de l'amour qui doit transformer le monde. Un sous-officier raconte en ces termes [28] une séance de lecture de la Bible à laquelle il a assisté : « Sur les nattes étaient assises à la tahitienne six ou sept personnes causant et fumant. J'étais un peu à l'écart. Un des Tahitiens lisait la Bible pour lui seul, mais à haute voix. Il lisait avec difficulté et lentement, de l'air d'un homme qui ne comprend pas ce qu'il dit. Un autre, impatienté par cette voix monotone, prit le livre et lut à son tour. Celui-là devait être diacre ! Ils discutèrent ensuite sur l'expulsion d'Adam et Eve du paradis terrestre. Un d'entre eux, s'adressant à moi, me demanda :

— Qu'est-ce qu'une pomme ?

Après avoir bien réfléchi, je leur établis la comparaison entre la pomme et le ahia, fruit du pays. Je croyais en être quitte, mais pas du tout. Un autre reprit :

— C'est bien une pomme ?

— Mais oui, répondis-je, on me l'a toujours dit.

— Alors Dieu chassa Adam et Eve pour une pomme ?

— Oui.

— Pourquoi ?

Impatient, je répondis :

— Mais si Dieu les avait laissés là, ils auraient mangé toutes ses pommes et il n'en serait plus resté pour lui.

Ah ! et tout le monde de rire, laissant là la Bible. »

L'art tahitien était à l'époque pré-européenne au service de la religion. Presque toutes les manifestations de cet art (essentiellement des sculptures de pierre et de bois, de style assez réaliste et dont la taille dépassait rarement un mètre) ont donc disparu en même temps que l'ancienne religion, au début du XIXe siècle, et le seul endroit de l'île où l'on peut voir des statues et d'autres objets anciens, est le petit musée de l'école catholique à Papeete[29]. Et encore, cette collection est-elle insignifiante par rapport à celles que Gauguin a déjà vues à Paris, au Musée du Trocadéro.

La fabrication des objets utilitaires a connu le même déclin rapide à partir du moment où les Tahitiens ont commencé à se procurer des marchandises européennes. En effet, les outils et les objets de métal importés se sont avérés bien plus efficaces et durables que les haches de pierre, les couteaux de bambou, les hameçons en os et les plats de bois dont ils se servaient. En ce qui concerne l'habillement, il est vrai que la plupart des habitants des districts portent encore des pagnes à l'époque de Gauguin. Mais, même dans ce cas, l'écorce d'arbre battue est remplacée par de l'étoffe de coton imprimée de fleurs, au fond rouge pour les femmes et bleu pour les hommes, et qu'on importe d'Europe. Les vêtements du dimanche sont plus conformes à la mode européenne, c'est-à-dire que les femmes portent une longue robe blanche, qui leur tombe sur les chevilles, et les hommes un costume de drap noir. Le seul artisanat traditionnel encore pratiqué à Tahiti est le tressage des nattes et des chapeaux. Mais il est presque aussi courant de voir les femmes accroupies par terre devant une machine à coudre pour confectionner leurs robes ou de grands *tifaifai*, couvertures inspirées des « quilts » anglais et faites de pièces rapportées.

En matière de religion, d'art et d'artisanat, les Tahitiens ont donc vite adopté, et sans aucune discrimination, les croyances, les produits et les techniques d'Europe. Par contre, la musique et la danse traditionnelles se sont maintenues avec une ténacité remarquable, bien que, sous la pression des missionnaires et des gendarmes, les spectacles publics aient perdu beaucoup de leur caractère exubérant et licencieux.

Aucune autorité religieuse ou civile n'a cependant réussi à supprimer les rendez-vous collectifs qui ont lieu le soir, en des lieux cachés, à la lumière tremblante de quelques torches. Le romancier Marc Chadourne, qui a participé aussi intimement que Gauguin à la vie tahitienne, raconte comment ils se déroulent. Après un chant alternativement aigu et bas, secondé par tout le groupe, une femme jaillit brusquement [30]. « Blancheur surgie de la ténèbre, ses noirs cheveux en torrent, ses hanches déchaînées, elle appelle les hommes. Le plus jeune sort le premier, dont le corps agile frénétiquement se démène. Et tour à tour ils sortent tous, entrent dans la danse, saillant les vahinés qui ne se lassent point. Alors entre eux s'insinuent les musiciens qui donnent le rythme : bouches d'ombre au oroux des mains haletant à coups de gosiers. Autour de leur concert lascif et funèbre s'enroule, dos à dos et ventre à ventre, une ronde enivrée de son mouvement, de son bourdonnement et de sa chaleur. » De temps en temps, un couple de danseurs ruisselants de sueur disparaît dans le sous-bois obscur pour réapparaître un peu plus tard, prêt à reprendre sa place.

La seule innovation depuis l'arrivée des Blancs tient au choix des instruments de musique. A côté des tambours en peau de requin et des pipeaux de bambou, il y a depuis longtemps des accordéons européens. Quant à la guitare, qu'à tort on considère aujourd'hui comme un instrument typiquement polynésien, elle est encore presque inconnue à Tahiti. On peut donc affirmer qu'en apportant une guitare et deux mandolines, Gauguin est en avance sur son époque, ce qui explique pourquoi ces instruments n'ont pas rencontré le succès qu'il escomptait.

Dans le domaine politique, depuis l'établissement du protectorat français en 1842, les changements sont particulièrement importants, car les vieilles dynasties ont été remplacées dans tous les districts par des chefs nommés par le gouverneur. Officiellement, tout le système administratif est français mais, en réalité, les arrêtés et décrets, émanant du bureau du gouverneur à Papeete, ne sont jamais compris et rarement appliqués dans les districts et les îles éloignés où les autochtones continuent tranquillement à régler leur vie selon les lois et les préceptes traditionnels. D'ailleurs, bien que citoyens français de plein droit depuis 1880, ils sont exempts des deux charges les plus impopulaires de la vie civilisée : l'impôt sur le revenu et le service militaire.

Les transformations sont beaucoup moins complètes dans le domaine économique et tous les Tahitiens vivant en dehors de la ville subsistent toujours à la manière ancestrale, en faisant de la culture et de la pêche. Leurs principales plantations sont celles de *taro*, de patates douces et d'ignames. Enfin, pendant plusieurs mois, à deux ou trois reprises chaque année, ils peuvent cueillir les fruits des arbres à pain qui entourent toutes les cases, tandis qu'à n'importe quel moment, ils trouvent des bananes sauvages dans les montagnes à l'intérieur de l'île. Pour ce qui est de la viande fraîche, la plupart des familles tahitiennes se contentent de quelques poules, cochons et chiens, la chair de ces derniers étant également très appréciée. En produisant un peu de coprah et de vanille et en récoltant des oranges sauvages (exportées en Nouvelle-Zélande ou en Amérique), les habitants des districts gagnent suffisamment pour acheter les quelques vêtements, outils et autres marchandises qui leur semblent nécessaires mais dont ils pourraient aussi bien se passer.

Cette absence heureuse de soucis d'argent explique probablement pourquoi les Tahitiens, malgré toutes les pressions extérieures subies pour les faire entrer dans le moule européen, ont pu conserver l'essentiel de leur héritage ancestral : leur caractère doux, gai, hospitalier qui, depuis la découverte, a toujours si fortement impressionné et enchanté tous les visiteurs étrangers. L'éditorialiste de l'auguste *Journal Officiel*[31] fait du reste un jour cette remarque pertinente : « Aucune autre nation peut-être n'est plus sympathique aux mœurs et au caractère des Tahitiens que la nôtre : même vivacité d'esprit, même attrait pour les fêtes, même penchant pour la conversation, même goût pour les élégances de la vie et, ajoutons-nous, mêmes instincts militaires, car on peut faire d'excellents soldats des indigènes, tout conspire à l'assimilation des deux races. »

Et cette charmante scène[32], observée quelques années seulement avant la venue de Gauguin, ne prouve-t-elle pas que les Tahitiennes aussi sont restées elles-mêmes pendant plus d'un siècle de bouleversements : « Au réveil, elles se plongent dans les eaux de la mer ou du ruisseau voisin ; là, pendant plusieurs heures, on les voit plonger, nager et lutter d'habileté les unes avec les autres ; au sortir du bain elles confient à la brise le soin de sécher leur corps et leur longue chevelure flottante ; c'est de celle-ci, qui est magnifique, noire et lisse, qu'elles ont le plus de soin : elles la divisent en deux tresses, puis la recouvrent de monoï, cette huile parfumée qu'elles savent extraire du cocotier ;

l'odeur âcre du monoï déplaît d'abord à l'Européen, mais bientôt, il lui trouve un charme tout particulier. Pour terminer leur toilette, elles parcourent les bois environnants et y cherchent des fleurs sauvages dont elles font des couronnes et des guirlandes. »

Pour terminer ce bref aperçu de la vie aux districts à l'époque de Gauguin, disons que la seule langue parlée est le tahitien. Le français n'est même pas devenu une langue d'appoint, comme à Papeete, car, en dépit des grands efforts faits par les missionnaires et les instituteurs laïcs pendant plus d'un demi-siècle, les enfants oublient très rapidement, en grandissant, les prières, les maximes, les fables de La Fontaine et les bribes de l'histoire et de la géographie de la France qu'ils ont apprises par cœur à l'école, sans toutefois en comprendre jamais la signification exacte. Quelques rares individus réussissent à compléter leur éducation européenne dans les bars de Tahiti par des jurons savoureux, des expressions gauloises et un peu d'argot.

Dans l'ensemble, il faut bien dire que, depuis la découverte de l'île, en 1767, les Tahitiens ont très peu tiré profit des contacts fréquents qu'ils ont eus avec les représentants de notre civilisation occidentale. En outre, les Européens qui ont visité l'île ou s'y sont installés, ont malheureusement introduit un nombre effrayant de nouvelles maladies contre lesquelles les insulaires ont totalement manqué d'immunité. C'est pourquoi, même les affections aussi bénignes en Europe que la rougeole, la coqueluche, la grippe, la varicelle et l'influenza, ont causé de terribles épidémies, entraînant chaque fois des centaines de morts. Les ravages faits par la syphilis et la tuberculose, maladies inconnues avant l'arrivée des premiers navigateurs, ont été, à la longue, encore plus affreux. En même temps, les Tahitiens qui ne buvaient que de l'eau, se sont mis très vite à aimer l'alcool et à distiller. A l'époque de Gauguin, le rhum est la boisson la plus populaire, bu sec ou mélangé avec de la bière. C'est aussi l'alcool le moins cher puisqu'il est fabriqué sur place avec de la canne à sucre. La production locale officiellement déclarée atteint en 1891

90 000 litres. A ce chiffre s'ajoute plus de 22 000 litres de rhum importés. Le vin rouge est à peu près aussi apprécié puisqu'on en importe 150 000 litres. La même année la consommation d'absinthe s'élève à plus de 19 000 litres et celle de cognac à 15 000 litres. Ceux qui ne peuvent s'offrir du vin, du rhum ou d'autres alcools forts, préparent des boissons fermentées à base de jus de fruits. Cela explique pourquoi l'ivresse atteint son point culminant en juillet et en août, quand les orangers sauvages qui poussent dans les montagnes sont chargés de fruits. A cette saison [33] « toute la région se transforme en un vaste cabaret. Les habitants s'organisent en société et vont à l'écart ramasser des oranges, en extraire le jus qu'ils laissent fermenter quelque temps dans des tonneaux et s'enivrent nuit et jour, couchant sur place et se livrant à des orgies indescriptibles ».

Les effets combinés des maladies et de l'alcoolisme apparaissent nettement dans la démographie. Pendant les trente ans qui ont suivi la découverte de l'île, la population est tombée de 150 000 à 15 000. Au cours des trente années suivantes, la chute s'est poursuivie, amenant encore une diminution de moitié. Entre les années 1830 et 1891, le taux de mortalité s'est maintenu au niveau du taux des naissances et la population est restée stationnaire aux environs de 8 000 âmes. Un équilibre aussi précaire ne présage rien de bon pour l'avenir et, comme beaucoup de ses contemporains, Gauguin est convaincu que le peuple tahitien est voué à l'extinction. Un magistrat [34] en poste dans l'île à cette époque, exprime très bien cette croyance générale : « Cette race s'en va tout doucement, en dansant. Notre présence la tue. On n'a pas trouvé jusqu'à présent d'autre moyen de civiliser les sauvages que de les faire disparaître. »

Que dire, après toutes ces constatations, du projet de Gauguin de s'installer à Tahiti pour « ne voir que des sauvages » ? Tout simplement qu'il est arrivé un siècle trop tard. S'il avait été mieux renseigné, il aurait choisi une autre île polynésienne, plus à l'ouest. Robert Louis Stevenson, mieux averti et connaissant Tahiti, s'est par exemple installé à Samoa, où les habitants vivent encore presque entièrement à la manière ancestrale.

Des événements imprévus empêchent cependant Gauguin de découvrir tout de suite qu'il s'est trompé, qu'il ne trouvera nulle part à Tahiti son Eden primitif. Juste au moment où il songe à s'éloigner de la ville, il est saisi d'une sérieuse hémorragie et de violentes palpitations, conséquence d'une hépatite contractée à Panamá[35]. Dans le vieil hôpital militaire de Papeete, le seul de la colonie, il continue à vomir du sang, « un quart de litre par jour », dit-il. Les deux médecins, omnipraticiens, font tout ce qu'ils peuvent — ce qui est très peu. Ils diagnostiquent une crise cardiaque et ordonnent comme traitement de choc des ventouses sur la poitrine, des sinapismes sur les jambes et de la digitaline. Gauguin accepte stoïquement ce traitement barbare et n'est sérieusement choqué que par les frais d'hospitalisation : douze francs par jour. Aussi décide-t-il de rentrer chez lui dès que l'hémorragie s'arrête, malgré les protestations des médecins.

Il raconte dans le récit de son séjour à Tahiti, *Noa Noa*, que lorsqu'il se trouve rétabli et quitte Papeete dans le courant du mois d'août, il s'installe « dans la brousse parmi les naturels dans l'intérieur de l'île ». Tous ses biographes ont accepté cette version. Voici, par exemple, comment son fils Pola, devenu critique d'art en Norvège, décrit[36] ce retour à la nature : « Il dut d'abord emprunter les routes fréquentées par tous ses compatriotes avant de s'engager sur le petit sentier étroit qui mène dans la jungle où les derniers insulaires survivants continuaient encore à adorer leurs dieux païens qui contrôlent les forces mystérieuses de la nature et de la vie primitive. »

J'ai exposé assez clairement, je l'espère, dans les pages précédentes, qu'au début de 1891, il n'existe plus à Tahiti aucun culte païen. De plus, l'eût-il désiré, il est impossible à Gauguin de s'établir dans l'intérieur de l'île. Les neuf dixièmes de sa superficie consistent en hautes montagnes inhabitées et le plus souvent totalement inaccessibles. Atteindre même les pics les moins élevés est une rude entreprise et celui qui la tente est obligé de tailler sa route à

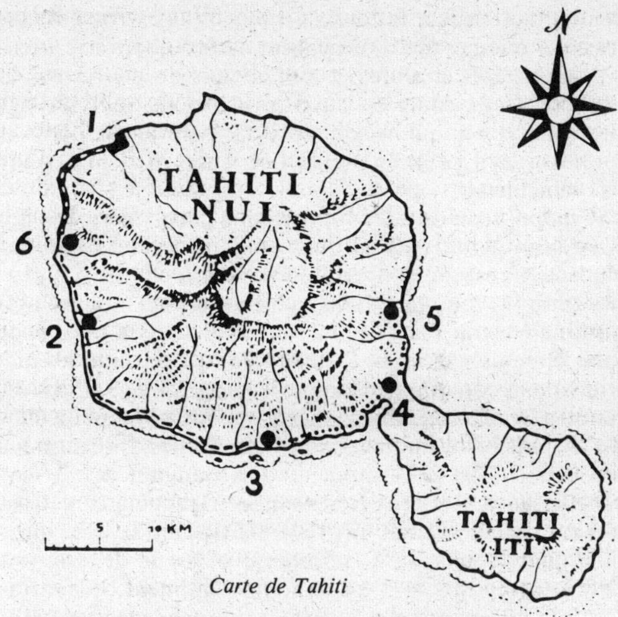

Carte de Tahiti

1. Papeete, la petite capitale et le port de la colonie.
2. L'école de Paea, dirigée par l'instituteur Gaston Pia.
3. L'emplacement de la case de Gauguin à Mataiea, 1891-1893.
4. Taravao, terminus du service de transport en commun.
5. Faaone, le district d'où Teha'amana était originaire.
6. Punaauia, le district où Gauguin vécut de 1895 à 1901.

---

travers une forêt de fougères atteignant jusqu'à cinq mètres de hauteur. C'est pourquoi la plupart des sommets, jusqu'à l'époque actuelle, n'ont jamais été escaladés. On ne peut traverser l'île en entier qu'en un seul endroit et encore faut-il à longueur de jour passer à gué des rivières pavées de roches glissantes, escalader et descendre des versants escarpés et franchir un lac à la nage. Les régions habitables et cultivables se trouvent réduites à une bande côtière qui dépasse rarement un kilomètre de largeur. L'unique route de l'île suit la côte. A l'époque de Gauguin, cette route de ceinture, comme on l'appelle, n'est qu'un sentier muletier sur la côte est et tout juste carrossable sur les côtes ouest et sud. Le voyageur doit toujours être attentif aux racines d'arbres et aux éboulis de pierres ou de rochers. Cette route est aussi très souvent traversée par des cours d'eau qui ne sont pas tous pourvus de ponts et les passages à gué présentent de sérieuses difficultés pour les véhicules.

Compte tenu de cette topographie particulière de l'île, il est tout à fait naturel que Gauguin décide de quitter Papeete dans une confortable voiture à cheval. Le propriétaire et conducteur du véhicule est un nouvel ami nommé Gaston Pia — pur Français malgré la résonance tahitienne de son nom — instituteur à Paea, un des districts de la côte ouest. Comme à l'accoutumée, Pia s'est rendu à la ville pendant les vacances pour assister aux fêtes du 14 juillet, logeant chez son frère Edmond, instituteur lui aussi. C'est à ce moment que Gauguin a fait leur connaissance. Les deux frères sont peintres amateurs. Gaston possède d'ailleurs une telle maîtrise qu'il sera, quelques années plus tard, nommé professeur de dessin à l'école protestante. C'est donc un sentiment de confraternité professionnelle qui les rapproche de Gauguin, même s'ils comprennent mal qu'un artiste aussi pauvre dessinateur et si mauvais coloriste ait réussi à décrocher une mission officielle. A la fin des fêtes, au moment de rentrer chez lui à Paea, Gaston a la gentillesse d'inviter Gauguin. Comme tous les instituteurs de Tahiti, il habite près de son école. Celle-ci est située au kilomètre 22, à l'embouchure de la belle rivière d'Orofero. De la maison, Gauguin découvre une vue splendide sur les montagnes escarpées de l'intérieur. Dans la direction opposée, une centaine de mètres seulement le séparent du rivage et d'épais fourrés de pandanus et d'hibiscus lui cachent la vue du lagon et de la mer. Quand il veut jouir du plus beau spectacle du Pacifique, le coucher de soleil derrière Moorea, l'île voisine, il suit donc l'exemple des Tahitiens et va s'asseoir sur la plage au bord du lagon.

On connaît très peu de chose sur le séjour de Gauguin à Paea, excepté qu'il commence alors à peindre avec entrain et termine au moins deux magnifiques toiles, la première représentant un paysage le soir et la seconde le domestique de Pia coupant du bois[37]. En tout cas, ses contacts avec les habitants du district doivent être très limités, car ni lui ni Pia ne parlent le tahitien et les meilleurs amis de l'instituteur sont tous des colons français. Dès qu'il se sent tout à fait rétabli, il décide d'aller s'installer dans un district plus éloigné, où il pourra vivre parmi des Tahitiens. La rentrée d'un nouveau trimestre, en septembre, hâte sans doute son départ. En effet, son hôte n'est plus guère disponible et la cour est envahie d'enfants bruyants qui troublent sa tranquillité. Pour des raisons pratiques, il regagne d'abord son point de départ, Papeete, seul endroit de l'île qui dispose de magasins convenablement fournis, où il pourra s'approvisionner et s'équiper pour sa nouvelle aventure.

Pendant les fêtes du 14 juillet, il a aussi fait la connaissance d'un chef, Ariioehau, qui, selon l'habitude du pays, a changé de nom plusieurs fois dans sa vie. Par souci de simplification, je le désignerai par le nom sous lequel on l'appelle au temps de Gauguin, soit Tetuanui. Il est le plus francophile des dix-huit chefs de district de Tahiti et le seul à parler parfaitement le français. En récompense, il a été envoyé comme délégué de la colonie à l'Exposition Universelle de 1889 à Paris[38]. Bien que selon toute vraisemblance, Tetuanui ait négligé d'aller voir les peintures synthétistes et impressionnistes exposées au Café des Arts de Volpini, ce souvenir constitue un lien entre les deux hommes. Le district où Tetuanui règne en chef, Mataiea, sur la côte sud de Tahiti, à plus de quarante kilomètres de Papeete, semble tout à fait indiqué pour le séjour de Gauguin.

Cette fois, il emprunte la voiture d'un gendarme, rencontré dans les bals populaires. Comme compagne de voyage, il emmène avec lui une jolie demi-Tahitienne qu'il a ramassée dans ces mêmes lieux. Elle répond au surnom de Titi (Nichon). Pour se faire remarquer, elle s'est affublée de sa plus belle robe de bal, de son chapeau du dimanche orné de fleurs en paille et d'un collier de coquillages orangés. Il est midi quand ce couple mal assorti arrive devant la magnifique demeure du chef, une maison en bois à deux étages, de style colonial, entourée d'une véranda aux balustrades découpées. Tetuanui accueille chaleureusement son ami et lui montre avec orgueil son district. Il a de bonnes raisons d'être fier, car Mataiea est l'un des endroits les plus beaux de Tahiti, la plaine côtière y est extrêmement large et les hautes montagnes, n'étant pas trop en surplomb, offrent un décor majestueux. Les rouleaux qui déferlent sur le récif de corail bordant le lagon, sont plus imposants que partout ailleurs en raison des forts alizés du sud-est. Enfin, le lagon est exceptionnellement beau avec ses teintes changeant du vert clair au bleu foncé et ses deux petits îlots chargés de cocotiers qui se détachent si nettement contre les montagnes bleuâtres de la presqu'île, une dizaine de kilomètres plus loin. Gauguin décide sur-le-champ de s'établir à Mataiea sans se soucier de prospecter le reste de l'île.

A tout prendre, le choix n'est pas tellement heureux. La nature y est certes très belle, mais le district est aussi le plus civilisé de Tahiti. Tout d'abord, c'est le seul qui, à cette époque, possède — et ceci depuis 1854 — une école catholique avec deux religieuses françaises. Ainsi, à Mataiea, plus de la moitié des habitants sont catholiques en comparaison d'une moyenne de 15 à 20 % dans les autres districts. L'église protestante, désireuse de rattraper cette avance, a nommé là un de ses missionnaires français les plus qualifiés et zélés, Louis de Pomaret, au lieu de confier ce poste à un pasteur tahitien comme partout ailleurs.

Autre différence importante, outre le chef Tetuanui, les autorités sont représentées à Mataiea par un gendarme français. C'est lui qui, le premier, enlève à Gauguin, peu après son arrivée, certaines de ses illusions en menaçant de dresser procès-verbal s'il persiste à prendre des bains de rivière tout nu. Gauguin apprécie plus la présence d'un Chinois qui tient un petit magasin où il vend à crédit, et à des prix fort élevés, toutes sortes de marchandises : conserves, pétrole, tissus, chemises, couteaux, hameçons, etc. Il y a enfin quelques colons français qui sont parmi les plus prospères, grâce aux cannes à sucre qu'ils cultivent pour la grande distillerie de rhum établie aux confins du district.

En apprenant que Gauguin désire rester à Mataiea, Tetuanui lui montre une maison inhabitée, dans le voisinage. Elle est située près de la plage, non loin d'une belle rivière, la Vaitara et, au-delà une large plaine s'étend jusqu'au pied des montagnes de l'intérieur. Le propriétaire de cette maison, un Tahitien entreprenant, a gagné pas mal d'argent avec la cueillette des oranges, d'où son surnom d'Anani (Orange). Au lieu de dilapider ses gains, Anani a suivi l'exemple de Tetuanui et s'est construit une maison de style colonial. Mais une fois le bâtiment terminé, il l'a trouvé trop élégant pour l'habiter et il est demeuré dans sa vieille case ovale de style tahitien. Tetuanui suggère naturellement à Anani de louer sa belle villa vide. Mais, à leur grand étonnement, Gauguin insiste pour louer plutôt la simple case. Après quelques hésitations, Anani consent et emménage dans sa nouvelle demeure. Que le choix de Gauguin soit dicté par un snobisme exotique ou par des raisons d'économie, il est en tout cas excellent car une maison de bambou avec une toiture de feuilles est de beaucoup l'habitat le plus frais sous un climat tropical. Il n'y a pas de cloison à l'intérieur et le seul « ameublement » est une couche épaisse d'herbes sèches sur le sol de terre battue. A côté se trouve un appentis où la femme d'Anani fait la cuisine. Tout désireux qu'il soit de vivre à la manière indigène, Gauguin a néanmoins besoin de quelques meubles. Quand il se rend à Papeete pour chercher ses bagages, il achète donc un lit, des chaises, une table et quelques casseroles. Par ailleurs, il profite de cette occasion pour se débarrasser de l'élégante Titi, convaincu qu'il trouvera sur place une femme plus commode et moins dépensière.

Il n'existe pas à proprement parler de village à Mataiea. Les 516 hommes, femmes et enfants qui, selon l'Annuaire officiel, forment toute la population en 1891, habitent dans des cases dispersées parmi les cocotiers sur une bande côtière de sept kilomètres. A l'exception d'Anani et de sa famille, Gauguin n'a pas de voisin dans son champ de vision, seulement quelques bâtiments à portée de voix. Il s'agit du temple et de l'école de la mission protestante, si proches qu'il entend de sa case les chants et les rires des élèves.

Gauguin se trouve tout de suite très satisfait de sa nouvelle existence. Pendant la courte période qui le sépare de Noël, il peint une vingtaine de tableaux exprimant avec force sa joie et son émerveillement. La plupart de ces toiles décrivent de simples scènes de la vie quotidienne : des femmes occupées à tresser des chapeaux, des enfants devant une table chargée de nourriture, des jeunes gens qui dansent la nuit autour d'un feu, des pêcheurs et leurs filets, des porteurs de fruits sous les pandanus. Il fait aussi les portraits de deux femmes et quelques paysages. Certains traits synthétiques et japonisants réapparaissent parfois, mais, en général, il s'est libéré des excès de son style de 1888, trop schématique.

Tout le monde sait que Gauguin, contrairement à certains peintres contemporains comme Toulouse-Lautrec et Degas, ne se soucie guère d'appréhender le mouvement rapide et éphémère. Il a le mieux exprimé sa conception personnelle dans ce conseil à de jeunes artistes : « Que chez vous tout respire le calme et la paix de l'âme. Ainsi évitez la pose en mouvement. Chacun de vos personnages doit être à l'état statique. » A Tahiti, Gauguin découvre pour la première fois des êtres qui, par inclination et habitude, restent immobiles pendant des heures entières, figés dans les mêmes poses. Puisqu'ils incarnent son idéal esthétique, il a plus d'occasions et de possibilités qu'ailleurs de réaliser ces fresques à la Puvis de Chavannes qu'il aime tant. Jugées selon des critères occidentaux, les poses de bien des personnages de ses toiles paraissent forcées et artificielles, mais elles sont en fait exactes et, encore aujourd'hui, on peut retrouver à Tahiti des scènes identiques qui semblent sorties tout entières de ses tableaux.

En revanche, Gauguin continue à prendre de grandes libertés avec les couleurs et c'est principalement grâce à son choix suggestif qu'il réussit chaque fois à conférer aux motifs un caractère mystérieux qu'ils ne possèdent pas dans la réalité. S'il y a une différence, par rapport à la période bretonne, il s'agit d'une différence de degrés. Dans cette nouvelle ambiance, loin de l'Europe et des influences d'autres peintres, il se sent encore plus libre et trouve plus facile de suivre ses propres instincts, toujours si sûrs. « Cela était si simple pourtant de peindre comme je voyais, de mettre sur ma toile, sans tant de calculs, un rouge, un bleu ! » s'exclame-t-il. « Dans les ruisseaux des formes dorées m'enchantaient. Pourquoi hésitai-je à faire couler sur ma toile tout cet or et toute cette joie du soleil ? Vieilles routines d'Europe, timidités d'expression de races dégénérées. »

Dans une autre série de préceptes à des disciples imaginaires il dit qu'« il est bon pour les jeunes gens d'avoir un modèle, mais qu'ils tirent le rideau sur lui pendant qu'ils le peignent. Mieux est de peindre de mémoire, ainsi votre œuvre sera vôtre ». Lui-même, en accord avec ce conseil, n'exécute « d'après nature » que des croquis dont il se sert ensuite dans la composition de ses tableaux. Il peint toujours dans sa grande case ovale sans fenêtre mais où l'éclairage est très égal et doux parce que la lumière est filtrée à travers de larges interstices entre les bambous.

Pour un peintre de la personnalité de Gauguin et avec ses conceptions artistiques, la vie des indigènes semi-civilisés qu'il observe autour de lui à Mataiea, est à la longue assez décevante. Rappelons que le but qu'il s'est fixé avant son départ de France a été de chercher une nouvelle inspiration dans l'art, la religion et la mythologie d'un peuple exotique et primitif. Or, en 1891, après cent ans d'évangélisation, il ne reste plus de trace vivante de ces trois aspects de l'ancienne culture à Tahiti. Il est donc tout à fait logique et compréhensible qu'outrepassant, pour la première fois depuis son arrivée à Mataiea, le cadre de la vie quotidienne pour un sujet de signification plus universelle et profonde, il peigne un tableau sur un thème biblique, représentant la Vierge Marie avec l'enfant Jésus sur son épaule, adoré par un ange et deux femmes torse nu.

Il a peut-être eu cette idée en visitant l'église catholique toute proche puisqu'il l'intitule *Ia orana Maria*, les premiers mots de la version tahitienne de l'*Ave Maria*. Tous les personnages de ce tableau, y compris Marie, ont des traits tahitiens. Mais, comme cela arrive souvent dans les œuvres de Gauguin, ses sources iconographiques sont plus lointaines. Dans le cas actuel, il s'agit de photos des bas-reliefs de la fameuse frise du temple bouddhiste de Borobudur à Java[39]. Les emprunts comprennent notamment les poses des deux femmes en adoration et le grand arbre très stylisé, au centre du tableau. L'effort excessif pour en faire une œuvre symboliste est gênant et, pour cette raison, ce fameux tableau s'est en sorte démodé.

En même temps qu'il commence à se rendre compte à quel point l'ancienne culture a disparu, il éprouve une autre déception. Contrairement à ce qu'il avait espéré, il n'y a pas de femme qui soit libre à Mataiea. On se marie — ou plutôt on se met en ménage — très jeune à Tahiti et, d'autre part, beaucoup de jeunes filles sont attirées par la vie joyeuse qui règne à Papeete. Gauguin choisit la pire solution : il fait revenir Titi. L'expérience est vouée à l'échec. Titi est trop habituée à l'excitation de Papeete, avec les bals populaires, les promenades au marché à la viande, les dîners dans les restaurants chinois. A Mataiea, elle s'ennuie, les habitants lui semblent rustres et ceux-ci, en échange, la trouvent naturellement si fière qu'ils ne veulent rien avoir à faire avec elle. Réduite à la compagnie de Gauguin, elle lui rend la vie insupportable. Son bavardage incessant et trivial, ses caprices et ses exigences extravagantes l'exaspèrent. Pis que tout, elle le gêne dans son travail. Ayant finalement à choisir entre Titi et la peinture, il n'hésite plus et la réexpédie à Papeete.

On pourrait croire que les mœurs libres pour lesquelles les Tahitiennes sont réputées auraient dû permettre à Gauguin d'avoir des aventures galantes avec ses voisines. Selon ses propres dires, il n'en est rien et il explique en ces termes pourquoi : « Je me sentais vraiment intimidé, tant elles nous regardaient, les autres hommes et moi, avec franchise, avec dignité, avec fierté. Et puis on disait de beaucoup d'elles qu'elles étaient malades, malades de ce mal que les Européens ont apporté aux sauvages comme un premier et sans doute essentiel élément de civilisation. » Que Gauguin craigne de contracter une maladie vénérienne, cela est fort compréhensible, mais il a déjà auparavant très souvent oublié ce risque. Quant à sa prétendue timidité, elle n'a jamais été un trait dominant de son caractère et il est assez curieux qu'il en fasse état cette fois-ci. Mais si on réfléchit à la situation dans laquelle il se trouve, ignorant complètement la langue et les us et coutumes des femmes dont il veut faire la conquête, il est en effet concevable qu'il ait tout simplement peur de paraître ridicule.

Déception encore plus grande : Gauguin s'aperçoit aussi qu'il lui est impossible de vivre sans argent, même dans un district éloigné comme Mataiea. Pourtant les auteurs de l'excellent petit guide, publié par le ministère des Colonies, avaient raison d'affirmer que les Tahitiens ignorent totalement la faim et la misère et qu'ils peuvent se passer d'argent. Mais ce qu'ils n'avaient pas su expliquer, c'est que la situation est différente pour un Européen qui ne possède pas de terre et qui n'est ni cultivateur ni pêcheur. Quant à la chasse, le cochon sauvage constitue le seul gibier et il vit dans les montagnes, au milieu des taillis de fougères, à des endroits difficilement accessibles, où sa poursuite requiert une endurance considérable, des chiens bien entraînés et une connaissance approfondie de la topographie locale. Il est évident que ce n'est pas un sport pour un Européen fraîchement débarqué — même s'il possède un cor de chasse — et moins encore pour un homme qui sort de l'hôpital. Gauguin pourrait certes faire pousser des légumes et des patates douces dans son jardin et, avec un peu de patience, il apprendrait comment attraper les petits poissons du lagon. Mais il n'en serait pas plus avancé pour autant car il ne lui resterait plus de temps pour peindre.

Il se résigne donc à acheter sa nourriture chez le Chinois, Aoni, dont le modeste magasin est situé quelques centaines de mètres plus loin, en bordure de la route. Il est inutile de préciser que le stock de marchandises d'Aoni n'est pas d'une grande variété, le choix étant conditionné par les besoins très limités de la population de Mataiea. On n'y trouve évidemment pas de fruits, de légumes frais, de viande, d'œufs ni de poissons puisque, en ce qui concerne ces produits, chacun est son propre fournisseur. Gauguin se trouve donc dans la situation ridicule et bizarre d'avoir, dans un pays luxuriant et fertile, à se contenter presque uniquement de produits d'importation qui, par conséquent, sont chers. Une boîte de corned-beef, par exemple, coûte de 2,50 F à 3,50 F, une boîte de beurre de 4,50 F à 6 F, un kilogramme de fromage de 1,75 F à 2 F, le sucre 1 F le kg, le riz ou les haricots 1 F à 1,50 F le kg et la farine 0,50 F le kg. Quant au lait, il n'y en a pas du tout, mais il s'en passe fort bien. Sa boisson habituelle, le vin ordinaire, coûte 0,90 F le litre, ce qui est relativement cher, et son apéritif préféré, l'absinthe, 7 F la bouteille. Les douze bouteilles de bière locale se vendent 9 F et une douzaine de bouteilles de bière importée 20 F. Le rhum, l'alcool le moins cher, parce qu'il est distillé sur place, coûte 2,50 F le litre.

Ces dépenses inattendues ajoutées aux frais pour le loyer et le tabac font que, vers Noël, ses fonds sont pratiquement épuisés. Sa situation est aggravée par le fait qu'il n'a rien reçu des marchands de tableaux de Paris, ni le moindre centime de la recette de la représentation organisée au Théâtre d'Art peu après son départ. La triste vérité est, qu'au lieu des 1 500 francs espérés, elle n'a rapporté qu'une centaine de francs, qui ont été versés en totalité à Verlaine, plus miséreux que Gauguin. Le spectacle a également été un terrible fiasco sur le plan artistique. La pièce en trois tableaux de Charles Morice, intitulée *Chérubin* et qui, très à propos, a pour thème la tyrannie de l'argent, devait constituer le premier grand drame symboliste. Après cet échec, il semble que Morice se soit abandonné au chagrin et au désespoir, car il n'a pas écrit une seule ligne à Gauguin depuis six mois et celui-ci a appris ces nouvelles accablantes par personne interposée.

Heureusement pour lui, Gauguin est « en mission officielle ». Le gouverneur est donc tenu de lui venir en aide. C'est du moins ce que pense le peintre et il a même une idée très précise de la forme que cette aide doit prendre. Au cours d'une visite en ville, il a appris que le poste de juge de paix aux Marquises est devenu vacant et il est persuadé que tous ses problèmes seront résolus s'il peut obtenir cette sinécure. Le traitement de 500 francs par mois devrait suffire pour vivre très confortablement. De plus, cette nomination lui permettrait enfin d'étudier l'art marquisien, si original et énigmatique. Avant de quitter la France, il a découpé dans une revue des images représentant des Marquisiens tatoués qui ont suscité sa curiosité et son admiration. Il a certainement aussi eu l'occasion d'admirer au musée du Trocadéro deux figures en plâtre représentant des naturels des îles Marquises, somptueusement habillés et entourés d'un bel étalage d'objets typiques. De plus, pendant son séjour à Papeete, il a vu dans la maison du lieutenant de la gendarmerie une importante collection d'objets marquisiens, statuettes, massues, plats et bols, témoins éloquents de l'adresse et du goût artistique des anthropophages invétérés de ces îles sauvages [40]. Les Marquises ont en outre le grand avantage d'être si éloignées de Tahiti que le risque d'une inspection inopinée du gouverneur ou du procureur est minime.

Pour toutes ces raisons, il trouve que ce poste de magistrat lui convient à merveille. Mais a-t-il vraiment les qualifications nécessaires pour l'occuper ? Il n'éprouve aucun doute à ce sujet. Seule, l'attitude du gouverneur Lacascade le préoccupe. Pour mettre toutes les chances de son côté, il décide pour commencer de faire jouer ses relations avec des gens bien placés à Paris. Il écrit à Charles Morice pour lui reprocher son long silence et lui offrir une bonne occasion de se faire pardonner sa négligence. Il lui demande de s'adresser encore une fois à Clemenceau, ainsi qu'à toute autre personne influente de son choix. Mette doit se rendre à Paris au début de 1892 pour tenter de récupérer certaines toiles que son mari a confiées à Schuffenecker et à certains marchands de tableaux, dans l'espoir d'arriver à les vendre au Danemark. Paul s'empresse de lui écrire, en la priant d'intervenir également auprès de cette personnalité, convaincu, selon ses propres termes, que la plupart des hommes, en particulier les Français, sont plus facilement attendris par une supplication féminine.

Bien qu'il ait ainsi préparé le terrain avec soin, il est contraint par la lenteur du courrier et par sa situation financière tournant au désastre, d'aborder le gouverneur avant d'avoir reçu la moindre nouvelle de Paris. Voici comment il raconte lui-même[41] cet épisode rocambolesque : « Un magistrat, honnête homme celui-là (mal vu probablement pour cela), s'émut des difficultés que j'avais à travailler et me conseilla de demander au gouverneur la place de juge de paix aux Marquises.

Elle était vacante depuis longtemps, disait-il, et il était nécessaire que ce poste soit rempli. Il était occupé autrefois par un imbécile et incapable de 1re classe et malgré tous les refus du conseil général, le gouverneur avait placé là un favori, puis l'avait rapatrié en France comme fonctionnaire avec tout le luxe désirable, cela sans aucun droit, avec des fonds trouvés on ne sait où, et passés au chapitre des écritures : chapitre X... C'était presque une sinécure comme perte de temps et je pourrais ainsi continuer des *travaux utiles*.

C'était tenter vraiment le diable. Cependant je refusai presque, demandant quelques jours de réflexion.

Une semaine après je fus obligé d'aller à Papeete.

Le magistrat me dit :

— Il faut battre le fer pendant qu'il est chaud. Le procureur de la République a vu dernièrement le gouverneur, lui parlant de votre affaire ; ce dernier a répondu qu'il serait enchanté de vous être utile.

Immédiatement je traversai la place (ce dialogue se passait devant le palais Lacascade) et, honteux de demander quelque chose à un homme méprisable et (pourquoi dépend-on ainsi d'êtres méprisables ?) qu'on méprise, j'entrai à la résidence.

Le chasseur remit ma carte au gouverneur et cinq minutes après me priait de monter l'escalier : le gouverneur daignait me recevoir. En effet, au haut de l'escalier, Lacascade — comme toujours en redingote noire et pommadé — me disait :

— *Tiens, c'est vous* Monsieur Gauguin... Je ne m'attendais pas à vous voir et qu'est-ce qui vous amène ?

— Tout simplement une demande à vous faire Monsieur le Gouverneur. Comme vous le savez je suis artiste. Mes études à Tahiti sont terminées, et je voudrais aller aux Marquises continuer. On vient *de me conseiller* de vous demander la place de juge de paix, place vacante depuis longtemps.

— Ah, Monsieur Gauguin, quelle folle idée vous passe par la tête ! et qui peut bien vous l'avoir suggérée ? Vous ne savez pas quelles *aptitudes* spéciales il faut avoir pour remplir ce poste délicat, et quelles études préliminaires, etc. Non je vous le dis en vérité, c'est impossible : ce serait une nomination qui ferait le plus mauvais effet.

J'étais en admiration du génie de ce fumiste qui en une minute, au premier examen, pouvait juger de mon incapacité et avec autant de courtoisie m'indiquait le mauvais effet que je ferais comme juge de paix.

Je saluai et me retirai, comme le renard jurant qu'on... »

Le refus catégorique du gouverneur place Gauguin dans une situation fort embarrassante. Même s'il écrit à nouveau à ses amis à Paris et si, par miracle, ils peuvent lui prêter un peu d'argent, il ne le recevra pas avant quatre mois au plus tôt. C'est le temps minimum que met une réponse à parvenir d'Europe. Et pourtant le service du courrier est bien organisé. Les lettres et les mandats échangés entre la métropole et la colonie sont toujours expédiés par l'Amérique du Nord, la voie la plus courte. Le tronçon du parcours le plus lent, Tahiti-San Francisco, long de 3 600 milles, est desservi par des navires à voile de 150 à 200 tonneaux qui effectuent le trajet une fois par mois dans chaque direction. Un départ de San Francisco a lieu le 1er de chaque mois et, grâce aux vents portants, la traversée ne prend d'habitude qu'un peu plus de trois semaines. En sens inverse, un bateau quitte Papeete entre le 12 et le 15 du mois et la traversée dure quatre ou cinq semaines, parfois beaucoup plus. Par exemple, la goélette qui est partie de Papeete le 18 décembre 1891 avec les importantes lettres à l'adresse de Morice et de Mette, a été complètement déroutée par de violents vents contraires et n'a pas mis moins de quarante-neuf jours à rallier San Francisco [42]. Ce qui explique le retard des correspondants de Gauguin à lui répondre.

A Mataiea, il n'existe bien sûr aucun moyen de gagner de l'argent. Ce n'est qu'à Papeete qu'il y a, occasionnellement, des emplois disponibles. Gauguin pourrait peut-être trouver une place comme patron de goélette ou comptable dans un magasin, car il possède les connaissances requises pour ces deux métiers en ses qualités d'ancien officier de la marine marchande et de remisier à la Bourse. Mais cela signifierait l'abandon de la peinture, alternative qu'il refuse d'envisager. Comme le temps passe et que l'argent n'arrive toujours pas de France, il est contraint de vendre, les uns après les autres, tous les objets personnels dont il peut se passer. Le premier est son beau fusil de chasse, avec lequel il n'a pas tiré un seul coup depuis son arrivée.

A tous ces ennuis s'ajoute la dépense considérable de dix-huit francs de transport chaque fois qu'il se rend à Papeete en quête d'argent, car, on s'en doute, il ne possède pas de carriole comme les colons. Il emprunte donc pour parcourir les 46 kilomètres qui le séparent de la ville, la voiture publique assurant le service une fois par jour entre Papeete et Taravao, agglomération qui se trouve à l'autre bout de l'île. Le prix d'un voyage Mataiea-Papeete est de neuf francs et le trajet dure cinq heures et demie, la route est en mauvais état et le confort de la patache laisse beaucoup à désirer [43]. « Cette voiture se compose d'un long coffre assez large, supportant sur ses ridelles trois banquettes où, en se serrant un peu, on peut s'asseoir à trois personnes sur chacune ; perché à environ 1,50 m au-dessus du sol sur trois ressorts, deux à l'arrière et un à l'avant, posés sur deux essieux, qui, bien entendu, ont une roue à chaque extrémité. Les roues de l'avant presque aussi hautes que celles de l'arrière. A droite ou à gauche, comme vous voudrez, ou plutôt comme y pense le conducteur, s'accroche à une des ridelles une imitation de boîte aux lettres[44], lourde et massive, dont les crochets, malgré leur solidité, sont souvent brisés par les cahots.

Comme attelage, en 1883, on plaçait quatre chevaux, pas de front, mais deux par deux ; et il arrivait souvent que quand ceux de devant tiraient, ceux qui étaient immédiatement derrière retenaient, et on restait ainsi jusqu'à ce que l'accord entre eux fût bien établi, ce qui durait quelquefois plusieurs heures. Depuis, Tahiti suivant toujours avec intérêt les progrès de l'Europe, vit sa voiture se modifier et avoir trois chevaux de front, ce qui fait, dans beaucoup d'endroits, juste la largeur de la route. Cette amélioration lui valait un peu plus de régularité dans la marche.

Ensuite, ô progrès ! pour éviter aux voyageurs les coups de baleine de parapluie dans l'œil, on y adapta, en 1887, un dais. Le premier fut, devinez quoi ? un sommier, sans ses ressorts bien entendu, supporté par quatre montants. L'essai ayant pleinement réussi, le modèle fut immédiatement adopté. »

Pour compléter ce tableau, il faut ajouter que, pendant les premiers mois de son séjour à Mataiea, Gauguin fait la route en pleine saison des pluies qui, à Tahiti, dure de novembre à avril. Il souffle aussi à cette période un vent violent dont on n'est guère protégé sur ces curieuses voitures publiques même par le meilleur sommier du monde.

La haute société de Papeete n'a plus aucune raison de se montrer accueillante et aimable envers Gauguin depuis que le gouverneur, par son comportement résolu, a ouvertement démontré que celui-ci est une nullité complète, en dépit de sa mission officielle. Ses plus anciens amis, le lieutenant Jénot et les voisins de celui-ci, Drollet, le commerçant, et Suhas, l'infirmier sont les plus fidèles. Jénot pousse la gentillesse jusqu'à rendre visite à Gauguin à Mataiea[45] « au moins tous les mois, autant que l'autorité militaire me le permit », raconte-t-il. « Sachant la difficulté qu'il avait de se ravitailler, sauf en poisson, uru et fei, je ne venais jamais les mains vides et le magasinier du Service des vivres, prévenu, me préparait viande fraîche, corned-beef, légumes secs et litres de vin en quantité suffisante pour quelque temps, et de la glace. En l'absence d'autres moyens, je louai pour ce voyage une voiture et un cheval qui finissaient par arriver.

Gauguin me voyait toujours arriver avec joie, car mon séjour de 3 ou 4 jours le remettait en rapport avec l'Européen, mettait une éclaircie dans sa solitude et lui donnait une sorte de vacances dans sa vie de travail. Son peu de connaissance dans la langue tahitienne limitait ses rapports avec les indigènes. Même avec ceux qui savaient parler français, les conversations ne pouvaient mener bien loin sa pensée : il vivait donc renfermé et son cerveau fonctionnait en vase clos. Aussi, à ma vue, laissait-il là palette et pinceaux et nous courions au lagon à la pêche aux bénitiers et aux varos, ou dans les ruisseaux de la montagne, à la pêche aux camarons. »

Pour remercier Jénot, Gauguin lui fait cadeau d'une aquarelle représentant l'ange et une des femmes de son tableau *la orana Maria*, mais nantie d'un nouveau titre beaucoup moins révérencieux, *Te faruru*, « On fait l'amour ». Le dos du carton sur lequel cette aquarelle est collée nous fournit un autre renseignement : un damier y est tracé, indiquant que Gauguin et Jénot passaient leurs soirées à jouer aux dames.

Quand Gauguin est en ville, Jénot l'héberge d'habitude, tandis que les Drollet et les Suhas l'invitent à déjeuner ou à dîner. Tous les trois, à l'occasion, lui prêtent de petites sommes d'argent. Il ne peut guère exprimer sa reconnaissance qu'en leur offrant des peintures. Exceptionnellement, il exécute aussi un jour un portrait. Les Suhas ont un garçon nommé Aristide qui, à l'âge de 18 mois, au début de mars 1892, tombe malade d'une sorte d'entérite. Sa mère le soigne avec des médicaments tahitiens et le bourre de nourriture. La mort survient brutalement le 5 mars. Lorsque Gauguin qui, par hasard, se trouve en ville, entre chez ses amis, il aperçoit Mme Suhas sanglotant de chagrin au chevet du lit où son fils vient d'expirer. Il imagine qu'un portrait de l'enfant serait pour elle un souvenir et un réconfort, sort immédiatement ses pinceaux, une toile, et exécute une huile du jeune Aristide étendu mort, les yeux fermés, un chapelet dans les mains. Mais quand il montre le tableau à la pauvre mère bouleversée, les seuls mots qui percent à travers ses sanglots sont : « Mais sa figure est toute jaune, on dirait un Chinois ! » Et elle continue à pleurer encore plus fort.

Gauguin s'excuse et essaie d'expliquer que les rideaux près du lit produisent des reflets de lumière jaune. Mais Mme Suhas ne veut toujours pas de cette peinture de « Chinois » et son époux, gêné, l'emporte finalement pour la cacher[46]. Dans les catalogues et les albums consacrés à l'œuvre de Gauguin, cette peinture — aujourd'hui au musée Kröller-Müller à Otterlo en Hollande — est invariablement censée représenter le portrait du *Prince Atiti*. Aucun prince n'a jamais porté ce nom à Tahiti et, en fait, *Atiti* est tout simplement la déformation tahitienne du prénom français Aristide.

Malgré ce nouvel échec, vite connu dans la ville, Gauguin reçoit à peine quinze jours plus tard la commande d'un portrait. Ce hardi client est un capitaine de goélette, nommé Charles Arnaud[47]. Comme beaucoup d'autres colons français, il peut remercier la Marine nationale de lui avoir fait découvrir Tahiti. Libéré du service militaire sur place, il a rapidement atteint le grade de capitaine au petit cabotage. Il a pu ensuite acheter une goélette, la *Mateata*, avec laquelle il navigue parmi les quatre-vingts atolls de l'archipel des Tuamotu, achetant du coprah et de la nacre et vendant de l'alcool, de la farine, des conserves et des tissus. Il porte le surnom très approprié de « loup blanc » et il est considéré avec une certaine admiration par ses collègues, car il est aussi habile à rouler les autorités que les insulaires. La rumeur précise, par exemple, qu'il a plus d'une fois gagné l'Amérique avec une cargaison d'huîtres perlières pêchées en eaux interdites pour en rapporter ensuite de l'alcool de contrebande. « Pour comprendre l'état d'âme des pirates, dit-il un jour, il faut avoir, comme moi, commandé une goélette et éprouvé la joie de se sentir maître après Dieu, en plein Pacifique, d'une belle coque de noix ployant sous l'alizé comme une maîtresse. Il faut avoir embouqué les passes des lagons sous l'éblouissement du soleil tropical, ordonné de virer vent devant à l'accore d'un récif de corail où l'on risque de s'éventrer et de mourir. Il faut avoir enfin cueilli des vahinés dans les archipels comme des fleurs. »

Gauguin a fait la connaissance du capitaine Arnaud chez leur ami commun, Sosthène Drollet, et les deux anciens de la Royale sont devenus rapidement très bons amis, ayant bon nombre d'histoires à échanger. Mais plus encore qu'un long service dans la marine, leur caractère anticonformiste, leur mépris des conventions établies les rapprochent. Le 18 mars 1892, peu après son retour d'une tournée aux Tuamotu [48] où il a sans doute réalisé de très bonnes affaires, Arnaud commande à Gauguin un portrait de sa femme « une adorable vahiné aux yeux ardents », et promet de lui payer la somme considérable de 2 500 francs. C'est du moins ce que prétend Gauguin, bien que dans une de ses lettres il ne parle que de 2 000 francs. En vérité, il est fort probable qu'Arnaud — hâbleur comme pas un — ait fait cette offre extravagante un soir, dans une taverne, après de nombreuses libations, pour impressionner les autres clients.

Malheureusement, Arnaud repart aussitôt pour une autre tournée aux îles Tuamotu et prudemment, comme toujours, il embarque sa jolie femme. Ainsi cette commande lucrative est forcément repoussée jusqu'au retour de la *Mateata* vers le mois de mai, ce qui veut dire que Gauguin est acculé à vivre d'emprunts pendant deux nouveaux mois, car le courrier de mars, arrivé le 9, n'a apporté ni argent ni nouvelles de son fondé de pouvoir à Paris, Charles Morice.

Quelques jours plus tard, il se plaint amèrement dans une lettre à Paul Sérusier, la seule personne à l'exception de Mette qui lui ait écrit par ce dernier courrier : « Votre lettre me trouve dans un de ces moments terribles de l'existence où un homme doit prendre une décision, sachant que d'un côté ou de l'autre il y a des coups à recevoir. En un mot, grâce au lâchage de Morice, je suis au bout du rouleau et il faut que je rentre. Comment ? SANS ARGENT. D'un autre côté je veux rester, je n'ai pas terminé mon œuvre, je viens à peine de la commencer ; et je me sens en route pour bien faire. Oui, Morice m'a lâché, car s'il avait écrit deux fois, surtout avec lettre chargée, j'aurais reçu. (Toutes vos lettres me sont parvenues.) Et si j'avais 500 francs de plus je tiendrais la cape (les 500 francs que Morice me doit). J'ai promesse pour le mois de mai d'un portrait de femme à faire : 2 500 francs, mais c'est une promesse et je ne sais que penser. D'ici le mois de mai, je ferai le possible et l'impossible pour attendre. Si alors ce portrait se fait — il faut que je fasse portrait qui plaise, genre Bonnat — qu'il soit payé, alors je crois pouvoir en avoir un ou deux autres et j'aurais reconquis mon indépendance. »

Gauguin retire cependant un avantage important de tous ses déplacements forcés à Papeete. Il enrichit considérablement ses connaissances de l'ancienne culture tahitienne en découvrant deux classiques de la littérature sur les îles. Le premier a paru dans l'*Annuaire de Tahiti* de 1892, excellent calendrier officiel, sorti au début de mars et vendu à l'Imprimerie du Gouvernement pour une somme modique. Outre des arrêtés, des statistiques sur le commerce, les tarifs douaniers et la liste de tous les fonctionnaires de la colonie, il contient cette année-là une étude de plus de cinquante pages intitulée *État de la société tahitienne à l'arrivée des Européens*, extraite d'une revue publiée en 1855, épuisée depuis longtemps. L'auteur, un officier de marine nommé Edmond de Bovis, a interrogé de vieux chefs et des sages au cours d'une longue affectation dans les îles pendant les premières années du protectorat français. L'article est sérieusement documenté mais le tableau qu'il dresse de la culture tahitienne demeure par force très fragmentaire. L'autre publication, beaucoup plus difficile à se procurer, Gauguin l'emprunte à l'avocat Auguste Goupil, qui lui a déjà rendu le service de lui acheter son fusil. Cet ouvrage en deux épais volumes est bien connu de tous les spécialistes. Il a paru, dès 1837, sous le titre très poétique de *Voyage aux îles du Grand Océan*. Son auteur, Jacques-Antoine Moerenhout, homme d'affaires et plus tard consul de France, a connu temporairement la célébrité au moment de la prise de possession de Tahiti par la France, quand il fut l'adversaire principal et victorieux du pasteur Pritchard qui s'efforçait de provoquer l'annexion anglaise. Ce livre, comme l'étude de Bovis, reconstitue la culture indigène telle qu'elle était avant la découverte, sur la foi de renseignements fournis par de vieux Tahitiens[49]. Moerenhout admire beaucoup Chateaubriand qui, selon une formule heureuse, « par la puissance de son imagination et l'éclat de son style... unit l'éloquence de la passion à la couleur des descriptions ». Ces caractéristiques s'appliquent tout à fait à son disciple. Voilà pourquoi Gauguin, conquis par la prose majestueuse et sonore du *Voyage aux îles du Grand Océan* accepte aveuglément les interprétations et reconstitutions souvent fantaisistes ou erronées de l'ancienne société polynésienne dont Moerenhout n'a jamais été témoin oculaire.

Il faut dire qu'il aurait pu emprunter auprès des résidents locaux de bien meilleurs ouvrages, par exemple *Polynesian Researches* par le missionnaire protestant William Ellis, qui fut en poste dans les îles de la Société de 1816 à 1822, ou les récits des voyages du capitaine Cook qui contiennent d'excellentes descriptions détaillées de la vie telle qu'elle était à l'époque de la découverte, dans les années 1760 et 1770. Ce qui l'a probablement rebuté est sa connaissance défectueuse de l'anglais. Mais le plus surprenant, c'est qu'il ignore l'existence de quelques vieillards qui connaissent encore assez bien les traditions et les coutumes anciennes. Le plus érudit d'entre eux est une femme, Arii Taimai Salmon, âgée de 70 ans, mère de la veuve de Pomare V, la reine Marau, qui habite avec son fils, le chef Tati, dans le district voisin de Papara, à moins de 10 kilomètres de la case de Gauguin. A la décharge de celui-ci, il faut dire cependant qu'Arii Taimai a été mariée à un Anglais et qu'elle est demeurée, avec ses enfants, très anglophile. Voilà pourquoi Robert Louis Stevenson et

Henry Adams ont été reçus à bras ouverts par toute la famille Salmon et comment ils ont pu entendre bien des légendes et des chants de la bouche d'Arii Taimai [50]. Gauguin, pauvre artiste inconnu et, de surcroît, installé auprès du chef Tetuanui qui se trouve être, en affaires comme en politique, le rival de Tati Salmon, a donc peu de chances d'être invité par Arii Taimai à une de ces soirées où elle conte avec tant de brio Tahiti aux temps anciens.

Dans les ouvrages de Bovis et de Moerenhout, Gauguin est avant tout passionné par les chapitres consacrés à la fameuse secte des *arioi* dont les membres, deux cents ans avant nos hippies et d'une manière beaucoup plus propre et sans conflits ni drames, pratiquaient l'amour libre. La réalisation parfaite de cet idéal hédoniste s'explique par l'organisation hiérarchique et les règles très strictes de la société *arioi* qu'on peut très bien comparer à un ordre religieux. Les *arioi* se considéraient en effet comme les apôtres du dieu Oro et s'efforçaient de répandre son évangile avec un zèle de missionnaires. Parmi les moyens employés pour gagner des prosélytes, le plus ingénieux et efficace était l'organisation d'exhibitions érotiques qui attiraient infailliblement de larges foules [51]. Encore sous l'influence de ces lectures, Gauguin s'exclame dans une lettre à Sérusier : « Quelle religion que l'ancienne religion océanienne. Quelle merveille ! Mon cerveau en claque et tout ce que cela me suggère va bien effrayer. Si donc on redoute mes œuvres anciennes dans un salon que dire alors des nouvelles. »

Selon les mythes sacrés des *arioi*, leur secte a été fondée par Oro lui-même lors d'une visite sur la terre où il a été attiré par la réputation de Vairaumati, femme d'une beauté exceptionnelle. Une des premières toiles que peint Gauguin après avoir lu les descriptions de cette société est basée sur cet épisode précis. Elle représente une belle Tahitienne complètement nue, assise dans une pose hiératique, « à l'égyptienne », sur un banc drapé d'un *pareu* bleu à fleurs blanches, une cigarette à la main, des fruits disposés à ses pieds sur une petite table. Du coin droit supérieur du tableau, le dieu Oro, dont on ne voit que la moitié du corps, selon la technique japonaise du découpage asymétrique, la regarde tendrement. Deux idoles occupent le milieu de l'arrière-plan. De toute évidence insatisfait du résultat, Gauguin peint une autre toile sur le même thème dans laquelle il ne garde que Vairaumati. La première, il l'appelle simplement *Vairaumati tei oa*, soit « son nom est Vairaumati ». La seconde, bien mieux réussie, il l'intitule (copiant les fautes d'orthographe de Moerenhout) *Te aa no areois*, qui signifie « la racine des arioi ». La racine en question est une noix de coco germée que Vairaumati tient dans sa main à la place de la cigarette anachronique de la première version. Ce germe symbolise apparemment le fils qu'Oro lui a donné. Ajoutons que du point de vue iconographique il faut plutôt chercher le prototype dans *L'Espérance*, de Puvis de Chavannes que Gauguin admirait tant [52]. Le tableau est magnifique, mais représenter Vairaumati ainsi, comme la personne qui a donné naissance à la société des *arioi*, est une erreur totale car, selon leurs propres croyances, le premier *arioi* était un chef de Raiatea désigné par Oro.

Hasard cocasse qui eût enchanté Gauguin, des milliers de citoyens soviétiques, plus ou moins choqués par l'impudeur de cette nudité triomphante, défilent journellement au musée Pouchkine de Moscou devant le premier de ces deux tableaux, alors que le second n'est visible que pour un public capitaliste très sélectionné, puisqu'il orne le bar d'un multimillionnaire new-yorkais.

A la fin d'avril 1892, quand arrive le bateau apportant le courrier d'Europe, Gauguin est contraint de délaisser ses recherches passionnantes sur le passé tahitien et le monde merveilleux de ses rêves pour affronter la réalité présente, bien moins souriante. Le quelques lettres reçues ne contiennent pas de chèque et les nouvelles sont peu encourageantes. Le capitaine Arnaud n'est pas non plus rentré de sa longue croisière. A nouveau, Gauguin s'adresse au riche colon Auguste Goupil qui, cette fois, se contente de lui faire l'offre humiliante d'un emploi temporaire de gardien de meubles. Le mobilier en question appartient à un commerçant chinois, du district de Paea, qui a fait faillite. Ses biens ont été saisis et une vente aux enchères est annoncée. Gauguin, maîtrisant son amour-propre, accepte et se rend à Paea. Il a au moins la consolation de retrouver un bon ami en la personne de Gaston Pia, l'instituteur, qui l'héberge et le nourrit [53]. Onze jours plus tard son emploi prend fin. Il reçoit en paiement 36,75 francs, ce qui n'améliore guère sa situation.

Le capitaine Arnaud navigue toujours. Déprimé, Gauguin retourne à Mataiea, très inquiet à la pensée qu'après le 9 juin, il ne pourra plus compter sur un rapatriement aux frais du gouvernement. Cette date est l'anniversaire de son arrivée et, selon les lois en vigueur, un citoyen français séjournant dans une colonie a droit à un passage de retour gratuit s'il en fait la demande avant la fin de la première année. Mais s'il laisse passer cette date, il cesse d'être considéré comme un voyageur en détresse et devient un résident permanent. Or, rien n'est moins sûr que la promesse du capitaine et il semble de plus en plus improbable que Gauguin puisse subsister en acceptant des emplois occasionnels.

En tout, il a peint environ 35 tableaux. Ce n'est pas assez pour une exposition à Paris, d'autant plus qu'il n'est pas satisfait de certaines de ses toiles. Mais il a des centaines de croquis et il pourra très bien continuer à exécuter des peintures tahitiennes en France, en atelier, comme il en a l'habitude même à Mataiea.

En marge des tableaux qu'il compte exposer à Paris, il a réalisé une œuvre pour son propre plaisir, œuvre à part aussi par sa nature puisqu'elle s'inspire d'un vitrail. C'est une peinture à l'huile, faite à même les trois vitres placées dans la partie supérieure de la porte de la maison de son propriétaire, Anani. L'idée de cette décoration peu usuelle lui est venue à l'esprit vers la fin de sa première année à Tahiti quand, tombé malade, il a été transporté par son hôte et ami dans un lit de la maison de celui-ci, où, à l'abri des courants d'air de sa case, il a pu se remettre plus rapidement. Car, bien qu'à Tahiti la température ne tombe guère au-dessous de 18 degrés — et ceci uniquement pendant l'hiver austral, de juin à août — le vent frais et humide qui descend de la montagne pendant la nuit provoque fréquemment des grippes et même des pneumonies. Les précautions d'Anani ont donc été sages. Mais Gauguin n'a pu supporter son oisiveté et, au bout de quelques jours, il a trouvé ce moyen simple de remercier son hôte qui, semble-t-il, n'en a pas manifesté une reconnaissance excessive.

A première vue, le sujet central que Gauguin a choisi pour ce triptyque tahitien est très banal : une Tahitienne aux seins nus debout près d'un arbuste[54]. Mais cette peinture revêt tout de suite plus de signification si nous la comparons à la toile de l'Eve exotique peinte en Bretagne pendant l'automne 1890, alors que Gauguin songe pour la première fois au paradis tahitien. Le verre peint en est un contretype, avec l'unique différence que la seconde Eve a des traits nettement tahitiens. La répétition de ce motif révèle qu'il désire toujours intensément une femme bien à lui.

Cette œuvre particulière est émouvante aussi pour une autre raison. C'est une pauvre contrefaçon de ce qu'il veut créer depuis longtemps, ainsi que nous l'indique sa réponse à Daniel de Monfreid quand celui-ci parle de l'art sacré : « Le vitrail simple attirant l'œil par ses divisions de couleurs et de formes, voilà encore ce qu'il y a de mieux. En quelque sorte la musique. Dire que j'étais né pour faire une industrie d'art et que je ne puis aboutir. Soit le vitrail, soit l'ameublement, la faïence, etc., voilà au fond mes aptitudes beaucoup plus que la peinture proprement dite. »

Quand il constate avec amertume que le bateau arrivé le 1er juin n'a pas apporté d'argent ou de nouvelles de Morice, toute sa fortune s'élève à 45 francs. Il décide à contrecœur de s'adresser au gouverneur pour obtenir son rapatriement.

Lentement, il traverse le parc, avec son petit kiosque à musique autour duquel, à peine un an auparavant, il a passé des heures si heureuses à danser et regarder le spectacle des bals populaires. Il hésite une dernière fois, puis franchit le portail du gouverneur. Au moment où il atteint l'escalier qui conduit au bureau, un homme trapu en sort : le capitaine Arnaud[55]. La surprise est réciproque.

— Que diable allez-vous faire dans cette galère ? demande Arnaud.

— Ma foi, je vais faire la chose la plus emmerdante du monde. Je vais mendier mon voyage au gouverneur. Mon navire dérive et je suis à la cale sèche.

Alors Arnaud sort 400 francs de sa poche et dit :

— Vous me donnerez un tableau et cela fera le compte.

Arnaud voulait-il ainsi se débarrasser de sa promesse extravagante, déjà vieille de deux mois ? Mais non, il affirme qu'il veut toujours le portrait de sa femme qu'il a commandé et, en même temps, sans aucune gêne, il baisse son prix de moitié. De plus, il confie à Gauguin que son épouse n'est pas très facile à manœuvrer et qu'il lui reste encore à la convaincre de poser. Malgré cela, les 400 francs et cette nouvelle promesse, même assez vague, suffisent à Gauguin pour qu'il renonce à sa visite humiliante chez le gouverneur et le décident à rester encore quelque temps à Tahiti.

Pour signifier à Arnaud qu'il compte sur sa parole, il s'empresse de lui donner un tableau à son goût, sans élément mythologique ou symboliste, représentant des Tahitiennes, habillées de longues robes, tressant des chapeaux au bord du lagon[56]. (Il se trouve aujourd'hui au Jeu de Paume, à Paris.) Quelques jours plus tard, réflexion faite, il prend une sage précaution. Il écrit la lettre suivante à son protecteur officiel à Paris :

Tahiti, le 12 juin 1892

Monsieur le Directeur des Beaux-Arts,

Vous avez bien voulu, sur ma demande, me faire l'honneur de m'accorder une mission pour Tahiti, en vue d'étudier les coutumes et les paysages de ce pays.

J'espère qu'à mon retour, mes travaux seront jugés favorablement par vous.

Si économe qu'on soit, la vie à Tahiti est très chère et les voyages très onéreux.

J'ai l'honneur, Monsieur le Directeur, de vous demander de me rapatrier en France, comptant sur votre bienveillance pour favoriser mon retour.

Je suis, Monsieur, avec le plus profond respect,

Votre tout dévoué serviteur,

Paul Gauguin

Il faudra attendre la réponse au moins quatre mois. S'il est aussi économe qu'il le prétend, les 400 francs du capitaine Arnaud lui permettront de subsister pendant ce temps. Pour la première fois depuis longtemps, il se sent soulagé et de bonne humeur et, par le même courrier, il écrit à Daniel de Monfreid pour lui raconter ses dernières aventures : « J'éclate de rire dans ma case quand j'y pense. Non, il n'y a qu'à moi que cela arrive. Toute mon existence est comme cela : je vais au bord de l'abîme et puis je ne tombe pas. Quand [Théo] Van Gogh est devenu fou, j'étais foutu. Eh bien, je m'en suis relevé. Cela m'a obligé à me remuer. C'est égal, il y a un drôle d'enchevêtrement des hasards pour moi. En attendant, j'ai encore gagné quelques jours avant de tomber et je vais travailler. »

CHAPITRE V

LE MARIAGE DE KOKE

Hélas, le travail de Gauguin ne progresse guère. Il tente en vain de se ressaisir, de se concentrer. Pour se débarrasser de son spleen, il décide de partir à la découverte de l'île. L'idée est excellente et il est même étonnant qu'il soit resté presque une année à Mataiea sans jamais avoir fait le moindre effort pour aller voir ce que les districts de la presqu'île et de la côte est peuvent offrir comme folklore et paysages intéressants.

Son voyage d'exploration débute de façon tout à fait banale. Il monte dans la voiture publique, ce char à bancs qu'il déteste tant. Il descend au terminus, à Taravao, petite agglomération composée d'une douzaine de maisons au plus, située 14 kilomètres plus loin, sur l'isthme qui réunit la grande île de Tahiti à la presqu'île. Deux routes à peine carrossables sillonnent de chaque côté de cette dernière. Une troisième, dans un état si déplorable qu'il vaut mieux en parler comme d'un sentier un peu élargi, remonte vers Papeete le long de la côte est, partie la plus accidentée et la plus sauvage de la grande île. Un commerçant chinois loue au prix fort des carrioles et des chevaux aux rares citadins qui osent s'aventurer aussi loin de Papeete. Heureusement pour lui, Gauguin peut éviter cette dépense. Le gendarme en poste à Taravao lui offre généreusement un de ses chevaux de selle. Gauguin opte pour la route de la côte est qui s'enfonce à travers une forêt de cocotiers. De toute évidence, son choix est dicté par son espoir de trouver dans cette région isolée plus de survivances des vieilles coutumes. Il s'aperçoit vite qu'en effet on y trouve davantage de cases de bambous et moins de maisons de colons. Les femmes sont aussi moins soucieuses de cacher leur nudité car ni gendarme ni missionnaire ne résident dans le district de Faaone. C'est encore à une vieille tradition d'hospitalité que, vers midi, il doit d'être invité par un Tahitien inconnu, à se reposer et à se rafraîchir dans sa case. Comme il a déjà parcouru huit kilomètres sur un terrain accidenté, escaladé des collines abruptes, traversé à gué une demi-douzaine de rivières, il accepte tout de suite l'invitation.

A l'intérieur de la case, plusieurs personnes sont assises ou allongées à la manière tahitienne sur l'herbe sèche d'*aretu* qui couvre le sol. Une femme apporte aussitôt du fruit de l'arbre à pain, des bananes sauvages et des crevettes d'eau douce qu'on appelle à Tahiti des chevrettes. C'est alors qu'une autre femme, avec une curiosité bien compréhensible, s'enquiert des intentions du voyageur. Gauguin répond simplement qu'il se rend à Hitiaa, le district voisin. Naturellement, la femme veut en savoir davantage. Pour quoi faire ? « Je ne sais quelle idée me traversa la cervelle », écrira Gauguin plus tard, « je lui répondis : pour chercher une femme. » Cet aveu spontané ne surprend guère ses hôtes. Mais ce qu'ils ne peuvent comprendre, c'est qu'il soit nécessaire pour cela d'entreprendre un aussi long voyage. Pourquoi aller si loin puisque, ici même, à Faaone, on ne manque pas de beautés ? Et la femme de faire sur-le-champ l'offre suivante : « Si tu veux, je vais t'en donner une. C'est ma fille. »

Cette mère entreprenante est encore très belle et n'a certainement pas dépassé la quarantaine. Gauguin a donc toutes les raisons de la croire lorsqu'elle affirme lui offrir une mariée à la fois très jeune et très jolie. Plein d'espoir, il demande aussitôt à la voir. Il doit patienter un quart d'heure encore, mais enfin surgit Teha'amana, une ravissante jeune fille de treize ans, c'est-à-dire, si on s'en réfère aux mœurs tahitiennes, bien d'âge à se marier. Elle a, comme toute Polynésienne, le nez épaté, les lèvres bien charnues, les jambes et les hanches robustes. Elle possède aussi une grâce animale rare chez les femmes d'Europe, une peau merveilleusement lisse, de grands yeux expressifs et des cheveux noir de jais qui tombent sur ses reins. Le quart d'heure d'attente n'a pas été causé par quelque difficulté à la persuader, bien au contraire, mais il lui a quand même fallu ce temps pour faire ses bagages. Son trousseau tient pourtant aisément dans le baluchon fait d'un *pareu* noué qu'elle porte à la main.

Gauguin est fasciné et fait une demande en mariage en ces termes admirablement directs et précis :

— Tu n'as pas peur de moi ?

— Non.

— Veux-tu toujours habiter ma case ?

— Oui.

— Tu n'as jamais été malade ?

— Non.

Gauguin affirme qu'il a mené toute la conversation en tahitien. S'il a réussi cet exploit linguistique c'est sans doute qu'il s'agit de trois questions types qu'il a apprises par cœur. La vraie mesure de ses connaissances de la langue tahitienne nous est fournie par l'erreur qu'il commet immédiatement sur un point assez important quand il croit comprendre que les parents de Teha'amana sont originaires des lointaines îles Tonga, dans la partie occidentale du Pacifique. Ils lui ont dit en réalité qu'ils viennent de Rarotonga, l'île principale de l'archipel situé à l'ouest de Tahiti et qui figure aujourd'hui sur les cartes sous le nom d'îles Cook. Avant de s'installer à Tahiti, ils ont séjourné quelque temps à Huahine, une autre île de l'archipel de la Société, et c'est là que Teha'amana est née[57]. La différence de langue et de culture entre les îles Cook et les îles de la Société est si petite que la famille s'est rapidement adaptée.

Bien qu'il n'ait vu qu'un district de la côte est et aucun lieu de la presqu'île, Gauguin n'éprouve plus la moindre envie de poursuivre son voyage étant donné qu'il vient de découvrir ce qu'en définitive il cherchait. Il décide donc de s'en retourner avec sa nouvelle compagne, laquelle, en

Tahitienne bien élevée, marche derrière son cheval. Une seule chose l'ennuie, c'est que toute sa famille les suit. A quelques kilomètres de là, le cortège s'arrête devant une autre case où, au grand étonnement de Gauguin, Teha'amana lui présente un couple de Tahitiens qui, dit-elle, sont ses parents. Et, avant qu'il puisse obtenir la moindre explication de cette surabondance de famille, sa nouvelle belle-mère commence à l'interroger. Puis, tranquillement, elle conclut.

— Dans huit jours qu'elle revienne. Si elle n'est pas heureuse elle te quittera.

Consterné par la tournure inattendue que prend son voyage de noces, Gauguin reproche à la femme qui, en premier lieu, lui a donné Teha'amana pour épouse, de lui avoir menti en se présentant comme sa mère. Elle se défend avec énergie, d'ailleurs en toute bonne foi. En effet, le malentendu vient de ce que la plupart des Polynésiens possèdent en plus de leurs vrais parents, des parents d'adoption. L'une des raisons d'être de cette coutume, encore très répandue aujourd'hui, est de créer des liens d'amitié avec des familles bien établies, fait particulièrement important et nécessaire dans le cas de nouveaux venus comme le sont les parents de Teha'amana.

Certains que leur nouveau gendre ne sera pas assez discourtois pour leur refuser à chacun un cadeau de mariage, tout le monde, parents et alliés, le conduisent finalement jusqu'au magasin chinois de Taravao qui est également un restaurant. Gauguin comprend tout de suite que la bienséance lui commande d'offrir à sa belle-famille un véritable festin de mariage. Si bien que, lorsqu'il monte dans la voiture avec Teha'amana et reprend la route cahoteuse vers Mataiea, il ne lui reste plus grand-chose en poche.

« Une semaine se passa pendant laquelle je fus d'une "enfance" qui m'était inconnue », raconte-t-il. « Je l'aimais et je le lui dis, ce qui la faisait sourire. » Voilà bien une déclaration d'amour inattendue sous la plume d'un homme aussi peu sentimental que Gauguin qui n'a pas hésité à écrire ailleurs : « Pour dire je t'aime, il faudrait me casser toutes les dents », confession en vérité beaucoup plus conforme à son esprit. Mais on comprend sa joie d'avoir trouvé Teha'amana, car elle correspond exactement à sa vision d'une Eve tahitienne. C'est donc à contrecœur et avec anxiété qu'une semaine plus tard il se sépare d'elle quand elle insiste pour retourner à Faaone comme promis. Pour consolider la bonne impression laissée le jour du mariage, il lui confie un peu d'argent et lui ordonne d'acheter au magasin chinois de Taravao quelques bouteilles de rhum pour ses nombreux parents. Le compte rendu que Teha'amana leur fait est sans doute très favorable puisque, quelques jours plus tard, elle descend tranquillement du char à bancs qui s'arrête sous les manguiers à proximité de la case de Gauguin, prête à rester pour de bon.

Une nouvelle vie commence : « Je me remis au travail et le bonheur succédait au bonheur. Chaque jour au petit lever du soleil, la lumière était radieuse dans mon logis. L'or du visage de Teha'amana inondait tout l'alentour et tous deux dans un ruisseau voisin nous allions naturellement, simplement, comme au Paradis, nous rafraîchir... Teha'amana se livre de plus en plus, docile, aimante ; le *noa noa* tahitien embaume tout. Moi je n'ai plus la conscience du jour et des heures, du Mal et du Bien : tout est beau, tout est bien. »

Le mariage de Gauguin est plus réussi que celui de Loti, parce que Teha'amana est une pure Tahitienne, alors que Rarahu, héroïne fictive, est le prototype de la fille « évoluée » de Papeete. Ses besoins d'argent et de cadeaux sont minimes. Les compliments et les galanteries ne l'intéressent pas. Le monde des *popaa* lui paraît si étrange qu'elle n'essaie même pas de comprendre ce que Gauguin fait et le laisse peindre en paix. Peu lui importe s'il n'a pas d'heures régulières car elle a toujours vécu ainsi. Son habitude de demeurer assise pendant des heures d'affilée, de rêver en plein jour quand il n'y a rien d'autre à faire, plaît aussi beaucoup à Gauguin, surtout après l'expérience fatigante d'une bavarde comme Titi. Sa constante gaieté, son air enjoué lui apporte fraîcheur et agrément. Par ailleurs, du point de vue pratique, que d'avantages à posséder dans sa case une femme comme Teha'amana : elle s'occupe du linge, de la cuisine et de tous les travaux ménagers, va à la pêche et sait se procurer des fruits et des légumes pour la table. Mais il apprécie par-dessus tout ses attraits physiques et la simplicité candide avec laquelle elle se donne à lui. Il est révélateur que les mots *noanoa* et *navenave* reviennent très souvent sous sa plume lorsqu'il parle de Teha'amana. Le premier terme signifie « parfum » avec allusion à la senteur du *monoi*, huile odorante que les Tahitiennes fabriquent avec de l'huile de coco et des fleurs de *tiare* et dont elles parfument leurs cheveux et leurs corps. *Navenave* est simplement le mot tahitien qui désigne le plaisir sexuel. Gauguin a certainement raison lorsqu'il compare avec ironie la robuste et simple Teha'amana à la délicate et languissante Rarahu de Pierre Loti : « Ce n'est plus là une petite Rarahou jolie écoutant une jolie romance de Pierre Loti jouant de la guitare (de Pierre Loti, joli aussi). C'est l'Eve après le péché pouvant encore marcher nue sans impudeur, conservant toute sa beauté animale comme au premier jour. »

Contrairement à son prédécesseur Julien Viaud, rebaptisé Loti à Tahiti, Gauguin n'a reçu aucun nouveau nom le jour de son mariage, comme le voudrait la vieille coutume tahitienne, l'enlèvement de Teha'amana s'étant déroulé trop précipitamment. Pour la même raison, Teha'amana a conservé son nom qui lui convient parfaitement. Il est formé de l'article défini *te*, de la particule causative *ha'a* et du substantif *mana*, « force ». Ainsi ce nom signifie « celle qui donne la force ». On le rencontre souvent dans les anciennes prières, les mythes et les légendes. Et, en fait, Teha'amana apporte à Gauguin une force créatrice nouvelle. Normalement, elle aurait dû appeler Gauguin Pauro, qui est la forme tahitienne de Paul, mais comme tous les habitants de Mataiea, elle dit Koke, approximation la meilleure pour un Tahitien de la prononciation difficile du nom Gauguin.

Grâce à elle, il devient aussi plus intime avec ses voisins tahitiens et comprend mieux leur manière de penser et de vivre. Ainsi, son intérêt accru pour le monde qui l'entoure l'incite à peindre des scènes de la vie journalière, comme aux premiers mois de son séjour à Mataiea. Il y a cependant une différence sensible. C'est que, par un processus d'identification, il aime et idéalise maintenant tous les Tahitiens autant que Teha'amana. Quant aux résultats de son travail, il constate avec ce mélange de fierté et de modestie qui lui est si caractéristique : « Je suis assez content de mes derniers travaux et je sens que je commence à posséder le caractère océanien et je puis assurer que ce que je fais ici n'a été fait par personne et qu'on ne connaît pas en France cela. J'espère que ce nouveau pourra décider en ma faveur. Tahiti n'est pas dénué de charme et les femmes, à défaut de beauté proprement dite, ont un je-ne-sais-quoi de pénétrant, de mystérieux à l'infini. »

Comme il se doit, Teha'amana est à l'origine de la plus belle toile que peint Gauguin au cours des premiers mois de bonheur. C'est le tableau bien connu *Manao tupapau* dont il a lui-même écrit la genèse : « Je fus un jour obligé d'aller à Papeete ; j'avais promis de revenir le soir même. Une voiture qui revenait le soir, à moitié route me ramène ; je fus obligé de faire le reste à pied. Il était une heure du matin quand je rentrai. N'ayant à ce moment que très peu de luminaire à la maison, ma provision devait être renouvelée. La lampe s'était éteinte et quand je rentrai la chambre était dans l'obscurité. J'eus comme peur et surtout défiance. Sûrement l'oiseau s'était envolé. »

Cependant, craquant une allumette, il aperçoit tout de suite Teha'amana étendue nue sur le lit, à plat ventre, pétrifiée par la peur. Il s'efforce de la réconforter, de la consoler. Il y parvient d'ailleurs si bien qu'à peine remise de sa frayeur elle lui adresse des reproches comme l'eût fait toute autre Tahitienne en pareil cas : « Ne me laisse plus seule ainsi sans lumière ! Qu'as-tu fait à la ville ? Tu as été voir des femmes, de celles qui vont au marché boire et danser puis se donnent aux officiers, aux matelots, à tout le monde ? »

Sagement, sans répondre, il la prend dans ses bras avec tendresse.

La façon dont il parle de ce tableau dans un de ses

carnets de notes prouve qu'il l'aime davantage pour ses qualités artistiques que pour des raisons sentimentales : « Une jeune fille canaque est couchée sur le ventre, montrant une partie du visage effrayé. Elle repose sur un lit garni d'un paréo bleu et d'un drap jaune de chrome clair. Un fond violet pourpre, semé de fleurs semblables à des étincelles électriques ; une figure un peu étrange se tient à côté du lit.

« Séduit par une forme, un mouvement, je les peins sans aucune autre préoccupation que de faire un morceau de nu. Tel quel c'est une étude un peu indécente. Et cependant j'en veux faire un tableau chaste et donnant l'esprit canaque, son caractère, sa tradition.

« Le paréo étant lié intimement à l'existence d'une Canaque, je m'en sers comme dessous du lit. Le drap, d'une étoffe d'écorce d'arbre, doit être jaune. Parce que de cette couleur il suscite pour le spectateur quelque chose d'inattendu. Parce qu'il suggère l'éclairage d'une lampe, ce qui m'évite de faire un effet de lampe. Il me faut un fond un peu terrible ; le violet est tout indiqué. Voilà la partie musicale du tableau tout échafaudée.

« Dans cette position un peu hardie, que peut faire une jeune fille canaque toute nue sur un lit. Se préparer à l'amour ! Cela est bien dans son caractère mais c'est indécent et je ne le veux pas. Dormir ! l'action amoureuse serait terminée : ce qui est encore indécent. Je ne vois que la peur. Quel genre de peur. Certainement pas la peur d'une Suzanne surprise par des vieillards. Cela n'existe pas en Océanie !

« Le Tupapau (Esprit des Morts) est tout indiqué. Pour les Canaques, c'est la peur constante. La nuit, une lampe est toujours allumée. Personne ne circule sur la route quand il n'y a pas de Lune à moins d'avoir un fanal et encore ils vont plusieurs ensemble. Une fois mon Tupapau trouvé, je m'y attache complètement et j'en fais le motif de mon tableau. Le nu passe au second plan.

« Quel peut bien être pour une Canaque un revenant. Elle ne connaît pas le théâtre, la lecture des romans ; et lorsqu'elle pense à un mort, elle pense nécessairement à quelqu'un déjà vu. Mon revenant ne peut être qu'une petite bonne femme quelconque. Sa main s'allonge comme pour saisir une proie. Le sens décoratif m'amène à parsemer le fond de fleurs. Ces fleurs sont des fleurs de Tupapau, des phosphorescences, signe que le revenant s'occupe de vous. Croyances tahitiennes.

« Le titre Manao Tupapau a deux sens. (Pensée, Revenant, Croyance.) Ou elle pense au revenant ou le revenant pense à elle.

« Récapitulons. Partie musicale. Lignes horizontales ondulantes. Accords d'orangé et de bleu reliés par des jaunes et des violets leurs dérivés. Eclairés par étincelles verdâtres. Partie littéraire. L'esprit d'une vivante lié à l'esprit des Morts. La nuit et le jour.

« Cette genèse est écrite pour ceux qui veulent toujours savoir les pourquoi et les parce que.

« Sinon c'est tout simplement une étude de nu océanien. »

Dans l'ensemble, ce que Gauguin raconte des superstitions des Tahitiens et de leur croyance aux revenants est exact. Mais au risque de paraître trop pointilleux, il est nécessaire d'apporter deux précisions. Tout d'abord aucun Tahitien n'a jamais imaginé un *tupapau* sous la forme inoffensive et banale d'une vieille petite femme coiffée d'un bonnet. L'expérience, parfois cruelle, leur a appris que tous les revenants ont un visage pâle, de grands yeux brillants et un rire horrible, laissant paraître de grandes dents, longues comme des doigts. Deuxièmement, le titre *Manao tupapau* ne peut avoir le double sens que Gauguin lui assigne. En fait, il est formé de deux racines, sans aucune particule de liaison, et leur juxtaposition a aussi peu de signification que les deux mots français « pensée revenant » qui en sont d'ailleurs la traduction littérale. Comme une étude spéciale, que j'ai publiée ailleurs, le démontre très clairement, la plupart des titres tahitiens des tableaux de Gauguin sont construits comme du petit nègre, avec de surcroît de nombreuses fautes d'orthographe et une division syllabique souvent erronée. Mais, en général, on comprend néanmoins très bien ce qu'il a voulu dire.

Quant au « symbolisme » de *Manao tupapau*, Françoise

Cachin a formulé une remarque critique parfaitement justifiée en écrivant : « A vrai dire, c'est la scène vécue qui est ici la plus réussie, et elle n'inspire aucune idée de terreur sacrée ou de peur de la mort ; le démon à l'œil blanc ne réussissant qu'à être un accessoire décoratif dont on se passerait fort bien. La ''Partie littéraire'' aura souvent fait bien du mal aux plus beaux tableaux du peintre. »

Tout amoureux qu'il est de Teha'amana, Gauguin reste attaché à Mette et il est toujours aussi décidé à reprendre, le moment propice venu, la vie en commun avec elle et leurs enfants. De plus, les deux femmes sont à tous égards si différentes et vivent dans des mondes si distincts et éloignés que ses sentiments pour l'une n'enlèvent rien à l'autre. De toute manière, il n'est pas question pour lui de demeurer pour toujours à Tahiti. Quelque chose de plus important que son bonheur personnel l'oblige à retourner en Europe, et c'est son art. Il a aussi très bien compris que son amour pour Teha'amana est conditionné par les circonstances particulières, impossibles à recréer en Europe. En conséquence, sa vie avec elle ne peut être qu'un épisode éphémère. Mais tout ceci est difficile à expliquer par lettre et prudemment il évite de mentionner Teha'amana dans sa correspondance avec Mette. Il ne veut pas non plus encourir la jalousie de Teha'amana et, lorsqu'elle lui demande qui est la femme blonde aux cheveux coupés à la garçonne dont la photo est accrochée au mur, il l'assure que c'est sa défunte épouse.

Avec beaucoup de poésie, ce double attachement trouve un écho mélancolique dans une chanson tahitienne à la mode, intitulée *Oviri*, « Sauvage », qui a beaucoup touché Gauguin. La preuve en est qu'il s'est donné la peine de la noter dans sa langue d'origine[58]. La voici, traduite en français pour la première fois :

Solo

Voici la nuit au ciel attristant, semé d'étoiles.
Mon cœur est pris par deux femmes
Qui se lamentent toutes les deux,
Pendant que mon cœur et la flûte chantent.

Chœur

A quoi pense-t-il ?
A jouer de la musique de danse sauvage sur la
[plage ?
A quoi pense-t-il ?
Qu'il est sauvage aussi, ce cœur troublé.

Solo

Mon cœur est pris par deux femmes
Qui se sont tues,
Alors que, proches et éloignés,
Mon cœur et ma flûte chantent.

Je songe au clair de lune,
A la lumière passant entre les bambous de ma case.
Mon cœur est pris par deux femmes,
Toutes deux sont en moi.
Proches et éloignés,
Mon cœur et la flûte chantent.

Et je m'en suis allé au large.
Me confier à cette mer étonnante
Dont le bruit entoure l'île,
Mais qui ne répond jamais !
Elles sont loin, loin, toutes deux,
Et mon cœur et la flûte chantent.

Malgré la distance qui les sépare, par une série de coïncidences heureuses, Mette et son mari se sentent effectivement plus proches l'un de l'autre et aussi plus proches de la réalisation de leur but. Ceci est dû surtout à deux artistes danois, Theodor Philipsen et Johan Rohde qui réussissent à faire inviter Gauguin à la deuxième *Exposition libre d'art moderne* qui doit se tenir à Copenhague au printemps 1893, en obtenant, en même temps, qu'une salle tout entière soit réservée pour lui et Van Gogh. Si Gauguin parvenait à quitter Tahiti avant la fin de l'année, il arriverait au Danemark à temps pour surveiller l'accrochage de ses toiles. Bien que Copenhague ne soit pas Paris, il éprouverait au moins dans la ville de sa femme, devant elle et toute sa famille, la satisfaction d'une revanche des humiliations subies huit ans auparavant. Une lettre de Mette laisse entendre qu'en dehors de Philipsen et Rohde, d'autres personnes au Danemark commencent à apprécier sa peinture. Elle a, par exemple, réussi à obtenir jusqu'à 1 500 francs pour quelques vieilles toiles de Bretagne rapportées de Paris. Certes, elle ne lui adresse pas un seul centime sur cette somme, car elle a encore plus besoin d'argent que lui, mais Gauguin est tout de même ravi : « Enfin voilà un commencement de récolte », écrit-il, « tu vois que tout espoir n'est pas perdu ; tu sais ce que je t'ai dit (un client en amène un autre), à tous les points de vue je suis content du résultat que tu as pu obtenir avec mes toiles ; en premier lieu cela t'a soulagée un peu et assure ton été tranquille, deuxièmement cela te donne un peu de confiance. Cette sale peinture ! L'as-tu souvent outragée, non pas comme talent mais comme gagne-pain. »

Trois mois plus tard, il envisage d'ailleurs de quitter déjà Teha'amana et d'entreprendre un voyage aux îles Marquises, afin de travailler quelque temps dans un milieu plus sauvage que celui qu'il a trouvé à Tahiti. Il informe Mette de ses projets avec beaucoup de précaution et de tendresse : « Je fais tous mes efforts pour obtenir un billet de 1 000 F. Dans ce cas je vais aux Marquises, la Dominique, petite île qui ne contient que trois Européens et où l'Océanien est moins abîmé par la civilisation européenne. Ici la vie est très chère et je m'abîme la santé à ne pas manger. Aux Marquises je mangerai, un bœuf coûte 3 F, ou la peine de le chasser. Et je travaillerai. Quand je reviendrai, demandes-tu ? J'ai bien besoin de vous revoir tous et me reposer un peu mais il faut être raisonnable. Un voyage comme celui-là n'a pas été fait à la légère, histoire de se promener. Il faut qu'il soit complet, que je n'aie pas à y revenir. Et ce sera la fin de mes pérégrinations. Encore un peu de confiance, chère Mette, c'est pour notre bien à tous. »

Mais les 1 000 francs représentent une importante somme d'argent et, quand il écrit ces lignes au début de septembre 1892, il est à nouveau sans le sou. Peu après, il vient à manquer de toile pour peindre, ce qui n'a plus tellement d'importance puisque, avec plus de 50 tableaux terminés, il estime son travail à Tahiti pratiquement achevé. Mais ce repos forcé lui porte sur les nerfs. Il possède des ciseaux à bois et, par chance, il existe dans les vallées proches beaucoup d'arbres, des *miro*, fournissant une sorte de bois de rose, et des *tou*, dont le bois ressemble à l'acajou. Avec la même virtuosité technique dont il a déjà fait preuve pour peindre des huiles, des aquarelles et des gouaches, exécuter des lithographies, des pastels et des gravures, modeler des céramiques et sculpter des bustes de marbre, il transforme maintenant les blocs de bois les uns après les autres en idoles tahitiennes. C'est du moins ce qu'on a voulu voir par la suite dans ces sculptures. Gauguin lui-même les appelle tout simplement des « bibelots sauvages », ce qui est beaucoup plus exact, considérant qu'il s'agit toujours de créations de son imagination, sans aucun lien avec l'art tahitien, ancien ou moderne. Il exécute aussi un masque de Teha'amana. Et, puisque, avec elle, son rêve est devenu réalité, il sculpte au verso une nouvelle version de l'Eve nue cueillant un fruit de l'arbre de la connaissance, motif déjà peint en Bretagne en 1890 et sur la porte vitrée d'Anani.

A sa grande surprise, Gauguin trouve preneur à Papeete pour quelques-unes de ses sculptures. Non pas que les marchands ou les colons aient reconnu tout d'un coup la présence d'un grand artiste parmi eux. Mais, à l'inverse des tableaux, ces bois peuvent être assimilés à des souvenirs touristiques pour lesquels il existe un marché, qu'ils soient authentiques ou faux, anciens ou neufs. Quand le marché est saturé, ce qui arrive rapidement, Gauguin ralentit le rythme de son travail et trouve ainsi plus de temps pour participer avec Teha'amana à la vie du district. On est à la meilleure saison pour la pêche en haute mer qui débute en octobre chaque année. Le récit de sa première expédition fourmille d'observations exactes. Ce texte nous donne aussi des détails intéressants sur sa vie privée, comme nous le verrons bientôt : « Le jour vint où on lança à la mer deux grandes pirogues accouplées portant à l'avant une très longue perche que l'on peut relever vivement, avec deux cordes allant à l'arrière. Avec ce moyen, quand le poisson a mordu il est relevé de suite et amené dans l'embarcation. On sort en dehors des récifs et on va loin au large. Une tortue nous regarde passer. Nous arrivons à un endroit où la mer est très profonde et qu'ils appellent le trou aux thons : là où la nuit ils s'endorment (bien profond) à l'abri des requins. Un nuage d'oiseaux de mer surveille les thons : quand ils viennent tout à fait à la surface, ils se laissent tomber à la mer et remontent avec un lambeau de chair au bec. De tous côtés le carnage.

« Par le patron de la barque un homme fut désigné pour jeter l'hameçon hors de la pirogue. Quelque temps aucun thon ne voulait mordre. Un autre fut appelé. Cette fois, un superbe poisson mordit, fit ployer la perche. Quatre solides bras soulevaient l'arbuste et, les cordes de l'arrière tirées, le thon commençait à être amené à la surface. Un requin sauta sur sa proie : quelques coups de dents, et nous n'amenions plus dans la barque qu'une tête de l'animal. La pêche commençait mal. Mon tour arriva, je fus désigné. Quelques instants et nous pêchions un grand thon. Quelques coups de bâton sur la tête de l'animal ; frémissant de l'agonie, il secouait son corps transformé en miroir, paillette aux mille feux.

Une seconde fois nous fûmes heureux : décidément le Français portait chance ! Tous de s'écrier que j'étais un homme de bien et moi, tout glorieux, je ne disais pas non. Jusqu'au soir nous fîmes la pêche.

Quand la provision du petit poisson-amorce fut épuisée, le soleil incendiait de rouge l'horizon. Nous préparâmes le retour [59]. Dix magnifiques thons surchargeaient la pirogue.

Pendant qu'on mettait tout en ordre, je demandai à un jeune garçon pourquoi tous ces rires et paroles échangés à l'oreille au moment où mes deux thons s'amenaient dans la pirogue. Il refusa de m'expliquer, mais j'insistai, connaissant le peu de résistance du Maori, sa faiblesse quand énergiquement on le presse. Il me raconta alors que le poisson pris par l'hameçon à la mâchoire du dessous signifie infidélité de votre vahiné pendant votre absence à la pêche. Je souris, incrédule. Et nous revînmes...

Vint l'heure du coucher. Une question me dévorait ? A quoi bon ?

Enfin je la fis :

— Tu as été bien sage ?

— E ha.

— Et ton amant d'aujourd'hui était-il bien ?

— Aita... Je n'ai pas eu d'amant.

— Tu mens. Le poisson a parlé.

Sa figure prit un aspect qui m'était inconnu. Son front indiquait une prière.

Sa prière finie, elle s'approcha de moi, résignée, et me dit, avec des larmes aux yeux :

— Il faut me battre, beaucoup me frapper.

Et devant ce visage résigné, ce corps merveilleux, j'eus le souvenir d'une parfaite idole. Que mes mains soient à jamais maudites si elles flagellaient un chef-d'œuvre de la création. Ainsi, nue, elle semblait recouverte du vêtement de pureté jaune orangé, le manteau jaune de Bhixu. Belle fleur dorée dont le *noa noa* tahitien embaumait, et que j'adorais comme artiste et comme homme.

— Frappe ! te dis-je, sinon tu seras longtemps courroucé et tu seras malade.

Je l'embrassai et mes yeux disaient ces paroles de Bouddha : C'est par la douceur qu'il faut vaincre la colère ; par le bien qu'il faut vaincre le mal, par la vérité le mensonge.

Ce fut une nuit tropicale. Le matin arriva, radieux. Belle-maman nous apporta quelques cocos frais. Du regard elle interrogeait Teha'amana. Elle savait. Finement, elle me dit :

— Tu as pêché hier. Tout s'est bien passé ?

Je lui répondis :

— J'espère bientôt recommencer. »

Ainsi Gauguin apprend la vérité de la bouche du thon, conformément à une vieille superstition qui aujourd'hui encore demeure vivante. Mais a-t-il su toute la vérité ? Que Teha'amana a pas mal d'amants, qu'elle a coutume de rejoindre à la manière tahitienne, dans la brousse, tandis que son Koke la croit affairée à récolter de la nourriture ou à bavarder avec des amies [60]. D'ailleurs un autre détail de ce récit montre que le temps de leur lune de miel est définitivement révolu. Je pense à la présence de sa « belle-maman » dans sa case. Et il n'est pas exclu que la seconde belle-mère habite avec eux aussi.

S'il commence en effet à réaliser vers cette époque qu'un mariage à la tahitienne comporte certains inconvénients, il reconnaît volontiers que Teha'amana ne fait pas d'histoires comme Juliette lorsqu'elle devient enceinte.

Elle a de bonnes raisons de ne pas prendre ce contretemps trop au sérieux et Gauguin dit la vérité sans aucun cynisme quand il annonce [61] à Daniel de Monfreid : « Je vais bientôt être père à nouveau en Océanie. Nom de nom ! Il faut donc que je sème partout. Il est vrai qu'ici il n'y a pas de mal, les enfants sont bien reçus et retenus d'avance par tous les parents. C'est à qui sera le papa et la maman nourriciers. Car vous savez qu'à Tahiti le plus beau cadeau qu'on puisse faire, c'est un enfant. Donc je ne suis pas inquiet sur le sort de celui-là. » Mais, d'autre part, lorsque la femme à qui cette mésaventure arrive est surtout attachée au plaisir et pense qu'une grossesse lui interdira de s'amuser pendant trop longtemps, personne, à l'exception du gendarme et du missionnaire, ne la critiquera si elle décide de se faire avorter. Il semble que Teha'amana ait choisi cette solution car elle ne donnera jamais naissance à cet enfant.

Comme prévu, au début du mois de novembre, une réponse à la demande de rapatriement adressée à l'Académie des beaux-arts, quatre mois et demi plus tôt, arrive, mais par la voie hiérarchique. C'est le gouverneur qui doit la lui communiquer, ce qui prendra un certain temps. Au même moment se produit le miracle tant espéré depuis seize mois : de Paris, il reçoit le paiement de la vente d'un tableau. L'expéditeur n'est ni Morice, ni Portier, ni Joyant, mais Daniel de Monfreid qui, avec l'aide de

Maillol, a persuadé un collectionneur britannique d'acheter pour 300 francs un tableau de l'époque bretonne.

Cette somme suffirait à financer un rapide voyage aux Marquises. Mais, réflexion faite, Gauguin décide d'abandonner ce projet pour rentrer en France dès que possible, par un bateau qui doit quitter Papeete en janvier 1893. Son mauvais état de santé lui dicte ce changement : « J'ai beaucoup vieilli, même d'une façon étonnante, tout d'un coup », écrit-il anxieusement à l'ami Daniel. Son cœur lui donne à nouveau des soucis, mais il ne souffre que de palpitations sans avoir d'hémorragies comme l'année précédente. Il accuse la nourriture du pays que lui sert Teha'amana. Cette croyance dans la valeur thérapeutique de la cuisine française est fort répandue et un médecin stationné à Tahiti[62] quelque temps avant le séjour de Gauguin affirme très sérieusement : « Mais il faut à l'Européen du pain et de la viande. La nourriture végétale des kanaques ne suffit pas à son estomac de carnivore. Une anémie profonde, l'alcool aidant, anéantit bientôt ses forces ; les tubercules se forment dans les poumons, si quelque prédisposition existe. » Pourtant les Tahitiens jouissaient, au moment de la découverte, d'une excellente santé, et possédaient de parfaites dentures, en se nourrissant surtout de poissons, de légumes et de fruits. Il faut également se rappeler que Gauguin, faute d'argent, s'est privé pendant une année entière d'alcool, de tabac, de vin et de café et qu'il a mené une vie de plein air. Il devrait donc être en meilleure santé. Puisque ce n'est pas le cas, il faut en conclure que son foie — cause réelle de ses maux — ne s'est pas amélioré.

Fermement convaincu de l'exactitude de son propre diagnostic, Gauguin dépense l'argent qu'il vient de recevoir à faire d'amples provisions de boîtes de conserve. Il achète aussi un rouleau de toile de sac à coprah sur laquelle il veut peindre quelques compositions qu'il a en tête depuis longtemps. Comme deux mois seulement le séparent de son départ, il concentre tous ses efforts sur l'exécution de ces tableaux et ne se rend pas en ville pour voir le gouverneur avant décembre. Négligence lourde de conséquences.

Au lieu de lui donner immédiatement un billet gratuit et de lui souhaiter bon voyage, Lacascade se lance dans une longue explication tortueuse, au terme de laquelle Gauguin découvre, stupéfait, qu'il est dupé. Il est bien exact que le ministère des Colonies a demandé au gouverneur de lui délivrer un passage gratuit pour la France. Mais Lacascade prétend qu'une demande n'est pas un ordre. Tout dépend des possibilités financières de la colonie. Or, assure Lacascade, une vérification qu'il vient de faire démontre que celle-ci manque de fonds utilisables pour une dépense de cet ordre.

L'affaire est en réalité beaucoup plus compliquée. Un nouveau directeur a été nommé à l'Académie des beaux-arts depuis le départ de Gauguin. Ce nouveau venu répugne à ouvrir sa caisse pour un artiste aussi peu intéressant et il a tout bonnement envoyé sa demande au ministère des Colonies. Là, animé du même souci d'économie, on a transmis la demande à Tahiti. Avec un peu de bonne volonté, le gouverneur pourrait certainement débloquer la petite somme d'argent nécessaire au voyage. Mais Lacascade est plutôt mal disposé à l'égard du peintre, car depuis leur premier désaccord, celui-ci a malicieusement dessiné des caricatures du gouverneur qui font la joie des colons. Gauguin a du mal à dissimuler sa colère quand il le prie d'avoir recours au seul procédé qui lui reste pour obtenir un passage gratuit : renvoyer sa demande à Paris, par la voie hiérarchique, avec l'espoir que le nouveau directeur général de l'Académie des beaux-arts cédera devant cette insistance.

Maigre consolation pour Gauguin, la majorité des colons déteste maintenant Lacascade autant que lui. Cette animosité générale est due surtout à un décret ministériel promulgué à Papeete quelques mois plus tôt, instituant un droit de douane sur toutes les importations. A tort ou à raison, les colons tiennent Lacascade pour responsable de ce décret. Le gouverneur a cherché à justifier cette mesure en soulignant qu'il n'existe pas à Tahiti d'impôt sur le revenu ni d'impôt foncier, bien que les grands services de la colonie, administration générale, santé, ponts et chaussées, police, justice et port, coûtent chaque année plus d'un demi-million — payé par la métropole, c'est-à-dire les contribuables français. Indignés, les colons répliquent qu'ils paient chaque année une somme considérable (24 francs par an pour être exact), pour l'entretien des routes et à peu près autant en divers droits de timbres. La solution qu'ils proposent est simple : diminuer les frais de l'administration en renvoyant en France tous les fonctionnaires inutiles, c'est-à-dire les trois quarts d'entre eux. Et pourquoi ne pas commencer par Lacascade lui-même ? Un éditorial publié dans un des journaux locaux[63] illustre bien la virulence des attaques dirigées à cette époque contre le gouverneur :

« Aux temps bibliques, Dieu, voulant châtier son peuple, lui envoya de grands fléaux, connus sous le nom des Dix Plaies d'Egypte. Serait-ce dans un but identique que le Département nous a expédié et maintenu M. Lacascade aussi bien que son alter ego, M. Ours, dont la passivité vient encore de s'affirmer d'une manière éclatante par certaines propositions manifestement scandaleuses. Si donc la mère Patrie a voulu nous punir en maintenant à leur poste des fonctionnaires dont tout le monde aujourd'hui désire le départ, quel est notre crime et qu'avons-nous fait ?

« A l'heure actuelle, le vase déborde et nous avons assez souffert, car comme l'écrivait spirituellement un de nos amis : "Les aspidiotes, les chenilles, les cancrelats, les guêpes, les rats, les souris, les inondations, les raz de marée, les coups de vent, les cyclones ne nous ruinent pas tous les ans, tandis que l'A-d-m-i-n-i-s-t-r-a-t-i-o-n s'abat sur la colonie chaque jour que le bon Dieu donne aux pauvres gens, pour lui arracher le peu de vie qui lui reste."

« Voilà le bilan exact de la situation que va nous laisser sous peu M. le gouverneur Lacascade ; voilà ce qu'auront produit ce *doigté* incomparable et cette haute intelligence administrative. »

Si Gauguin a sans doute pris un malin plaisir à lire ces diatribes contre Lacascade, le fait demeure qu'elles ont certainement, dans une large mesure, déterminé le refus du gouverneur de l'aider. Attaqué si pernicieusement par ses ennemis, Lacascade veut à tout prix éviter de prêter le flanc à de nouvelles critiques. Or, on l'accuserait à coup sûr de gaspiller les deniers publics s'il consentait à rapatrier aux frais de la colonie un individu que les colons traitent de vulgaire gribouilleur.

Gauguin a maintenant dépensé la moitié des 300 francs reçus de Paris un mois plus tôt et se trouve dans une situation extrêmement difficile. Il lui faut subvenir à ses besoins pendant encore trois ou quatre mois et il n'est même pas sûr qu'au bout de cette période sa dernière demande de rapatriement soit accordée. Dans sa détresse, il envoie à Paul Sérusier une lettre angoissée. Il lui demande de solliciter des personnes bien placées afin qu'elles interviennent en sa faveur auprès du directeur général de l'Académie des beaux-arts. Il préférerait charger Charles Morice, plus expérimenté et plus adroit, de cette démarche. Mais il a compris qu'il ne peut rien attendre du poète, de qui il vient de recevoir la première lettre depuis dix-huit mois, une lettre pleine de reproches sur le silence de Gauguin ! Craignant que Sérusier ne soit pas à la hauteur de sa tâche, il s'adresse par le même courrier à Schuffenecker, le suppliant de lui prêter l'argent nécessaire pour payer son voyage de retour. Il lui promet même 20 % d'intérêt. Puis il écrit aussi à Joyant et enfin à Portier. Peut-être, après tout, ont-ils vendu quelques tableaux et lui doivent-ils un peu d'argent ?

Le retour en Europe, fâcheusement retardé de quatre mois, rend à peu près impossible la présence de Gauguin à l'importante exposition de Copenhague qui s'ouvrira le 26 mars 1893. Bien sûr, il est encore temps d'envoyer ses toiles par colis, mais le fret est cher et il y a un grand risque qu'elles arrivent en mauvais état. Toujours aussi coopératif, le lieutenant Jénot vole au secours de son ami : un de ses subalternes, le garde d'artillerie Audoye, peut emporter un petit nombre de toiles, lorsque, son temps de service terminé, il quitte la colonie pour la France[64]. Cette solution oblige Gauguin à une sélection rigoureuse, ce qui nous permet aujourd'hui de connaître les œuvres qu'il considère comme les meilleures des quelque cinquante toiles exécutées jusqu'alors. Ce sont les tableaux suivants, avec les noms des propriétaires actuels entre parenthèses :

Parau parau (J.H. Whitney, New York).

Aha oe feii (Musée Pouchkine, Moscou).

Manao tupapau (Albright-Knox Art Gallery, Buffalo).

Parahi te marae (R. Meyer de Schauensee, Devon, Pennsylvanie).

Te faaturuma (Art Museum, Worcester, Massachusetts).

Te raau rahi (The Art Institute of Chicago).

I raro te oviri (Institute of Art, Minneapolis).

Te fare maorie (M. Roniger, Rheinfeld, Suisse).

Les prix fixés par Gauguin indiquent aussi très clairement ses préférences. On note ainsi sans surprise que *Manao tupapau* vaut à ses yeux 2 000 francs, soit plus de deux fois plus cher que chacune des autres toiles. Ensuite viennent *Aha oe feii*, 800 francs, et *Parahi te marae*, 700 francs, tandis que pour chacune des autres peintures, il demande 600 francs.

Exactement comme au début de 1892, lorsqu'il souffrait d'une manière particulièrement aiguë de la méchanceté et de l'indifférence de ses contemporains, il se tourne à nouveau vers le passé et entame une autre série de toiles sur des thèmes empruntés à la religion et à la mythologie tahitiennes. Comme auparavant, il s'inspire des livres de Bovis et de Moerenhout. De l'ouvrage de ce dernier, *Voyage aux Iles du Grand Océan*, qui est alors épuisé depuis longtemps et introuvable en librairie, il copie dans un cahier les passages les plus intéressants. Le titre qu'il inscrit sur la couverture, *Ancien culte mahorie*, représente certainement l'orthographe la plus fantaisiste jusqu'alors du mot *maori*. Parmi toutes les légendes tahitiennes, il en est une qui, à cette époque, le fascine plus particulièrement, celle de la déesse de la lune Hina, seule femme du Parnasse polynésien, et qui était considérée comme la mère ancestrale de toute la race humaine. Quant au procréateur mâle, son nom variait d'un archipel à l'autre. Fait unique en Polynésie, pour les Tahitiens c'était le dieu de la mer, Ta'aroa, auquel revenait cet honneur. Le court passage que Moerenhout consacre à Hina est encore plus confus et plus incomplet que ses récits concernant les autres dieux tahitiens. Il se limite en effet à un fragment de légende apocryphe dans lequel la déesse de la lune essaie en vain de persuader son fils Fatu, le génie de la Terre, d'accorder la vie éternelle aux êtres humains.

Cette carence est toutefois de peu d'importance pour Gauguin qui cherche surtout un symbole pictural du paradis terrestre qu'était Tahiti avant l'arrivée des Européens. Mais il existe une autre lacune plus grave. Aucun livre, que ce soient ceux de Moerenhout, de Bovis ou d'un autre auteur, ne contient une image de Hina, pour la simple raison que les Tahitiens, contrairement aux Grecs, par exemple, ne créaient jamais de sculptures individualisées de leurs dieux, mais seulement des statues réceptacles d'un modèle uniforme, vaguement anthropomorphe. Gauguin est donc contraint de s'en remettre entièrement à sa propre imagination lorsqu'il se lance dans une série de peintures dominées par une statue géante et massive de Hina, dressée dans une véritable Arcadie tahitienne, peuplée par des danseuses et des joueurs de flûte. Peut-être quelques lignes de Moerenhout, transcrites dans son manuscrit *Ancient Culte Mahorie*, à propos des statues géantes de l'île de Pâques, lui fournissent-elles l'inspiration initiale. Mais pour trouver le prototype de l'immense statue de pierre qui figure dans des peintures comme *Hina maruru, Matamua* et *Arearea*, il nous faut chercher bien au-delà des mers du Sud car elle ressemble de très près à un pharaon égyptien assis sur son trône.

Un autre tableau peint à cette époque sur un thème mythologique illustre bien la liberté avec laquelle Gauguin emprunte, transforme, amalgame des éléments issus des sources les plus diverses. Cette toile assez peu connue s'intitule *Papemoe* et se trouve aujourd'hui dans la collection Bührle à Zurich. Gauguin a traduit le titre par « eau mystérieuse », apparemment par allusion au mythe polynésien bien connu du fluide magique, c'est-à-dire le flot de lumière céleste du dieu Tane qui infuse chaque mois une nouvelle vie à la déesse de la lune Hina. Le tableau montre, dans un paysage luxuriant, un jeune adolescent qui étanche sa soif à une source. De cette toile émane une aura de mystère qui justifie le titre. Sa genèse véritable est cependant beaucoup plus prosaïque : Gauguin a copié toute la scène, jusqu'aux moindres détails, sur une photographie[65] prise par l'Alsacien Charles Spitz, établi à Papeete depuis la guerre désastreuse de 1870 et si habile photographe qu'il a gagné un prix pour ses prises de vues à l'Exposition Universelle de Paris en 1889.

Même le tableau le plus réaliste que Gauguin peint à cette époque, le portrait d'adieu de Teha'amana, daté de 1893, comporte beaucoup d'éléments mythologiques et ethnologiques disparates. Pour la récompenser d'avoir posé si souvent et dans toutes sortes de positions et d'accoutrements étranges, il lui accorde enfin la faveur de lui laisser prendre la pose chère aux Tahitiens chez le photographe : elle est assise de façon un peu raide, bien de face, et endimanchée dans ses plus beaux atours. Néanmoins Gauguin réussit à incorporer au fond une fresque d'inspiration hindoue et des signes hiéroglyphiques, copiés d'une des fameuses « tablettes parlantes » de l'île de Pâques, dont le musée de la Mission Catholique à Papeete possédait, jusqu'en 1892, plusieurs spécimens.

Le titre tahitien de cette peinture, *Merahi metua no Tehaamana*, facilement déchiffrable dans le coin en bas à gauche, a suscité plus de fausses interprétations que la plupart des autres titres de Gauguin, ce qui n'est pas peu dire. La traduction littérale exacte est : « Tehaamana a beaucoup de parents. » A première vue, cela ne semble pas avoir beaucoup de sens. Mais si nous nous rappelons que Teha'amana possède, en plus de ses propres parents, des parents adoptifs, qui sont tous assez exigeants, le titre devient parfaitement intelligible et même spirituel.

Puisque nous savons avec certitude, grâce au titre, que ce portrait représente Teha'amana, il est tentant de chercher pour quels autres tableaux elle a également posé. Mais on est vite obligé d'abandonner ces investigations car, à l'exception de ce portrait et du masque en bois qui concordent parfaitement, Gauguin a été très peu soucieux de rendre les traits de ses modèles avec une précision photographique[66]. C'est pourquoi le nombre des tableaux sur lesquels les biographes et les commentateurs de ses œuvres ont cru identifier sa *vahiné* est aussi grand que le nombre total des toiles représentant des femmes, de son premier séjour à Tahiti.

Grâce à l'abondance de fruits et de poissons pendant la saison des pluies, d'octobre à mars, il peut faire durer ses 150 francs deux mois et terminer son travail. En février 1893, il arrive littéralement au bout du rouleau. Selon son propre compte, il a produit en tout « soixante-six toiles plus ou moins bonnes » et « quelques sculptures ultrasauvages », ce qu'il considère à juste titre « assez pour un seul homme ».

Une fois de plus, le retour du monde imaginaire au monde de la réalité constitue pour lui un grand choc. C'est à cette époque qu'il reçoit de Joyant les comptes qu'il avait réclamés. Ils lui révèlent que la galerie Boussod et Valadon a effectivement vendu plusieurs peintures depuis son départ en avril 1891. Il apprend aussi que son chargé d'affaires, Morice, en a bien touché le montant, soit 853,25 francs.

Gauguin — on le comprend — traite Morice de voleur et de menteur effronté, et jure qu'il n'aura aucune pitié pour lui quand il débarquera à Paris. Le même courrier lui apporte une sombre lettre de Mette, pessimiste comme à l'accoutumée, bien qu'elle ait réussi à vendre une autre peinture. Paul entame sa réponse sur un ton fort peu fait pour la réconforter : « Et moi ! que dirai-je. Voilà neuf ans que je vis sans la vue des miens, sans gîte, et souvent sans manger. Depuis deux mois j'ai dû supprimer toute dépense de nourriture. Tous les jours du maioré, un fruit fade qui ressemble à du pain, et un verre d'eau. Je ne peux même pas m'offrir une tasse de thé à cause de la cherté du sucre. Je supporte bravement cette situation mais elle altère ma santé et mes yeux dont cependant j'ai besoin, baissent considérablement actuellement. Si tu m'avais envoyé l'argent du dernier tableau tu me sauvais la vie. »

Puis il fait un revirement complet et essaie de racheter toutes ses fautes, y compris les exagérations outrageuses de ses souffrances, en proposant l'arrangement suivant pour son retour, afin d'assurer la sécurité matérielle de sa famille : « Il existe à Paris un certain nombre d'inspecteurs du dessin dans les lycées. Ces inspecteurs sont très peu occupés et très bien payés, dix mille francs par an. Reganey qui a été autrefois en mission est inspecteur. Je demande alors à des amis de Paris de se remuer pour m'obtenir cela. Puvis de Chavannes, qui est de l'Institut (et c'est l'Institut qui nomme ces inspecteurs) m'est plutôt favorable. Si c'est possible, on doit t'écrire pour voir le fils Pasteur qui est très bien avec Bonnat. Avec ces deux membres de l'Institut pour toi, cela marcherait. Je ne me fais pas d'illusion, mais il faut s'en occuper et j'espère que tu feras le nécessaire en cette occasion. Ce serait pour nous chère Mette l'assurance de nos vieux jours réunis avec nos enfants et heureux. Plus d'incertitude. »

Si Mette, à la réception de cette lettre, n'a pas manifesté un très grand enthousiasme, c'est évidemment parce qu'elle est beaucoup plus réaliste que son mari et parce que l'exécution de ce projet hâtivement conçu dépend principalement d'elle.

Afin d'oublier ses ennuis pendant le dernier mois d'attente, Gauguin passe son temps à remplir un cahier de réflexions, d'observations et de souvenirs. Comme il l'indique sur la première page, ce sont des « notes éparses, sans suite comme les rêves, comme la vie toute faite de morceaux ». Bien sûr, beaucoup de ces notes concernent l'art, y compris ce conseil aux jeunes peintres, excellent résumé de ses propres méthodes de travail : « Ne finissez point trop, une impression n'est point assez durable pour que la recherche de l'infini détail faite après coup ne nuise au premier jet. Ainsi vous en refroidissez la lave, et d'un sang bouillonnant vous en faites une pierre. Fût-elle un rubis, rejetez-la loin de vous. »

Deux aphorismes sur l'amour sont empreints de ses expériences tahitiennes :

« La femme veut être libre, c'est son droit. Et assurément ce n'est pas l'homme qui l'en empêche. Le jour où son honneur ne sera plus placé au-dessous du nombril, elle sera libre. Et peut-être aussi mieux portante ! »

« En Europe, l'accouplement humain est une conséquence de l'amour. En Océanie, l'amour est une conséquence du coït. Qui a raison ? »

Et quelques lignes encore plus révélatrices de sa propre situation :

« N'est-ce pas un faux calcul que de sacrifier tout aux enfants et n'est-ce pas priver la nation du génie de ses membres les plus actifs ? Vous vous sacrifiez pour votre enfant qui lui, enfin devenu homme, se sacrifiera et ainsi de suite. Il n'y aura plus que des sacrifiés. Et la bêtise durera longtemps. »

« L'homme qui a confiance ne souffre que lorsqu'il est trompé — et qu'il le découvre. Celui qui a défiance souffre, lui, tout le temps de sa défiance. De même pour le pessimiste. »

Ses qualités d'ancien agent de change et d'ancien terrassier du canal ont tout naturellement porté Gauguin à lire les articles publiés en mars 1893 par les journaux de Papeete sur le scandale de Panamá, lecture qui l'incite maintenant à ironiser : « Quel grand malheur ! Tant de gens ruinés, etc. Je ne suis pas de cet avis et je trouve que si cette affaire-là n'existait pas, il faudrait l'inventer. Les actionnaires sont à plaindre, dit-on. Oui, mais les gens sans fortune qui demandent du travail sans en trouver ne sont-ils pas à plaindre ? Les actionnaires sont pour la plupart ou des petits économes, avares même, ou des joueurs, et c'est le plus grand nombre, se souciant fort peu de la vie des hommes qui s'expatrient pour travailler sur un sol pernicieux. Les ministres, les députés et les agents d'affaires ont mis de l'argent mal acquis dans leur poche, mais l'on dépense toutes choses qui font travailler. Savez-vous si les actionnaires ont versé de l'argent bien acquis ? En somme il y a eu un grand mouvement d'affaires, des fournitures, des courtages et là-bas un peu de percement, mais tout cela c'est quelque chose. En revanche la Morale... il faudrait supprimer la Bourse, tout l'agiotage pour cette morale. Et cependant cette Bourse et cet agiotage sont les pivots de notre existence financière. Sans eux la société moderne ne pourrait marcher. Quel mal voyez-vous à ce qu'un imbécile verse un argent qu'il a volé, pour être décoré ? »

Et voici son opinion politique, assez déconcertante : « Je n'en ai pas, mais avec le vote universel je dois en avoir une. Je suis républicain parce que j'estime que la société doit vivre en paix. La majorité est absolument républicaine en France. Je suis donc républicain et d'ailleurs si peu de gens aiment ce qui est grand et noble qu'il faut un gouvernement démocrate. Vive la démocratie ! Il n'y a pas que ça. Philosophiquement, je crois que la République est une trompe-l'œil (expression picturale) et j'ai horreur du trompe-l'œil, je redeviens anti-républicain (philosophiquement pensant). Intuitivement, d'instinct, sans réflexion. J'aime la noblesse, la beauté, les goûts délicats et cette devise d'autrefois : noblesse oblige. J'aime la politesse, les bonnes manières. La politesse même de Louis XIV. Je suis donc, d'instinct, sans savoir pourquoi, ARISTO. Comme Artiste. L'art n'est que pour la minorité. Lui-même doit être noble. Les grands seigneurs seuls ont protégé l'art, d'instinct, de devoir (par orgueil peut-être). N'importe. Ils ont fait faire de grandes et belles choses. Les rois et les papes traitaient un artiste pour ainsi dire d'égal à égal. Les démocrates, banquiers, ministres, critiques d'art prennent des airs protecteurs et ne protègent pas, marchandent comme des acheteurs de poissons à la halle. Et vous voulez qu'un artiste soit républicain ! Voilà toutes mes opinions politiques. J'estime que dans une société tout homme a le droit de vivre et bien vivre proportionnellement à son travail. L'artiste ne peut vivre, donc la société est criminelle et mal organisée. Quelques-uns diront, l'artiste fait une chose inutile. L'ouvrier, le fabricant, enfin tout homme qui apporte à la nation une œuvre susceptible d'être payée enrichit la nation. Et je dirai plus, lui seul enrichit la nation. Lui mort, il reste une valeur de plus. Ce qui n'a pas lieu pour le changeur. Exemple : 100 francs circulent en différentes monnaies. Le changeur, en plusieurs échanges, les fait passer de plusieurs mains dans sa poche. La nation a toujours 100 francs, pas un centime de plus. L'artiste, comme un ouvrier, fait un tableau de 10 francs par exemple. La nation est enrichie de 10 francs. Et c'est un être inutile ! Mon Dieu que de calculs ! »

Ce petit livre de confessions est connu sous le titre de *Cahier pour Aline*. Son auteur a certes rédigé une dédicace à sa fille dans laquelle il dit : « Ces méditations sont un reflet de moi-même. Elle est aussi une sauvage, elle me comprendra... Mes pensées lui seront-elles utiles ? Je sais qu'elle aime son Père qu'elle respecte... En tout cas Aline a, Dieu merci, la tête et le cœur assez haut placé pour ne pas être effarouchée et corrompue au contact du cerveau démoniaque que la nature m'a donné ! » Mais il est peu probable que Gauguin ait eu l'intention de donner ce cahier de notes amères et cyniques à Aline, jeune fille de 15 ans, éduquée de façon très conventionnelle. En fait, il ne les lui a jamais envoyées. Ce qu'il faut voir avant tout dans cette dédicace, est tout simplement un témoignage émouvant d'amour paternel.

Le 5 mars 1893 arrive le premier courrier susceptible de lui apporter une réponse de Paris à sa deuxième demande de rapatriement. Mais rien ne vient sauf 300 francs sur lesquels il ne comptait pas, expédiés par Daniel de Monfreid, comme auparavant en paiement de la vente d'un autre tableau breton au même collectionneur anglais. Le 21 mars, le courrier suivant mouille dans le port de Papeete en provenance de San Francisco, après une traversée de 21 jours seulement. Toujours pas de nouvelles de l'Académie des beaux-arts ou du ministère des Colonies. Mais encore une fois, comme au début du mois, Gauguin trouve une agréable surprise dans son maigre courrier : Mette lui adresse la somme de 700 francs qui provient de peintures vendues le mois précédent. Satisfaction mêlée de quelques regrets, car il songe immédiatement au voyage qu'il eût pu entreprendre aux Marquises s'il avait reçu l'argent un peu plus tôt — oubliant complètement qu'il a 500 francs de dettes à régler. Après les avoir remboursés, il ne lui reste même plus assez pour payer au besoin son voyage de retour en France, qui coûte environ 500 francs dans la classe la plus économique. S'il n'obtient pas de passage gratuit, sa situation deviendra très critique.

Quand le premier départ de l'année pour Nouméa a lieu le 1er mai, par l'aviso-transport la *Durance*, Gauguin est toujours sans réponse de Paris et ne peut pas s'embarquer. Cependant, par une chance extraordinaire, la Marine a déjà, bien avant cette date, annoncé la visite d'un croiseur, le *Duchaffault*, faisant le tour du monde et dont la prochaine escale, après Papeete, sera également Nouméa[67]. Il y a donc encore de l'espoir, mais il n'est pas difficile d'imaginer dans quel état de nervosité Gauguin attend l'arrivée de la prochaine goélette de San Francisco apportant le courrier d'Europe. Arrivera-t-elle avant le croiseur ? Apportera-t-elle une réponse de l'Académie ? Si oui, sera-t-elle affirmative ?

Il ne peut plus continuer à faire la navette entre Mataiea et Papeete et s'installe avec Teha'amana en ville, dans le quartier de Paofai, où vivent ses amis le lieutenant Jénot, les Drollet et les Suhas. Il y a depuis peu des maisons meublées chez une certaine Mme Charbonnier. C'est une veuve entreprenante avec un passé assez aventureux. Ayant été ramassée très jeune à Paris, dans une rue de mauvaise réputation, par la police des mœurs, elle a été déportée avec bon nombre d'autres malheureuses, pour être « réhabilitée » dans la colonie pénitentiaire de la Nouvelle-Calédonie, où les bagnards libérés ont du mal à se procurer des femmes. Mais au cours du voyage, la future Mme Charbonnier a réussi à se faire débarquer à Tahiti et, avec le temps, elle y est devenue une propriétaire bourgeoise très respectable, toujours vêtue d'une longue robe noire au col montant. Pleine d'idées, elle vient de faire construire sur son terrain dans le quartier de Paofai, à Papeete, cinq petites maisons de deux pièces avec véranda, qu'elle a meublées pour les louer, de préférence, à des fonctionnaires et à des officiers célibataires. Peut-être parce qu'elle veut défendre la réputation de son établissement ou parce que, tout simplement, elle est curieuse.

Gauguin la découvre un jour (ou est-ce plutôt une nuit ?), occupée à lorgner dans sa chambre, à travers la porte vitrée de la véranda. Furieux, il prend ses pinceaux et rend les vitres opaques en y peignant des Tahitiennes dans un paysage stylisé [68].

La goélette tant attendue arrive enfin le 25 mai, le croiseur deux jours plus tard. Et, dernier coup de théâtre : la valise diplomatique contient une lettre du ministère des Colonies, donnant l'ordre formel au gouverneur de rapatrier immédiatement, en dernière classe, « l'artiste peintre en détresse » Paul Gauguin, « dont la situation de fortune est digne d'intérêt ». Les frais de passage devant être payés non par l'Académie, mais par le ministère de l'Intérieur. Pourquoi ce ministère auquel Gauguin n'a jamais eu affaire ? Tout simplement parce que le directeur des Beaux-Arts a découvert qu'il existe à ce ministère des fonds spéciaux pour le rapatriement des citoyens en détresse. La signature de l'ordre est précédée par la mention très impressionnante : « Pour le président du Conseil, ministre de l'Intérieur, le directeur de la Sûreté Générale. »

Tout semble donc simple et net lorsqu'un dernier problème surgit. A quoi correspond « un passage en dernière classe » sur un navire de guerre ? Le ministère de l'Intérieur n'a pas spécifié et le gouverneur est par conséquent libre d'interpréter ces termes comme il le veut. Il n'hésite pas un instant. Pour lui, cela signifie qu'il faut loger le peintre dans le poste avant avec les matelots. Gauguin proteste. Il fait valoir que sur la *Vire*, pendant le voyage aller, il a été logé avec les officiers et il voit uniquement dans la décision de Lacascade une tentative mesquine de se venger. Peut-être Lacascade est-il mesquin, mais il faut dire à sa décharge qu'il est lui-même sous le coup d'une vengeance encore plus injuste. Par ce même courrier du 25 mai, il vient de recevoir une missive du ministère des Colonies. Elle lui notifie son transfert à l'île de Mayotte, une des Comores, dans l'océan Indien, ce qui est en somme une dégradation puisque cette colonie est beaucoup plus petite et moins importante que les Etablissements Français de l'Océanie. C'est à la campagne haineuse de certains colons et à leurs amis influents à Paris qu'il doit ce changement. Et qui sait ? Peut-être s'imagine-t-il que ce drôle de peintre hargneux a participé aux machinations.

Ayant reçu l'ordre de prendre charge immédiatement de son nouveau poste, Lacascade, dégoûté de cette fin peu glorieuse de sa longue administration méritoire, obéit avec empressement et s'embarque dès le 4 juin sur le vapeur anglais *Richmond* qui assure une ligne régulière entre Tahiti et la Nouvelle-Zélande. Le jour de son départ, ses ennemis les plus acharnés se rassemblent sur le quai et ne ménagent pas les sifflets et les quolibets en guise d'adieux. Gauguin, pour son compte, remporte sur son ennemi principal une victoire plus honorable lorsque à son tour il s'embarque, le 14 juin 1893, sur le *Duchaffault*[69]. En haut de la passerelle, il est reçu par le commandant qui lui attribue tout de suite une cabine particulière et une place au carré des officiers.

Cette fois, pour les adieux, le quai est garni surtout de Tahitiennes, en robes multicolores toutes neuves, qui ont vécu deux semaines merveilleuses, remplies de distractions et de fêtes, grâce aux officiers et à l'équipage du navire. Une des filles présentes, au moins, est venue exprès pour Gauguin. Assise sur une pierre au bord de la grève, ses deux pieds effleurant l'eau, fatiguée et triste, Teha'amana regarde le trois-mâts à vapeur s'éloigner. Çà et là parmi les groupes bigarrés, on distingue les taches sombres et claires des uniformes et des robes blanches d'Européens bien vêtus, dont le lieutenant Jénot et les membres des familles Suhas et Drollet.

Grâce à ses machines puissantes, le *Duchaffault* n'est pas comme la *Vire* contraint à de longs détours pour chercher des vents favorables et, de toute façon, vers l'ouest les alizés sont portants. Une semaine plus tard, Gauguin débarque à Nouméa. Il eût sans doute préféré quc la traversée fût plus longue, car il est maintenant contraint d'attendre au moins trois semaines la correspondance pour la France. Pendant ce temps, il loge à l'hôtel et mange au restaurant. Pour un voyageur « indigent » et « en détresse » c'est un coup dur.

Quand il peut enfin reprendre la mer, le 16 juillet, sur l'*Armand Béhic*, paquebot des Messageries Maritimes, le dortoir de troisième classe où il loge est bondé de soldats et le pont est transformé en abri pour moutons et bestiaux. Gauguin trouve d'autant plus insupportable de voyager dans ces conditions qu'il remarque après l'escale de Sydney, parmi les passagers de première classe, confortablement logés sur le pont supérieur, sa bête noire, le gouverneur Lacascade, qui a réussi à prendre en Nouvelle-Zélande une correspondance directe pour Sydney. Gauguin, bien qu'il en ait à peine les moyens, paie la différence et s'installe en deuxième classe.

Les conséquences de ces dépenses imprévues se font sentir à Marseille où il débarque le 30 août [70]. Des 650 francs qu'il possédait en embarquant à Papeete, il ne lui reste plus que quatre francs en poche. Il est néanmoins de bonne humeur, car dans ses bagages il rapporte 66 tableaux grâce auxquels il atteindra bientôt le but pour lequel il se bat depuis si longtemps : être reconnu comme un grand artiste et, par là, s'assurer les moyens de réunir à nouveau autour de lui toute sa famille.

CHAPITRE VI

LE TOURNANT DÉCISIF

Avant de quitter Tahiti, prévoyant le pire, Gauguin a demandé à Mette et à Daniel de lui adresser un peu d'argent à l'agence de la Compagnie des Messageries Maritimes de Marseille. Mais le représentant de la Compagnie, qui monte à bord de l'*Armand Béhic* dès qu'il accoste, n'a ni lettre ni mandat pour lui. Le billet de chemin de fer pour Paris coûte environ vingt francs, soit cinq fois plus qu'il ne possède. Les passagers n'étant pas autorisés à demeurer à bord, il ne lui reste plus qu'à s'installer dans un hôtel bon marché en attendant que quelqu'un veuille bien le tirer d'embarras.

Il pense avec une certaine logique que c'est à Maurice Joyant, directeur de la galerie d'art Boussod et Valadon, de lui venir en aide et il lui envoie un télégramme. Fort à propos, il s'enquiert à un autre guichet s'il n'y a pas de lettres à son nom à la poste restante et il découvre ainsi que Daniel de Monfreid lui a écrit pour lui annoncer que Sérusier veut bien lui prêter 250 francs à son arrivée à Paris. Il dépense donc ses derniers deniers pour envoyer un autre télégramme, demandant qu'on lui expédie immédiatement cette somme à Marseille. Puis il flânc quelques heures en ville, regardant les magasins, les restaurants et les cafés, avant d'aller, le ventre vide, se coucher dans sa modeste chambre d'hôtel.

Les 250 francs arrivent le lendemain matin, juste à temps pour lui permettre de sauter dans le train pour Paris. Il débarque dans la capitale le soir même, en pleine saison de vacances et, de plus, un vendredi. Tous ses amis sont encore en villégiature et personne n'est venu l'attendre à la gare. Le pire c'est qu'il n'a aucun endroit où déposer ses valises, ses rouleaux de toiles et ses sculptures. A tout hasard, il prend un fiacre et se fait conduire au studio de Daniel de Monfreid où il réussit à persuader la concierge de le laisser s'installer.

Sa première visite est, bien sûr, pour la galerie Boussod et Valadon. En route, il rumine sans doute quelques phrases de reproches à l'adresse de Joyant. Peine perdue ! Joyant vient de se brouiller avec les propriétaires et il n'est plus leur employé. Comme personne d'autre n'a voulu s'occuper des peintures invendables de Gauguin, Joyant, en partant, les a remises à Monfreid. L'autre marchand de tableaux qui l'a représenté, Portier, n'a pas de magasin et fait ses affaires dans son modeste petit appartement, 54, rue Lepic. Devant l'indifférence totale de ses clients, il a, lui aussi, au début de l'année, remis toutes les toiles invendues à Daniel.

Bien qu'il soit écœuré de la façon brusque dont la maison Boussod et Valadon l'a abandonné, il y trouve certains avantages, car ainsi il est libre d'organiser une exposition dans une galerie plus en vue. En dépit d'un premier échec qui remonte à l'automne 1890, il décide d'approcher à nouveau le fameux marchand de tableaux Paul Durand-Ruel qui, au terme d'une longue lutte courageuse et difficile, a finalement réussi à créer une clientèle aux peintres impressionnistes. Durand-Ruel est sur le point de partir pour l'Amérique, mais, sur la recommandation chaleureuse de Degas, ses deux fils, qui ont charge de ses affaires, acceptent finalement de faire une exposition. Ils restent pourtant si méfiants qu'ils refusent de supporter eux-mêmes certains frais. Gauguin estime qu'il lui faudra environ mille francs pour payer ce qui lui incombe, à savoir le catalogue, les affiches et les cartes d'invitation.

Néanmoins, ce demi-succès l'incite en sortant de chez Durand-Ruel à louer une chambre au n° 8 de la rue de la Grande-Chaumière, à côté de l'académie Colarossi, où il a habité avant son voyage à Tahiti. Sa vieille bienfaitrice, Mme Caron, la propriétaire du restaurant *Chez Charlotte*, de l'autre côté de la rue, lui prête l'argent pour payer trois mois de loyer et elle lui offre une fois de plus de manger chez elle à crédit. Un autre habitué de *Chez Charlotte*, le peintre tchèque Alphonse Mucha, qui connaîtra bientôt la célébrité comme un des créateurs de « l'art nouveau », lui offre aimablement d'utiliser son atelier [71], situé dans le même immeuble où Gauguin a sa chambre, trop petite pour pouvoir y travailler. Reste le problème pressant des frais à régler pour l'organisation de son exposition, mais il garde un certain espoir que Mette ait vendu assez de tableaux pendant l'*Exposition libre d'art moderne* de Copenhague pour les couvrir. C'est avec une impatience croissante qu'il attend une réponse à la lettre qu'il lui a envoyée de Marseille, juste après son débarquement. Ne voyant rien venir, il lui écrit à nouveau. A peine a-t-il posté cette seconde missive qu'il reçoit d'elle un télégramme l'informant de la mort subite, survenue le 8 septembre à Orléans, de son seul parent en France, son oncle Isidore, âgé de 75 ans.

Avant de partir pour la Loire, il rédige à la hâte une courte lettre à l'adresse de sa femme et la commence par ce reproche : « Je comprends de moins en moins. Tu as mon adresse puisque tu m'envoies un télégramme à ma nouvelle demeure et tu n'as pas encore trouvé le moyen de m'écrire un mot. » La pointe finale est particulièrement acerbe : « Mon Dieu, qu'il est difficile d'agir quand ceux sur lesquels on compte vous laissent totalement dans l'embarras et surtout votre femme. Voyons franchement qu'y a-t-il ? Je veux savoir à quoi m'en tenir. Pourquoi ou Emil ou toi n'êtes-vous pas venus à Paris me dire bonjour, vous n'en seriez pas morts pour cela. Assez causé. Des *longues lettres* que je sache, et réponds à ce que je t'ai demandé précédemment. »

Au retour de l'enterrement, le 16 septembre, une lettre vieille de deux semaines l'attend, preuve que Mette n'a pas été aussi négligente qu'il le pense. En fait, elle a répondu immédiatement à sa première lettre de Marseille, mais faute d'adresse elle a envoyé sa réponse à Schuffenecker à Paris. De là, sa missive a été acheminée d'abord à Dieppe où les Schuffenecker passent leurs vacances, et ensuite à la propriété de Daniel de Monfreid dans les Pyrénées, avant d'arriver à bon port.

Les nouvelles sont très décourageantes. Bien que l'exposition de Copenhague ait été très suivie et que les peintures de Gauguin et de Van Gogh aient, plus que toutes les autres, retenu l'attention, les ventes ont été peu nombreuses et n'ont rapporté que quelques centaines de couronnes que Mette a déjà dépensées en nourriture et en vêtements pour les enfants. Pour terminer, elle lui déclare sans ambages qu'il est obligé de se débrouiller seul. Heureusement l'oncle Isidore a laissé des obligations de chemins de fer dont la valeur s'élève à presque 30 000 francs [72]. Gauguin ne cache pas sa satisfaction qu'il « ait eu l'esprit de mourir » à un moment si propice. La seule chose ennuyeuse, c'est que cet héritage doit être partagé avec sa sœur Marie qui est définitivement installée en Colombie. Le notaire d'Orléans qui a la charge des biens a besoin de sa procuration afin de pouvoir procéder au partage et, avec la lenteur du courrier transatlantique à cette époque, cette petite formalité exigera plusieurs mois.

Plus rassuré et conciliant, Gauguin fait à Mette la proposition suivante : « J'ai l'intention au mois de novembre de frapper un grand coup dont dépendra tout l'avenir et d'après ce que j'ai déjà entrevu dans mes visites, je crois que cela marchera très bien. Il faut donc que je ne perde pas une minute et tu comprends que je ne puis m'absenter avant cette exposition ; c'est-à-dire fin novembre. Puisque tu as un peu de temps de libre, pourquoi ne viendrais-tu pas avec petit Paul à Paris, cela te reposerait un peu et je serais heureux de t'embrasser. Nous pourrions en outre causer et nous en avons besoin (par lettre il n'y a pas moyen). J'ai un atelier à peu près installé, donc pas d'embarras ni de frais, à tous les points de vue ce serait très utile. Et si tu peux trouver l'argent du voyage, dans deux mois au plus il serait remboursé. Il y a dans la maison deux Danoises que tu connais et ce serait très facile de trouver à coucher un des enfants. Nous ferons quelques visites utiles et nous retrouverons plus tard le fruit de cette petite dépense. Inutile de faire un tas d'objections et calculs, débrouille-toi et VIENS aussitôt que possible. »

Ce qu'il demande à Mette est en somme de se laisser gouverner par les sentiments plus que par la raison. Hélas, Mette ne parvient pas plus cette fois-ci qu'auparavant à agir contre sa nature et tout de suite, à son sens pratique, la suggestion de Paul apparaît comme une dangereuse tentative d'anticiper sur un succès incertain. Cela fait déjà huit ans qu'ils attendent de meilleurs jours, ils peuvent bien sans mal attendre deux mois de plus. De toute façon, Mette ne possède pas assez d'argent pour faire un voyage à Paris. Il se trouve en effet que la lettre de Paul arrive au moment critique où leur fils aîné Emil vient d'être admis à l'Ecole Polytechnique de Copenhague. Mette se démène alors pour rassembler l'argent nécessaire à la poursuite de ses études. Elle n'a pas non plus la moindre confiance en la promesse de remboursement de son mari au cas improbable où elle parviendrait à emprunter le prix du billet de chemin de fer. En fait, tout concorde à prouver que Paul est toujours aussi irresponsable et dépensier. Ne lui a-t-elle pas, au prix de sacrifices, envoyé 700 francs juste avant son départ de Tahiti ? Malgré cela, il est arrivé en France sans un sou et lui a demandé immédiatement de s'engager dans des dépenses insensées. Et il n'a même pas pris la peine de s'excuser de l'avoir accusée injustement d'être mauvaise épistolière.

Estimant inutile d'essayer de convaincre Paul de sa mauvaise conduite, en revanche, elle ouvre son cœur dans une longue lettre à Schuffenecker qui a souvent eu lui-même l'occasion de se plaindre de l'égoïsme de son ami : « Non, Schuff, avec lui on ne peut *rien* espérer ! Il ne pensera jamais qu'à lui et à son bien-être, il reste en admiration contemplative de sa propre magnificence ! Que ses enfants soient forcés de recevoir leur pain par les amis de sa femme, cela lui est parfaitement égal, il ne veut pas le savoir ! Dame, il ne le sait pas ! Oui, cette fois, je suis indignée. Vous savez probablement ce qui est arrivé ? Une huitaine après son débarquement, notre oncle est mort à Orléans, bien à propos pour Paul qui héritera de 15 000 francs... Nous savons vous et moi qu'il est parti pour sa petite excursion à Tahiti avec *tout* le produit de sa vente, et je me suis tue ; cette fois-ci, il ne parle seulement pas de me donner une partie des 15 000 F, et je me suis permise de lui faire des observations pour cela. Il me demande en outre de trouver l'argent pour un petit voyage à Paris !!! Je suis plus que jamais tenue de rester, je ne peux laisser seuls cinq grands êtres ; dont je suis *seule* responsable ! S'il a besoin de nous voir, il sait où nous trouver ! Moi, je ne cours pas le monde comme une folle ! »

Gauguin de son côté ne tente plus de persuader sa femme « froide, sévère, vénale » de venir à Paris, mais il se consacre méthodiquement à la préparation de l'exposition chez Durand-Ruel qui, si elle réussit comme il le pense, résoudra d'un seul coup tous ses problèmes. Tout espoir devenu vain de toucher sa part de l'héritage avant l'exposition, la nécessité de trouver ailleurs un millier de francs s'impose. Bien que le nouveau directeur de l'Académie des beaux-arts, Roujon, ait si nettement montré son antipathie en refusant de payer son passage de retour, il décide d'aller le voir pour lui rappeler la promesse d'achat d'un tableau faite deux ans plus tôt par son prédécesseur, au moment où celui-ci lui a conféré sa « mission officielle ». Mais exaspéré par tous les ennuis que Gauguin lui a déjà causés et déterminé à se débarrasser de ce gêneur une fois pour toutes, Roujon attaque immédiatement : « Je ne saurais encourager votre art, qui me révolte et que je ne comprends pas. Votre art est trop révolutionnaire pour que cela ne fasse pas un scandale dans nos Beaux-Arts, dont je suis le directeur, appuyé par des inspecteurs. »

Dissimulant mal sa colère, Gauguin réplique qu'il ne lui demande pas d'aimer son art, mais de simplement tenir une promesse donnée. Avec un sourire ironique, Roujon demande si Gauguin a « un écrit ». Celui-ci, qui a omis ce détail, conclut : « Pour tant soit peu qu'on est convaincu de la dignité humaine, on n'a qu'à se retirer.

C'est ce que je fis immédiatement, pas plus riche qu'auparavant. » Avec son héritage à venir, il est malgré tout solvable et réussit finalement à emprunter à peu près 2 000 francs auprès d'amis qui rentrent de vacances les uns après les autres.

Ce qu'une bonne publicité peut faire pour une vente, Charles Morice l'a brillamment démontré deux ans plus tôt, quand il a suscité un si grand intérêt pour les enchères de l'Hôtel Drouot, qu'elles ont rapporté près de 10 000 francs. Mais qui aidera Gauguin en cette nouvelle occasion ? La seule personne qui aurait pu tenir ce rôle de promoteur à la place de Morice est Albert Aurier, le critique d'art du *Mercure de France*, qui, de façon si éloquente, a proclamé dans deux longs articles le génie du peintre. Hélas, il est mort du typhus en octobre 1892, âgé de vingt-sept ans seulement. C'est pourquoi, lorsque à ce moment décisif, Charles Morice, « ce misérable menteur et voleur », écrit en termes contrits pour demander une entrevue « qui mettrait fin à la situation pénible qui s'est créée », Gauguin lui envoie une réponse des plus conciliantes. Espère-t-il aussi que Morice, pour obtenir son pardon, s'acquittera immédiatement de sa vieille dette ? Si oui, ses illusions tombent vite. Morice est alors plus pauvre que jamais. A la suite de son échec humiliant d'auteur dramatique au printemps 1891, il s'est rabattu sur le journalisme payé à la ligne des journaux du boulevard, et il a souffert souvent de la faim et du froid pendant les deux années d'absence de Gauguin. Ceci ne l'empêche pas d'être très heureux, follement amoureux qu'il est d'une comtesse, veuve, un peu plus âgée que lui, mère d'une fillette de 10 ans. Pour sa part, elle est si éprise de Morice qu'elle a accepté de partager sa vie. Touché par ce mélange de misère et de bonheur, Gauguin oublie son intention de recouvrer jusqu'au dernier centime l'argent que Morice n'a pas d'autre moyen de s'acquitter de sa dette qu'en payant en nature, à l'aide d'articles publicitaires.

Gauguin revoit aussi vers cette époque Juliette Huet. Celle-ci s'imagine que, si elle se remet en ménage avec lui, il essaiera d'obtenir la garde de leur fille Germaine, âgée de deux ans, ce qu'elle ne veut à aucun prix. Heureux d'échapper à la fois à des responsabilités onéreuses et à des pleurs d'enfant — sans compter la colère de Mette — il se garde bien d'enlever cette illusion à la pauvre Juliette.

Comme s'il n'avait pas déjà assez de travail et d'ennuis, il décide d'écrire un livre sur son voyage et sa vie à Tahiti. Ce qui le pousse dans cette voie inattendue est avant tout l'espoir de gagner rapidement une belle somme d'argent. *Le mariage de Loti*, qui pourtant ne raconte que la mince histoire d'amour d'un jeune enseigne pendant ses courtes permissions à Tahiti, n'a-t-il pas immédiatement connu un immense succès au moment de sa parution, en 1880, et ensuite été réédité sans cesse ? Depuis, Pierre Loti a publié une dizaine d'ouvrages et il est à l'apogée de sa carrière : il vient d'être élu membre de l'Académie française. Gauguin a, lui aussi, vécu une idylle tahitienne et il considère avec raison qu'il connaît mieux que Loti la vie des insulaires et qu'il a des aventures plus intéressantes à raconter.

Il est évidemment impossible d'organiser en l'espace de deux mois une grande exposition et en même temps d'écrire un livre. Gauguin découvre vite cette simple vérité. Une tâche qui se révèle particulièrement longue et difficile est la pose sur châssis et l'encadrement des toiles qui sont de tailles fort diverses. Dans bien des cas les écarts de dimension sont seulement de quelques centimètres, mais cela suffit à empêcher une production de cadres en série [73]. Bien qu'il consacre désormais tout son temps aux préparatifs, il prend la sage précaution de reporter le vernissage du 4 au 9 novembre, ce qui laisse également un peu plus de temps à Morice pour écrire la préface du catalogue et préparer le terrain. Un bon nombre de journaux et de revues annoncent l'événement dans des notices et des articles. Toutes les personnalités importantes du monde des arts sont conviées. Aussi, le 9 novembre, l'affluence dépasse toutes les espérances. Bien avant 14 heures, l'heure indiquée sur les invitations [74], les voitures arrivent rue Laffitte, devant la galerie Durand-Ruel.

Gauguin a très attentivement sélectionné ses œuvres et

n'a retenu que quarante et une de ses soixante-six peintures et deux bois sur la douzaine de sculptures « ultra-sauvages » qu'il a rapportées de Tahiti [75]. Pour marquer à la fois la continuité de son œuvre et son évolution, il a ajouté trois peintures de sa période bretonne. Pratiquement tous les tableaux exposés en cette occasion occupent aujourd'hui des places de choix dans les plus célèbres musées du monde entier et tous les albums d'art moderne reproduisent sans cesse des œuvres comme *Ia orana Maria* (placée en tête du catalogue), *Manao tupapau, I raro to oviri, Nafea faa ipoipo, Vahine no te tiare*, et *Arearea*. Gauguin situe déjà son art à la place qui lui donnera la postérité et il est sûr que ces quarante et une peintures tahitiennes, dont les couleurs hardies illuminent la galerie, convaincront enfin les plus récalcitrants de son génie. La confiance qu'il a en lui et la certitude de son proche triomphe apparaissent clairement dans une phrase ironique de sa dernière lettre à Mette, écrite juste avant le vernissage : « Je vais enfin bientôt savoir si c'est une *folie* de partir pour Tahiti. »

A peine une demi-heure après l'ouverture, il connaît déjà la réponse. Les visages indifférents, médusés ou chargés de dérision qu'il observe tout autour de lui, rendent tous le même jugement. Il a échoué. Mais laissons Charles Morice poursuivre ce récit [76], car il est resté à côté de Gauguin pendant le vernissage : « Tous ses grands projets étaient ruinés, et, blessure peut-être pour cet orgueilleux la plus cruelle de toutes, il devait s'avouer qu'il avait mal combiné ses plans. N'avait-il pas rêvé d'être le prophète qui, méconnu des médiocres incapables de s'incliner devant le génie présent, s'éloigne pour chercher la perspective et revenir dans un grandissement ? Que ma fuite soit une défaite, s'était-il dit, mon retour sera une victoire.

« Et le retour aggravait la défaite du départ, irrémédiablement.

« Nul ne peut se douter de l'angoisse qui lui mordait le cœur. Selon une image que naïvement il aimait, à laquelle il revenait volontiers, il fut l'Indien qui souriait dans le supplice. Pas un instant, d'ailleurs, devant le désaveu universel il ne douta qu'il n'eût raison contre tous. Et peut-être, pour ne pas fléchir, se réfugia-t-il dans cette pensée. Qu'importait l'erreur énorme de la minute, il avait l'avenir.

« Et dès qu'il eut acquis cette certitude qu'on ne voulait pas de lui, qu'on ne consentait pas même à le discuter, il montra une sérénité inaltérable, souriant sans qu'on pût voir rien de contraint dans son sourire, demandant à ses amis leurs impressions, les discutant avec une pleine liberté d'esprit, sans la moindre amertume, gaiement.

« Vers la fin de cette journée néfaste, accompagnant vers la porte M. Degas, qui lui disait son admiration, il ne lui répondait pas ; mais comme l'illustre vieux maître prenait congé :

« — Monsieur Degas, vous oubliez votre canne, dit Gauguin en lui tendant une canne, en effet, mais une canne par lui sculptée, exposée là et qu'il venait de détacher du mur. »

Même Pissarro[77], qui a aidé Gauguin et l'a suivi dès le début de sa carrière artistique, juge cette nouvelle phase exotique très sévèrement : « Il n'y a que Degas qui admire ; Monet, Renoir trouvent tout cela bonnement mauvais. J'ai vu Gauguin qui m'a fait des théories sur l'art et m'a assuré que là était le salut pour les jeunes, se retremper dans ces sources lointaines et sauvages ! Je lui ai dit que cet art ne lui appartenait pas, qu'il était un civilisé et à ce titre était tenu à nous montrer des choses harmoniques. Nous nous sommes quittés sans nous convaincre. Gauguin, certainement, ne manque pas de talent, mais quel mal il a à se ressaisir. Il est toujours à braconner sur les terrains d'autrui ; aujourd'hui il pille les sauvages de l'Océanie ! »

Sur la douzaine de comptes rendus qui paraissent dans la presse[78], quatre sont entièrement négatifs et parfois insultants. Du premier, citons ces lignes à la preuve : « Je ne sais rien de plus enfantin que ce retour affecté vers d'incertains primitifs dont on n'a gardé que les défauts, sans avoir leur naïveté ou leur bonne volonté de bien faire. M. Gauguin met une coquetterie au moins bizarre à violer les éléments les plus vulgaires du dessin, et il se trouve d'intrépides admirateurs pour en paraître émerveillés sous prétexte de synthèse. »

Un autre critique renchérit : « Parbleu ! voilà, au juste, ce que je me suis dit, en achevant, ahuri, la visite de cette collection étonnante. Mais l'écriture et la peinture participent ici de la même "blague" contre le bon sens, se confondent dans la même gageure contre la raison. En parler serait donner de l'importance à une simple farce... Si charitablement on doit de l'indulgence aux fantaisies d'un pauvre cerveau fêlé, hélas ! chacune fût-elle un pire outrage à l'Art, à la Nature, je n'ai cependant, ni temps, ni place à perdre aujourd'hui dans cette douce pitié d'une bonne âme. »

Un troisième chroniqueur, légèrement plus spirituel celui-ci, écrit : « Ce travesti d'un civilisé très maître de son pinceau nous fait sourire... Nous restons indifférents devant l'évocateur des légendes tahitiennes, devant l'*Ave Maria*, qui n'est que du Bastien Lepage tahitien auquel il manque de la musique d'un Gounod de là-bas... nous attendons l'arrivée à Paris d'un peintre tahitien qui, tandis que son œuvre sera chez Durand-Ruel ou ailleurs, logera au Jardin d'Acclimatation. — Un vrai Maorie. Quoi ! »

Et voici la quatrième notice, in extenso : « Rue Laffitte, les œuvres de M. Gauguin que ses enthousiasmes déclarent être le plus grand peintre des temps modernes et passés ! Quel malheur de ne pouvoir être de cet avis ! ce serait si agréable d'être le contemporain du plus grand peintre ! »

Il est néanmoins faux d'affirmer, comme on l'a fait si souvent, que le manque de compréhension est total, car, à côté de ces quatre articles négatifs, il y en a trois autres extrêmement enthousiastes et quatre très positifs. Fabien Vielltard écrit par exemple : « Artiste à coup sûr, et grand artiste, ses œuvres antérieures nous avaient révélé Paul Gauguin — mais jamais, croyons-nous, il ne se montra penseur si profond, aussi puissant peintre qu'en l'exposition ouverte chez Durand-Ruel. » Un autre critique, resté anonyme, est également sensible à cet aspect : « Une pénétrante séduction se dégage de ces figures modelées avec une extrême délicatesse, et l'on passerait des heures à voir flotter sur ces épaules et ces torses de bronze, des reflets lumineux plus tendres que des caresses, à essayer de comprendre ce qui se passe dans ces têtes jeunes et graves, d'un caractère hiératique, pleines de mystère et d'attirance. » Louis Cardon loue « le talent de M. Gauguin, marqué au coin d'une grande originalité », qui s'affirme cette fois « d'irréfutable manière », et signale plus particulièrement à l'attention du public *Ave Maria*, « d'une coloration intense et délicate, d'une grande profondeur de sentiment — œuvre devant laquelle aucun peintre, aucun érudit en l'art d'amalgamer les tons ne saurait rester indifférent ».

Le compte rendu le plus long et le plus élogieux paraît bien sûr à nouveau sous la plume d'Octave Mirbeau, défenseur ardent des symbolistes. Commentant l'œuvre de Gauguin, il se borne à constater brièvement : « Ce qu'il cherchait en Bretagne, il l'a définitivement trouvé à Tahiti : la simplification de la ligne et de la couleur, et leurs harmonies correspondantes, dans le décor. » Il se rattrape, cependant, quand il arrive au sujet qui, pour lui, semble plus intéressant : la vie primitive du peintre dans son paradis tahitien[79], marquant ainsi le début d'un mythe qui n'a cessé de grandir depuis. Voici ce qu'il a appris, certainement du voyageur lui-même : « Gauguin ne s'attarde pas dans les villes. A peine arrivé, il va choisir sa maison, dans la montagne, loin de tout visage, de toute habitude européens. Il vit exclusivement parmi les indigènes, et comme eux. Il mange comme eux, s'habille comme eux, se plie à toutes leurs coutumes, accepte leurs jeux, leurs plaisirs, leurs traditions. Le soir, il assiste aux réunions. Il écoute les récits des anciens, se pénètre de la poésie sublime des légendes, fait sa partie dans le chœur des chants improvisés, alors que la mer ronronne, doucement, au loin, dans l'entrelacement des branches crépusculaires, et que les parfums des fleurs montent de la terre qui va s'endormir. Alors, peu à peu, par ces récits, par ces musiques, par la beauté continue dont ses yeux s'emplissent, beauté du paysage prodigieusement vivant, beauté du corps humain, aux chairs d'or sombre, aux attitudes d'idole, s'évoque, dans le présent, tout le passé de cette miraculeuse terre de paresse, de grâce, d'harmonie, de puissance, de naïveté, de grandeur, de perversité et d'amour ; les mythes se précisent, les monstrueuses divinités, aux lèvres sanglantes, tueuses de femmes et mangeuses d'enfants se dressent dans leur forte et leur antique terreur. Elles se lèvent des eaux profondes, flottent sur les fonds de féerie, apparaissent entre les palmiers d'or. Gauguin a tellement mêlé sa vie à celle des Maories, que tout ce passé, il le reconnaît comme le sien. Il n'a plus qu'à le traduire en œuvre. Elle est là, cette œuvre, tout éclatante d'étranges beautés, que, pas un instant, ne soupçonna M. Pierre Loti. »

On peut donc parler d'un demi-succès critique, ce qui console mal Gauguin de l'échec complet que l'exposition représente du point de vue financier. Huit tableaux seulement (dont deux des trois exposés de la période bretonne) sont vendus à des prix dérisoires. Parmi les acheteurs se trouvent Degas et un jeune marchand de tableaux inconnu, nommé Ambroise Vollard, qui vient d'ouvrir une petite galerie dans la même rue que Durand-Ruel. Grâce à la vente tardive de *Ia orana Maria* pour l'énorme somme de 2 000 francs à un ancien associé de la galerie Boussod et Valadon, Maurice Manzi, Gauguin réussit péniblement à rentrer dans ses frais.

Reprendre la vie commune avec Mette et les enfants est maintenant hors de question. Confus, déprimé par ce résultat désastreux, il attend le dernier moment pour en informer sa femme. Quand enfin il écrit, il lui assure que l'exposition a eu « un très grand succès artistique », que la presse l'a traité « raisonnablement et avec éloge » et que beaucoup de gens le considèrent comme « le plus grand peintre moderne ». Avec maintes réticences, il finit quand même par avouer que l'exposition n'a pas donné « le résultat qu'on en pouvait attendre ». Au sujet de leur avenir, il ne peut que suggérer vaguement qu'ils se rencontrent au cours de l'été 1894 pendant les vacances scolaires. Afin d'éviter tout contact avec les frères et les sœurs de Mette qu'il déteste, il propose de louer une villa sur la côte de la Norvège.

Ces efforts pour tromper Mette sont bien sûr voués à l'échec. Elle lit régulièrement les journaux parisiens et beaucoup de ses amis français lui en ont adressé des coupures. L'article le plus révélateur est celui du numéro de décembre 1893 du *Mercure de France*. Il a pour auteur la personne qui connaît le mieux la vérité, Charles Morice, et débute par ce rapprochement : « Deux événements artistiques viennent de se produire, des plus significatifs, simultanément, harmoniquement : le jour où l'on donnait sur une scène parisienne l'*Ennemi du Peuple*, d'Ibsen [80], s'ouvrait l'exposition des peintures et des sculptures que Paul Gauguin rapporte de Tahiti.

« A l'Œuvre et chez Durand-Ruel, c'est la même pièce qu'on jouait.

« Avec une force dramatique, d'une simplicité neuve, dans un pays neuf, du moins à nos yeux, Ibsen nous montre un homme qui souffre pour la vérité. D'une toute semblable tragédie Gauguin est à la fois le héros et l'auteur. Pour exprimer sa personnelle vérité de l'art, il a choisi un pays, un décor, une race inconnus à cet Occident, et, dans cette atmosphère d'élection, l'artiste parle librement, avec la naturelle splendeur de son rêve de beauté. La mise en scène est plus simple encore que celle du dramaturge, — aussi les libertés prises, il est vrai, plus hardies, plus individuelles. Mais quoi ? pour l'entendre, pour le suivre dans la bravoure de ses simplifications, faut-il un autre effort que celui, seulement, d'accepter l'indépendance totale qui est le premier droit du peintre comme du poète, et d'oublier, en entrant chez lui, les préférences, les habitudes des plus grands artistes aussi bien que les irrationnelles conventions des moindres ? — C'est cet effort qu'on n'a point voulu faire. Et je parle ici beaucoup moins du public — façonnable et malléable en dépit des préjugés — que du monde spécial de l'art, des artistes eux-mêmes, des critiques, de tels journalistes et des ouvriers d'art. La mauvaise foi et la sottise ont donné là un bel accord. O les inepties qui furent hypocritement ou candidement proférées, ces derniers jours, rue Laffitte ! O celles qu'on put lire, sous les signatures les plus variées, dans les quotidiens les mieux informés ! »

Morice confie aussi à ses lecteurs : « Et Gauguin se souvient mélancoliquement de sa vie heureuse, dans le tout-là-bas, alors qu'il travaillait avec la bonne frénésie du poète enivré de son poème, — loin de notre décadence, et de ces coteries, et de ces cabales... Il repartira peut-être. C'est nous qui l'aurons chassé. Il dit déjà : Je ne voudrais plus voir d'Européens. »

Les amis de Gauguin tentent de le dissuader, en faisant valoir que, s'il cède à cette impulsion de repartir immédiatement, il va se faire totalement oublier et sacrifiera ainsi sa dernière chance de succès. Leurs arguments l'impressionnent sans doute car, avant même la fin de l'exposition, il fait de nouvelles tentatives pour conquérir, par d'autres procédés, la faveur du public. Il a conclu, fort justement, que ceux qui ont vu l'exposition, n'ont pas été tellement décontenancés par son emploi hardi des couleurs, ses élaborations de l'aspect décoratif, l'absence de modelé et de perspective, bref par la nouveauté de son style, mais davantage par l'étrangeté des *sujets* traités. L'objection essentielle se ramène à ceci : contrairement aux scènes de la mythologie gréco-romaine, admirées et applaudies à chaque salon officiel, ses dieux et déesses tahitiens sont inconnus et, par conséquent, ne trouvent pas de résonance dans l'esprit des spectateurs. Gauguin est persuadé que son livre sur Tahiti pourra remédier à cette incompréhension et il en modifie tout le plan pour en faire essentiellement un commentaire et une explication de son œuvre. A cette fin, il estime qu'il sera très utile d'illustrer son ouvrage.

Morice est parvenu à la même conclusion, excepté qu'il se considère mieux armé pour exposer l'art de Gauguin que le peintre lui-même. Il propose une collaboration, comportant en alternance des chapitres des deux auteurs. En relatant ses expériences à Tahiti, Gauguin introduira le lecteur dans le monde polynésien. Morice interprétera « poétiquement » chaque tableau et en fournira une analyse technique. Avec générosité, il offre en plus de polir le style de son ami, jugé trop direct et rude. Après sa première tentative, vite abandonnée, Gauguin réalise maintenant le travail que représente un livre. Il admire sincèrement le style fleuri et boursouflé du poète. On comprend donc assez bien qu'il acquiesce avec joie à la suggestion de Morice. Mais il aurait quand même dû se méfier un peu de l'intention manifestée par son collaborateur d'introduire aussi des poèmes lyriques dans leur œuvre commune.

Contraint de passer l'hiver à Paris, Gauguin emménage dans un appartement plus spacieux qui appartient au même propriétaire que le numéro 8 de la rue de la Grande-Chaumière. Ce nouveau logement est situé, 6, rue Vercingétorix, de l'autre côté du cimetière Montparnasse. Il comprend deux pièces dans une maison branlante qui ressemble à une grange, construite en bois acheté au rabais au moment de la démolition des pavillons de l'Exposition Universelle, à l'automne 1889. Par une mesure d'économie supplémentaire, le propriétaire n'a prévu qu'un seul escalier, si bien que les trois locataires de l'étage supérieur ne peuvent atteindre leur appartement qu'en passant par un balcon étroit qui court sur toute la façade. L'entrée de Gauguin se trouve au bout du balcon le plus éloigné de l'escalier.

Il achète un lit d'occasion qu'il dispose dans la plus petite pièce, où se trouve le poêle. Il meuble la plus grande avec un tapis emprunté à Daniel, quelques vieilles chaises et un canapé fort usagé, du plus pur style Louis-Philippe. Puis, un peu plus tard, il enrichit ce modeste mobilier d'un piano droit et d'un gros appareil photographique sur trépied, trouvés on ne sait où. La décoration des murs pose le problème inverse, car il a du mal à trouver assez de place pour accrocher toutes les peintures invendues. Pour les faire mieux ressortir, il peint les murs en jaune de chrome et, çà et là, entre les tableaux, pour renforcer l'aspect exotique, il suspend des lances tahitiennes et des boomerangs australiens qu'il a rapportés. Il cloue aussi des reproductions d'œuvres de ses peintres préférés, Cranach, Holbein,

Botticelli, Puvis de Chavannes, Manet et Degas. Mieux encore, il possède des œuvres originales d'artistes qu'il estime entre tous, Van Gogh, Cézanne et Odilon Redon, que Schuff et Daniel ont sans doute conservées pour lui pendant son absence. Il les accroche, en réservant la place d'honneur, au-dessus du lit, à ses trois tableaux de Van Gogh, représentant un autoportrait, des tournesols, et l'émouvante nature morte des souliers usés et déformés de Vincent[81]. Il peint finalement les vitres des fenêtres et de la porte du balcon, pour éliminer ces taches gênantes de lumière blanche au milieu de tant d'éclats de couleurs. Le motif qu'il choisit pour la porte d'entrée est un jeune couple tahitien qui s'embrasse avec le titre *Te faruru* — on fait l'amour.

Les parois et les planchers de la maison sont si minces et sonores qu'il est important d'avoir des voisins tolérants et compréhensifs. A cet égard, Gauguin a de la chance. Le jeune couple marié de l'étage en dessous, William et Ida Molard, le prend tout de suite en sympathie. William Molard vit pour la musique et passe ses loisirs à composer de grandes symphonies dont l'unique défaut est d'être injouables. Dans ces conditions, il ne peut pas plus que Gauguin vivre de son art, mais contrairement à lui, il a conservé son gagne-pain, emploi peu excitant de petit fonctionnaire au ministère de l'Agriculture. La mère de Molard est norvégienne et il parle cette langue couramment. Sa femme Ida, née Ericson, Suédoise de naissance, s'adonne à la sculpture. En sa jeunesse, elle a étudié à l'Académie Royale des Beaux-Arts de Stockholm et, comme on peut l'imaginer, ses bustes et statuettes sont très académiques. Une amie suédoise de la famille raconte dans quelles circonstances Ida est arrivée à Paris : « Elle reçut une bourse de voyage de l'Académie Royale des Beaux-Arts, mais, par extraordinaire, n'en profita jamais. Au cours de l'année où elle devait la toucher, le 17 février 1881, elle donna naissance à un enfant illégitime dont le père était le chanteur d'opéra Fritz Alberg. Cet enfant fut baptisée Judith. Fière et heureuse, elle drapa son trésor dans un châle et s'en alla voir le directeur de l'Académie pour le remercier de la bourse et lui permettre d'admirer son bébé. Réaction inattendue, l'Académie annula la bourse. Ayant pris pitié d'elle, une certaine Mme Bonnier lui en offrit l'équivalent. Avec cet argent, Ida se rendit à Paris où elle se maria et vécut le reste de son existence. » Ida Ericson-Molard, « une petite et très coquette blonde, bien en chair habillée de volants et de dentelles », est particulièrement généreuse envers les enfants abandonnés, les chiens perdus et les artistes ratés [82]. Gauguin est donc tout indiqué pour bénéficier de ses attentions maternelles.

Comme il arrive souvent en pareil cas, la fille d'Ida Molard, Judith, alors âgée de 13 ans, s'est créé une image idéalisée de son véritable père. Elle ne juge son beau-père qu'en comparaison, et aucune des actions ou des paroles de William Molard ne trouve jamais grâce à ses yeux. Et aussi, l'amour qu'elle refuse à son beau-père, elle le transfère à d'autres hommes. Dès le début, elle a un culte pour Gauguin. Pour celui-ci, jusqu'à un certain point, elle prend la place de sa fille chérie, Aline. Toutefois, si nous en croyons les Mémoires inédits de Judith, les sentiments de Gauguin envers elle ne sont pas uniquement paternels mais plutôt d'une nature semblable à ceux qu'il a manifestés à l'égard d'une autre jeune fille de 13 ans, sa *vahiné*, Teha'amana.

Judith décrit [83] leurs rapports ambigus dans cette scène : « Va chercher William, me dit ma mère. William pose pour "le portrait d'un musicien". Ma mère n'aime pas que son William s'attarde après la séance, elle craint qu'il ne la trompe en pensée en parlant de négresses. Je monte. Le jour tombe. William est au piano. Il brasse à grand renfort de fausses notes tous les opéras de Wagner en une *olla podrida* coupée de temps en temps par un accord qu'il frappe plusieurs fois de suite. Il dit alors "c'est joli, ça" et Sieglinde se chamaille avec Tristan dans un Venusberg en folie. Je marche d'un pas léger vers Gauguin. Le bras passé autour de ma taille, il pose sa main en coquille sur ma gorge naissante. Sa voix rauque à peine perceptible répète : "C'est à moi, ça !" A lui bien sûr, ma tendresse, mes jeunes sens qui s'ignorent, toute mon âme. Dressée sur la pointe des pieds je cherche sa joue. C'est sa bouche que j'ai rencontrée. Mon âme tout entière est sur mes lèvres, il peut la cueillir. »

Mais au grand désappointement de la pauvre Judith, Gauguin emmène Molard boire une absinthe. « Je les regarde partir, du haut du balcon. Couple singulier, l'inverse de l'équipe Don Quichotte-Sancho Panza : Molard gringalet aux épaules tombantes suit Gauguin comme il est lui-même suivi de son chien. La démarche de Gauguin est souple, dansante, équilibrée comme s'il se mouvait dans un milieu liquide et que son centre de gravité ne fût jamais en péril. Le pardessus à taille flotte comme les voiles d'un cyprin japonais, jamais boutonné sur un gilet montant, le cache-col noué haut et lâche, le feutre en casseur d'assiettes. La canne en bois de fer, une autre, se balance au bout d'un cuir à son poignet. Ils vont la boire, leur absinthe... Et c'est une toute petite fille qui descend l'escalier et qui sera grondée parce que William est allé boire. »

Chez les Molard, Gauguin rencontre un certain nombre de musiciens, de poètes et de peintres français et scandinaves qui prennent rapidement l'habitude de monter son escalier un peu raide pour bavarder avec lui chaque fois qu'ils se rendent au numéro 6 de la rue Vercingétorix. Après deux années d'isolement à Tahiti, il aime se sentir entouré et, assez rapidement, il se met au goût du jour en recevant chez lui une fois par semaine, chaque jeudi. Les rafraîchissements se limitent, semble-t-il, à du thé et des gâteaux servis par Judith. Les distractions, en de telles occasions, ne sont pas moins saines et simples : solos à la guitare et au piano, duos chantés et charades, celles-ci posées par le gai Francisco Durrio, sculpteur espagnol presque nain, surnommé Paco ou Paquito. A l'occasion, Gauguin lit quelques pages manuscrites de son livre sur Tahiti. Une fois, d'humeur particulièrement joyeuse, il se déguise en chef cannibale des îles. Ses vieux amis Schuffenecker, Daniel de Monfreid et Sérusier, qui sont tous mariés et rangés, se sentent un peu mal à l'aise dans cette ambiance estudiantine et, petit à petit, ils espacent leurs visites. Son fidèle compagnon de Bretagne, Meijer de Haan, est rentré en Hollande depuis longtemps pour se faire soigner de sa tuberculose, sans résultat, car il se meurt lentement. Seuls parmi les symbolistes du café Voltaire, Charles Morice et son ombre Julien Leclercq assistent régulièrement aux soirées. Après la mauvaise réception que la critique a faite à son recueil de poèmes, *Strophes d'Amants*, Leclercq s'est passionné pour la chiromancie et la physiognomonie. Juliette aussi est assidue à ces soirées.

Quand les échos de ces joyeuses réunions parviennent à Copenhague, quelque peu enjolivés, Mette devient soupçonneuse. Bientôt elle est convaincue que Paul a touché l'héritage et qu'il est occupé à le dilapider. Cette offense imaginaire lui paraît particulièrement vile, puisqu'il a depuis longtemps promis que l'argent devant lui venir de son oncle sera consacré à l'éducation des enfants. Sans perdre de temps, elle lui rappelle donc la promesse qu'elle possède, du reste, par écrit. Il est clair, d'après le ton courroucé de ses lettres, qu'elle ne le croit pas quand il déclare que la succession n'est pas encore réglée. Gauguin, qui doit de l'argent à droite et à gauche et a réussi, avec difficulté, à obtenir une extension de crédit au restaurant *Chez Charlotte*, est blessé par les soupçons persistants de Mette. Il lui envoie donc un état de ses dépenses, qui s'élèvent à 2 490 francs, et il l'agrémente de ce commentaire acerbe : « Il est extraordinaire que je sois obligé de te faire des comptes et te persuader qu'il faut que j'habite autre part que dans la rue et que je ne puis venant malade d'habiter des pays chauds marcher tout nu et ne pas me chauffer. » Il lui demande dans la même veine de le « renseigner *exactement* » et « sans aucune *tricherie* » sur le nombre et les prix des tableaux qu'elle a vendus. Cette attitude inquisitoriale est inspirée par les rapports d'amis qui affirment qu'en fait elle a vendu deux peintures à 1 000 couronnes pièce pendant l'exposition de Copenhague, ce qui représente une somme environ dix fois plus élevée que celle qu'elle a indiquée. Ulcérée, Mette contre-attaque et s'étonne que Paul ose l'accuser de « tricher » alors qu'il triche lui-même grossièrement en n'incluant dans son rapport que les dépenses et non les revenus de l'exposition chez Durand-Ruel.

Seule une confrontation personnelle qui les forcerait tous les deux à s'expliquer, pourrait faire disparaître les malentendus. Mais Mette n'a pas la moindre envie de quitter Copenhague et elle ne possède d'ailleurs pas plus qu'avant les moyens de le faire. Gauguin est loin d'avoir fini son livre et aurait de grandes difficultés à emprunter l'argent du billet pour Copenhague, même s'il le désirait. C'est ainsi qu'ils continuent à échanger des lettres qui deviennent de plus en plus aigres et injurieuses. Ces lignes, qu'il écrit en janvier 1894, mettent brutalement un terme à ce dialogue de sourds loquaces : « L'accident que j'ai eu à Tahiti a été presque mortel ; à force de privations et de tourments le cœur était devenu très malade et les vomissements de sang ont cessé difficilement. D'après le médecin, une rechute serait définitive et je dois prendre pour l'avenir des ménagements. Si donc tu dois m'écrire à l'avenir comme tes lettres dpuis mon arrivée, je te prierai de cesser. »

Quand au début de février 1894, Gauguin peut enfin toucher l'héritage si longtemps convoité, qui s'élève à environ 13 000 francs, il prend une sordide revanche sur Mette, en ne lui adressant que 1 500 francs, assortis d'une vague promesse d'une somme supplémentaire — quand elle en aura besoin[84]. Envers ses amis, il se montre beaucoup plus généreux. C'est ainsi qu'il s'empresse d'informer Daniel, qui a toujours été si prompt à le secourir, que « mon notaire a versé les fonds dans mes chastes mains, et ceci je vous l'écris pour que vous le sachiez ; c'est-à-dire qu'il ne faut pas *vous gêner pour la galette* ». Quand il fait, du 16 au 22 février, un « voyage très chic » en Belgique, il emmène Julien Leclercq et lui paie tous ses frais. Le but principal de ce déplacement est d'assister à l'inauguration, qui a lieu le 17 février, à Bruxelles, de la première exposition de la Libre Esthétique, nouvelle association, dirigée par Octave Maus, et qui a le même programme artistique que le Groupe des XX. Invité à exposer également dans ce nouveau forum d'art moderne, Gauguin y a envoyé cinq tableaux, dont *Manao tupapao*[85]. Le prix qu'il a fixé pour celui-ci est énorme : 3 000 francs.

Au retour, il raconte ses impressions de voyage dans *Essais d'art libre*, petite revue d'existence éphémère, éditée par son ami Roinard. Cet article, complètement ignoré et jamais reproduit, nous fournit quelques renseignements précieux sur les préférences de Gauguin en art ancien et moderne : « Pour la première fois j'ai vu les Memling de Bruges. Peut-on expliquer ces merveilles ? Je ne crois pas. Les lois du beau sont bien mystérieuses, et les gens de génie n'ont pas besoin qu'on les leur apprenne. Derrière le voile la divine source de toutes les harmonies... Mais je m'écarte de mon chemin : entrons dans les salons de la Libre Esthétique...

« Par qui commencer ? Besnard ou Renoir — Besnard, doux comme sucre, ne manque aucune occasion de siroter une tête. Renoir le vieux nous fait penser vaguement à Renoir le jeune qui a du talent. Sisley, d'après Monet, représente l'impressionnisme. Il y a bien aussi l'ancêtre Pissarro qui fait de l'art malgré lui. Ses paysannes sont hésitantes, deux fois veuves de Millet et de Seurat ; habilement tricotées cependant. Ce qui me console c'est que Berthe Morizot reste toujours le beau peintre personnel...

« Toorap voyage partout, en Egypte, au Japon et en France : je lui ferai remarquer que Cimabue n'est pas un Egyptien mais un Italien. Avec les qualités de dessin et de couleur que possède M. Toorap il pourrait dans un simple cadre nous intéresser.

« Dans une petite salle, j'examine avec attention les envois de Denis car, depuis la mort de Gounod, Denis est tout à fait de mode. Je cherche vainement en lui une personnalité. Sa femme nue n'est pas une sainte, pourquoi un fond de paysage comme chez les primitifs italiens. Un pot à eau de chaque côté (peinture du nature-mortier Besnard) (Est-ce de bon goût) ?...

« Puis Odilon Redon, cet artiste extraordinaire qu'on s'obstine à ne pas comprendre — Lui rendra-t-on justice un jour ? — Oui, quand tous ceux qui l'auront imité seront en haut sur le piédestal — La Belgique s'était emballée un moment pour le petit point — seul aujourd'hui Signac reste debout, traînant misérablement le boulet qu'il s'est attaché à la patte. Devant son Exposition, on rit tristement.

« La dernière salle, comme une chapelle est réservée aux officiels — je dis officiels parce que Puvis de Chavannes donne la main à Lerolle, Carrière à Knopf et Thaulow... Knopf aplatit ses personnages sur la toile, peinture sage — Lerolle par une coquetterie que je ne m'explique pas ne signe pas ses tableaux. On voit qu'il aime Carrière et il a raison. Moi aussi je l'aime, et je profite de cette occasion pour lui dire ici que, sans réserves, j'admire. Les nombreux qui l'imitent procèdent d'effaçages — à travers ce voile qui recouvre, les couleurs s'affirment, la ciselure se devine, et je suis content d'avoir visité les musées hollandais pour m'apercevoir que Carrière est un maître français. »

Grâce à son portefeuille bien garni, Gauguin peut aussi s'offrir ce qui lui manque le plus : une femme à demeure qui l'aidera à passer le temps plus agréablement, tandis qu'il termine son livre et qu'il attend que Mette se calme un peu. Le jeune marchand de tableaux Ambroise Vollard, qui a déjà montré son flair exceptionnel en lui achetant une peinture à l'exposition chez Durand-Ruel, revendique l'honneur problématique d'avoir persuadé une jeune Cingalaise, presque une enfant, connue sous le nom fantaisiste d'Anna la Javanaise, de s'installer chez lui.

Le faux certificat d'origine d'Anna a certainement évoqué pour Gauguin d'agréables souvenirs de l'Exposition Universelle de 1889, où il a fait de fréquentes visites au Kampong javanais. Le plus séduisant à ses yeux est son âge, 13 ans, exactement celui de Teha'amana, qu'il évoque continuellement dans le récit nostalgique de sa vie heureuse à Tahiti, sur lequel il travaille avec acharnement. Néanmoins la ressemblance s'arrête là. Anna est trop paresseuse pour faire la cuisine et Gauguin doit l'emmener dîner dehors. De plus, elle est bavarde et curieuse, mais elle l'amuse et le distrait suffisamment pour qu'il la garde et accepte, dans la mesure du possible, de satisfaire ses caprices, allant même jusqu'à lui acheter une guenon en guise de mascotte.

En pénétrant un jour dans le studio, Juliette se trouve face à face avec cette rivale qui a l'air d'être tout à fait chez elle. Tout aussi surprise, Anna, pour une fois, reste muette de stupeur. Croyant alors que cette négresse, comme elle l'appelle, ignore le français, Juliette l'insulte grossièrement. Anna se ressaisit, attend tranquillement que Juliette s'arrête pour respirer et lui demande d'un ton poli mais glacial, dans un français parfait : « Madame a-t-elle terminé ? » Ecœurée par tant de duperie, Juliette quitte les lieux et n'essaiera plus jamais de revoir le père de sa fille.

Quant à Judith, elle semble préférer sa nouvelle rivale qui, contrairement à Juliette, prend au moins un plaisir enfantin à jouer avec elle. Toutefois, elle aussi est capable d'être jalouse d'Anna. Ses Mémoires contiennent cette description malicieuse d'une visite au salon de la Société nationale au Champ-de-Mars le 25 avril 1894, jour de l'ouverture, en compagnie de Gauguin et de ses amis : « Il avait rapporté, de Tahiti, des objets manufacturés par les orphelines des écoles congréganistes, comme on apporte de la pacotille quand on va chez les sauvages. Il les montrait en riant et il disait : "On n'imagine pas ce qu'on peut obtenir en échange." Entre autres, il y avait de la tresse à chapeau d'une finesse incroyable. On en choisit pour Anna et pour moi. Un chapelier fit pour Anna un canotier rigide, une modiste confectionna un chapeau de fillette pour moi avec un beau ruban vert d'eau.

« Donc au vernissage, nous n'étions pas *habillées pareil* : malgré ses treize ans, Anna s'était déguisée en dame. Et moi, j'étais en robe courte, je grandissais trop relativement à l'âge inavoué de ma mère. Nous avions rendez-vous devant la porte du Palais des Beaux-Arts : on devait entrer à deux sur chaque carte. La drôle de cohorte qui se rassemblait autour de Gauguin : un piquet d'hommes grands et maigres : Morice, Leclercq, Ranson, Roinard, Monfreid, et l'escouade des petits : ma mère, moi, les Maufra, Paco et Anna. Nous avions bien, en moyenne, un mètre cinquante... Anna avait l'air de marcher à la conquête du monde. Elle ne perdait pas un pouce de sa taille, le nez en l'air, son petit menton pointu levé au-dessus du col baleiné bordé de broderie anglaise, le canotier posé à quarante-cinq degrés sur son petit nez plat de bébé chimpanzé, relevé derrière par un haut chignon bleu de nuit. Elle avait un corsage de soie écossais à plis creux, avec de grosses manches à gigot et une jupe à traîne qu'elle relevait sur la hanche d'une main gantée de filoselle. »

En raison de ses nombreuses activités mondaines et de ses labeurs littéraires, Gauguin peint peu au cours de l'hiver 1893-1894. Sur les sept tableaux qui datent vraisemblablement de cette époque, trois ont des sujets tahitiens, trois autres sont des portraits d'amis et le dernier un autoportrait. Puisque sa méthode habituelle est de peindre de mémoire, il n'est pas surprenant que les toiles d'inspiration tahitienne soient aussi bonnes que celles faites là-bas, sur place.

Plusieurs œuvres attestent ses liens étroits avec la famille Molard. Il peint, par exemple, au dos de son propre portrait, celui de William Molard. (Ce tableau, depuis quelques années au Louvre, est ingénieusement exposé au Jeu de Paume, côté Gauguin le matin et côté Molard l'après-midi.) Un autre autoportrait, de profil celui-ci, est gravé sur une plaque de plâtre. L'idée lui en est venue un jour qu'il a posé pour Ida Molard dont la production artistique consiste surtout en des bustes et des bas-reliefs dans ce matériau classique qu'il n'a jamais voulu toucher auparavant. Le titre tahitien qu'il a donné à cet autoportrait est *Oviri* (Sauvage) et c'est, on s'en souvient, le titre de la chanson mélancolique qu'il a tant aimée pendant son séjour à Mataiea[86]. La troisième œuvre de ce cycle est un splendide nu d'Anna, la guenon à ses pieds. Cependant, dans le titre en tahitien, assez scabreux, il n'est pas question d'elle mais de Judith. En effet, il proclame : *Aita parari te tamari vahine Judith*[87], ce qui signifie que « la femme-enfant Judith n'est pas encore dépucelée ». Heureusement, les Molard ne comprennent pas le tahitien !

Mais ses œuvres les plus remarquables de cette époque sont dix bois gravés polychromes, exécutés pour illustrer son livre tahitien qui comprendra le même nombre de chapitres. Six d'entre eux, *Noa Noa, Nave Nave fenua, Auti te pape, Manao tupapau, Maruru* et *Mahana no varua ino*, sont des copies libres de peintures à l'huile exposées chez Durand-Ruel. Des quatre autres, trois sont des interprétations très personnelles du mythe tahitien de la création et le dernier, *Te faruru*, le plus beau de tous, reprend le motif peint sur la porte d'entrée : un couple d'amants dont l'homme, accroupi, embrasse tendrement la femme, tête renversée, qu'il serre dans ses bras. A première vue, ces bois gravés, mesurant 35 × 20 cm, semblent beaucoup trop grands pour servir d'illustrations à un livre ordinaire. Mais l'intention de Gauguin est de produire un livre de luxe, et son modèle est probablement la fameuse édition, dans ce format, du *Corbeau*, d'Edgar Allan Poe (un des auteurs préférés de Gauguin), traduit par Mallarmé et illustré par Manet. « Ce n'était pas seulement un des livres les plus impressionnants du siècle », fait remarquer l'historien d'art Richard Field, « mais ses illustrations vigoureuses en noir ont dû frapper Gauguin qui y a vu des devancières de ses propres bois gravés. » Puisqu'une édition de luxe à tirage limité ne concorde pas très bien avec son double but, avoué à plusieurs reprises, de gagner de l'argent et d'expliquer son art au grand public, il a certainement aussi envisagé de faire paraître une édition d'un format plus conventionnel, avec ou sans illustrations.

L'équipement de Gauguin est extrêmement primitif et, quand l'impression exige un peu plus de force qu'il ne peut en exercer avec ses seules mains, il glisse simplement le bois gravé et le papier sous un pied de son lit et s'assoit dessus [88]. Un spécialiste américain, Hugh Edwards, décrit le résultat de ses efforts en ces termes : « Ce sont ses plus belles œuvres gravées et, dans toute l'histoire de la gravure, je ne vois rien qui leur soit comparable. On peut dire qu'elles ont à la fois apporté une révolution et une renaissance de la gravure sur bois, tombée à l'époque en désuétude. La gravure sur bois utilisée pour l'illustration et la reproduction avait atteint un point final de virtuosité technique mais elle ne pouvait plus rivaliser avec un procédé meilleur marché dont l'avenir était assuré : la reproduction photographique. Entre les mains de Gauguin, la gravure est traitée de façon nouvelle. Il en fait un instrument idéal pour servir sa notion de l'espace qui refuse le trompe-l'œil mais revêt un caractère qui rappelle le bas-relief. Ses bois gravés ont en eux-mêmes, mis à part leur utilité pour tirer des épreuves, une existence indépendante comme objets d'art. La méthode de Gauguin consiste à creuser le dessin au burin dans la surface au lieu de tailler le bois pour avoir le dessin en relief. Il trace ainsi des gorges de profondeurs différentes. » A l'encontre des graveurs japonais, Gauguin se sert du même bois pour ajouter successivement les couleurs, brun, jaune, carmin. Huit à dix épreuves toutes différentes sont connues de chaque sujet. L'intention de Gauguin est de laisser ensuite à un imprimeur expert le soin de reproduire les meilleures, en un plus grand nombre et la plupart des bois gravés, qu'on voit aujourd'hui, sont en effet des tirages faits par son ami Louis Roy à l'automne 1894 ou par son fils Pola, en 1920.

Il est malheureusement difficile de ressentir le même enthousiasme pour le récit de ses expériences tahitiennes que Gauguin élabore péniblement en même temps et qui doit constituer, avec les chapitres d'analyse et de commentaires de Morice — que celui-ci n'a pas encore commencés — leur livre commun *Noa Noa*. Le pauvre Morice est d'ordinaire accusé d'avoir déformé aussi bien le style que la pensée de Gauguin. Grâce à la découverte fortuite, en 1951 (!), du premier brouillon du texte de Gauguin, entièrement de sa propre main, il est maintenant possible de faire le partage des responsabilités et la comparaison de ce texte et du texte définitif montre clairement que Morice n'a pas outrepassé son rôle, qui était de polir légèrement le style de Gauguin, d'amplifier certains passages, un peu trop sommaires et elliptiques, et de lier les parties différentes du récit. Il ne faut pas oublier non plus que Gauguin a approuvé sans réserve toutes les élaborations et améliorations de son ami.

Les goûts littéraires ont considérablement changé depuis la fin du siècle et c'est pourquoi nous avons du mal à apprécier de nos jours le style fleuri, lyrique et emphatique de *Noa Noa*, qui imite de surcroît tellement celui des *Poèmes en prose* du maître vénéré de tous les symbolistes, Baudelaire, qu'on est souvent obligé de parler de parodie.

En définitive, le plus critiquable n'est pas le style démodé, mais l'effort constant et déterminé que nous trouvons dans ces chapitres sur Tahiti — et dont seul Gauguin est responsable — pour tromper le lecteur, en y présentant la vie dans les années 1890 comme des plus idylliques et paradisiaques. Selon le schéma classique, datant de la découverte de Tahiti, alors que l'enthousiasme de certains visiteurs pour la philosophie de Rousseau leur ôtait entièrement la faculté de voir clair, Gauguin dépeint les autochtones comme de bons sauvages, incapables de bassesse et de calcul, tandis que les Européens de Papeete apparaissent mesquins et ridicules.

Ses propres difficultés et embarras financiers, il ne les mentionne jamais. Au contraire, il prétend qu'il a vécu comme un vrai Polynésien. Mieux encore, il a pu découvrir dans la montagne, à l'intérieur de l'île, « une petite vallée dont les habitants vivent à l'ancienne mode maorie. Ils sont heureux et calmes. Ils rêvent, ils aiment, ils sommeillent, ils chantent, ils prient ». Et que penser quand il affirme que la jeune Teha'amana « connaît par cœur tous les dieux de l'Olympe Maori » et lui donne « un cours complet de théologie tahitienne » par les nuits de clair de lune, tandis qu'ils se reposent, côte à côte, dans leur lit ? On peut facilement démontrer que les montagnes de Tahiti sont inhabitées et que le chapitre sur la religion et la mythologie tahitiennes n'est qu'une maladroite compilation, basée sur les extraits du livre de Moerenhout qu'il a copiés lui-même dans son cahier intitulé *Ancien culte Mahorie*. La scène avec Teha'amana, lui apprenant au lit les secrets de la vieille religion, est particulièrement cocasse, étant donné que, même aux temps anciens, une femme ignorait tout des rites et doctrines sacrés, qui constituaient un domaine réservé exclusivement aux hommes. Pierre Loti est plus honnête, puisqu'il avoue franchement : « Rarahu ne connaissait pas du tout le dieu Ta'aroa, non plus que les nombreuses déesses de sa suite ; elle n'avait même jamais entendu parler d'aucun de ces personnages de la mythologie polynésienne. »

Une autre modification, intervenue entre le premier brouillon écrit par Gauguin et la version retravaillée par Morice, est la disparition du vrai nom de la jeune *vahiné*, Teha'amana, qui est remplacé partout par un autre nom, Tehura (dont l'orthographe exacte est Te'ura). Les deux collaborateurs ont-ils tout simplement pensé que Teha'amana était un nom trop long et difficile à prononcer pour un lecteur français ? Gauguin a-t-il ainsi voulu brouiller les pistes ? Il se peut du reste que Te'ura soit un autre nom de Teha'amana.

Parmi les tableaux exposés chez Durand-Ruel, il y a un paysage luxuriant qui porte le titre de *Noa Noa*. Morice le décrit ainsi, de sa manière délirante habituelle, dans son compte rendu de l'exposition, publié dans le *Mercure de France* : « Des fleurs, des fleurs, des arbres qui sont des fleurs, et le peu qu'on voit de la terre est fait de couleurs fleuries. La tranquillité fervente d'une nature fière de sa richesse pour ne la montrer à personne : car nulle trace humaine ni seulement d'animal. Une rivalisation de joie large et fastueuse entre ces essences infiniment variées. Et ce tableau exhale l'odeur fraîche et pimentée de toute l'île : *Noa Noa*, odorant. » Comme Gauguin l'a certainement lu dans l'ouvrage de Moerenhout [89], les Tahitiens utilisaient autrefois cette épithète surtout pour leur paradis appelé *Rohutu noanoa*, « qui, dans son genre, surpassait l'Elysée des Grecs, le ciel même de Mahomet, ne le cédant à aucun des séjours de délices ou des récompenses inventés par les fondateurs des diverses religions de la terre. Là, le soleil brillait du plus vif éclat, l'air était embaumé et toujours pur ; là, ni vieillesse, ni maladies, ni douleur, ni tristesse ; là, des fleurs toujours fraîches, des fruits toujours mûrs, une nourriture savoureuse abondante ; là, des chants, des danses, des fêtes sans fin, et les plaisirs les plus ravissants, près de femmes éternellement jeunes, éternellement belles. »

Noa Noa, titre que les deux amis choisissent pour leur livre, ne pourrait pas être mieux approprié. Après toutes les difficultés, toutes les tribulations et toutes les déceptions que Gauguin a connues depuis son retour en France, Tahiti lui semble maintenant un endroit presque aussi idéal et parfait que le paradis *noanoa* de la mythologie tahitienne.

CHAPITRE VII

DANS L'IMPASSE

Les illustrations et les chapitres narratifs de *Noa Noa* terminés, plus rien ne retient Gauguin à Paris. Grâce à son héritage, il bénéficie, pour une fois, d'une entière liberté d'action. C'est le moment où jamais de se rendre à Copenhague et d'avoir une conversation à cœur ouvert avec sa femme. Mais, malheureusement, il ne peut se décider à faire le premier pas. Ou, peut-être, veut-il retarder son voyage jusqu'à l'été, période de vacances des enfants, quand il pourra emmener toute la famille en villégiature, loin de Copenhague et de son encombrante belle-famille. Tout ce que nous savons avec certitude, c'est qu'au début de mai 1894, lorsqu'il quitte Paris, après avoir pressé Morice de terminer sa contribution lyrique à *Noa Noa*, Gauguin ne monte pas dans le Nord-Express mais se dirige vers la Bretagne. De plus, bien imprudemment, il emmène Anna qui, elle, à son tour, emmène sa guenon.

Avant de partir, il écrit un article nostalgique, intitulé *Sous deux latitudes*, pour la petite revue de son ami Roinard. Il y compare son existence à Tahiti avec sa vie à Paris pendant le dernier hiver. Comme tant d'autres voyageurs, c'est surtout du bruit du récif qu'il se souvient avec grande émotion : « Autour de l'île, les infiniment petits ont formé une barrière gigantesque : les lames secouent et ne terrassent pas la muraille, l'inondant de jets phosphorescents. Ces volutes bordées de verte dentelle, je les ai vaguement regardées, ma pensée loin du regard, inconsciente de l'heure : la notion du temps, ces nuits-là, se perd dans l'espace. » Tandis que « par le 47e de latitude, à Paris, je crois : il n'y a plus de cocotiers, les rumeurs n'ont plus de sens musical. Des palais, des boulevards, des masures aussi, des basses rues garnies de trottoirs glissants sous les pieds de filles, des alphonses... Dans la rue, les égouts exhalent leur puanteur et cependant, je respire mieux : il me semble que je suis autrement que tout à l'heure. En descendant le boulevard, je me dis : Si nous allions encore une fois au 17e de latitude. »

Gauguin espère que Marie Henry, son ancienne tenancière du Pouldu, l'accueillera avec la même gentillesse qu'autrefois. Mais à son arrivée, il découvre qu'elle a vendu l'auberge, s'est mariée et habite un autre village. Quand il réussit à la voir pour tenter de récupérer les tableaux et sculptures qu'il a laissés en dépôt chez elle au moment de son départ précipité de novembre 1890, elle refuse catégoriquement de lui rendre ses œuvres, encouragée par son mari qui s'imagine, on ne sait pour quelle raison, qu'elles prendront un jour de la valeur[90]. Exaspéré par cette malhonnêteté, Gauguin les avertit que, si nécessaire, il n'hésitera pas à les poursuivre en justice, puis, comme ils s'entêtent, il met sa menace à exécution.

Un seul de ses vieux amis habite encore dans la région, Charles Filiger, qui peint toujours des madones et d'étranges tableaux chromatiques dans un style préfigurant le cubisme. Mais il est devenu si sauvage qu'il ne s'aventure que très rarement hors de sa maison pendant la journée. Dans sa petite chambre misérable de célibataire, située dans une vieille ferme isolée, il n'a pas assez de place pour héberger un ami. Après avoir logé un moment chez un de ses nombreux camarades de table du restaurant *Chez Charlotte*, le peintre Slewinski, qui a loué une villa pour l'été au Pouldu, Gauguin se rend à Pont-Aven. Mme Le Gloanec lui fait bon accueil dans sa pension de famille agrandie et modernisée et étend même son hospitalité à Anna et à la guenon. Comme d'habitude, la plupart des pensionnaires sont des artistes accompagnés de leur modèle ou de leur femme. Rapidement, Gauguin devient le centre et l'animateur d'un petit groupe dont font partie deux peintres qui viennent d'Outre-Manche, Mortimer Menpes et Roderic O'Conor, ainsi qu'un jeune graveur français nommé Armand Séguin, qui l'écoutent avec fascination. La fille de Menpes a laissé cette description [91] de la vie à la pension Le Gloanec à cette époque : « Les artistes laissaient pousser leur barbe et leurs cheveux. Ils portaient tous les jours les mêmes vieux costumes de velours côtelé, tachés de peinture, des chapeaux d'artiste cabossés, des chemises de flanelle flottantes et des sabots fourrés de paille... Dans la salle à manger, ces hommes aux allures rudes s'asseyaient de chaque côté d'une longue table, se servaient dans un plat commun et trempaient de grandes tranches de pain dans leurs assiettes... Pendant les trois ans que Menpes demeura sur ce champ de bataille des théories, les conflits d'opinion firent constamment rage. Chacun défendait avec ardeur une tendance dominante de l'art moderne... Les Primitifs étaient gais. Leur marque distinctive, qu'ils emportaient partout, était une canne sculptée par un Maori de Nouvelle-Zélande. Elle leur donnait l'inspiration. »

Roderic O'Conor est un Irlandais qui a étudié la peinture à Anvers pendant deux ans avant de se rendre à Paris en 1883. Là, il a tout d'abord suivi l'enseignement académique de Carolus Duran, puis il est entré en contact avec les impressionnistes et a, en grande partie, adopté leur style. Depuis 1890, il s'est rendu à Pont-Aven chaque été. C'est un bibliophile, fin collectionneur de peintures françaises modernes et de sculptures japonaises et hindoues, et il joue aussi du violon [92]. Il possède, de toute évidence, des revenus personnels qui lui permettent de se passer des marchands de tableaux. Très aimé des femmes, il a de nombreuses maîtresses, ce qui lui a permis de garder son indépendance et de lui laisser la plus entière liberté pour fréquenter ses amis. De Séguin, on ne sait pas grand-chose excepté qu'il est né en 1869 en Bretagne, possède beaucoup de talent, de sensibilité, une grande délicatesse d'âme, et qu'il est très pauvre [93].

La ressemblance d'O'Conor et de Séguin avec les anciens disciples de Gauguin des années 80, Meijer de Haan et Emile Bernard, est frappante et le rôle qu'ils jouent dans le nouveau cercle qui se forme autour de lui est identique. Ainsi, il semble avoir repris la même existence qu'il a menée en Bretagne au cours de ses précédents séjours. Mais ce n'est qu'une apparence. Ses récents malheurs et l'incertitude de son avenir l'ont profondément transformé et trop souvent, il se laisse submerger par ses rêves et ses souvenirs. Il peint peut et mal et passe le plus clair de son temps à errer sans but dans la campagne. Dans les souvenirs de Séguin, nous retrouvons, par exemple, Gauguin, drapé dans un *pareu* rouge, étendu sur la plage du Pouldu, invectivant les plagiaires qui essaient de créer un art nouveau, basé sur ses propres recherches décoratives, tandis que ses mains forment dans le sable d'immenses bas-reliefs.

Le 25 mai, accompagné d'Anna, d'O'Conor, de Séguin, d'un autre peintre breton, nommé Emile Jourdan, et de leurs femmes, il se rend à Concarneau [94]. Les habitants de ce port de pêche ne sont pas aussi accoutumés que ceux de Pont-Aven à voir déambuler chez eux des cohortes bizarres de peintres et de modèles. Il ne se passe donc pas longtemps avant que les quatre couples ne traînent à leurs talons une troupe de gamins moqueurs. Quand le groupe passe devant un des cabarets du quai Peneroff, des marins lancent à haute voix des remarques injurieuses. Jourdan suggère de prendre une autre route. Gauguin, désignant alors une ruelle étroite, dit avec dérision : « Si vous avez peur, allez par là ! » Cela suffit à faire taire Jourdan.

Les galopins deviennent de plus en plus audacieux et agressifs. Sans doute Anna les agace-t-elle inutilement en leur tirant la langue et en leur faisant des pieds de nez, selon son habitude. Toujours est-il qu'ils commencent à jeter des pierres. Séguin attrape alors l'un d'eux et lui tire l'oreille. Mais malheureusement, le père du gamin, un solide marin, assis dans un des cabarets, voit toute la scène. Pris de colère, il se précipite sur Séguin. Gauguin bondit au secours de son ami et abat l'agresseur d'un coup de poing bien asséné. A la vue de leur camarade en difficulté, trois autres marins viennent à la rescousse. Séguin, dont la force musculaire et l'habileté pugilistique n'égalent pas celles de Gauguin, prend tellement peur devant la tournure des événements que, tout habillé, il saute dans le bassin du port. Sans se décourager pour autant, Gauguin, O'Conor et Jourdan mènent une puissante contre-attaque. Ils remporteraient sans doute la victoire si des renforts n'arrivaient des autres cabarets. Ces nouveaux assaillants s'en prennent aussi à Anna, à cause de ses hurlements, mais les autres femmes essaient vaillamment de la défendre. Soudain, Gauguin bute et tombe. Ses adversaires en profitent pour lui donner des coups de sabot. Quand finalement, ils s'aperçoivent qu'il ne tente même plus de se relever, ils se rendent compte qu'ils sont allés trop loin et ils disparaissent.

Gauguin est toujours allongé dans la même position lorsque surviennent les gendarmes et, bien qu'affaibli, il a conservé toute sa lucidité. Il leur explique ce qui ne va pas : sa jambe droite est brisée. Cette fracture ouverte est si mauvaise que le tibia sort au-dessus de la cheville. O'Conor et Jourdan ont été tous les deux malmenés. La maîtresse de Séguin souffre d'une côte cassée. Grâce à la solide armature de leur corset à baleines, les autres femmes en sont quittes pour la peur. Abattue et ensanglantée, la petite troupe ramène son chef à Pont-Aven sur une charrette. Là, le docteur ne peut que bander la jambe de Gauguin et prescrire quelques mois de repos complet. Mais peu après, le blessé est obligé de le rappeler et de lui demander une piqûre de morphine pour calmer sa douleur. Par la suite, afin de trouver un peu de repos, il sera contraint d'utiliser la morphine et la boisson comme remèdes presque tous les jours pendant plus de deux mois. Même ainsi ne parvient-il à dormir que quelques heures d'affilée.

Une de ses premières préoccupations, quand les douleurs lui accordent un répit, est la contribution de Morice pour *Noa Noa*, promise pour le 1er juin. Lorsqu'il reçoit des nouvelles, elles sont décevantes. Son ami n'a pas encore trouvé le temps de s'en occuper. Pendant ses longues insomnies, Gauguin fait d'amères réflexions, repense tout le projet et finit par comprendre qu'il a eu tort de se lancer dans cette collaboration boiteuse. Il compose avec soin une longue lettre à Mme Morice[95], qui a beaucoup d'influence sur son mari, dans laquelle il exprime surtout sa crainte « que le conteur disparaisse derrière le poète ». Danger très réel dont il aurait dû se méfier plut tôt. Il en est maintenant si conscient qu'il veut terminer le livre seul.

Avec une magnanimité qui sonne faux, il conclut que « Si Morice veut publier les poèmes inspirés de *Noa Noa* sans les récits et aucune collaboration, je lui en donne toute permission, heureux de faire ce sacrifice à mon ami. »

Pour oublier ses souffrances physiques et morales, Gauguin fait une série d'aquarelles monotypes, probablement destinées à illustrer une édition de format plus courant de *Noa Noa*, ainsi que quelques bois gravés avec des motifs tahitiens[96]. Petit à petit, il retrouve suffisamment de forces pour reprendre ses pinceaux ainsi qu'en témoignent six paysages bretons, datés de 1894. On peut juger de l'effort que ces travaux lui ont coûté par ces lignes adressées à Schuff[97], plus de deux mois après la rixe : « Ma jambe se guérit, mais je ne sais si c'est l'effet de la morphine ou la pluie continuelle, je souffre horriblement dans tous les os et je ne dors vers les trois heures du matin qu'à force de narcotiques... »

Le 23 août, courant le risque de voir sa blessure se rouvrir, il se rend à Quimper, à 32 kilomètres de là, pour assister à la condamnation de ses agresseurs par le tribunal correctionnel. A son grand étonnement, les gendarmes n'ont découvert que deux coupables, le pilote René-Yves Sauban et le pêcheur Pierre-Joseph Monfort. L'acte d'accusation (qui reproduit chaque fois le nom de Gauguin avec la même faute d'orthographe) leur reproche « d'avoir, le 25 mai 1894, à Concarneau, conjointement et volontairement porté des coups et fait des blessures au sieur Gauguen Paul, ou exercé sur la personne de celui-ci toute autre violence ou voies de fait, avec cette circonstance que des blessures portées il est résulté une maladie ou une incapacité de travail personnel de plus de vingt jours. » Gauguin a réclamé dix mille francs de dommages et intérêts, mais le tribunal réduit la somme à six cents francs, ce qui ne couvre même pas les frais médicaux et judiciaires. Outre ces indemnités dérisoires, Sauban n'est condamné qu'à huit jours de prison « attendu qu'il n'est pas établi que Sauban ait directement occasionné la grave blessure de M. Gauguen ». Quant à Monfort, il est acquitté.

Dans une lettre à Molard, quelques jours plus tard, Gauguin laisse entendre que la clémence du juge vient du fait que « les bandits de Concarneau sont des électeurs et que mon agresseur est ami des autorités républicaines ». Il estime inutile de faire appel et, à la place, il presse Molard de demander à Julien Leclercq — qui, sans payer de loyer, habite son studio rue Vercingétorix — de persuader le rédacteur de *L'Echo de Paris*, ou de tout autre quotidien important, de publier « un article sévère contre la justice de Quimper ».

Dans la même lettre, Gauguin informe Molard qu'il a finalement pris la décision que ses amis redoutent depuis longtemps : « En décembre, je rentrerai et je travaillerai chaque jour à vendre tout ce que je possède en ''block'', soit en partie. Une fois le capital en poche, je repars pour l'Océanie, cette fois-ci avec deux camarades d'ici, Séguin et un Irlandais. Inutile là-dessus de me faire des observations. Rien ne m'empêchera de partir et ce sera pour toujours. » Sa manière d'annoncer la nouvelle à Daniel de Monfreid révèle encore mieux à la fois son désespoir momentané et ses éternelles illusions. « Si je réussis, je pars aussitôt en février. Je pourrai alors finir mes jours libre et tranquille sans le souci du lendemain et sans l'éternelle lutte contre les Imbéciles... Adieu Peinture, si ce n'est comme distraction : ma maison sera en bois sculpté. » Son espoir de découvrir un véritable paradis terrestre est cependant plus justifié cette fois-ci qu'en 1891, car il envisage d'aller aux Samoa[98] où les insulaires ont conservé leurs coutumes ancestrales infiniment mieux que les Tahitiens.

Puisqu'il n'éprouve toujours envers sa femme que de l'amertume et de la rancœur, il ne lui dit rien de cette résolution qui va décider tout l'avenir de celle-ci comme le sien.

Il en veut surtout à Mette de son silence durant toute sa longue et douloureuse convalescence, bien qu'elle ait immédiatement appris son accident. A sa décharge, on peut dire qu'en ne lui écrivant plus depuis le début de l'année, elle ne fait que se conformer aux injonctions de son mari. Qui plus est, l'escapade de Paul avec Anna lui est revenue aux oreilles et l'a naturellement mise en colère. Enfin, elle attend toujours une nouvelle part de l'héritage. Il semble que, néanmoins, après la tournure tragique des événements, elle aurait pu faire le premier pas vers une réconciliation. Son mari aurait certainement été attendri par quelques mots de réconfort et d'affection de sa part. Hélas, dans cette occasion, comme toujours, elle se laisse dominer par l'orgueil et perd ainsi sa dernière chance de raccommoder son mariage.

Deux raisons retiennent encore Gauguin à Pont-Aven : sa faiblesse et son second procès, contre Marie Henry. Anna, depuis longtemps lasse de la monotonie de son existence et de ses devoirs d'infirmière, ne peut supporter la perspective de passer encore un ou deux mois dans ce fond de province. Gauguin n'est pas moins fatigué de ses caprices et de ses sautes d'humeur. Quand elle lui réclame de l'argent pour faire un tour à Paris, il lui offre donc avec joie un aller simple, soulagé d'être débarrassé d'elle aussi vite et à si bon compte.

Enfin, le 14 novembre, le tribunal de Quimper rend un jugement sur son affaire. Comme dans le cas précédent, il montre un parti pris outrageant en faveur des électeurs locaux. Considérant que le demandeur a commis une faute en ne faisant pas constater son dépôt par écrit en novembre 1890, époque du départ précipité de Gauguin du Pouldu, il déboute celui-ci « de toutes ses fins et conclusions, et le condamne aux dépens. » Furieux, Gauguin prend le premier train pour Paris.

Lorsqu'il pénètre dans son studio rue Vercingétorix, les pièces sont singulièrement vides : Anna a emporté tous les objets de valeur. Heureusement que, pour elle, les tableaux n'appartiennent pas à cette catégorie ! Autre nouvelle décourageante, Morice n'a toujours pas terminé ses poèmes lyriques pour *Noa Noa*. Comme d'habitude, quand il se sent fautif, il essaie de se rattraper avec une sollicitude touchante. Cette fois-ci, il convie tous les symbolistes à un dîner où Gauguin occupe la place d'honneur. Ensuite, il organise en toute hâte, dans le studio dégarni de la rue Vercingétorix, une petite exposition de bois gravés et d'aquarelles monotypes, réalisés en France depuis le retour du maître. Comme d'habitude, Morice est extrêmement perspicace dans son analyse : « Je dirais que la tentative actuelle de Gauguin entraînera demain toute une révolution dans l'art de la gravure et dans celui de l'aquarelle ; qu'il a, par l'effort logique de son tempérament d'infatigable inventeur — ou de "retrouveur", s'il vous plaît mieux — ramené à leurs principes féconds, ces deux arts compromis par leurs "maîtres" officiels ; qu'en ce point donc, ainsi qu'en tant d'autres, l'heure esthétique restera marquée de lui. »

Mais la voix de Morice est la seule à saluer ces nouveaux chefs-d'œuvre et cette dernière tentative ratée dégoûte davantage Gauguin de la vie civilisée. Impatient de partir au plus vite et reprenant le procédé qui a donné un si bon résultat en 1891, il décide de vendre aux enchères tout son stock de peintures. Morice s'attelle à la tâche difficile de persuader amis et collègues de la presse de lui faire une publicité gratuite. Gauguin, de son côté, part à la recherche d'un grand nom pour signer la préface du catalogue. Il le découvre parmi les nombreux amis de William et Ida Molard, en la personne de l'écrivain suédois August Strindberg. Arrivé à Paris en août 1894, Strindberg est devenu, après la première triomphale au Théâtre de l'Œuvre de sa tragédie *Le père* (à laquelle Gauguin a assisté), l'écrivain le plus en vue et le plus controversé de la capitale. Le grand public est également fasciné par ses proclamations d'alchimiste qui croit posséder le secret de l'or, ainsi que par ses opinions anti-féministes, étalées avec une provocation particulière dans une étude de vingt pages, intitulée *A la zoologie de la femme*, publiée par la *Revue Blanche*. Strindberg y démontre, à l'aide de nombreuses citations tirées de toutes sortes d'ouvrages pseudo-scientifiques et avec un plaisir mal dissimulé, qu'intellectuellement les femmes sont très inférieures aux hommes.

Lors de sa première visite aux Molard (Ida et lui se sont connus à Stockholm), Strindberg, qui est d'une méfiance chronique, proche de la paranoïa, utilise sa ruse habituelle, qui est de feindre qu'il ignore le français, et demeure sur la réserve. Mais, très intrigué par Gauguin, il le suit rapidement à l'étage supérieur et recouvre vite la parole. Les sujets de conversation ne font certainement pas défaut. Ils sont tous les deux des génies méconnus et tous deux ont eu des expériences maritales désastreuses. De surcroît, Strindberg est aussi un peintre de talent. Il a produit d'étonnants paysages marins à la manière de Turner et vient de jeter, dans un article intitulé *Du hasard dans la production artistique*, publié par la *Revue des Revues* quelques semaines plus tôt, les bases d'une peinture non-figurative, anticipant de cinquante ans l'expressionnisme abstrait.

La célébrité de Strindberg atteint son apogée fin janvier 1894 avec la publication de son roman autobiographique, *Plaidoyer d'un fou*, qui est une atroce diatribe contre sa première femme. Julien Leclercq, le constant compagnon de Gauguin, en fait immédiatement une excellente et très longue critique dans la *Revue Encyclopédique*. C'est précisément à cette époque que Gauguin a besoin de la préface de son catalogue, puisque la date de la vente est fixée au 18 février. Du 11 au 31 janvier, Strindberg est soigné à l'hôpital Saint-Louis pour une ancienne maladie de peau qui a réapparu. Il craint lui-même d'être lépreux tandis que les journalistes expliquent avec maints détails savoureux comment l'écrivain s'est abîmé les mains pendant ses expériences alchimiques. Ce dont il souffre est, en réalité, un psoriasis.

Le jour même où il sort de l'hôpital, toujours aussi tourmenté par cette maladie inguérissable, Gauguin l'invite à une soirée dans son atelier et en profite pour lui demander son concours [99]. Le jour suivant, Strindberg lui répond par une longue lettre, rédigée avec l'aide de Molard, dont le début n'est guère prometteur, puisqu'il dit notamment :

« Mon cher Gauguin,

« Vous tenez absolument à avoir la préface de votre catalogue écrite par moi, en souvenir de l'hiver 1894-1895, que nous vivons ici, derrière l'Institut, pas loin du Panthéon, surtout près du cimetière Montparnasse.

« Je vous aurais volontiers donné ce souvenir à emporter dans cette île d'Océanie, où vous allez chercher un décor en harmonie avec votre stature puissante et de l'espace, mais je me sens dans une situation équivoque dès le commencement, et je réponds tout de suite à votre requête par un "Je ne peux pas", ou, plus brutalement par un "Je ne veux pas" »

Et Strindberg donne ses raisons avec candeur :

« Je ne peux pas saisir votre art et je ne puis pas l'aimer. (Je n'ai aucune prise sur votre art, cette fois exclusivement tahitien.) Mais je sais que cet aveu ne vous étonnera ni ne vous blessera, car vous me semblez surtout fortifié par la haine des autres, votre personnalité se complaît dans l'antipathie qu'elle suscite, soucieuse de rester intacte. Et avec raison peut-être, car de l'instant où, approuvé et admiré, vous auriez des partisans, on vous rangerait, on vous classerait, on donnerait à votre art un nom dont les jeunes avant cinq ans se serviraient comme d'une étiquette désignant un art suranné qu'ils feraient tout pour vieillir davantage.

« J'ai tenté moi-même de sérieux efforts pour vous classer, pour vous introduire comme un chaînon dans la chaîne, pour m'amener à la connaissance de l'histoire de votre développement, — mais en vain. »

Après un bref aperçu de sa découverte et de son appréciation immédiate du nouvel art des impressionnistes, lors de ses séjours à Paris en 1876, 1883 et 1885, Strindberg poursuit :

« Cependant, au milieu des derniers spasmes du naturalisme, un nom était prononcé par tous avec admiration : celui de Puvis de Chavannes. Il était là tout seul comme une contradiction, peignant d'une âme croyante, tout en tenant légèrement compte du goût de ses contemporains pour l'allusion. (On ne possédait pas encore le terme de symbolisme, une appellation bien malheureuse pour une chose si vieille : l'allégorie.)

« C'est vers Puvis de Chavannes qu'allaient hier soir mes pensées, quand, aux sons méridionaux de la mandoline et de la guitare, je vis sur les murs de votre atelier ce tohu-bohu de tableaux ensoleillés, qui m'ont poursuivi cette nuit dans mon sommeil. J'ai vu des arbres que ne retrouverait aucun botaniste, des animaux que Cuvier n'a jamais soupçonnés et des hommes que vous seul avez pu créer. Une mer qui coulerait d'un volcan, un ciel dans lequel ne peut habiter nul dieu. Monsieur (disais-je dans mon rêve), vous avez créé une nouvelle terre et un nouveau ciel, mais je ne me plais pas au milieu de votre création, elle est trop ensoleillée pour moi qui aime le clair-obscur. Et dans votre paradis habite une Eve qui n'est pas mon idéal — car j'ai vraiment moi aussi un idéal de femme ou deux. »

Et de conclure :

« Non, Gauguin n'est pas formé de la côte de Chavannes, non plus de celles de Manet ni de Bastien Lepage !

« Qu'est-il donc ? Il est Gauguin, le sauvage qui hait une civilisation gênante, quelque chose de Titan qui, jaloux du créateur, à ses moments perdus fait sa propre petite création, l'enfant qui démonte ses joujoux pour en refaire d'autres, celui qui renie et qui bave, préférant voir rouge le ciel plutôt que bleu avec la foule.

« Il semble, ma foi, que, depuis que je me suis échauffé en écrivant, je commence à avoir une certaine compréhension de l'art de Gauguin.

« On a reproché à un auteur moderne de ne pas dépeindre des êtres réels, mais de construire *tout simplement* lui-même ses personnages. *Tout simplement !*

« Bon voyage, maître ; seulement revenez-nous et revenez me trouver. J'aurai peut-être alors appris à mieux comprendre votre art, ce qui me permettra de faire une vraie préface pour un nouveau catalogue dans un nouvel hôtel Drouot, car je commence aussi à sentir un besoin immense de devenir sauvage et de créer un monde nouveau. »

Gauguin ne s'attendait pas à une attitude si détachée.

Mais la lettre est originale, amusante et, surtout, signée de Strindberg, pour qui tout le monde se passionne. Sans hésiter, il la fait donc imprimer *in extenso* dans son catalogue et y ajoute une brève réponse. Puis, sans attendre, il adresse à la presse des exemplaires du catalogue. Comme prévu, l'opération réussit. Plusieurs des grands quotidiens reproduisent avant la vente des extraits de cette curieuse correspondance.

Mais un heureux artifice publicitaire ne saurait suffire à rallier ceux qui, à peine dix-huit mois plus tôt, ont ridiculisé et proscrit ses peintures barbares. Autre contrariété, *Noa Noa*, le livre qui devrait aider à comprendre les sujets tahitiens et expliquer les théories esthétiques de Gauguin, n'est toujours pas terminé. De même, l'artiste, qui est déçu par la vie civilisée et prêt à l'abandonner pour toujours, ne suscite plus la même curiosité quand il en est déjà à sa seconde tentative de fuite. Il ne faut pas oublier non plus qu'au cours de l'hiver 1894-95, les Parisiens ont bien d'autres préoccupations que de visiter les expositions et les ventes. Tout d'abord, les anarchistes qui, l'été précédent, ont réussi à assassiner le président Sadi Carnot, terrorisent toujours la capitale. Ensuite, le scandale de Panama commence à prendre des proportions telles qu'il affecte non seulement les carrières de quelques financiers et hommes politiques, mais le destin du gouvernement et la vie économique de tout le pays. Enfin, juste avant Noël 1894, survient un fait qui secoue la nation et la maintiendra pour longtemps divisée en deux camps : la sévère condamnation du capitaine Dreyfus, prononcée sur des preuves plus que douteuses. Les chances de faire de la vente aux enchères d'une cinquantaine de tableaux de Gauguin un événement important ne sont donc pas grandes. Aussi, le 18 février 1895, l'assistance à l'Hôtel Drouot est fort réduite et les enchères sont paresseuses. Gauguin tente un effort désespéré pour stimuler l'intérêt. Il fait miser des intermédiaires. C'est un échec lamentable. La plupart des tableaux lui restent sur les bras et, pour ceux-ci, il doit néanmoins acquitter une commission [100]. Neuf seulement des quarante-sept peintures présentées ont été réellement vendues. Deux d'entre elles sont achetées par Degas.

Comme toujours, Mette demeure bien informée des activités de son mari par des lettres et des comptes rendus de journaux. La seule information qui lui échappe concerne le rachat des quatre cinquièmes des tableaux. Comme elle n'a toujours reçu que 1 500 F de l'héritage de l'oncle Isidore, elle ne peut plus se contenir et envoie à son mari une lettre acerbe, lui rappelant ses difficultés à élever leurs enfants. Au lieu d'admettre sa négligence, Gauguin contre-attaque en produisant d'abord un bilan quelque peu arrangé de sa vente, d'où il ressort qu'il y a eu un déficit de 464,80 F, alors qu'en réalité, il a fait un bénéfice de 1 430,02 F[101]. Et il continue sèchement :

« Maintenant, causons un peu. Il faut avouer que depuis mon retour, tout homme à ma place aurait de tristes réflexions sur la vie, sur la famille et le reste.

1° écrit par toi : tu *dois seul* te débrouiller ;

2° écrit par les enfants : rien ;

3° on me brise le pied ce qui détruit ma santé ; de ma famille pas un mot ;

4° l'hiver a été terriblement long, j'ai été seul chez moi à me soigner inutilement la gorge d'une bronchite *chronique* ; je ne peux littéralement vivre qu'avec du soleil.

« Dans ces conditions avec les ennemis que ma peinture m'a faits, je dois m'entourer de toutes les précautions pour ne pas tomber. A 47 ans, je ne VEUX pas tomber dans la misère et cependant, j'en suis tout près ; moi par terre, *personne* au monde ne me relèvera ; ta phrase, ''seul tu dois te débrouiller'' est d'une sagesse profonde, je m'y tiendrai. »

Puisqu'il possède toujours une importante part de son héritage, l'échec de la vente ne constitue pas une catastrophe irrémédiable et il pourrait partir sans attendre. D'ailleurs, le plus vite serait le mieux, étant donné que chaque jour passé à Paris entame son capital, dont il aura tant besoin aux Samoa. Cependant, il laisse couler les semaines et les mois sans faire les moindres préparatifs de voyage.

La raison de cet étrange comportement tient à de nouveaux ennuis de santé. Peu de temps avant la vente, il s'est rendu avec Séguin dans un bal musette à Montparnasse, où, selon l'expression de son ami Daniel de Monfreid[102], il a attrapé « une triste infirmité ». Judith ajoute dans ses mémoires que la responsable est une prostituée notoire, nommée Zoulie. Un mois plus tard, tout son corps est couvert de roséole, symptôme classique d'une contagion syphilitique. Il est donc très compréhensible qu'il ne veuille pas partir avant d'être guéri. Avec les méthodes thérapeutiques peu efficaces de l'époque, basées sur un traitement au mercure, il faut plusieurs mois pour le « blanchir ». L'inquiétude que lui cause sa santé l'a peut-être aussi décidé à abandonner son projet de partager la vie primitive des indigènes de Samoa et de se réinstaller plutôt à Tahiti, où il existe un hôpital, une pharmacie et même des médecins privés. Le fait que Séguin et O'Conor se montrent très peu pressés de partir avec lui constitue sans doute une raison supplémentaire pour ne pas choisir une île inconnue, presque sauvage, où, de surcroît, les rares colons sont anglais ou allemands.

En attendant sa guérison, il exécute dans l'atelier de son ami le céramiste Chapelet, où il a déjà travaillé pendant trois hivers, de 1886 à 1890, une grande sculpture en grès cérame. Elle représente une étrange figure, mi-humaine, mi-spectrale, qui apparaît pour la première fois dans un bois gravé, datant de sa convalescence à Pont-Aven, et le titre qu'il inscrit sur le socle est le même, *Oviri* (Sauvage). C'est également, comme on s'en souvient, le titre de sa chanson tahitienne favorite, à l'époque heureuse où il vivait à Mataiea, et il l'a déjà utilisé pour son autoportrait en plâtre, fait dans le studio d'Ida Molard, pour exprimer ses sentiments d'étranger dans son propre pays. Ce titre convient encore mieux à la statue, réellement sauvage et monstrueuse. C'est une femme nue, au corps rouge foncé, avec une tête macabre aux grands yeux ronds effrayants, une chevelure blanche qui descend le long du dos en cascade, et qui se tient debout sur un loup ou un chien bleu à la grande gueule ouverte. Elle étrangle, en le serrant contre son flanc, un autre animal semblable qui, dans un dernier spasme, lui déchire la chair, de sorte que le sang coule jusqu'à ses pieds.

Charles Morice, qui a suivi de près la genèse de cette statue singulière, l'évoque [103] en ces termes dithyrambiques : « Les contours voluptueux pourtant de la poitrine accusent encore par le contraste l'horreur et la douleur écrites sur ce visage bouleversé par l'ivresse du meurtre, et la chevelure somptueuse, immense, revêt la tueuse d'une splendeur surnaturelle... Gauguin, n'a-t-il pas laissé, en quittant le monde civilisé, comme un adieu formidable, comme un témoignage hautain de son mépris et de son désespoir, cette œuvre de tragique beauté ? » C'est aussi avec beaucoup de raison que Morice compare cette tueuse à Hécate, puisque cette divinité lunaire, infernale et marine de la mythologie gréco-romaine envoyait aux hommes les terreurs nocturnes, les fantômes et les spectres.

La seule explication que Gauguin daigne fournir lui-même est ce texte obscur qui accompagne un dessin de la statue, exécuté beaucoup plus tard : « Et le monstre étreignant sa créature, féconde de sa semence des flancs généreux pour engendrer Séraphitus Séraphita. » Nous savons qu'à l'instar de ses amis symbolistes, il a très attentivement lu le très curieux roman de Balzac, d'inspiration swedenborgienne, la *Séraphita*, dont le héros est un androgyne. Mais ceci ne nous aide pas à comprendre le symbolisme caché ou trop compliqué de cette statue, pas plus que ne le font toutes les analyses subtiles et toutes les exégèses savantes des historiens et des critiques d'art [104]. La seule chose dont nous pouvons être absolument certains est qu'on ne retrouve pas le prototype de ce monstre sauvage dans l'art et la mythologie des Tahitiens. Ainsi, une fois de plus, nous sommes obligés de constater que, si nous apprécions et admirons aujourd'hui les œuvres de Gauguin, ce n'est pas à cause de toutes ces élucubrations et interprétations symbolistes, mais bien malgré celles-ci. Gauguin s'empresse d'envoyer ce chef-d'œuvre au Salon de la Société nationale des Beaux-Arts — qui la refuse avec la même célérité [105]. Par contre, le comité directeur demande à un autre peintre d'exposer, dans les deux salles réservées chaque année à un invité d'honneur, deux cents aquarelles de Tahiti et des autres îles du Pacifique. Il s'agit de l'Américain John La Farge qui, on s'en souvient, a été à Tahiti en compagnie d'Henry Adams, au début de 1891, juste avant l'arrivée de Gauguin. Ses vues pittoresques et mièvres obtiennent naturellement un très vif succès.

Gauguin proteste indirectement en envoyant deux lettres ouvertes au journal *Le Soir*. Dans la première, publiée deux jours avant l'ouverture du Salon, il critique en termes sarcastiques la banalité, la vulgarité et l'uniformité attristantes de l'art céramique officiel, tel qu'il est pratiqué par les ateliers nationaux de Sèvres, et évoque ses propres efforts qui, depuis 1886, visent à « transformer l'éternel vase grec (compliqué aujourd'hui de japonisme et d'orfèvrerie Christofle), remplacer le tourneur par des mains intelligentes qui puissent communiquer au vase la vie d'une figure, tout en restant dans le caractère de la matière ». On ne pourrait pas mieux définir le rôle rénovateur qu'il a joué dans ce domaine. Dans la seconde lettre ouverte, publiée une semaine plus tard, il attaque avec la même virulence le principe des salons qui signifie « la ruine définitive de l'Art vrai au bénéfice de *Sociétés* qui l'exploitent à l'abri du plus étrange monopole ». Il s'en prend en passant au directeur des beaux-arts, « la plus belle institution d'inutilité publique », et résume sa critique dans cette constatation tout à fait justifiée que « le principe de la Société est mauvais en art, puisqu'il engendre la médiocrité et la tyrannie ».

Beaucoup plus intéressante que ces polémiques, une longue interview de Gauguin paraît dans *L'Echo de Paris*. Cet entretien, qui n'a jamais été reproduit, nous offre un portrait extrêmement vivant et des commentaires impromptus de Gauguin concernant ses propres œuvres[18]. Le voici en entier, tel qu'il paraît dans le numéro du 13 mai 1895 :

La peinture et les peintres
M. Paul Gauguin

Voici le plus farouche des novateurs, le plus intransigeant des « incompris ». Plusieurs de ceux qui le *découvrirent* l'ont lâché. Pour le plus grand nombre, c'est un pur fumiste. Lui, très sereinement, continue à peindre des fleurs orange et des chiens rouges, aggravant chaque jour cette *manière* si personnelle.

Taillé en hercule, les cheveux grisonnants et bouclés, la face énergique aux yeux clairs, il a un sourire à lui, très doux, modeste et un peu railleur.

— Copier la nature, qu'est-ce que ça veut dire ? me demande-t-il avec un haut-le-corps de défi. Suivre les maîtres ! Mais pourquoi donc les suivre ? Ils ne sont des maîtres que parce qu'ils n'ont suivi personne ! Bouguereau vous a parlé de femmes qui suent des arcs-en-ciel, il nie les ombres bleues ; on ne peut nier ses ombres brunes, mais son œuvre à lui ne sue rien ; c'est lui qui a sué à la faire, qui a sué pour copier servilement l'aspect des choses, qui a sué pour obtenir un résultat où la photographie lui est bien supérieure, et quand on sue, on pue ; il pue la platitude et l'impuissance. D'ailleurs, qu'il y ait ou non des ombres bleues, peu importe : si un peintre voulait demain voir les ombres roses ou violettes, on n'aurait pas à lui en demander compte, pourvu que son œuvre fût harmonique et qu'elle donnât à penser.

— Alors, vos chiens rouges, vos ciels roses ?

— Sont voulus, absolument ! Ils sont nécessaires et tout dans mon œuvre est calculé, médité longuement. C'est de la musique ; si vous voulez ! J'obtiens par des arrangements de lignes et de couleurs, avec le prétexte d'un sujet quelconque emprunté à la vie ou à la nature, des symphonies, des harmonies ne représentant rien d'absolument *réel* au sens vulgaire du mot, n'exprimant directement aucune idée, mais qui doivent faire penser comme la musique fait penser, sans le secours des idées ou des images, simplement par les affinités mystérieuses qui sont entre nos cerveaux et tels arrangements de couleurs et de lignes.

— C'est assez nouveau !

— Nouveau ! s'écrie M. Gauguin en s'animant ; mais pas du tout ! tous les grands peintres n'ont jamais fait autre chose ! Raphaël, Rembrandt, Velasquez, Botticelli, Cranach ont déformé la nature. Allez au Louvre, voyez leurs œuvres, aucune ne se ressemble ; si l'un d'eux est dans le vrai, tous les autres ont tort selon votre théorie, ou bien il faut admettre qu'ils se sont tous fichus de nous !

La nature ! la vérité ! ça c'est pas plus Rembrandt que Raphaël, Botticelli que Bouguereau. Savez-vous ce qui sera le comble de la vérité bientôt ? C'est la photographie quand elle rendra les couleurs, ce qui ne tardera pas. Et vous voudriez qu'un homme intelligent suât pendant des mois pour donner l'illusion de faire aussi bien qu'une ingénieuse petite machine ! En sculpture, c'est la même chose ; on arrive à faire des moulages parfaits sur nature ; un mouleur adroit vous fera comme ça une statue de Falguière quand vous voudrez !

— Alors vous n'acceptez pas l'épithète de révolutionnaire ?

— Je la trouve ridicule. M. Roujon me l'a appliquée ; je lui ai répondu que tous ceux qui en art ont fait autre chose que leurs devanciers la méritaient ; or, ce sont ceux-là seuls qui sont des maîtres. Manet est un maître, Delacroix est un maître. On a crié à l'abomination à leur début ; on se tordait devant le cheval violet de Delacroix ; je l'ai cherché vainement dans son œuvre ce cheval violet. Mais le public est ainsi fait. Je suis parfaitement résigné à demeurer longtemps incompris. En faisant ce qui a déjà été fait, je serais un plagiaire et me considérerais comme indigne ; en faisant autre chose, on me traite de misérable. J'aime mieux être un misérable qu'un plagiaire !

— Beaucoup de bons esprits pensent que les Grecs ayant réalisé la perfection idéale, la pure beauté en sculpture, la Renaissance ayant fait de même en peinture, il n'y a qu'à suivre ces modèles ; ils ajoutent même que les arts plastiques ont dit tout ce qu'ils avaient à dire.

— C'est une erreur absolue. La Beauté est éternelle et peut prendre mille formes pour s'exprimer. Le Moyen Age a eu une forme de beauté, l'Egypte en a eu une autre. Les Grecs ont cherché l'harmonie du corps humain, Raphaël a eu des modèles qui étaient très beaux, mais on peut faire une belle œuvre avec un modèle parfaitement laid. Le Louvre est plein d'œuvres comme cela.

— Pourquoi êtes-vous allé à Tahiti ?

— J'avais été séduit une fois par cette terre vierge et par sa race primitive et simple ; j'y suis retourné et je vais y retourner encore [106]. Pour faire neuf, il faut remonter aux sources, à l'humanité en enfance. L'Eve de mon choix est presque un animal ; voilà pourquoi elle est chaste, quoique nue. Toutes les Vénus exposées au Salon sont indécentes, odieusement lubriques...

M. Gauguin s'arrêta brusquement de parler, la face un peu extatique tournée vers une toile pendue au mur, représentant des femmes tahitiennes dans la forêt vierge.

— Avant de partir, reprit-il au bout de quelques secondes, je vais faire paraître avec mon ami Charles Morice un livre où je raconte ma vie à Tahiti et mes impressions d'art. Morice commente en vers l'œuvre que j'en ai rapportée. Cela vous expliquera pourquoi et comment j'y suis allé.

— Le titre de ce livre ?

— *Noanoa*, ce qui veut dire, en tahitien, *odorant* ; ce sera : Ce qu'exhale Tahiti.

Eugène Tardieu

Cependant, malgré toutes ses promesses, Morice n'a encore livré qu'une petite partie de sa contribution à *Noa Noa*. Le livre ne pourra certainement pas paraître avant le départ de Gauguin, fixé maintenant au 3 juillet. Le risque est très grand que Morice, sans l'encouragement actif du principal intéressé, abandonne tout le projet. Pour ne pas perdre, dans ce cas, le fruit de son propre travail, Gauguin recopie le manuscrit incomplet [107]. A Tahiti, s'il reçoit le texte promis, cette copie lui permettra de vérifier si son collaborateur a suivi le plan convenu. Pour essayer de réparer sa négligence, Morice publie un important article sur *Le départ de Paul Gauguin*, dans *Le Soir* du 28 juin. Il débute par cette triste réflexion :

« Si nous n'avions pris l'habitude — mais elle est invétérée ! — de marcher sur la tête et de faire en toutes choses, avec une diabolique infaillibilité, tout le contraire du juste et du raisonnable, il y aurait à cette heure plus de gens occupés à méditer sur l'action de cet artiste qui, volontairement et pour toujours, s'exile de notre civilisation, qu'à s'entreredire "la dernière" de Mademoiselle Otero.

Je veux toutefois supposer qu'il y ait encore des passants, perdus dans les soirées frivoles de Paris, pour donner cinq minutes à des pensées sérieuses, et — tout de même — j'aurai, pour les leur offrir, l'excuse de l'actualité.

Demain s'éloigne de Paris, de France, d'Europe — sans espoir de retour — un grand artiste décidément dégoûté de "l'atmosphère de gaz hydrogène et de mélasse » (selon le mot de Théophile Gautier) qu'on respire dans notre Occident... Car la vérité — quoi qu'en pensent les bonnes gens qui s'exténuent d'admiration devant les miracles de la vie moderne et tombent en extase dès qu'ils entendent ou dès qu'ils lisent le mot "progrès" — est celle-ci : En vertu de la loi que je rappelais en commençant, et qui veut qu'en tout, nous fassions exactement et toujours le contraire de ce qu'exigerait la sagesse, ceux qui ne sont pas nés en vain, qui apportent un grand désir, qui ont le besoin de créer, sont à peu près réduits à l'impossibilité d'accomplir, dans cette société, leur fonction naturelle. Tout leur devient obstacle, aussi bien la malveillance des puissants que la haine des médiocres... Là-bas, au contraire, où l'on n'a pas besoin de beaucoup d'argent, où les matériaux et l'espace sont à tout le monde, il pourra élever de vastes monuments — que plus tard, peut-être, des voyageurs étonnés retrouveront : et ce sera sur la place d'un village de Tahiti, au bord de la mer qui se brise aux récifs du corail, qu'on ira prendre, pour la rapporter à grands frais en France où il n'aurait pu l'accomplir, l'œuvre d'un des plus rares sculpteurs français de ce siècle...

Malgré la tristesse personnelle que ce départ me cause, je suis heureux de noter la leçon qui s'en dégage, l'avertissement qu'il donne aux détenteurs officiels des destinées de l'art. C'est un important épisode dans la guerre sans merci que les vrais artistes ont déclarée aux intrus de l'art et à ceux qui — de quel droit ? — les gouvernent.

Quand un artiste comme celui-là, pour vivre et pour être libre, est obligé de mettre tant de lieues entre lui et vous, allez-vous longtemps encore rester sourds à la protestation qu'avec lui toute la jeunesse élève contre les gens et les œuvres que vous applaudissez ? Ignorez-vous que, dans cette jeunesse qui dicte à l'avenir le formidable affront que vous prenez à tâche de mériter, *on ne rit même plus* de Bonnat, de Gérôme, de Bouguereau ? »

Cette fois-ci, aucun dîner d'adieu n'est organisé en l'honneur de Gauguin, mais tous ceux de ses amis qui sont encore à Paris à la fin de ce mois de juin, viennent assister [108] à son dernier « jeudi » dans l'atelier de la rue Vercingétorix. Selon les Mémoires de Judith Molard, à une exception près, tout se passe comme d'habitude : « Pour la dernière fois, Paco, affublé d'une robe à moi, enfariné, les yeux agrandis au fusain, a lamenté ses malageñas langoureuses. Il chante. Ce n'est pas un chant, c'est comme un encens qui monterait d'une cassolette. Ses yeux bleu lavande brillants de larmes tournent à l'améthyste. Ils ne peuvent se détacher de Gauguin qui, debout contre la cheminée, malaxe l'onctueux astrakan de son gilet tandis qu'un léger tremblement frémit dans l'arc pur de ses sourcils.

Tandis que, la mort dans l'âme, je sers le thé pour la dernière fois, avec les tranches de cake dans les grandes nacres, Gauguin, soulevé par un souffle sauvage, danse la upa-upa, savourant par avance son retour dans son élément.

Upa-upa Tahiti,
Upa-upa faruru,
E-e-e-e ! »

Gauguin a déjà vendu ou fait cadeau à ses amis des meubles de l'atelier (Schuff a acheté son grand lit pour 50 francs). Quant à ses nombreux tableaux, il a pu en vendre quelques-uns à long terme à de petits collectionneurs et a partagé ceux qui restent entre les deux seuls marchands disposés à les prendre en commission, Lévy et Chaudet, et son nouveau mandataire, William Molard.

Toujours décidé à quitter la scène sans fanfare ni trompette, Gauguin défend à ses amis de l'accompagner à la gare de Lyon, d'où il doit prendre le train le 2 juillet, afin d'arriver à Marseille juste pour le départ du paquebot l'*Australien*[109], le lendemain soir à 5 h 30. Il ne tolère même pas Morice, qui lui a rendu de si grands services, ni ses disciples dévoués, Séguin et O'Conor, qui doivent le rejoindre prochainement à Tahiti. Voyant le chagrin de la jeune Judith, il s'adoucit cependant et, afin qu'elle garde un bon souvenir de lui, il l'emmène au Théâtre Montparnasse pour voir *Les Cloches de Corneville*. Elle en profite pour le persuader de la laisser l'accompagner à la gare. Bien sûr, cela revient aussi à accepter la présence de ses parents, Ida et William Molard. Fort de cet exemple, Paco se joint à eux, malgré les protestations du malheureux Gauguin. Contrairement à son désir, il est donc obligé de subir sur le quai une pénible scène d'adieu, avec son cortège de larmes, d'embrassades, d'attentes gênées et de paroles anodines.

Ainsi, à l'image de tout son séjour en France, son départ, qu'il aurait voulu silencieux et digne, est complètement manqué.

CHAPITRE VIII

A LA RECHERCHE DU BONHEUR PERDU

Ce nouveau voyage de Gauguin s'effectue sans « mission officielle ». Il ne peut donc pas bénéficier d'une réduction sur le passage à bord des navires de la Compagnie des Messageries Maritimes. Il emprunte néanmoins la même voie que quatre ans plus tôt, via Suez et l'Australie, parce qu'elle est meilleur marché que la route la plus courte, plus rapide et plus intéressante à travers l'Amérique. Au lieu d'aller jusqu'à Nouméa où, comme il le sait maintenant, il court le risque d'être retardé plusieurs semaines et même plusieurs mois en l'attente d'une correspondance, sagement il débarque à Sydney où son bateau, l'*Australien*, arrive le 5 août. Là, il peut s'embarquer tout de suite sur un autre navire qui se rend à Auckland, d'où le petit vapeur néo-zélandais *Richmond* appareille une fois par mois pour Tahiti. Hélas, lorsqu'il arrive à Auckland, celui-ci vient de lever l'ancre, si bien qu'il doit attendre un peu plus de trois semaines à cette escale. Attente plutôt déplaisante, étant donné qu'août est le mois le plus froid et désagréable de l'hiver austral et que l'hôtel n'est pas chauffé. Ne connaissant personne et parlant mal anglais, Gauguin est très seul. Il n'y a ni cafés, ni cabarets, ni music-halls, même pas de restaurants, dans la petite ville de province qu'est Auckland à cette époque. Il existe, par contre, un musée d'ethnographie contenant de belles collections *maori* qu'il étudie attentivement, faisant de nombreux croquis des dessins curvilinéaires, si typiques pour l'art de cette branche du peuple polynésien.

Lorsqu'il s'embarque pour Tahiti, il n'est pas encore au bout de ses peines. Le *Richmond* est mal ventilé, trop chaud, et roule et tangue aussi violemment que cette vieille baille de son premier voyage, la *Vire*, à laquelle il n'est supérieur que par sa vitesse de croisière atteignant huit nœuds. Enfin, le 9 septembre, après onze jours de lutte constante contre les alizés et deux escales courtes à Rarotonga et à Raiatea, le *Richmond* pénètre dans le port bien abrité de Papeete [110]. Comme tous les bateaux de commerce, il accoste le long de la petite jetée de bois au fond de la baie. Quelques heures plus tard, Gauguin est installé dans une des maisonnettes de Mme Charbonnier.

Si son arrivée passe presque inaperçue, c'est en grande partie parce que les résidents européens le connaissent déjà et n'ont que du mépris pour lui, mais aussi parce que la présence à Papeete d'une autre personnalité métropolitaine bien plus importante absorbe l'intérêt de toute la population. Il s'agit d'un haut fonctionnaire du département des Colonies, Isidore Chessé, qui a déjà fait un séjour dans l'île comme gouverneur quinze ans auparavant et qui est revenu en mission spéciale avec le titre de Commissaire général. Selon ses propres déclarations, faites au moment de son arrivée un mois plus tôt, par le *Richmond*, il a été chargé [111] « d'étudier sur place les moyens propres à relever le pays de l'état d'effondrement complet, dans lequel il est tombé, de s'employer à faire cesser, si possible, ou tout au moins à atténuer les divisions locales et enfin de régler définitivement cette question des Iles-sous-le-Vent qui n'a que trop duré. » Depuis, le Commissaire général est toujours très accaparé par des réceptions.

Gauguin trouve que pour une colonie officiellement déclarée en faillite, les progrès faits pendant son absence sont remarquables. Par exemple, des lampadaires électriques ont été installés le long des rues principales, au marché et autour du kiosque à musique et ils répandent, après la tombée de la nuit, une étrange lumière jaune qui donne à tout le monde un teint de Chinois. Pendant la journée, le signe de modernisation le plus frappant est un énorme manège actionné par une machine à vapeur, installé dans le parc devant le palais royal, maintenant vide[112]. « Il faut voir les gens ! Ils débarquent tous de goélettes qui les ont amenés de leurs îles isolées mais si charmantes. Imaginez la fierté d'une mère qui, après un an passé à économiser sur un atoll perdu, emmène ses filles dans cette étourdissante petite capitale pour parachever leur éducation. Les pauvres ! Quelles misérables notions de civilisation doivent-elles acquérir... Peu importe, installez-les sur le manège. Le voilà qui se met en route au son d'un air sautillant de *Madame Angot* à moitié couvert par les sifflements et les essoufflements de la machine à vapeur. Horreur ! L'une de ces beautés a eu la mauvaise idée de sauter en marche, et on voit rouler sur la pelouse une boule brune aux longs cheveux noirs. Deux autres se maintiennent en pâlissant. Une quatrième, la plus jeune du lot, se met à pleurer en appelant maman. On arrête la machine. Satisfaites, mais tremblantes, elles en descendent. Les amusements de ces *Farani* (Français) correspondent bien à leurs mœurs perverses. »

L'apparition de nombreux cyclistes constitue une autre innovation. Ce sont surtout des hommes, des *Farani* en tenue de sport, mais aussi des Tahitiennes aux robes et cheveux flottants, qui zigzaguent dans les rues pour éviter les trous. Sur les pelouses derrière la résidence du gouverneur, les fonctionnaires métropolitains et leurs femmes pratiquent avec enthousiasme un autre sport nouveau et plus aristocratique, le lawn-tennis, introduit dans l'île par Gustave Gallet, l'énergique directeur de l'Intérieur.

Dans le domaine culturel, il faut surtout signaler cette annonce qui paraît régulièrement dans *Le Messager de Tahiti*, hebdomadaire de quatre pages, et qui devrait permettre aux colons de former leur goût artistique :

Les Beaux-Arts chez soi.

« Nous sommes heureux de présenter à nos lecteurs *quatre* magnifiques reproductions en peinture oléographique (couleurs à l'huile) des célèbres tableaux de J.-F. Millet : *L'angélus, Les glaneuses, Le semeur* et *La bergère*, ces pages magistrales dans lesquelles la vie aux champs se dessine dans un cadre d'un charme infini et d'une poésie saine et robuste.

On se souvient de l'odyssée de *L'angélus*, qui, un moment, enlevé à prix d'or par les Américains, nous est revenu moyennant un peu plus de 700 000 francs. Tout le monde voudra en posséder le véritable *fac-simile* ainsi que celui des *trois* autres tableaux qui, bien que moins connus, sont ses dignes pendants.

Les reproductions sont elles-mêmes des œuvres d'art dont la place est marquée partout. Elles mesurent 42 cent. de haut, sur 52 cent. de large. Envoi *franco* contre mandat-poste : une, 3 fr. ; 5 fr. les deux ; 9 fr. les quatre.

S'adresser : *Société de Vulgarisation*, 133, avenue du Maine, Paris. »

Que ce soit par aversion pour tout ce « progrès » qui a envahi Papeete ou qu'il ait lentement mûri ce projet pendant la traversée, Gauguin décide tout de suite de réaliser son vieux rêve de se rendre aux îles Marquises. Dans une lettre à Molard, écrite deux jours seulement après son arrivée, il annonce sa détermination en ces termes : « Le mois prochain, je serai à la Dominique, petite île des Marquises, ravissante où la vie est presque pour rien et où je n'aurai pas d'Européens. Je serai là comme un seigneur avec ma petite fortune et mon atelier bien arrangé. »

Avant qu'il ne trouve un bateau pour les Marquises — qui, à cette époque, sont touchées très irrégulièrement par des goélettes — il reçoit une invitation tout à fait inattendue de faire un autre voyage, aux Iles-sous-le-Vent, distantes d'une centaine de milles nautiques de Tahiti. Celui qui lui fait cette offre est le nouveau gouverneur, Pierre Papinaud, qui a succédé à Lacascade, la bête noire de Gauguin pendant son premier séjour. Papinaud est un méridional originaire du département de l'Aude, « de belle humeur, de caractère aimable et serviable, doux et onctueux, comme on doit l'être à Narbonne. » Républicain ardent, déjà pendant le Second Empire, son étoile monte vite depuis 1870 et il occupe successivement les postes de conseiller, sous-préfet à Prades, Pyrénées-Orientales, délégué à Andorre et député, avant d'être nommé, en 1888, gouverneur de Mayotte. Parmi ses anciens administrés et électeurs des Pyrénées, se trouve la famille Monfreid [113], dont la propriété est située près de Prades, et Daniel le connaît suffisamment bien pour qu'un mot de sa part le dispose favorablement envers Gauguin.

La tournée à laquelle Papinaud l'invite si aimablement est liée au but principal de la mission du Commissaire général Chessé : l'annexion définitive des Iles-sous-le-Vent, Raiatea-Tahaa, Huahine et Bora Bora. Ces îles ont fâcheusement échappé à la domination française quand le protectorat a été établi en 1842 sur les Marquises et sur les autres îles de la Société, c'est-à-dire Tahiti et Moorea. La France a même été obligée de reconnaître l'indépendance des Iles-sous-le-Vent dans un traité spécial, conclu en 1847 avec sa rivale principale, l'Angleterre. Plus tard, l'Allemagne en a profité pour essayer, à deux reprises, d'étendre son influence à ces îles, projet qui a échoué à cause des sentiments solidement pro-anglais des insulaires. Mais ceci a suffisamment inquiété le gouvernement français pour qu'il obtienne enfin, en 1887, l'abrogation du traité de 1847 et la signature d'un nouvel accord lui laissant les mains libres aux Iles-sous-le-Vent, contre certaines concessions à l'Angleterre, ailleurs dans le Pacifique. Sur les ordres de Paris, le gouverneur Lacascade a solennellement proclamé l'annexion de ces îles aux Etablissements Français de l'Océanie, mais il n'a jamais réussi à y établir une souveraineté réelle et efficace, en raison de la résistance farouche des habitants [114]. Cette situation équivoque et confuse a évidemment créé des problèmes pour les autorités et les maisons de commerce de la colonie, surtout depuis la création, en 1892, d'un droit de douane sur les articles importés. (Comme il a déjà été mentionné dans un chapitre précédent, cette mesure a puissamment contribué à l'impopularité du gouverneur Lacascade). Depuis, les commerçants installés aux Iles-sous-le-Vent ne s'approvisionnent plus à Tahiti et font venir leurs marchandises directement de l'étranger, sans payer de douane. Pis encore, bon nombre de marchands de Papeete peu scrupuleux stockent des marchandises américaines dans des dépôts aux Iles-sous-le-Vent et les introduisent ensuite en contrebande à Tahiti.

En 1895, le gouvernement de Paris se décide enfin à étendre son contrôle effectif aux îles « rebelles » mais il veut éviter, si possible, une épreuve de force. C'est pourquoi il confie cette tâche délicate de « pacification » à Chessé qui, déjà en 1880, a fait preuve de dons de diplomate en manœuvrant si habilement que le roi Pomare V a fait don de tout son royaume à la France. Sa nouvelle mission débute bien, car les jeunes souveraines des îles Huahine et Bora Bora, âgées respectivement de 17 et 23 ans, acceptent immédiatement les termes d'annexion proposés par les émissaires de Chessé, sans que celui-ci ait besoin de se déranger. La reine et la population de Raiatea-Tahaa restent cependant très hostiles. Dans le double but de prendre possession des îles déjà soumises et de poursuivre les pourparlers avec les derniers récalcitrants, Chessé s'embarque le 26 septembre 1895 sur l'aviso-transport *Aube*[115] avec le gouverneur et Mme Papinaud, le maire de Papeete et une dizaine de hauts fonctionnaires et notables, plus l'invité spécial de Papinaud — Gauguin.

La traversée Papeete-Huahine ne dure qu'une nuit. Après la prise solennelle de l'île, effectuée par le Commissaire général Chessé en « habit chamarré de dorures et de décorations, et coiffé d'un bicorne à plumes », suivent, comme l'hospitalité polynésienne l'exige, un repas pantagruélique et d'interminables danses et chants. Le même scénario se déroule quelques jours plus tard à Bora Bora. « Je vous assure », écrit Gauguin à Molard[116], « qu'on a parlé, hurlé, chanté quatre jours et quatre nuits extraordinaires de réjouissance, tout comme à Cythère. Vous n'avez pas une idée de cela en France. » Et il ajoute avec une hilarité bien compréhensible : « Drôle de reine celle de Bora Bora, et ma foi un esprit prévoyant. Voulant que les fêtes soient tout à fait tahitiennes, elle a décrété : pendant la durée des fêtes, toutes les lois concernant le mariage seront abrogées. Aussi messieurs les possesseurs de femme sont tenus de garder à la maison leurs épouses, sinon toutes les réclamations à ce sujet seront nulles. »

La visite à Bora Bora est également, en quelque sorte, un pèlerinage aux sources. C'est ici, selon les légendes, que le dieu tutélaire des *arioi*, Oro, descendu sur l'arc-en-ciel jusqu'au sommet central de l'île, le mont Paia, a trouvé la belle Vairaumati, scène célèbre de la mythologie polynésienne qui a servi d'inspiration à deux excellents tableaux de Gauguin, peints pendant son premier séjour à Tahiti. Il a dû en parler à ses compagnons de voyage puisque le chef des Travaux Publics, Jules Agostini [117], résume cette légende dans le récit imprimé qu'il a laissé, ajoutant qu'un peintre « d'un incontestable talent, M. Gauguin », a fixé sur une toile « les traits symbolisés » de Vairaumati.

Hélas, cette expédition qui a débuté si triomphalement se termine d'une manière piteuse. Malgré la diplomatie de Chessé, la reine et les habitants de Raiatea-Tahaa refusent tout net de suivre l'exemple de leurs voisins de Huahine et de Bora Bora. Qui pis est, ils menacent, en cas d'un débarquement français, de s'y opposer par la force et commencent à fortifier leurs villages. Gauguin note tristement : « Il va falloir tirer le canon, brûler, tuer. Œuvre de civilisation, à ce qu'il paraît. Je ne sais, si attiré par la curiosité, j'assisterai au combat, et j'avoue que cela me tente. Mais d'un autre côté cela m'écœure. » Devant cette hostilité résolue, Chessé décide de rester sur place pour de nouvelles négociations et renvoie tout le groupe de fonctionnaires et de notables à Papeete, où ils arrivent, bien fatigués, le 6 octobre.

Trois semaines plus tard, le 28 octobre, une première occasion s'offre à Gauguin de partir aux Marquises sur une petite goélette de 51 tonneaux. La vie à bord est bien moins confortable que celle qu'il a connue sur l'aviso-transport *Aube*. Par tous les temps, les passagers dorment sur le pont, sans protection, parmi les cochons, les chèvres et les poules. Il a donc une bonne excuse pour ne pas prendre ce bateau. Un navire plus grand, de 127 tonneaux, doit partir le 15 novembre. Il possède un certain nombre de couchettes. Pourtant, Gauguin ne se décide pas à s'embarquer à destination de son Eden sauvage. Bien au contraire, il se met à la recherche d'un endroit où vivre à Tahiti.

Nulle part, Gauguin n'explique clairement lui-même pourquoi il change d'avis, mais la raison n'est pas difficile à deviner. D'abord, sa santé commence à lui causer de nouvelles inquiétudes et le seul endroit de toute l'Océanie Française où il peut être soigné convenablement est l'hôpital de Papeete. C'est aussi vers cette époque qu'il finit par comprendre que Séguin et O'Conor ne viendront jamais le rejoindre [118] et il est certainement effrayé par la perspective de se retirer pour toujours dans une petite île isolée des Marquises, sans personne avec qui il pourra s'entretenir d'art, de littérature et de musique.

D'ailleurs, il s'est déjà fait des amis parmi les notables et les fonctionnaires qui ont participé à l'expédition aux Iles-sous-le-Vent et il continue à les fréquenter à Papeete, surtout le chef des Travaux Publics, Jules Agostini. Celui-ci, Corse au sang chaud, s'intéresse si vivement à l'ancienne culture polynésienne qu'il publiera, après son retour en France, dans des revues ethnographiques, plusieurs études basées sur ses propres recherches à Tahiti. De plus, comme Gauguin, Agostini est un photographe passionné et il possède une énorme caméra dont il s'est servi pour fixer tous les événements historiques du récent voyage. C'est probablement Agostini [119] qui présente à Gauguin un autre fonctionnaire et photographe amateur, qui débarque à Tahiti à cette époque, le nouveau directeur des Postes, Henry Lemasson. Gauguin voit également deux magistrats. Le premier, Edouard Charlier, a les mêmes goûts et les mêmes intérêts que lui : il peint et il aime beaucoup les femmes. L'autre s'appelle Maurice Olivaint et il écrit des vers vaguement symbolistes et très mélancoliques qui, en leur temps, seront édités sous le titre de *Fleurs de corail*. Il y est surtout question des Tahitiennes exotiques qui vont « sous les massifs, mêler leurs soupirs lascifs » et de leurs « seins chauds et haletants, pleins de parfums troublants. »

Finalement, Gauguin trouve chez Mme Charbonnier d'autres locataires qui s'intéressent surtout aux *vahine, ava e upaupa*, soit à aimer, boire et chanter, et avec eux il reprend ses tournées des tavernes, des bals et du « marché à la viande ». A ces plaisirs habituels s'ajoute, dès le mois d'octobre [120], le spectacle d'un cirque avec des écuyers, des acrobates, des clowns, des jongleurs et des équilibristes, un singe galopant sur le dos d'un chien et une contorsionniste, annoncée comme « Miss Adèle, la femme serpent ».

Si Gauguin a renoncé à son projet de se retirer aux Marquises, il n'abandonne pas pour autant son rêve d'une existence simple, calme et édénique. Seulement, il tente de le réaliser à Tahiti, en reconstituant aussi fidèlement que possible le genre de vie qu'il a menée avec Teha'amana à Mataiea, en 1892-93. En même temps, il sait par expérience qu'il ne faut pas vivre loin de Papeete, seul endroit où il y a un bureau de poste, un hôpital, des magasins et des tavernes. C'est pourquoi, lorsqu'il quitte la ville en novembre 1895, il s'installe dans le district de Punaauia, sur la côte ouest, à une distance d'environ 12 kilomètres de la petite capitale. Ce choix est heureux à plusieurs autres points de vue : la vue sur l'île avoisinante de Moorea est splendide, il y pleut beaucoup moins qu'à Mataiea et le lagon y est plus abrité contre les vents alizés.

Cette fois, il décide de se construire une maison pour éviter de payer éternellement un loyer, solution logique puisqu'il a l'intention de se fixer définitivement dans le pays. Cependant, comme chaque Européen fraîchement débarqué, il découvre vite que la plupart des terres sont, selon les coutumes ancestrales, la propriété collective de toute une famille. Il se contente donc de louer à un colon un petit terrain au bord de la mer.

Par contre, il est très facile de trouver quelques bons ouvriers tahitiens et Gauguin leur demande de lui construire une case ovale, de style traditionnel, identique à celle qu'il a habitée à Mataiea, avec des murs faits de bambous entiers et un toit en feuilles de cocotiers. Ce travail ne prend certainement pas plus de deux semaines. Il divise l'intérieur en deux à l'aide d'un rideau qu'il a emporté de son studio de la rue Vercingétorix. D'un côté de cette séparation, il dispose un lit, et de l'autre, son chevalet. Normalement, assez de lumière filtre entre les bambous pour se passer de fenêtre. Mais les arbres de fer environnants, qu'il n'a pas le droit d'abattre, et qui, d'ailleurs, lui plaisent, projettent une ombre si dense qu'il fait installer une lucarne dans le toit au-dessus de son atelier. Il exécute aussi plusieurs grands panneaux qu'il suspend au mur et, avec art, il transforme deux poteaux en idoles sauvages. Exactement comme à Mataiea, sa case est située juste entre l'église catholique et le temple protestant du district, désavantage en partie compensé par le fait que l'indispensable magasin chinois est si proche qu'il n'a qu'à traverser la route pour y faire ses achats.

Dès que sa case est prête, Gauguin prévient Teha'amana de son retour. Quand il est parti en 1893, elle a tout d'abord travaillé comme domestique pour le chef Tetuanui à Mataiea. Puis, peu de temps après, elle a épousé un jeune Tahitien nommé Ma'ari, du district limitrophe de Papara. Elle n'en prend pas moins tout de suite la diligence pour Punaauia, lorsque Koke la fait demander. Mais la nouvelle lune de miel se termine à peine une semaine plus tard. Bien que Gauguin lui offre généreusement de beaux colliers de fausses perles et des bijoux de cuivre clinquants, la vue des boutons et des éruptions qui couvrent le corps de son ancien *tane popaa* a tellement effrayé Teha'amana qu'elle a vite préféré retourner chez son mari [121]. Dans une case voisine, Gauguin finit par trouver une fille moins difficile. Il dit lui-même que sa nouvelle *vahine* compte à peine plus de treize ans, le même âge que Teha'amana lors de leur première rencontre. En fait, elle a quatorze ans et demi quand elle s'installe chez lui au nouvel an de 1896 puisque son acte de naissance, conservé à l'état civil central de la Polynésie Française, indique qu'elle est née le 27 juin 1881. Gauguin, toujours aussi incapable de saisir la différence entre le *h* et le coup de glotte de la langue tahitienne, la nomme invariablement dans ses lettres Pahura. Son nom entier et exact est Pau'ura a Tai.

Tout effort pour remonter le cours du temps est une expérience hasardeuse qui, même au mieux, n'aboutit qu'à des regrets nostalgiques. Personne ne peut éprouver deux fois exactement les mêmes sentiments, même si les circonstances sont identiques, parce que la seconde fois on est marqué et transformé par la première expérience. Déjà les philosophes de la Grèce antique, qui avaient tout compris, disaient qu'on ne se baigne jamais deux fois dans le même fleuve. Ainsi, dans son association avec Pau'ura et les autres Tahitiens du district, Gauguin ne parvient pas à retrouver cet émerveillement ni cette joie de la découverte d'un monde nouveau qui avaient fait de sa vie à Mataiea une expérience unique et fascinante. De plus, il s'avère aussi que Pau'ura est à tous points de vue inférieure à Teha'amana et tout le monde, y compris Gauguin, s'accorde à reconnaître qu'elle est à la fois stupide, paresseuse et désordonnée. Il découvre peu à peu une autre différence fâcheuse. Pau'ura ne reste pas autant en sa compagnie que Teha'amana. L'explication est simple. A Mataiea, où comme partout à Tahiti règne un solide esprit de clocher, les gens considéraient Teha'amana, originaire de Faaone, comme une étrangère, ce qui la forçait à vivre plus près de Gauguin. Par contre, Pau'ura, native de Punaauia, se trouve au milieu de sa famille et de ses amis et elle continue à passer une bonne partie de son temps avec eux, même après s'être installée dans la maison du peintre, comme sa *vahine*.

Dans un tout autre domaine, involontairement, sa vie se répète selon un scénario identique : il connaît vite de sérieux ennuis d'argent. Pourtant, à son arrivée, en septembre 1895, il disposait d'une importante somme, s'élevant à plusieurs milliers de francs. La construction de sa case en bambou ne lui est revenue qu'à environ 500 francs. Il faut y ajouter 300 francs, le prix d'un cheval et d'une carriole, achetés pour ne plus dépendre de la voiture publique. Mais, en total, son installation à Punaauia, y compris la location de la terre pour la première année, n'a pas pu lui coûter plus de 1 000 francs. Bien que la vie ait un peu augmenté depuis 1893, il est encore possible à un Européen de subsister à Papeete avec 250 francs par mois et pour la moitié de cette somme au district. Avec son petit capital, Gauguin aurait donc pu vivre sans souci pendant au moins deux ans. Or, exactement comme lors de son premier séjour, il commence à se trouver dans l'embarras quelques mois seulement après son arrivée.

Une fois de plus, il faut chercher l'explication surtout dans la joyeuse vie qu'il a menée à Papeete. Ses nouveaux amis parmi les fonctionnaires et les officiers continuent, du reste, à lui rendre visite à Punaauia. Il les retient souvent à déjeuner ou dîner et cela revient cher. Il se montre aussi hospitalier envers ses voisins tahitiens qui sont traités au vin rouge, tiré d'un tonneau de 200 litres, installé à l'intérieur de la maison, près de la porte, et remplacé aussitôt vide. Le vin coûte un franc le litre et, comme les habitants de Punaauia ont toujours soif, une belle somme coule ainsi littéralement à flots [122]. Fait assez rare, il s'accuse lui-même dans une lettre à Daniel de Monfreid : « Comme toujours quand je me sens de l'argent dans la poche et des espérances, je dépense sans compter, me fiant à l'avenir et à mon talent, puis j'arrive vite au bout du rouleau. »

En effet, avec le même optimisme incorrigible qu'en 1891, il s'attend à ce que les deux petits marchands, Lévy et Chaudet, à qui il a laissé ses meilleures toiles invendues, fassent de grosses affaires. Les résultats sont aussi décevants qu'autrefois. Ils sont même désastreux en ce qui concerne Lévy, qui ne lui écrit qu'une fois et dans le seul but de mettre fin à leur contrat.

Les collectionneurs parisiens qui, sur son insistance, ont acheté à crédit des peintures pour un total de 4 300 francs, ne lui sont d'aucun secours non plus. William Molard, à qui il a confié le soin de le représenter et de collecter l'argent, est plus artiste qu'homme d'affaires et beaucoup trop doux et timide pour être un bon huissier. Il faut aussi reconnaître que sa tâche est d'autant plus difficile que la plupart des acquéreurs regrettent déjà leur promesse d'achat. Ainsi, au lieu de ces versements réguliers sur lesquels il semble avoir sérieusement compté, Gauguin, à chaque courrier, ne reçoit de Molard que des rapports de plus en plus pessimistes.

Quant à sa santé, elle se dégrade aussi vite que ses finances. En février 1896, au moment précis où il se remet à peindre, sa cheville cassée commence à le faire souffrir si atrocement qu'il est obligé de prendre des calmants et de rester allongé pendant de longs moments. Son travail en pâtit puisque, selon ses propres termes, il a « un tempérament qui demande à faire une toile tout d'un coup et dans la fièvre ». Néanmoins, parmi celles qu'il réussit à terminer, il en est une qu'il croit « encore meilleure que tout auparavant ». Il s'agit d'un nu de Pau'ura, allongée sur le sol dans un paysage tahitien, à peu près dans la même pose que l'*Olympia* de Manet que Gauguin admire beaucoup et dont il possède une reproduction. Le titre de ce tableau, *Arii vahine*, qui signifie « La reine » ou « La femme noble », est une sorte d'hommage moqueur à l'égard de la simple Pau'ura. (Ce tableau est aujourd'hui au Musée Pouchkine à Moscou). Bien que convaincu d'avoir exécuté un chef-d'œuvre, il se demande s'il doit l'expédier à Paris alors qu'il y en a « tant d'autres qui ne se vendent pas et font hurler. Celle-là fera hurler encore plus. Je suis donc condamné à mourir de bonne volonté pour ne pas mourir de faim. »

Encore une fois, il exagère beaucoup car il ne court absolument aucun risque de mourir de faim. Conformément aux coutumes du pays, les nombreux parents de Pau'ura apportent assez régulièrement au nouveau membre de la famille un panier de légumes ou de fruits ou des poissons pêchés dans le lagon. En outre, un colon voisin, nommé Fortuné Teissier, lui offre de temps à autre un bon repas. Disons que, du point de vue alimentaire, il souffre, tout au plus, d'une certaine monotonie.

Il ne peut toutefois pas vivre et se faire soigner sans argent. Dans sa détresse, il écrit à bref intervalle, à ses trois amis les plus fidèles, Emile Schuffenecker, Charles

Morice et Daniel de Monfreid, et leur demande avec insistance de lui venir en aide. Ce qu'il souhaite obtenir est soigneusement spécifié et adapté aux possibilités de chacun.

Au sentimental et naïf Schuffenecker, il écrit[123] en avril : « Je suis avec 1 000 francs de dettes à Tahiti et je ne vois rien à venir : je suis malade de mon pied et comme régime peu réconfortant je bois de l'eau et je dîne avec du pain et du thé pour arriver à ne dépenser que 100 francs par mois... Dans cette lutte que j'ai entreprise depuis de nombreuses années, je n'ai été favorisé par rien et à cinquante ans bientôt, je suis par terre sans force et sans espérance... Toujours est-il que j'ai perdu toute fierté. Jamais on ne m'a protégé parce qu'on me croyait fort ; aujourd'hui je suis faible, je demande protection. » La protection qu'il veut obtenir est celle du comte de la Rochefoucault, grand collectionneur et mécène, qui, pendant des années, a versé 100 francs par mois à Charles Filiger et à Emile Bernard en échange d'une option sur leurs meilleurs tableaux. A défaut, il se contenterait d'un prêt de 1 500 francs.

La lettre à Morice est plus dure et encore plus pessimiste, étant écrite un mois plus tard. En voici l'essentiel : « Je suis sur le lit avec mon pied cassé qui me fait horriblement souffrir ; des plaies profondes sont survenues et je ne parviens pas à guérir ce qui m'enlève toute énergie, et j'en ai cependant plus besoin que jamais pour supporter les ennuis... Sache-le bien, je suis tout près du suicide (acte ridicule c'est vrai) mais probablement inévitable, ce n'est qu'une question de quelques mois. Selon les réponses que j'attends, réponses avec argent à l'appui. » Ayant appris que Morice aurait placé *Noa Noa*, ce qu'il réclame avec insistance à son collaborateur, c'est simplement sa part de droits d'auteur. Il conclut sa lettre sur cette admonition sévère : « Songe à tout cela Morice et réponds avec des actes, il y a des moments cruels où les paroles n'ont aucun charme. »

Enfin, en juin, à Daniel de Monfreid, l'ami sérieux et méthodique, il demande son appui pour réaliser un projet qui a lentement pris forme au cours de nombreuses nuits d'insomnie. Il veut que Daniel trouve quinze collectionneurs qui s'engagent à lui acheter un tableau par an au prix très raisonnable de 160 francs. Pour rendre l'offre encore plus alléchante, il suggère que les souscripteurs règlent cette somme par versements trimestriels de 40 francs. Les tableaux seraient tirés au sort. A ses yeux, le principal avantage d'une telle vente est qu'on peut la réaliser sans attendre. Il suffit à Daniel de distribuer les tableaux restitués par Lévy et de récolter les premiers versements. Par la suite, Gauguin s'engage à fournir des peintures d'avance pour chaque année. Avec une amertume justifiée, il ajoute : « Que diable, je ne suis pas gourmand. Gagner 200 francs par mois (*moins* qu'un ouvrier) à 50 ans bientôt, avec une assez bonne réputation. Inutile de dire que n'ayant jamais fait de vente camelote je ne vais pas maintenant en faire. Les tableaux que j'enverrai seront faits comme précédemment en vue d'exposition. Et si je me résigne à vivre *pauvrement* c'est que je ne veux faire que de l'art. »

Le service postal est aussi lent que pendant son premier séjour et la correspondance entre Papeete et San Francisco n'est toujours assurée que par des bateaux à voiles qui effectuent un voyage mensuel dans chaque sens. Avant qu'il ne reçoive des réponses à ses lettres, ses souffrances deviennent si cruelles qu'il entre à l'hôpital de Papeete, sachant bien qu'il n'est pas en mesure de payer les frais qui s'élèvent à 9,90 francs par jour. Son séjour coïncide avec les célébrations du 14 juillet. Les rires et les clameurs provenant des baraques foraines toutes proches et de la place de danse où il s'est tant amusé en 1891, s'entendent dans toutes les salles de l'hôpital et troublent le repos des malades. Nous ignorons quel traitement lui applique le docteur Buisson — seul à assurer les soins généraux, l'autre médecin étant chirurgien — pour le remettre sur pied. Mais le fait est que deux semaines plus tard, miraculeusement, Gauguin se sent si bien qu'il quitte l'hôpital avec une désinvolture superbe, sans payer sa note, malgré les récriminations de l'intendant.

Il a grand besoin de toutes ses forces retrouvées.

Les réponses à ses trois cris de détresse qui arrivent vers cette époque sont extrêmement décourageantes et le mettent en colère. Schuffenecker commence par une leçon de morale : « Si vous aviez été prudent et prévoyant vous auriez maintenant l'aisance ; et avec un peu plus de prévoyance et un peu plus de bienveillance et d'esprit de sociabilité vis-à-vis vos contemporains, vous auriez une vie très heureuse. » Ensuite, il confesse qu'il n'a pas réussi à convaincre le comte de la Rochefoucault que les peintures de Gauguin sont de la même classe que celles de Filiger et de Bernard et le mécène a donc refusé tout net d'accorder une rente ou de prêter les 1 500 francs demandés. Attendri malgré tout par tant de misère, le comte a quand même fait un don de 200 francs ! Ailleurs, Schuff a pu se procurer la même somme. Enfin, avec les meilleures intentions du monde, pour essayer de réparer son échec, il a rédigé une pétition publique en vue d'obtenir une pension du gouvernement pour Gauguin [124]. Au moment où il écrit, il ne manque que quelques signatures de personnalités influentes pour soumettre le projet à l'Académie des beaux-arts.

Morice n'a pas trouvé mieux, lui non plus, que de faire appel à l'Etat à cette différence près qu'il a eu la hardiesse de s'adresser directement au directeur de l'Académie, M. Roujon [125]. Celui-ci, qui n'a sûrement pas oublié les attaques virulentes décochées par Gauguin dans la presse au printemps de l'année précédente, promet néanmoins de faire tout ce qui est en son pouvoir. C'est en réalité très peu. Il se contente d'envoyer « à titre d'encouragement » un mandat de 200 francs.

Quant à Daniel, il avoue franchement dans sa réponse qu'il ne croit pas beaucoup dans le projet d'achat par souscription et c'est sans doute pour cette raison qu'il n'a pas réussi à trouver un seul candidat prêt à tenter l'expérience.

Comme en 1892, quelques mois après son installation à Mataiea, Gauguin est obligé de se procurer quelque argent sur place. La personne tout indiquée pour lui venir en aide, le jovial gouverneur Papinaud, vient malheureusement de repartir pour la France, nouvelle victime des intrigues des colons mécontents. Cet extrait d'un de ses derniers rapports confidentiels nous en dit long sur ses difficultés et sur les mœurs de la colonie : « Il faut vivre ici pendant quelque temps pour se rendre compte de l'état moral des esprits au sujet de certaines pratiques sociales qui sont en usage, même parmi la classe la plus élevée de la colonie. Ainsi, dans ce pays, la lettre anonyme est souvent utilisée dans les affaires publiques ou privées ; les histoires les plus invraisemblables et même les fausses nouvelles circulent librement et trouvent aisément crédit. Un usage des plus répandus consiste à attribuer à son adversaire des torts imaginaires pour lui faire jouer un rôle ridicule ou odieux ; enfin l'évidence même est niée avec une assurance qui tient du cynisme. Le sens moral public est ici perverti à ce point que l'usage de ces pratiques ne porte pas atteinte à l'honneur ni à la considération de la personne qui les emploie. » Le motif principal de la campagne de haine déchaînée contre le gouverneur Papinaud est bien entendu l'insuccès de la pacification des Iles-sous-le-Vent. Les rebelles de Raiatea-Tahaa ont si catégoriquement repoussé toutes les tentatives du Commissaire général Chessé que celui-ci est reparti, laissant au pauvre Papinaud une situation encore plus embrouillée et explosive qu'avant. Il a finalement été rappelé et aucun successeur n'est encore arrivé de la métropole. Jusqu'à nouvel ordre, la colonie est gouvernée par le directeur de l'Intérieur, Gustave Gallet, qui n'a pas beaucoup de sympathie pour le peintre.

Restent les maisons de commerce qui ont toujours du mal à trouver du personnel qualifié. Mais si Gauguin accepte un emploi dans un comptoir local, il ne lui restera pas beaucoup de temps pour peindre. C'est une éventualité qu'il ne peut pas accepter. Aussi, malgré des rebuffades répétées pendant son premier séjour, il s'adresse à l'avocat Goupil et tente à nouveau de le persuader de lui commander un portrait. Cette année-là, Goupil a fait des affaires particulièrement bonnes et a eu la satisfaction d'être nommé consul honoraire de Suède et de Norvège.

Il devrait donc être bien disposé. La splendide résidence où il vit est située à Outumaoro, à la limite nord de Punaauia, à moins de quatre kilomètres de la simple case de Gauguin. Elle s'élève dans un grand parc à la française avec des haies bien taillées et des pelouses régulièrement tondues sur lesquelles on aperçoit de grands moulages de ciment, peints en blanc, de Vénus Genetrix, de Diane de Gabiès et d'autres statues romaines et grecques de la collection du Louvre.

En peinture, Maître Goupil a une prédilection pour les mièvreries académiques de l'époque dont il possède quelques échantillons insignifiants. On comprend donc qu'il a hésité avant de se décider à commander un portrait à Gauguin. Avec prudence, pour ne pas être lui-même l'objet d'une caricature aux couleurs criardes qui susciterait la risée publique, il fait poser sa plus jeune fille, Jeanne, âgée de neuf ans. Or, contrairement aux craintes de Goupil, le résultat est un charmant portrait, exécuté sur un fond d'aplats roses et violacés, du même genre que Gauguin a utilisé dans son nu d'Anna en 1894. (Ce portrait de Jeanne Vaite Goupil se trouve aujourd'hui dans le musée d'Ordrupsgaard, près de Copenhague). Maître Goupil est si agréablement surpris qu'il nomme Gauguin professeur de dessin de ses quatre filles. Ce n'est pas le genre de secours qu'il recherche mais ses appointements sont généreux et les jeunes filles sont gentilles et bien élevées [126]. Incidemment, l'aînée se nomme Aline comme sa fille bien-aimée, et a le même âge qu'elle, 18 ans. Entre autres avantages, cette situation lui offre l'occasion d'être un hôte assidu à la table de Maître Goupil, où même les jours de la semaine on sert un grand nombre de plats et de vins fins.

Goupil ne se laisse pas uniquement accaparer par la bonne chère. Pour ses invités, il est aussi un causeur plein d'esprit, peut-être un peu trop enclin au monologue quand il aborde ses sujets de conversation favoris, ainsi qu'en témoigne ce récit d'un autre convive [127] : « Arrivé au dessert, il proclame :

— Tant qu'il est sur la terre, l'homme a trois principaux devoirs. Passez le vin, merci bien !

Tout le monde écoute.

— Eh bien, pour commencer un homme doit être un *père*. Les célibataires sont stériles et méritent de disparaître. Je taxerais d'un impôt tout homme qui à plus de vingt ans n'a pas un fils ou une fille. Deuxièmement, il doit cultiver la terre, labourer le sol et le rendre fertile, en un mot, planter des arbres. Regardez-moi ! J'ai planté ce parc et j'ai surveillé la croissance des plantes et des arbres depuis le début jusqu'à maintenant. Ce devoir assainit l'esprit et le rend plus dispos aux activités professionnelles. Troisièmement et en dernier lieu, un homme doit écrire un livre où, à l'âge mûr, il raconte ses expériences, expose ses connaissances et, d'une façon ou d'une autre, les leçons que lui a apportées l'existence, pour le plus grand profit de la postérité pour laquelle tous les hommes devraient avoir un grand respect. Et si je devais ajouter un quatrièmement, déclare le maître érudit en remplissant son verre et en passant la bouteille de vin blanc, je dirais qu'un homme doit voyager. Voir le monde est un grand enseignement : cela ennoblit l'esprit, élargit les idées et tue les préjugés...

— Et quels sont les devoirs de la femme ? avons-nous osé demander.

— De s'occuper de la maison, messieurs, et d'élever les enfants, d'être bonne épouse et mère dévouée, de ne pas s'occuper de politique et de raccommoder les vêtements. »

En gros, les opinions de Gauguin et de Goupil concordent sur tous ces points et le peintre répond assez bien à l'image de l'homme idéal que décrit l'avocat. Mais habitué lui-même à être le centre d'attraction de toute réunion, Gauguin éprouve la plus grande difficulté à se plier à l'humble rôle d'auditeur attentif et complaisant qui lui est maintenant assigné. Et quand Goupil s'aventure à parler d'art, il ne peut rester silencieux et commet trop souvent le péché impardonnable de le contredire. Inévitablement leur amitié s'en trouve peu à peu altérée et il finit par donner sa démission de professeur.

Le résultat le plus important de ces deux ou trois mois de fréquentation de la table familiale des Goupil est une nette amélioration de sa santé générale. Ainsi, vers la fin d'octobre 1896, un complet rétablissement lui apparaît possible. Du même coup, il retrouve son élan et sa verve habituels. Pour se moquer des prétentions aristocratiques de Goupil, il modèle plusieurs statues de terre qu'il recouvre de cire et dispose dans son jardin. Elles diffèrent sensiblement des sculptures antiques de l'avocat. Les deux meilleures représentent une femme nue qui court et une lionne jouant avec son lionceau. Elles excitent beaucoup l'intérêt de ses voisins, pour différentes raisons. Les Tahitiens sont surtout émerveillés par les animaux peu familiers tandis que le Père Michel, curé de Punaauia, n'a d'yeux que pour la femme nue. Avant d'entrer dans les ordres, ce brave prêtre a été engagé volontaire dans l'armée pendant la guerre de 1870 et il est toujours resté très militant. Il menace de détruire la statue de ses propres mains si son propriétaire ne la retire pas ou tout au moins ne drape pas sa nudité. Pour une fois, Gauguin est heureux qu'un gendarme réside dans les parages et il s'adresse à lui. Ce dernier, assez embarrassé, ne peut qu'expliquer au Père Michel furibond que, s'il met sa menace à exécution, Gauguin pourra le poursuivre sous l'accusation de violation de domicile. A partir de ce moment, le missionnaire ne ratera plus une occasion de dénoncer et condamner les mœurs dépravées du peintre [128]. Il en résulte que les Tahitiens catholiques du district commencent à redouter sa fréquentation. Heureusement pour lui, sa *vahine* est protestante.

La bonne humeur de Gauguin n'est guère affectée par la grossesse de Pau'ura. La naissance survient quelques semaines avant Noël, mais le bébé, une petite fille, est si fragile qu'il meurt quelques jours plus tard [129]. Cet événement est probablement à l'origine d'une Nativité datée de 1896, avec une jeune mère tahitienne et son nouveau-né. (Ce tableau se trouve aujourd'hui à Neue Pinakothek à Munich). A Mataiea, on s'en souvient, Gauguin a déjà, dans son fameux *la orana Maria*, peint une Vierge avec l'Enfant Jésus et un ange en utilisant exclusivement des modèles tahitiens et des éléments décoratifs copiés sur les frises du temple javanais de Borobudur. La Nativité de 1896 est également un tableau religieux composite, avec la différence que les emprunts non tahitiens consistent cette fois-ci en deux vaches copiées d'un tableau de Tassaert [130] et un poteau orné de motifs *maori* qu'il a vu au musée d'ethnographie d'Auckland. Une étude attentive du titre de ce tableau révèle aussi que ses connaissances en tahitien n'ont guère progressé puisqu'il confond deux mots aussi courants que *tamaiti*, fils au singulier, et *tamari'i*, enfants au pluriel. Ainsi donne-t-il comme titre *Te tamari no Atua* qui signifie « Les enfants de Dieu », alors que de toute évidence il a voulu dire « Le fils de Dieu ».

L'arrivée du bateau de Noël, le 27 décembre 1896, est un événement heureux : il apporte un chèque de 1 200 francs de Chaudet accompagné d'une promesse d'un versement prochain encore plus important. Une lettre à Séguin, datée du 15 janvier 1897 [131], est imprégnée d'une quiétude inhabituelle : « Je vous enverrai un jour quand je l'aurai faite la photographie de ma case-atelier, des bas-reliefs en couleur sur bois, des statues dans les fleurs, etc. mais rien que de ma porte, assis en fumant une cigarette et prenant mon absinthe je jouis tous les jours sans aucun ennui. Et une femme de 15 ans me fait la simple tambouille de tous les jours, tout cela pour une robe de 10 francs tous les mois... Vous ne savez pas ce qu'on peut avoir ici pour 125 francs par mois. Je monte à cheval, en voiture quand je veux. Tout cela est à moi, comme ma maison et le reste. Oui, je mourrai ici si j'arrive à vendre pour 1 800 francs par an, voilà la grand-place que je désire et c'est tout. »

Dans une autre lettre à Charles Morice, expédiée par le même courrier, Gauguin montre encore plus d'esprit et de combativité. Le sujet est la nouvelle expédition de « pacification », bien armée cette fois-ci, envoyée récemment à Raiatea-Tahaa, où les habitants, depuis le départ de Chessé, non seulement ont continué à refuser l'accès de leurs îles à toutes les autorités françaises, mais aussi, à plusieurs reprises, ont poussé l'audace jusqu'à attaquer des bateaux de commerce venant de Tahiti. Pour comble d'insulte, ils ont arboré partout à terre le drapeau anglais.

C'est trop pour le gouvernement de Paris. Il donne ordre au gouverneur par intérim, le vigoureux tennisman et directeur de l'Intérieur, Gustave Gallet, qui a déjà donné de nombreuses preuves de détermination et de sang-froid lors de la sanglante révolte canaque en Nouvelle-Calédonie, en 1878, d'utiliser des méthodes plus énergiques pour venir à bout de cette résistance. Dans ce but, il met à la disposition de Gallet trois navires de guerre : le croiseur *Duguay-Trouin*, l'aviso-transport *Aube* et la goélette armée *Papeete* avec, respectivement, des équipages de 350, 129 et 25 hommes. Les navires, totalisant plus de deux douzaines de canons, embarquent en plus 235 soldats d'infanterie et d'artillerie et environ 200 volontaires tahitiens, commandés par un vieil ami de Gauguin, le chef Tetuanui de Mataiea [132]. Les adversaires comptent au plus 800 hommes dont à peine la moitié possède des fusils, souvent défectueux et de fabrication ancienne. Malgré leur infériorité en hommes et en armement, ils repoussent avec dédain l'ultimatum de Gallet. Celui-ci charge immédiatement le commandant du *Duguay-Trouin* d'effectuer un débarquement. Le 3 janvier, la première bataille rangée a lieu. Dans une lettre [133], Gauguin, dont l'attitude à l'égard de l'expédition de Chessé à laquelle il a pourtant participé, était déjà très ambiguë, suggère ingénieusement à Morice de faire « un joli article d'information avec (l'idée me paraît originale) un interview de P. Gauguin à un indigène avant l'action » et de le publier à Paris dans un journal de gauche. Voici comment il s'imagine cette entrevue fictive :

— Pourquoi ne voulez-vous pas être comme Tahiti gouverné par les lois françaises ?

— Parce que nous ne sommes pas vendus, ensuite parce que nous sommes très heureux tels que nous sommes gouvernés, lois conformes à notre nature et à notre sol. Aussitôt que vous vous installez quelque part, *tout* est à vous, le sol et les femmes que vous quittez deux ans après avec un enfant dont vous n'avez plus souci. Partout des fonctionnaires, des *gendarmes* qu'il faut entretenir de petits cadeaux sous peine de vexations sans nombre. Et pour la moindre circulation nécessaire à notre commerce, il nous faut perdre plusieurs journées afin d'avoir un morceau de papier *incompréhensible*, des formalités sans nombre. Et comme tout cela coûte très cher, on nous *grèverait d'impôts* auxquels l'indigène ne peut suffire. Nous connaissons de longue date vos mensonges, vos belles promesses. Des amendes, de la prison, aussitôt qu'on chante et qu'on boit, tout cela pour nous donner des prétendues vertus que vous ne pratiquez pas. Qui ne se souvient du domestique nègre du gouverneur de Tahiti Papinaud, entrant de force la nuit dans les maisons pour forcer les jeunes filles. Impossible de sévir contre lui *parce que* le domestique du gouverneur !!! Nous aimons obéir à un chef, mais non à tous les fonctionnaires.

— Mais maintenant, si vous ne vous rendez pas à merci, le canon va vous mettre à la raison. Qu'espérez-vous ?

— Rien. Nous savons que si nous nous rendons, les principaux chefs iront à *Nouméa au bagne*, et comme pour un Maori la mort loin de son terrain est une ignominie, nous préférons la mort ici. Puis je vais vous dire une chose qui simplifie tout. *Tant* que nous serons côte à côte, vous Français et nous Maoris, il y aura du trouble et nous ne voulons pas de trouble. Il faut donc nous tuer tous, alors vous vous disputerez tout seuls et cela vous sera facile avec vos canons et vos fusils, nous n'avons pour toute défense que la fuite chaque jour dans la montagne.

Cette prise de position anticolonialiste de Gauguin est très nette et claire et il n'y a aucune raison de douter de sa sincérité. Tout au plus peut-on faire remarquer qu'il n'est pas entièrement logique avec lui-même lorsqu'au retour des troupes victorieuses de cette expédition militaire, il continue sans scrupule à fréquenter les officiers des trois navires. Avec le commandant de la *Papeete*, Sellier, il est déjà si lié depuis son voyage l'année précédente qu'il lui a fait cadeau d'un tableau. Au commandant du croiseur *Duguay-Trouin*, Bayle, il a même montré son manuscrit de *Noa Noa* et lui a demandé de l'aider à le faire imprimer par l'intermédiaire du fils de l'éditeur Delagrave qui fait son service à bord. Il a du reste maintenant une très bonne raison pour revoir tous ses amis et connaissances, car il voudrait profiter de l'occasion que lui offre le prochain retour des navires à leur port d'attache en France pour expédier sans frais ses derniers tableaux à Daniel[134]. C'est finalement le chirurgien du *Duguay-Trouin*, Gouzer, qui se charge de la commission.

Les huit tableaux que celui-ci emporte le 3 mars 1897 reflètent l'état physique et moral pénible dans lequel Gauguin a vécu depuis son retour à Tahiti, car ce ne sont que des versions élaborées, artificielles et mornes des anciens motifs peints avec un tout autre brio pendant son premier séjour. Ceci est vrai même pour les deux tableaux qu'il considère les meilleurs. Le premier est un nu de Pau'ura, une réplique de *Manao tupapau*, pour lequel Teha'amana avait posé. Pour titre, il lui donne *Nevermore*, le refrain du poème *Le corbeau* d'Edgar Allan Poe que Stéphane Mallarmé a lu dans sa traduction française au banquet d'adieux de mars 1891. Ceci n'empêche pas Gauguin, toujours aussi mystificateur, de prétendre que l'oiseau lourd et gauche de l'arrière-plan est le corbeau encore plus satanique du poème de Leconte de Lisle. Le deuxième tableau qu'il faut rapprocher de *Faaturuma*, de 1892, montre deux femmes tahitiennes accroupies, avec un bébé dormant dans un grand bol de bois, dans un atelier orné d'énormes frises, avec une porte au fond à travers laquelle on aperçoit un cavalier et les montagnes. A Daniel de Monfreid, il en parle de façon délibérément énigmatique : « Tout est rêve dans cette toile ; est-ce l'enfant, est-ce la mère, est-ce le cavalier dans le sentier ou bien encore est-ce le rêve du peintre !!! Tout cela est à côté de la peinture, dira-t-on. Qui sait. Peut-être non. » Pour évoquer l'atmosphère irréelle de ce tableau, il lui donne en tahitien le titre de *Rereioa* (orthographié correctement dans une lettre, mais incorrectement sur le tableau). En fait, ce titre n'est pas très approprié car, pour les Tahitiens, ce mot signifie une forme très particulière de rêve, un cauchemar. Une heureuse coïncidence a voulu que ces deux toiles *Nevermore* et *Rereioa*, peintes à la même époque, aient été réunies dans la même salle au Courtauld Institute à Londres.

Peu de temps après l'envoi de ces huit tableaux, en avril 1897, il apprend par quelques lignes sèches de sa femme que sa fille Aline est décédée subitement le 18 janvier, à l'âge de 19 ans seulement, à la suite d'une pneumonie contractée au cours d'un bal. Gauguin note : « Cette nouvelle ne m'a nullement ému, entraîné depuis longtemps à la souffrance. Puis chaque jour, réflexion arrivant, la blessure s'ouvre profonde de plus en plus et en ce moment je suis tout à fait découragé. J'ai décidément là-haut un ennemi qui ne me laisse pas une minute de repos. » Il semble que ce soit bien vrai car, ce même mois, il apprend aussi la mort inattendue du colon français auquel il loue sa terre. Son propriétaire s'est endetté si lourdement que ses héritiers sont contraints de vendre à la hâte tous ses biens. Le nouvel acquéreur du terrain le réclame pour ses propres besoins. Comme Gauguin a négligé de faire établir un contrat de location en bonne et due forme, il doit, à son grand détriment, déménager immédiatement.

Pour éviter que cette désagréable expérience se renouvelle, il décide d'acheter un terrain et d'y bâtir une maison un peu plus confortable qu'une case en bambous. Désir bien naturel après tant d'années de vagabondage, chez un homme qui a l'intention de rester définitivement à Tahiti. Tout commence sous les meilleurs auspices puisque, par hasard, la veuve d'un autre colon lui offre, pour le prix très raisonnable de 700 francs, une belle parcelle de terre d'un peu plus d'un hectare, située en bordure de mer, environ 500 mètres plus loin dans le même district [135]. Il vient très à propos de recevoir 1 035 francs de Chaudet et peut donc immédiatement conclure l'affaire. Le plus sage eût été d'attendre le prochain envoi avant de se lancer dans la construction de la maison de ses rêves. Mais il est trop impatient et demande un emprunt à la Caisse agricole qui est alors la seule banque de Tahiti. Le principal objet de cet établissement est d'aider les colons à acheter des terres et à les mettre en valeur. Il y a, en effet, une centaine de cocotiers sur la propriété de Gauguin. Il se considère donc comme un colon par une interprétation un peu élastique du terme. Reste à convaincre les représentants de la Caisse agricole. Par malchance, le membre du Conseil d'administration qu'il connaît le mieux, Sosthène Drollet, vient de mourir. Toutefois, chez Drollet, il a rencontré la plupart des autres membres et ils lui accordent finalement, avec beaucoup de bienveillance, un prêt de 1 000 francs à 10 % d'intérêt, remboursable en un an[136].

Gauguin entrepend aussitôt la construction d'une maison si grande et élaborée que le prêt s'avère vite insuffisant. Par exemple, pour les murs et les parquets, il utilise des planches rabotées et bouvetées, matériau très cher qui, à Tahiti, faute de bois approprié, est importé d'Oregon à grands frais. De belle taille, la maison mesure vingt mètres de long sur huit mètres de large. En fait, il en construit deux bout à bout : une maison d'habitation édifiée sur des piliers avec une véranda de chaque côté, puis, relié à celle-ci, un atelier avec des portes coulissantes, sur un sol de terre battue. De la maison comme de l'atelier, la vue, aussi bien sur la montagne que sur la mer et l'île de Moorea, à 20 kilomètres à l'est, est de toute beauté. Le seul ennui c'est qu'il est obligé de s'endetter auprès de son entrepreneur pour pouvoir terminer cet ensemble.

Son apport personnel à la construction consiste en de nouveaux panneaux de bois sculptés qu'il cloue aux murs de la chambre à coucher et de l'atelier et auxquels il ajoute ceux qui ornaient déjà sa précédente case. Selon Lemasson, le directeur des Postes, qui est devenu très ami de Gauguin et lui rend souvent visite à Punaauia, la maison est meublée de façon sommaire et hétéroclite. Les visiteurs sont tenus à de grandes précautions lorsqu'ils s'y déplacent, en raison de la quantité de peintures, pinceaux, rouleaux de toile, livres, vêtements, instruments de musique et divers autres objets qui traînent dans le plus grand désordre. Lemasson décrit[137] avec la même verve le seigneur des lieux : « L'artiste était de forte stature, yeux bleus, teint coloré, un peu boucané, cheveux et barbe châtain grisonnant, barbiche plutôt clairsemée. Chez lui il s'habillait généralement à la manière des indigènes, d'un simple tricot de coton et d'un pagne ou pareu laissant les jambes nues. Lorsqu'il venait à Papeete, il s'habillait à l'européenne : veston (à col droit) et pantalon de toile blanche ou le plus souvent de toile bleue, genre toile de Vichy, souliers de toile blanche, chapeau de paille de pandanus à large bord. Des plaies ulcéreuses aux jambes, conséquence d'un état de santé fort compromis, le faisant légèrement boiter, il s'aidait d'une grosse canne rustique. »

Hélas, la joie bien compréhensible de posséder enfin une maison à lui, est vite gâtée par les difficultés financières qui résultent de cette construction magnifique à crédit. Ses débiteurs parisiens ne répondent même pas à ses lettres, tandis que ses créanciers tahitiens se font de plus en plus pressants. De surcroît, sa santé se dégrade à nouveau rapidement. Pour commencer, l'eczéma de son pied blessé s'étend sur sa jambe, puis gagne l'autre membre. Il se frictionne avec de la poudre d'arsenic et se bande jusqu'aux genoux, ce qui ne change pas grand-chose. Vers la même époque, il contracte une inflammation des yeux qui, si elle n'est pas dangereuse, au dire des docteurs, a pour effet désastreux de l'empêcher de peindre. Quand les médecins en viennent à bout, les douleurs de sa cheville fracturée reprennent et le font tellement souffrir qu'il ne peut plus marcher. Il est finalement contraint de s'aliter et de se bourrer de calmants. Chaque fois qu'il essaie de se lever, il est pris de vertiges et s'évanouit. Il a aussi des accès de fièvre.

En août 1897, il adresse à Molard ce triste bilan : « Je vous aurais bien écrit le mois dernier au reçu de votre lettre, *mais* (il est gros le mais) je ne pouvais matériellement le faire, j'avais en ce moment-là une conjonctivite double que je n'ai pas encore maîtrisée complètement. Hélas, ma santé est pire que jamais. Après avoir eu un mieux sensible, la maladie a repris avec fureur une extension très grande, je suis actuellement étendu vingt heures sur vingt-quatre et peu de sommeil. Je ne peins plus depuis deux mois. Je n'ai pas reçu de lettre de Chaudet depuis cinq mois et pas un centime. Je n'ai plus de crédit et j'ai quinze cents francs de dette, je ne sais plus malgré la diète comment je vais vivre. » Et il conclut : « Depuis mon enfance le malheur s'acharne sur moi. Jamais une chance, jamais une joie. Tout toujours contre et je m'écrie : Mon Dieu, si vous existez, je vous accuse d'injustice, de méchanceté. Oui, à la nouvelle de la mort de cette pauvre Aline, j'ai douté de tout, j'ai ri comme un défi. A quoi sert la vertu, le travail, le courage, l'intelligence. »

Les Tahitiens de Punaauia et ses quelques amis parmi les colons et les fonctionnaires sont à cette époque fermement convaincus que ce dont il souffre n'est pas seulement une vieille syphilis, maladie banale et très répandue dans l'île, mais un autre mal beaucoup plus pernicieux, la lèpre. Leurs soupçons sont fondés surtout sur le soin qu'il met à bander ses jambes. A cette époque, la seule prophylaxie contre la lèpre consiste à éviter tout contact avec les malheureux malades qui sont refoulés au fond des vallées. En conséquence, il se retrouve très seul, juste à un moment où il a le plus grand besoin de compagnie, de réconfort et d'assistance. La seule personne qui ose pénétrer dans sa maison est Pau'ura mais elle n'est pas d'un dévouement ni d'une régularité exemplaires. Incidemment, l'artifice utilisé par Somerset Maugham qui, dans son roman à succès *L'envoûté*, basé sur la vie de Gauguin, laisse le peintre-héros mourir de la lèpre, a puissamment contribué à authentifier ce mythe.

Incapable de peindre et ne recevant plus de visites, Gauguin passe son temps à noter les pensées qui agitent son esprit et écrit un long essai de quarante pages grand format, sur *L'Eglise Catholique et les temps modernes*[138]. Il est lui-même convaincu que c'est son *magnum opus*, aussi bien à cause de son style qu'à cause de l'originalité de ses théories. En cela il se trompe entièrement. Le lecteur courageux qui accomplit l'exploit de lire jusqu'au bout ce manuscrit inédit est, pour dire la triste vérité, surtout frappé par le jargon pseudo-scientifique presque inintelligible, les idées banales de l'auteur et l'insuffisance de sa documentation fragmentaire. Si l'on est malgré tout ému, c'est exclusivement parce qu'on sait que l'auteur est sincère et profondément angoissé.

Dans l'introduction, Gauguin expose son but en des termes relativement compréhensibles : « Nous sommes sans doute à ces temps d'évolution scientifique prévus par la Bible lorsqu'elle dit : "Rien de ce qui est dissimulé ne restera caché et ce qui se dit aujourd'hui en secret à l'oreille sera un jour prêché sur les toits." (St Luc). En face de ce problème toujours posé *D'où venons-nous ? Que sommes-nous ? Où allons-nous ?* Quelle est notre destinée idéale, naturelle, rationnelle ?... Il importe pour ne rien négliger de ce qu'implique ce problème de la nature et de nous-mêmes de considérer sérieusement (ne serait-ce qu'à titre d'indication) cette doctrine du Christ en son sens *naturel et rationnel*, qui ainsi dégagée des voiles qui la masquaient et dénaturaient, apparaît dans sa simplicité vraie mais aussi pleine de grandeur avec une projection de lumière si intense sur la solution du problème de notre nature et de notre destinée. »

Et voici la grande responsable de cette dissimulation de la vérité : « Le divorce entre la société moderne et le Christianisme ne repose donc que sur un malentendu provenant de la falsification et de l'imposture audacieuse de l'Eglise catholique dont il importe de faire justice, d'autant que la vraie doctrine du Christ a tant d'affinités, correspond si bien avec les principes et les aspirations de la Société moderne qu'elle est appelée à faire corps avec elle dans une fusion complète d'identification supérieure. » Mais, en même temps, Gauguin accuse « les matérialistes, *attardés* de la science moderne toujours en progression (sous l'influence — il faut le dire — de la défiance, aversion du mysticisme et dogmatisme théologique, théocratique des catholiques), s'arrêtant aux impressions primitives traditionnelles, vulgaires, comme les catholiques à leurs dogmes, sans réfléchir que par réaction outrée on peut tomber de Charybde en Scylla. » Sur quoi, bravement, Gauguin s'efforce de montrer à l'aide d'une abondance de citations tirées de divers ouvrages d'astronomie, de physique et de physiologie que « l'histoire de l'atome et de l'âme serait l'histoire d'un seul et même être à deux âges différents ».

Sans se laisser décourager par l'énormité de la tâche, il passe ensuite brièvement en revue toutes les religions du monde pour prouver la similarité et l'unité de base de leurs croyances et de leurs mythes. (On peut rappeler à ce sujet que son ami Sérusier était un théosophe convaincu). Le nombre étonnant d'analogies entre la doctrine chrétienne et les croyances égyptienne, persane, hindoue, chinoise et même tahitienne et maori, qu'il cite à l'appui de sa thèse, proviennent presque toutes d'une source secondaire, la compilation maladroite du poète et spiritualiste anglais, Gerald Massey, intitulé *A Book of the Beginnings, containing an attempt to recover and reconstitute the lost origins of the myths and mysteries, types and symbols, religions and languages, with Egypt for the mouth-piece and Africa as the birth-place*.

Dans la dernière partie de son essai, poussé peut-être par l'attitude hostile du curé de Punaauia, le Père Michel, Gauguin reprend soudain, et en des termes encore plus violents, son attaque contre l'Eglise catholique. En voici

quelques extraits : « Comment l'Eglise catholique est-elle parvenue à dénaturer dès le début la vérité ? On ne peut le concevoir qu'en se rendant compte que les livres sacrés n'étaient pas en circulation... Mais qu'aujourd'hui où la vérité est éclatante pour tous ceux qui savent *voir et lire* cela devient incompréhensible que des gens *intelligents et instruits* soient à la remorque de l'Eglise !!! Peuvent-ils être de bonne foi sans être taxés de folie ? Ce qu'il est plus raisonnable de croire c'est que c'est une question d'intérêt commercial... Et cette autorité infaillible que l'Eglise s'attribue, elle prétend l'avoir pour décider *dogmatiquement* contrairement à la raison de chacun, du sens vrai, définitivement arrêté, de tous les textes de la Bible ; pour dogmatiser toute doctrine religieuse, entre autres la présence réelle du corps et de l'âme du Christ dans l'Eucharistie, l'enfantement surnaturel de la Vierge Marie, les miracles des reliques, etc. L'Eglise catholique comme doctrine, comme pratique représente cette *apostasie pharisaïque* signalée par la Bible comme l'expression significative de l'*antechrist*, dans la fausse voie du surnaturalisme d'abord et la suite où elle s'est engagée, où elle se trouve enveloppée, empêtrée, prise comme dans un filet, et selon l'expression biblique qui semble employée à son intention, dont elle ne pourra sortir qu'à sa *confusion*, dévoilée, démasquée à son heure, conspuée par tous. »

Avant qu'il ne parvienne à terminer cette diatribe, son foie malade, qui ne lui a pas causé de troubles graves depuis 1892, se fait à nouveau cruellement sentir. Les crises se succèdent, chaque fois plus violentes. La fin semble proche. « Dieu a enfin entendu ma voix implorant, non un changement, mais la délivrance totale : le cœur, toujours battu, malmené par les secousses réitérées est devenu très malade. Et de cette maladie, étouffements et vomissements de sang tous les jours. La carcasse résiste, mais il faudra bien qu'elle craque. Ce qui vaut mieux du reste que de me tuer ce à quoi j'allais être obligé faute de vivres et de moyens de m'en procurer. » Contrairement à ce qu'il semble avoir sincèrement désiré lui-même, il se remet. Mais il sait qu'il n'a gagné qu'un nouveau répit et il se demande à quelle sorte de vie il sera astreint si, pendant de longues périodes il est dans l'incapacité de peindre, ce qui est sa seule raison d'être.

Il a un dernier espoir : que le sympathique docteur Buisson puisse au moins soulager ses douleurs encore une fois, s'il se fait hospitaliser pour une longue période. Ceci coûtera cher mais il est persuadé qu'une somme substantielle peut fort bien arriver par le prochain courrier, en réponse à une lettre désespérée qu'il a envoyée à Chaudet au mois de juillet et dans laquelle il supplie le marchand de bazarder ses tableaux à n'importe quel prix. Mais quand le bateau tant attendu arrive au début de décembre 1897, il n'apporte ni argent ni nouvelles de Chaudet et c'est une bien maigre consolation de recevoir le numéro d'octobre de *La Revue Blanche* qui, à sa grande surprise, contient la première moitié de son récit *Noa Noa*, enjolivée par cinq poèmes dithyrambiques de Charles Morice. Ayant retrouvé tout d'un coup son enthousiasme débordant, celui-ci annonce en même temps dans une lettre qu'il a en tête « une sorte de pantomime lyrique, de "ballet doré'', tiré de *Noa Noa* », avec de la musique de Molard ! « Le sujet : couronnement du dernier vrai roi Maori ; cérémonies antiques altérées déjà d'importation européenne. Une jeune Tahitienne, instruite par les Areois, s'efforcerait — autre Salomé — en séduisant par sa beauté le nouveau roi, d'obtenir de lui la mort des étrangers. Mais le roi les redoute et refuse, et c'est elle qui est sacrifiée : c'est Tahiti qui meurt en elle. Un texte, en vers, serait dit par un récitant. Il me faudrait des indications de toi pour les décors, les costumes. Quant aux personnages, il y a une difficulté, non pas insurmontable. Avec tes conseils nous parviendrons à une approximation acceptable. » On peut difficilement s'imaginer un contraste plus grand entre la description enchanteresse du paradis tahitien *noanoa* faite par Gauguin dans ce texte ancien et sa vie misérable à ce moment précis. L'idée de collaborer à un ballet tahitien « doré » ne fait qu'augmenter son exaspération. Sa colère est doublée d'une amère déception : Morice a négligé de lui adresser sa part d'honoraires [139].

Petit à petit toutes ces agitations cèdent la place à une immense lassitude, un abandon total. Dans une lettre à Daniel, il exprime son désespoir en ces termes : « Vous me dites de tenir la cape, mais comme vous le savez étant un peu marin vous-même, on ne tient la cape, même la cape sèche, que moyennant un aperçu de trinquette et un morceau de brigantine. J'ai beau chercher dans mes soutes ces bouts de toile, je ne les trouve pas. » Mais avant de disparaître il veut faire son « testament spirituel ». Ayant enfin réalisé qu'il est mieux qualifié pour exprimer par l'image que par les mots ses préoccupations religieuses et métaphysiques, il décide de peindre un dernier grand tableau qui aura comme thème la raison d'être et le destin de l'homme. Sa provision de toile étant depuis longtemps épuisée, il est obligé d'avoir recours à un vieil expédient. D'un rouleau de grossière toile de jute du genre utilisé à Tahiti pour confectionner les sacs à coprah et qui mesure un mètre quarante de large, il coupe un morceau d'une longueur de quatre mètres et, péniblement, il fabrique un châssis de bois sur lequel il tend la toile. Puis, prenant ses pinceaux et ses tubes de couleurs qu'il n'a pas touchés depuis six mois, il commence à peindre.

Par sa taille et sa conception, avec douze personnages jaune orange répartis en quatre groupes sur un fond de paysage bleu et vert Véronèse où l'on voit la mer et l'île de Moorea, l'œuvre qui lentement prend forme entre les étourdissements et les douleurs aiguës, ressemble aux fresques monumentales à la Puvis de Chavannes que, toute sa vie, Gauguin a rêvé d'exécuter. Il affirme lui-même qu'il a peint cette toile imposante « en un mois sans aucune préparation et étude préalables ». Mais, selon une méthode de travail qu'il utilise depuis longtemps, il a eu recours, pour cette fresque, à maints motifs qui figurent déjà dans des toiles anciennes. Ces emprunts, constituant de véritables études préalables, sont si nombreux qu'il serait fastidieux de les énumérer tous ici. Contentons-nous donc de souligner le caractère composite, récapitulatif de ce tableau, qu'on peut ainsi considérer comme la synthèse de toute son œuvre, d'une analogie parfaite avec son essai sur *L'Eglise Catholique et les temps modernes*, où il résume sa pensée philosophique.

Pour déchiffrer ce testament pictural, il faut commencer dans le coin en bas, à droite, par le bébé et le groupe des mères tahitiennes. Ce sont « des êtres simples se laissant aller au bonheur de vivre », explique Gauguin. Le regard doit ensuite se porter sur le personnage du centre, un homme nu qui cueille un fruit rouge d'un arbre invisible. A sa droite, se trouvent deux figures habillées de pourpre. Gauguin nous dit qu'elles représentent les malheureux qui ont mangé le fruit de l'arbre de la science et qui ne peuvent plus s'empêcher de méditer sur les mystères de la vie. Assis à leurs pieds, un « homme d'instinct », consterné par toutes les réflexions singulières qu'il entend, lève la main au-dessus de sa tête comme pour les écarter. A gauche de la figure centrale et lui tournant le dos, un petit garçon, une chèvre et deux chats symbolisent l'innocence. Au-dessus de ce groupe, une femme debout tourne le dos à une grande idole dont « les deux bras levés mystérieusement et avec rythme semblent indiquer l'au-delà ».

Le dernier groupe, à gauche de l'idole, comprend deux femmes, la première jeune et la seconde vieille et résignée, la tête dans les mains. Enfin, au coin gauche en bas du tableau, un oiseau blanc qui tient un lézard dans ses serres est le symbole vivant de « l'inutilité des vaines paroles ». Le titre du tableau [140] est inscrit en lettres noires sur un fond jaune, dans le coin en haut et à gauche : *D'où venons-nous ? Que sommes-nous ? Où allons-nous ?*

Cette œuvre reflète donc le pessimisme profond de Gauguin à ce moment tragique de sa vie [141]. Tous ceux qui persistent, comme le font les Européens, à essayer de tout comprendre et de tout analyser, même les énigmes de la vie et de la mort, font ainsi leur malheur, tandis que les animaux, les enfants et les « sauvages » sont heureux pour la raison contraire, parce qu'ils ne sont jamais tourmentés par ces problèmes. Bien que les « sauvages » ne forment pas un groupe aussi homogène que le croit Gauguin, il a certainement raison de penser que les Tahitiens souffrent rarement d'angoisses métaphysiques. Bien au contraire, ils nous offrent sans cesse des exemples de leur extraordinaire stoïcisme, pour ne pas dire leur indifférence envers la mort. Gauguin sait par sa propre expérience qu'il est impossible à un Européen de se libérer de son héritage culturel pour se transformer en Polynésien et cette grande toile exprime parfaitement cette simple leçon, pourtant si souvent oubliée.

Une fois son grand tableau terminé, aux alentours de Noël 1897, il sombre à nouveau dans la mélancolie. Le bateau arrivé en rade de Papeete le 30 décembre n'apporte aucune nouvelle consolante. Avec le courage du désespoir, il met dans sa poche une boîte d'arsenic en poudre et se dirige vers la montagne [142]. Le sentier qui mène au pied des collines est bordé de cases. De chaque côté proviennent des bruits de rires, de musique et de chants occasionnés par les fêtes bruyantes du Nouvel An. A Tahiti, c'est le plein été. L'air est rempli du parfum, *noanoa*, d'innombrables arbres et plantes en fleurs. Mais, sourd et aveugle au monde qui l'entoure, Gauguin poursuit sa marche droit devant lui, à travers les plantations d'ignames et de patates douces. Puis il commence à gravir la pente abrupte de la première colline.

Comme toujours, dans la montagne règnent le calme et la paix. Arrivé au premier plateau, aucun arbre ne cache plus la vue magnifique sur le rivage, le lagon et la mer. Le sol est couvert de fougères. Se laissant tomber sur ce lit douillet, il prend sa boîte d'arsenic et en avale le contenu. Sans doute a-t-il absorbé une trop forte dose, car peu après il se met soudain à vomir et à rejeter le poison. Trop épuisé pour aller chercher une autre dose ou pour essayer d'autres moyens d'en finir, il demeure là sans force, allongé sous la chaleur impitoyable du soleil tropical. Un feu intérieur lui brûle le ventre et il ressent le battement du sang aux tempes comme d'incessants coups de marteau. L'approche du soir lui apporte un soulagement temporaire. Mais rapidement le *hupe*, ce vent frais et humide qui, la nuit, descend de la montagne, le fait grelotter. C'est bien après le lever du soleil, le jour du Nouvel An, quand la chaleur qui augmente rapidement devient à nouveau son pire ennemi, qu'il réussit à rassembler ses dernières forces et, lentement, en titubant, à descendre du haut de son calvaire, vers la mer et la vie.

CHAPITRE IX

HUMILIATION ET REVANCHE

De retour chez lui, Gauguin est dans un état d'épuisement et de désarroi si complet qu'il n'arrive plus à penser ni agir avec logique. Tout ce qu'il veut — et fait — c'est s'allonger sur son lit et s'endormir. Même quand ses forces reviennent graduellement, sa volonté est ébranlée et il reporte de jour en jour toute décision à prendre. Ainsi, toujours avec la mort dans l'âme, il continue à vivre, Puis qu'il le veuille ou non, d'infimes problèmes matériels commencent à occuper à nouveau son esprit et son temps. Les sommes qu'il reçoit par le bateau de janvier sont, comme d'habitude, très inférieures à celles qu'il attend : 700 francs de Chaudet et 150 francs du peintre Maufra, l'un de ses nombreux débiteurs parisiens. Cela représente tout juste la somme qu'il doit verser au Chinois de Punaauia, à qui il achète presque toute sa nourriture, afin de pouvoir prolonger son crédit. Il ne lui reste donc pas un centime pour payer son plus important créancier, la Caisse agricole, envers qui il s'est formellement engagé de rembourser, avant le mois de mai 1898, les mille francs empruntés l'année précédente pour construire sa belle maison.

La solution qu'il envisage fin mars 1898 pour faire face à cette difficulté est si audacieuse qu'on pourrait croire qu'il est parfaitement rétabli, si elle n'impliquait pas un abandon de la peinture. Il ambitionne, tout simplement, d'obtenir le poste de secrétaire-trésorier de la Caisse agricole, poste qui, par hasard, est vacant juste à ce moment-là. En tant qu'ancien remisier et coulissier d'une agence de change de la Bourse de Paris, Gauguin considère qu'il est l'homme le mieux qualifié de la colonie pour occuper cette place. S'il réussit, il pourra rapidement payer toutes ses dettes, car les émoluments sont très généreux. Ce fonctionnaire « reçoit un traitement annuel de quatre mille francs et des remises » qui « portent sur toutes les recettes effectives de la Caisse agricole. Elles sont payables chaque mois en même temps et de la même manière que le traitement fixe. Le minimum de ces remises est fixé à *six mille francs.* »

Le secrétaire-trésorier est nommé par le gouverneur, sur la proposition du directeur de l'Intérieur [143]. En dépit de ses mésaventures précédentes avec l'administration, Gauguin harnache son cheval et se rend en ville pour demander une audience au tout-puissant gouverneur. Depuis le 1er février 1898, c'est l'ancien directeur de l'Intérieur, Gustave Gallet, qui est le chef en titre de la colonie, avancement mérité surtout par le succès complet de son intervention militaire aux Iles-sous-le-Vent, l'année précédente. Il a beaucoup de mal à croire Gauguin quand celui-ci lui parle de sa longue carrière à la Bourse de Paris et de ses dons de financier, si mal confirmés par le dénuement dans lequel il se trouve.

Mais le gouverneur Gallet est finalement si touché par cette évidente misère qu'il croit de son devoir de proposer au peintre un autre poste, à son avis plus approprié à ses talents. Il s'agit d'un emploi de dessinateur au service des Travaux publics. La rémunération est bien plus modeste que celle du secrétaire-trésorier de la Caisse agricole : six francs par jour de travail effectif, système de paiement instauré afin d'éviter un absentéisme trop fréquent, fléau endémique dans les bureaux administratifs. Ce salaire correspond donc à une somme d'environ 150 francs par mois seulement. Si Gauguin accepte, il gagnera ainsi tout juste ce qu'il lui faut pour vivre, sans pouvoir peindre. Il semble d'ailleurs que tout conspire pour rendre la situation proposée la plus désagréable possible pour Gauguin, considérant que son excellent ami, Jules Agostini, pendant longtemps directeur des Travaux publics, a reçu, à peine deux mois plus tôt, son avis de transfert dans une autre colonie [144]. L'intérim est assuré par un rude sergent d'artillerie.

Malgré toutes ces perspectives décourageantes, Gauguin accepte. On se demande vraiment pourquoi. L'explication la plus plausible est que cet emploi modeste lui offre un moyen de s'effacer. Il suffit de rappeler ces lignes d'une lettre à Daniel, écrites à peine deux mois auparavant : « Je désire uniquement le *silence*, le *silence*, et encore le *silence*. Qu'on me laisse mourir tranquille, *oublié*, et si je dois vivre, qu'on me laisse encore plus tranquille et oublié. » On pourrait mettre en parallèle le comportement de Rimbaud, lorsque celui-ci abandonne soudainement la poésie et s'engage d'abord comme soldat à Java et ensuite comme représentant d'une maison de commerce à Harrar [145]. Cette interprétation est du reste confirmée par le fait que Gauguin maintient sa décision même après avoir reçu, quelques semaines plus tard, 575 francs de Daniel de Monfreid, en paiement de tableaux, et après avoir obtenu une prolongation de son emprunt de la manière la plus simple. En effet, en qualité de propriétaire d'un terrain bâti d'une valeur de 3 000 à 4 000 francs, le règlement de la Caisse agricole l'autorise à convertir son emprunt à caution d'un an à 10 % en un prêt hypothécaire à 6 %, remboursable en six annuités [146].

Parcourir quotidiennement treize kilomètres à l'aller puis au retour entre Punaauia et les bureaux des Travaux publics à Papeete, sur une route de terre défoncée, constitue une perte de temps et une fatigue inutile. Gauguin décide donc de fermer sa grande maison-atelier. Emportant le mobilier le plus indispensable — dont Pau'ura —, il s'installe dans le quartier ouest de la ville, à Paofai, où l'un de ses nouveaux camarades de travail, Victor Lequerré, a accepté de lui louer très bon marché une petite maison de deux pièces, située au bord de la mer, avec une très belle vue sur le lagon et le port. Il doit ce service à l'amitié que lui témoigne une jeune femme de Mataiea,

Teraiehoa, grande amie de Teha'amana, que vient d'épouser Lequerré [147]. Dans un rayon de moins de 100 mètres, habitent les vieux amis de Gauguin, les familles Drollet et Suhas, et aussi, chez Mme Charbonnier, beaucoup de ses nouveaux amis. Par ailleurs, sa maison est juste à côté de l'hôpital, lui permettant de suivre un traitement régulier et complet sans se faire hospitaliser. Par contre, son lieu de travail est nettement plus éloigné. Le service des Travaux publics se trouve à cette époque sur la pointe de Fare Ute, à l'autre extrémité de la ville. Mais cela n'a pas beaucoup d'importance, car Gauguin possède toujours sa carriole. Très souvent, aussi, il traverse le lagon à la pagaie, en pirogue à balancier, en compagnie de son propriétaire et ami, ce qui lui offre l'occasion de pratiquer le seul exercice physique dont il soit encore capable.

Il trouve le travail aussi monotone qu'il s'y attendait. La vie d'un fonctionnaire à Papeete à la fin du siècle dernier a été décrite en ces termes peu flatteurs par Jules Agostini [148], l'ancien directeur des Travaux publics : « C'est au marché couvert, en face de la mairie, à quatre heures du matin, à l'aube naissante, que la population vient faire ses provisions... Après le marché, entre six et sept heures, survient l'ouverture des magasins, des bureaux, et à l'inévitable « Ea parau api » (Quoi de neuf ?) que les employés s'adressent, succèdent les histoires croustillantes, épicées, rapportées des halles, par la bonne, le domestique ou le camarade, et qui aident à tuer les heures réglementaires d'un travail qui doit, parfois, s'en ressentir... Vers dix heures, pendant que le soleil court vers le zénith, chauffant atrocement les immeubles en bois, les conversations languissent, s'éteignent ; les bureaux, les magasins, les ateliers se vident, et le personnel — fonctionnaires et employés de toute catégorie — s'éparpille en ville, faisant une halte aux cercles, ou regagnant la case où la famille l'attend à l'heure du déjeuner.

« A midi, les établissements commerciaux rouvrent leurs portes au public, une heure avant celles des bureaux de l'Administration. La séance du matin reprend plus pénible et se ressent de l'élévation de température qui s'est produite, et qui, jointe au travail de la digestion, prédispose plus aux douceurs de la sieste qu'au déballage des cotonnades ou à l'examen du dossier d'une affaire quelconque, dont il est préférable d'ajourner la solution. A cinq heures vient enfin le moment de la délivrance... Chacun court alors à sa distraction favorite. C'est la promenade sur la route de Faaa, ou du côté de Fautaua où se croisent des véhicules de toute sorte, de gais et rapides cavaliers, de ravissantes beautés pédalant avec nonchalance ou filant à une allure vertigineuse.

« C'est pour d'autres la partie de manille ou de dominos qui précède et accompagne l'apéritif traditionnel. Seuls quelques graves personnages, depuis fort longtemps établis dans la cité, s'en vont fumer des pipes, sans souci du lendemain. Soixante minutes environ sont consacrées au repas du soir, puis l'on quitte la table pour retourner aux cercles, ou flâner en bâillant par les rues à moitié désertes. »

Gauguin pense que son travail est « inepte », et il le décrit avec euphémisme comme « peu cérébral ». Il consiste surtout à établir des calques de plans et de dessins de bâtiments et, en outre, il doit à l'occasion surveiller des équipes de travailleurs sur les routes, activité plus fastidieuse encore. Le sergent d'artillerie qui fait fonction de directeur p.i. des Travaux publics essaie en vain d'imposer une discipline plus rigoureuse aux cadres de son service. Mais vite dégoûté par l'insuccès de ses efforts, il demande de reprendre ses fonctions à la caserne et il est muté le 1er mai 1898, avant même que le titulaire du poste soit arrivé. C'est un modeste technicien de la voirie de la ville de Papeete, encore à l'état embryonnaire, qui est alors chargé de diriger le service. Il se nomme Jules Auffray [149]. A l'inverse de son prédécesseur, il se montre trop accommodant. Fait qui peut surprendre : il est un peintre amateur assez habile qui, dans sa jeunesse, à étudié à l'Académie des beaux-arts de Paris avec l'espoir, rapidement déçu, de devenir un grand artiste. Auffray juge toute œuvre d'art selon les critères de l'art académique qu'il n'a cessé d'admirer depuis sa jeunesse, de sorte que, pour lui, Gauguin ne possède aucun talent artistique. Par contre, il apprécie beaucoup d'avoir dans son service quelqu'un qui possède une instruction suffisante pour l'aider dans sa correspondance qui lui pose bien des problèmes de rédaction et d'orthographe. Il se montre donc très indulgent envers son assistant et l'excuse volontiers lorsqu'il arrive en retard au bureau ou que, tout à coup, pour des raisons qui lui échappent, il manifeste sa morosité en claquant les portes.

Avant d'occuper cet emploi, pendant toutes les années qu'il a passées à Tahiti, Gauguin est demeuré en marge de la société. N'appartenant à aucune corporation, aucune classe sociale, aucun parti politique, aucune église, il a souvent souffert de son isolement et du manque d'appuis qui en résultent. En revanche, il a pu éviter d'être mêlé aux luttes impitoyables que se livrent en permanence ces divers groupes, dont les deux camps principaux sont constitués par les colons et les fonctionnaires. Les quelques personnes qu'il a accepté de fréquenter l'ont traité comme leur égal. Et même certains, comme le lieutenant Jénot, les Drollet et le magistrat et poète Olivaint, ont reconnu en lui un homme supérieur, digne d'admiration. Mais depuis qu'il est devenu dessinateur aux Travaux publics, il se trouve tout d'un coup étiqueté et classé. A partir de ce moment, les colons cessent de le recevoir parce qu'avec leurs œillères, ils estiment qu'il a rallié l'ennemi. Mais parmi « les siens », il appartient à l'échelon le plus bas dans la hiérarchie des fonctionnaires et les magistrats, les chefs de service, les officiers, qui fréquentaient volontiers Gauguin artiste, ne veulent plus côtoyer Gauguin petit employé. Certains éprouvent même une gêne si forte qu'ils détournent la tête s'ils l'aperçoivent dans la rue ou sur la route, en train de surveiller des équipes de travailleurs tahitiens.

Enfin Gauguin s'irrite d'un autre fait qui accroît son isolement. Le rang modeste qu'il occupe maintenant lui interdit l'accès du Cercle militaire où, en 1891, il a été admis temporairement, grâce à sa mission officielle. Pour être membre du club, il faut avoir au moins le grade de sous-lieutenant ou le rang civil correspondant. Parmi les petits fonctionnaires avec lesquels il se trouve en contact, il n'en existe guère que trois qu'il apprécie. Victor Lequerré, que nous avons déjà mentionné, est l'un d'entre eux. Agé de vingt ans, il est cependant trop jeune pour compter comme un véritable confident, mais il rend beaucoup de services. Non moins dévoué, mais plus intéressant, le Breton Pierre Levergos est un ancien soldat qui a participé à la campagne de Raiatea où il a été blessé à la main par un javelot ennemi. Décoré et démobilisé peu après, il a été récompensé par une confortable sinécure en qualité de planton au bureau du gouverneur. En Levergos, c'est le Breton qui attire Gauguin, heureux devant cet auditeur attentif d'évoquer l'Armorique, ce qu'il fait assez souvent avec grande nostalgie[150]. Toutefois, le favori de Gauguin, et le plus intellectuel de ces trois nouveaux camarades, se nomme François Picquenot, un commis de l'administration qu'il a connu, mais guère fréquenté, au cours de son premier séjour à Tahiti. Qu'ils aient tous les deux fait leur service militaire dans la marine est peut-être à l'origine de leur sympathie réciproque.

La solitude de Gauguin s'accentue encore lorsque quelques mois plus tard, Pau'ura le quitte. Ce départ n'est certes pas motivé par la chute de Koke au rang de petit employé. Elle est même trop naïve pour réaliser qu'il a changé d'occupation. Pour elle, la différence essentielle est que maintenant Koke travaille hors de la maison, la laissant seule toute la journée, dans un lieu où elle ne connaît personne. Si seulement il lui donnait de quoi s'amuser, elle accepterait peut-être sa nouvelle existence avec plus de grâce. Mais, hélas, il n'a plus d'argent à gaspiller. Solitaire et désœuvrée, Pau'ura ne tarde pas à éprouver la nostalgie de Punaauia, de ses amis et de sa famille. Il est donc naturel qu'un jour, *fiu*, elle fasse un ballot de ses robes et pareu, et reprenne la diligence. Sa décision est sans doute hâtée par le fait qu'en août 1898 elle se trouve enceinte et veut garder l'enfant malgré que Koke insiste pour qu'elle se fasse avorter.

Gauguin entreprend plusieurs allers et retours à Punaauia pour la convaincre de revenir. Mais elle s'en tient à sa décision et demeure dans son district. Elle se considère non sans raison, chez elle dans la maison bien garnie de Gauguin, tandis que, lui, la traite comme une intruse, la chasse et cadenasse les portes. Précaution inutile car il découvre quelque temps après, qu'avec l'aide d'amis, elle s'est à nouveau introduite chez lui. Décidé de se débarrasser définitivement d'elle, il porte plainte pour effraction. Un contrat révèle qu'elle a commis un autre délit en emportant une bague, un moulin à café et un sac à coprah. Elle a beau protester qu'elle est toujours la *vahine* de Gauguin, elle est condamnée à une amende de quinze francs et une semaine de prison. Un voisin qui connaît les lois et trouve cette procédure cavalière, l'aide à faire appel. En seconde instance, elle est acquittée [151]. Ce verdict n'est peut-être pas sans rapport avec le fait que le procureur et le chef du service judiciaire de la colonie n'est autre que le joyeux compagnon de Gauguin des années 1895-1896, Edouard Charlier, qui sait fort bien tout ce que Pau'ura a réellement été pour le peintre.

Celui-ci n'a pas les moyens de s'offrir une nouvelle *vahine*. Il ne peut même pas fréquenter les bals populaires. Outre un porte-monnaie mieux garni, il lui faudrait des jambes en meilleur état. Lorsqu'il souffre trop de la solitude, il ne lui reste que d'aller boire de l'absinthe ou de la bière à l'une des sept tavernes de la ville, dont la clientèle est composée de marins, de soldats, de domestiques, d'employés de magasin et de Tahitiens.

Quand, un dimanche matin, il sort enfin ses pinceaux et sa palette, c'est uniquement pour gagner l'argent nécessaire à régler ses créanciers les plus pressants. L'un d'eux, Ambroise Millaud, qui gère l'une des deux pharmacies de la ville, lui a en effet commandé un tableau. Sans doute veut-il ainsi secourir l'un de ses meilleurs clients. Il offre même de payer une somme beaucoup plus importante que celle que Gauguin lui doit — à condition que celui-ci exécute un tableau « ressemblant et d'après nature ».

Gauguin s'évertue à respecter ces conditions. La peinture qu'il présente quelque temps après, *Le cheval blanc*, est aujourd'hui une de ses œuvres les plus connues et aimées. Pourtant, lorsque Millaud la voit, il s'exclame avec indignation :

— Mais le cheval est vert !

— Monsieur Millaud, réplique Gauguin avec calme et dignité, n'avez-vous jamais remarqué que tout est vert ici ? Asseyez-vous dans un fauteuil et fermez les yeux à demi, vous verrez comme le vert domine toutes les autres couleurs.

— Je ne peux quand même pas m'asseoir et fermer les yeux à demi chaque fois que je veux regarder un tableau, rétorque Millaud.

L'affaire en reste là [152]. Finalement, *Le cheval blanc* prendra le chemin du studio de Daniel de Monfreid à Paris où tant de peintures invendues de Gauguin sont déjà entassées. Cette toile y demeurera jusqu'en 1927, date à laquelle Monfreid la vendra au Louvre où elle occupe aujourd'hui une place de choix dans la salle Gauguin, au musée du Jeu de Paume.

Une autre œuvre datant de cette époque où, comme au temps de sa jeunesse à Paris, Gauguin est redevenu peintre du dimanche, est également mise en valeur dans un grand musée national, la Tate Gallery à Londres. Il s'agit de *Faa iheihe*. En raison de ses couleurs chaudes et gaies, cette peinture, malgré son format réduit, est d'ordinaire considérée comme un contretype optimiste de la grande toile tragique, d'une composition et d'un style très proches, *D'où venons-nous ? Que sommes-nous ? Où allons-nous ?* Le titre (qui devrait s'orthographier *Fa'ai'ei'e*) confirme cette interprétation, car le sens de ce verbe est « embellir, orner, parer ». Inutile d'ajouter que cette toile, pas plus que *Le cheval blanc*, n'a pu trouver d'acheteur à Tahiti.

Le caractère harmonieux de ces deux peintures indique assez bien que Gauguin, à cette époque, a décidé qu'après tout la vie vaut la peine d'être vécue. Une des raisons pour lesquelles il envisage l'avenir avec une plus grande confiance qu'au début de l'année, est la nette amélioration de ses finances. Chaudet s'est surpassé et, en deux mandats, il lui a adressé une somme totale de 1 300 francs.

De plus, Daniel a vendu pour 600 francs de tableaux à des collectionneurs particuliers. Cette double aubaine permet à Gauguin d'effectuer un premier remboursement de 400 francs à la Caisse agricole en août 1898 et, en septembre, de rentrer à l'hôpital. Il a déjà fait de si rapides progrès sur la voie de la guérison, qu'il espère, à l'aide de soins plus compétents, retrouver complètement sa santé. C'est un vain espoir, ce qui ressort immédiatement d'une étude attentive de son dossier médical, où l'on note des alternances cycliques de rechutes et d'améliorations, indépendamment des soins dont il est l'objet. Les périodes de bonne santé relative et de grande souffrance se succèdent du reste, avec une régularité surprenante, environ tous les six à huit mois.

A peine a-t-il envisagé de quitter son modeste emploi, qu'en vertu de ce cycle infernal, il commence à ressentir de violentes douleurs dans sa cheville. Seule la morphine parvient à lui apporter quelque soulagement, et encore n'est-elle efficace que par intervalles. En décembre 1898, il se retrouve donc exactement dans la même situation qu'un an plus tôt. Désespéré, il s'interroge lui-même en écrivant à Daniel de Monfreid : « Si je ne dois plus compter guérir, la mort n'est-elle pas cent fois préférable. Vous m'avez reproché vivement mon escapade comme une chose peu digne de Gauguin. Et si vous saviez en quel état est arrivée mon âme pendant ces trois années de souffrance : si je ne dois plus jamais peindre, moi qui n'aime plus que cela — ni femme, ni enfants, mon cœur est vide. » Et, comme auparavant, avec bien peu de logique, il conclut : « Je suis donc condamné à vivre quand j'ai perdu toutes mes raisons morales de vivre. » Mais, en janvier 1899, lorsqu'il reçoit à nouveau 1 000 francs de Monfreid, il peut au moins alléger son fardeau en quittant son morne bureau des Travaux publics.

Dès son retour à Punaauia, Pau'ura se réinstalle chez lui, comme si rien ne s'était passé, et il la laisse faire, au fond assez content. Tranquillement, elle l'aide à nettoyer et réparer la maison, à chasser les rats et les cancrelats. Son attitude est assez compréhensible si on se souvient que c'est surtout la vie en ville, et non pas Koke, qui l'ennuyait et l'avait incitée à partir. Elle est enceinte de cinq mois et Gauguin semble maintenant très content à la pensée de devenir à nouveau père : « C'est même pour moi une chose heureuse en ce sens que l'enfant va peut-être me rattacher à la vie ; cette vie qui me pèse tellement en ce moment », écrit-il à Daniel. Quand, le 19 avril, Pau'ura lui donne un garçon, il manifeste sa satisfaction en le nommant Emile comme son fils aîné issu de son mariage avec Mette [153]. Exactement comme à la Noël 1896, lors de la naissance du premier bébé de Pau'ura qui n'a pas vécu, Gauguin peint un tableau sur le thème de la *Maternité* (dont il existe deux versions, l'une à l'Hermitage de Leningrad et l'autre appartenant à Mr. David Rockefeller, N.Y.) Malgré le titre de cette nouvelle composition, la place de Pau'ura est beaucoup moins importante que dans la précédente, car le centre est occupé par deux autres femmes debout, l'une vêtue d'un *pareu* rouge, l'autre d'un *pareu* bleu, tandis que Pau'ura, allaitant son bébé, est humblement accroupie à leurs pieds.

Cependant, ce ne sont pas les joies de la paternité qui apportent à Gauguin une nouvelle raison de vivre mais plutôt une série de contretemps qui réveillent ses instincts combatifs. Tout commence quand il découvre qu'en plus des affaires « dérobées » par Pau'ura pendant les dix mois de son absence, bien d'autres objets ont disparu de sa maison. Qui plus est, les voleurs poursuivent leurs incursions nocturnes. Mais la seule personne qu'il réussit à surprendre est une femme (probablement une amie de Pau'ura ou peut-être l'une de ses anciennes amies à lui), dont le crime est aussi trivial qu'étrange. Il l'a trouvée, déclare-t-il, dans sa propriété, « fermée de toutes parts par fil de fer, en train de balayer dans les fourrés avec un balai d'appartement ». A titre d'exemple et pour mettre un terme à ces visites indésirables, il avise la police. Comme ni le *muto'i* (agent de police tahitien), ni le gendarme français ne prennent la peine d'ouvrir une enquête, il se rend à Papeete chez le procureur, son ancien ami Charlier. Celui-ci, de but en blanc, l'avertit que, par amitié pour lui, il a préféré ignorer cette affaire, estimant qu'il s'est déjà assez ridiculisé avec ses précédentes plaintes contre Pau'ura. De plus, Charlier lui dit qu'il est difficile d'accuser d'effraction une personne qui n'a fait que balayer votre jardin. Furieux, Gauguin cherche à convaincre le procureur, le code à la main, que bien des charges peuvent être retenues contre cette femme. Irrité par cette insinuation qu'il connaît mal son métier, Charlier le met sans façon à la porte.

Malheureusement, cambriolages et vols se poursuivent pour la bonne raison que les coupables sont restés impunis. Gauguin dépose de nouvelles plaintes et retourne voir le procureur qui, finalement, charge le *muto'i* de Punaauia d'entreprendre une enquête minutieuse. Quelques semaines plus tard, irrité par les atermoiements du *muto'i*, peu enclin à prendre le parti d'un Européen, Gauguin rédige une longue lettre de protestation [154]. Mais, au lieu de l'adresser au procureur, il l'envoie au rédacteur des *Guêpes*, le nouveau mensuel publié à Papeete, sous cette fière devise : « Le Droit prime la Force. » Le rédacteur la publie dans son numéro de juin sous la chronique « Tribune Libre », en précisant sagement : « L'Administration du journal rejette toute responsabilité des articles publiés sous ce titre. » Gauguin n'aurait pu choisir un journal au nom plus approprié car, dès les premières lignes, on sent son intention de piquer fortement le procureur :

« Monsieur Charlier, Papeete,

« Je ne sais si nos gouvernants ont créé, organisé nos colonies pour être colonisées ; je sais cependant — malgré mon ignorance de bien des choses — que quelques hommes sont assez courageux pour devenir des colons. A ce titre, je paie annuellement à Tahiti pas mal de deniers, à ce titre aussi je désire, je veux vivre dans ma propriété à l'abri des méchants, m'étant mis sous la férule, mais aussi sous la protection des lois.

« Il se peut que les ressources de la Colonie soient insuffisantes pour empêcher la fraude et le vol, les découvrir au besoin, mais ce que tous les colons de Tahiti seront étonnés d'apprendre, c'est votre refus de poursuivre les voleurs quand c'est nous qui les prenons en flagrant délit.

« Ce système organisé par vous est peut-être un trait de génie, mais a cependant des conséquences bien préjudiciables à nos intérêts.

« Grâce à votre protection l'indigène nous vole et cela impunément... Il est notoire dans le district qu'on peut me voler, me courir sus, et chaque jour on use de cette protection : demain les autorités me battront et c'est moi qui paierai l'amende.

« Je viens donc ouvrir un débat en ce journal, confiant dans la force du bon sens public, car je veux que les lois me protègent, me punissent au besoin le jour où j'aurai cessé d'être un honnête homme. Sachant tenir une plume et une épée, j'entends me faire respecter même par un procureur. »

Après avoir rappelé l'épisode du balayage nocturne ainsi que la disparition mystérieuse des clés de sa boîte aux lettres, Gauguin renouvelle son défi en termes encore plus provocants :

« Quelle sera désormais la sécurité des colons dans les districts livrés au jugement partial sans aucun doute, des chefs indigènes, à votre jugement arbitraire et unique ?

« Quels sont vos pouvoirs ?

« Vous n'avez pas de pouvoirs, Monsieur, vous n'avez que des devoirs.

« Or, je suis très tenace lorsqu'il s'agit de mon droit, puis aussi de ma dignité. Je viens donc vous prier de m'informer si vous agissez ainsi à mon égard pour satisfaire un fol désir de me marcher sur les pieds que j'ai fort malades, en un mot vous moquer de moi. J'aurai alors l'honneur de vous envoyer mes témoins.

« Ou bien, ce qui est plus probable, vous avouerez que vous n'avez pas la force suffisante pour conduire un parquet, ni même le cirer, que vous agissez toujours avec vanité, stupidité, pour vous croire un instant un personnage, avec l'assurance que vos protecteurs sauront toujours vous tirer du mauvais pas où vous vous serez mis par vos bévues.

« Auquel cas, je demanderais au gouverneur de vous renvoyer en France pour vous faire recommencer vos études de droit, ainsi que le b, a, ba de votre métier.

Mes salutations,
Paul Gauguin,
Punaauia. »

Pour faire encore mieux ressortir la négligence du procureur, Gauguin entreprend d'inciter les colons du district qui ont des problèmes semblables à adresser aussitôt une lettre collective au gouverneur [155]. Comme le maniement de la plume n'est pas leur point fort, il leur facilite la tâche en leur fournissant ce modèle :

« Monsieur le Gouverneur,

« Nous avons l'honneur de vous prévenir que les plaintes faites par nous au gendarme et parvenues au parquet entre les mains de M. le Procureur, sont restées sans effet.

« Comme ce silence nous est très préjudiciable et que nous pensons que la justice est là pour nous défendre, nous vous supplions de prendre en considération notre triste situation à Tahiti.

« Nous sommes M. le Gouverneur, votre très respectueux et dévoué serviteur. »

Que ce soit par charité ou par calcul, Charlier choisit d'ignorer l'attaque. Gauguin qui, entre-temps, a rédigé un plaidoyer de sept pages pour sa propre défense, est fortement déçu : « Résultat, rien contre moi, ni duel, ni poursuites. Quelle pourriture dans nos colonies ! » Du moins cela lui a-t-il fait du bien d'extérioriser son irritation et, ne s'arrêtant pas en si bon chemin, il écrit deux longs articles pour le numéro des *Guêpes* du mois de juillet. Il y attaque de la même façon sauvage plusieurs amis du procureur ainsi que toute l'administration, en affirmant « que les affaires de la Colonie ne sont pas plus importantes et difficiles à gérer que celles d'une maison de commerce de dixième ordre ». Malheureusement, les fonctionnaires, à qui est confié le destin de la colonie, ne sont que « des gens de passage, indifférents pour tout ce qui est en dehors de leurs appointements, de leur sécurité de position ». Et il conclut d'une manière admirablement concise : « L'administration est l'ennemie de la colonisation. »

Pour la première fois, il se sert dans ce numéro d'un pseudonyme qui réapparaîtra souvent par la suite, Tit-Oil, dont l'orthographe légèrement masquée n'empêche pas les lecteurs locaux de reconnaître sans difficulté le mot tahitien *titoi* qui signifie, selon le dictionnaire publié par les missionnaires, « le vil péché d'Onan ». Stimulé par le succès de scandale que ses attaques éveillent, il décide de tirer doublement parti de sa vengeance en se faisant payer pour l'exercer. Il crée un mensuel illustré de quatre pages, intitulé *Le Sourire*, « autographié System Edison ». Celui-ci porte la devise *Journal sérieux*, remplacé quelques mois plus tard par celle, plus exacte, de *Journal méchant*. La plus grande partie du premier numéro, daté du 21 août 1899, est consacrée à un article ironique dans lequel il tourne en ridicule une autre personnalité de la colonie qui l'a offensé, Auguste Goupil. Il faut bien dire qu'il dispose d'un excellent prétexte, car Maître Goupil vient de relancer son idée fixe : la construction d'un chemin de fer entre Papeete et Mataiea ! Il n'échappe pas à Gauguin comme à beaucoup d'autres citoyens de la colonie que l'intérêt majeur de ce projet serait d'assurer le transport du coco râpé, produit dans des usines qui appartiennent toutes à Auguste Goupil.

L'attaque de Gauguin prend la forme moqueuse d'une description imaginaire du voyage inaugural du nouveau chemin de fer. La gare *Farine de coco N° 2* lui apparaît très familière, ce qui n'est pas étonnant puisqu'il s'agit d'Outumaoro, l'endroit où se trouve le splendide domaine de l'avocat. S'il n'en nomme pas le propriétaire, il décrit néanmoins les lieux en ces termes facilement reconnaissables : « Au détour du chemin, quelques boîtes à sardine adroitement étagées par un charpentier simulent un château : tout comme à Versailles les statues civilisent le jardin ; des grilles aussi, puis sur colonnes d'admirables vases de faux métal donnent l'hospitalité à de maigres aloès en zinc. Regardant par la portière, j'ai cru voir au fond de tout cela des mains s'agiter sur une guitare ; j'ai cru aussi entendre un doux refrain, « I love this money ». Au terminus, Goupil invite les notables à un banquet somptueux, tandis qu'au buffet de la gare, la piétaille, y compris Gauguin, est nourrie à ses propres frais de coco râpé.

Le rival principal de Goupil est François Cardella, maire de Papeete. Gauguin ne l'ignore pas et il lui fait parvenir le premier numéro du *Sourire* avec une dédicace personnelle [156]. Cet homme influent, originaire de Corse, est doué du tempérament violent que les habitants de cette île ont, à tort ou à raison, la réputation de posséder. Avant d'avoir pu terminer ses études médicales, il a été mobilisé et envoyé en 1863 au Mexique, comme médecin auxiliaire de la marine, durant l'intervention française. Par la suite, il a servi à bord d'un navire stationné à Tahiti. Après trois ans comme tant d'autres marins et soldats, il a donné sa démission pour se fixer définitivement dans l'île. Il y a ouvert une pharmacie qui, du temps de Gauguin, est, comme nous l'avons déjà dit, tenue par un ancien commis de l'Administration, Ambroise Millaud. Cette officine est de très bon rapport, mais la fortune de Cardella ne s'est réellement faite que lorsqu'il a réussi à obtenir sur adjudication, pour une somme d'environ 60 000 francs par an, le monopole de l'importation et de la vente de l'opium destiné aux résidents chinois. Depuis la création de la commune de Papeete, en 1890, il est maire de la ville, fonction qu'il conservera jusqu'à sa mort en 1917. L'endroit où l'on est le plus sûr de le trouver n'est pourtant pas la mairie mais la véranda de sa pharmacie au centre de la ville. C'est là que Gauguin s'est lié avec lui en allant acheter les médicaments dont il a si souvent besoin [157]. C'est aussi à la pharmacie qu'il a rencontré Germain Coulon, horloger et imprimeur, qui est aussi gérant des *Guêpes*.

Cardella est le chef d'un des deux partis locaux, nommé le parti catholique, la majorité de ses membres appartenant à cette religion, sans être pour autant très pratiquante. L'autre parti est naturellement le parti protestant, appelé ainsi avec plus de raison puisque plusieurs de ses dirigeants sont des pasteurs. Goupil en est un des membres les plus influents. Ces deux partis, qui n'ont ni programme arrêté ni organisation fixe, se sont formés lorsqu'un Conseil général a été créé en 1885. Depuis, ils se disputent férocement les dix-huit sièges de ce parlement embryonnaire aux pouvoirs très limités. Seules, les personnes capables de parler et d'écrire le français sont éligibles. Le suffrage étant universel, on fait donc appel à la population tahitienne à chaque élection. D'après l'inspecteur des colonies, André Salles, venu enquêter sur place[158], « dans les districts, les habitants ne demandent qu'à vivre tranquilles ; mais, m'ont-ils dit partout, les gens de Papeete viennent nous faire disputer à propos d'élections... Il n'y a, c'est certain, aucun contact d'idées entre les élus et les électeurs des districts ; cela est vrai pour l'un comme pour l'autre parti. Pour tous deux, les indigènes sont des machines à voter et rien de plus. »

L'organe du parti catholique est alors *Les Guêpes*, dont les copropriétaires sont Cardella et un riche commerçant, Victor Raoulx. Le parti opposé contrôle deux journaux, *L'Océanie Française*, que possède Goupil, et *Le Messager de Tahiti* qui appartient à un autre avocat nommé Léonce Brault. Ils sont composés à la main et imprimés sur des presses si anciennes et défectueuses, que chaque numéro, de quatre pages maximum, représente un véritable tour de force.

Rappelons ici que, s'ils se disputent férocement les sièges du Conseil général, de la Chambre de commerce et de la Chambre d'agriculture, les colons et les commerçants sont toujours d'accord, au moins sur un point : ils s'estiment infiniment plus qualifiés que les fonctionnaires envoyés de Paris pour gouverner la colonie. Voici un compte rendu d'une séance[159] qui donne une idée assez juste de l'ambiance qui règne dans la salle de réunion au rez-de-chaussée de l'ancien palais royal :

« Il y a un Conseil général qui tient ses séances le soir pour le grand amusement de la population privée de spectacles. Dans une petite salle enfumée de pétrole, une douzaine de citoyens délibèrent sous la présidence d'un négociant notable et en présence du directeur de l'Intérieur. Le public a accès dans la salle et lie familièrement conversation avec les représentants du peuple. Ceux-ci sont pris dans toutes les professions : menuisiers, boulangers, horlogers, marchands de vins, épiciers, bouchers, etc. Deux ou trois défendeurs qui sont à peine bacheliers et se donnent du Maître un Tel, deux ou trois officiers de vaisseau qui ont pris leur retraite à Tahiti : voilà pour les professions libérales.

« On en entend de drôles. Le boulanger demande la parole. Il tient à la main le budget de la Colonie et constate avec douleur que les recettes prennent deux pages seulement tandis que les dépenses en occupent vingt-huit ! Tout le monde de rire. Un autre se plaint que l'administration laisse dire du mal du Conseil général et propose de faire venir à la barre de l'assemblée les gens assez mal inspirés pour le décrier, lui et ses collègues. Le directeur de l'Intérieur est interpellé, au sujet du bel uniforme brodé d'argent qu'il arbore dans les solennités officielles, et s'excuse du mieux qu'il peut de ce travestissement.

« L'esprit général de l'assemblée rappelle celui du Conseil municipal de Paris. Guerre à l'administration ! Mort à la police ! Plus de porteur de contraintes ! s'écrie l'un. A bas le directeur de l'Intérieur ! jure l'autre. Pratiqué dans ces conditions, le parlementarisme devient une chose assez plaisante. Soyons équitable. La bonne volonté ne manque pas à la majorité et le patriotisme non plus, mais l'expérience. »

Le parti catholique est au pouvoir depuis 1890 et possède une forte majorité dans le Conseil général, avec onze sièges contre sept aux protestants, lorsque tout le système est remis en cause, en 1899. Au début de cette année-là, le gouverneur Gallet a fait un voyage à Paris, au cours duquel il a réussi à persuader le ministre des Colonies d'introduire une réforme profonde, fixée par un décret daté du 10 août, et promulgué à Papeete le 12 octobre. D'après ce décret, seules les populations des îles de Tahiti et Moorea auront à l'avenir le droit d'élire des représentants au Conseil général, dont le nombre de sièges est de ce fait réduit à onze. Quant aux autres archipels, ils seront désormais représentés par des délégués, nommés par le gouverneur, et qui ne seront responsables qu'envers lui. D'après les nombreux « attendus » accompagnant le texte du décret, il ressort que cette réforme est devenue nécessaire parce que les intérêts de ces archipels éloignés ont été fort négligés par leurs conseillers élus qui, tous, sont des commerçants français domiciliés à Papeete. Les chiffres de tous les budgets votés depuis la création du Conseil général le prouvent d'une manière éloquente. Alors que les revenus additionnés des îles périphériques sont plus importants que ceux de Tahiti et de Moorea, le Conseil général leur a rarement aloué plus de 10 % du budget annuel de la colonie, attribuant invariablement les 90 % restants à la construction de routes et de bâtiments publics, à l'adduction d'eau, à l'aménagement du port et à d'autres travaux dans la ville de Papeete même [160]. La réforme du gouverneur n'est somme toute pas aussi rétrograde qu'il peut paraître à première vue. Si elle n'a pas eu les effets escomptés, il ne faut pas en blâmer Gallet, mais ses successeurs qui se sont servis de cette brèche dans le système représentatif pour mettre rapidement ce conseil réduit sous la tutelle administrative.

Sept des onze membres du parti catholique représentent ces archipels éloignés dont les populations sont désormais dépossédées de leur droit de vote. Par contre, à Tahiti et à Moorea, le parti protestant est assuré du ferme support des habitants — sauf dans la petite capitale. Lorsque les élections pour le Conseil général réformé ont lieu le 19 novembre 1899, le parti catholique ne recueille donc que quatre sièges, ceux de Papeete, tandis que les protestants gardent tous les sept sièges pourvus par les habitants des districts ruraux de Tahiti et de Moorea [161]. Cardella décide immédiatement de porter le nombre de pages du numéro des *Guêpes* de quatre à six et de le consacrer entièrement à une protestation énergique contre les agissements « scandaleusement anti-français et anti-démocratiques » de Gallet. Cette contre-attaque se poursuit également dans les numéros suivants.

Cependant, les dirigeants du parti catholique ne sont pas très lettrés. Le polémiste le plus doué de la colonie est, sans aucun doute, ce barbouilleur de Gauguin, qui le prouve continuellement en se moquant avec insolence des autorités dans son mensuel *Le Sourire*. Cardella, qui n'éprouve pas une grande estime pour l'artiste — son portrait, par exemple, qui occupe encore aujourd'hui une place d'honneur à la mairie de Papeete, n'est pas de Gauguin — mais il comprend que son parti et son journal ont besoin de ses talents d'écrivain. C'est pourquoi il l'invite à prendre la direction des *Guêpes* à partir de février 1900. De son côté, Gauguin n'a pas reçu d'argent de France depuis un an et il a des dettes un peu partout. Pour comble de malheur, il manque de toiles et de couleurs. C'est précisément en janvier 1900 qu'il apprend pourquoi Chaudet ne lui envoie plus rien : il est mort et sa galerie est fermée. Notons également que les ventes du *Sourire* n'ont jamais rapporté plus de 50 francs par mois. Dans le domaine idéologique, Gauguin ne peut pas avoir beaucoup de sympathie pour le parti catholique, mais les ennemis de celui-ci sont aussi les siens. Il accepte donc sans trop de scrupules la proposition de Cardella et publie aussitôt un numéro d'un ton très vif.

La cible principale reste évidemment, d'un bout à l'autre du numéro, le gouverneur Gallet. Dans un article qu'il signe de son nom, Gauguin annonce par exemple que le parti catholique va tout simplement écrire au président de la République « pour lui demander, si dans nos colonies les gouverneurs sont des gouverneurs républicains français ou des vice-rois autorisés à mener les colons comme des serfs d'un autre temps ». Dans un autre article, il appelle Gallet « un despote féroce » et l'avertit solennellement de prendre garde «qu'un jour, et ce jour n'est peut-être pas loin, ne lui arrive la même mésaventure qu'à l'un de ses prédécesseurs, M. Papinaud. Il se peut que M. le ministre mieux renseigné l'invite par dépêche à prendre le premier *Ovalu*, pour se rendre en France, afin de conférer avec lui de choses importantes et intéressant la colonie, à moins cependant qu'il ne lui annonce sa mise à la retraite d'office. »

Sans se laisser démonter par ces attaques vitrioliques,

Gallet poursuit ses réformes, approuvé à l'avance par le ministère, et, le 15 février 1900, paraît dans le *Journal Officiel* un décret réorganisant la Chambre de commerce sur le modèle du Conseil général, c'est-à-dire que le nombre des membres élus est réduit de dix à quatre et que les autres sont dorénavant nommés par le gouverneur. Gauguin se montre digne de la confiance placée en lui en publiant en un temps record — cinq jours plus tard — un supplément de « dernière heure », consacré exclusivement à cette nouvelle « mesure dictatoriale ». Dans cette page supplémentaire, Gallet est baptisé « Monsieur Touche-à-Tout » et ouvertement accusé de bouleverser les institutions « pour le vain plaisir de satisfaire ses rancunes ». Comme ceci n'est pas assez explicite, l'éditorialiste résume ses griefs contre le gouverneur en ces termes : « Ne sachant rien faire d'utile, il passe son temps à légiférer et comme il est incapable d'innover quoi que ce soit, il se borne à modifier en mal ce que ses prédécesseurs ont fait. » Cet article n'est pas signé, mais des expressions et des phrases caractéristiques du style de Gauguin révèlent qu'il en est l'auteur. C'est aussi dans ce numéro qu'il figure pour la première fois comme gérant.

Puisqu'il n'a ni le temps ni la place de développer suffisamment son thème dans ce supplément d'une seule page, il continue dans le numéro de mars à démontrer à quel point le motif des réformes de Gallet est sordide. Un éditorial, signé Paul Gauguin, commence ainsi :

« Il serait grand temps que M. Gallet mette un peu d'ordre dans ses affaires : — nous ne parlons pas de sa valise qui doit être assurément toute prête pour le voyage — mais (ce qui est plus sérieux), de ses manigances administratives ou politiques ; si toutefois on peut appeler politique ce qui est essentiellement impolitique.

« Sauf l'idée dominante, toujours la même, qui perce à travers tout ce qu'il fait, c'est-à-dire l'instinct simiesque de tout déchirer, y goûter même au risque de s'empoisonner, il faut avouer que tout le reste n'est qu'un amas d'illogiques contradictions ; défaire et refaire sans cesse sans tenir compte des paroles de la veille, nous criant en quelque sorte à tue-ête, comme un vrai sourd, que le mot pouvoir n'est pas synonyme du mot devoir. Pouvoir impuissant, et ridicule en ce sens qu'il n'est qu'arbitraire, volontaire et despote ; pouvoir sans écho, timoré en ce sens qu'il ne peut faire peur qu'à des moineaux, chantant la nuit de peur de se trouver seul. »

Dans un article également signé, en deuxième page, et qui peut être considéré comme un second éditorial, Gauguin précise avec une clarté plus insultante encore les crimes du gouverneur, acharné à détruire tout progrès, toute liberté, toute initiative privée, et tout le commerce de la colonie.

Dans chaque numéro, en se répétant sans cesse, il continue à harceler d'attaques semblables les ennemis du parti catholique [162]. Il serait donc très fastidieux de continuer ces citations. A deux reprises seulement, il abandonne le morne sujet de la politique locale. La première fois, c'est pour raconter cette petite anecdote : « Quand je suis rond (qu'on me le pardonne), je suis un peu fumiste, et un jour passant devant le monument de l'Académie, j'eus l'étrange idée d'aller jusqu'à la loge du concierge. Je pris l'air grave qu'il convient en pareil cas et je dis à ce vénérable cerbère : Monsieur Zola est-il ici ? Et lui, avec un air encore plus grave de me répondre : Monsieur Zola n'entrera jamais dans notre maison. »

La seconde fois, il traite longuement d'un sujet d'intérêt plus général et toujours d'actualité, à savoir si le progrès technique de notre civilisation occidentale nous rend plus heureux. Voici l'opinion de Gauguin : « NOUS avons en ce siècle civilisé, progressé, etc. En admettant que cela soit, que vient faire le NOUS en pareil cas écrit orgueilleusement ! Et on est tenté de dire "QUI cela VOUS ?" Vous, comme moi, nous ne sommes rien ; quelques études coûteuses, nos humanités une fois terminées, comme la larve devenue papillon, nous apparaissons sur la terre — hommes enfin, vernis, polissés des pieds à la tête, causant de tout, hélas ! de terribles sots pour conclure.

« Tout nous vient de l'exception, Dieu seul fait l'homme de génie ; le génie seul fait tourner la terre. Ce qui a fait dire à l'enterrement de Pasteur, à un artiste de valeur : "Combien de temps faudra-t-il à la nature pour refaire un cerveau pareil ?"

« Depuis Ménès jusqu'à l'ère chrétienne, époque barbare où on ne songeait guère à l'instruction de tout le monde, qu'est devenue l'Egypte ? Sinon, dans tout son ensemble, un vaste monument qui fait songer non à des hommes, mais à des géants, à des dieux.

« La tour Eiffel serait-elle par hasard un progrès, comparée au temple de Jérusalem ? Mais le vélocipède, l'automobile ! certes, il faut le constater, c'est quelque chose de plus, mais en revanche, que de choses en moins, que de secrets perdus dans bien des fabrications.

« Entre autres, la trempe de l'airain, bien plus dure que nos aciers perfectionnés.

« Et en philosophie, Bouddha, les philosophes de la Grèce, divin Platon, puis Jésus ; Luther et Calvin sont-ils un progrès ?

« Mais NOUS sommes des civilisés ! Hier c'était la flèche et la fronde, aujourd'hui c'est le fusil et le canon. Les hordes barbares se déplaçaient hier à pied et à cheval ; aujourd'hui elles se déplacent en chemin de fer, en navire à vapeur. Qu'y a-t-il donc de changé enfin ?

« Lorsque la société vivra heureuse dans les délices de la paix, jouissant de travaux intellectuels avec la juste répartition du travail et du talent, on pourra dire seulement que c'est une société civilisée. »

La rédaction des *Guêpes* lui rapportant suffisamment, Gauguin décide, en avril 1900, de supprimer son propre journal, *Le Sourire*, qu'il lui faut écrire, illustrer et tirer lui-même et qui finalement se vend fort peu parce qu'il fait double emploi. Bien conscient de sa valeur pour le parti catholique, il ne se gêne plus pour faire venir ses commanditaires à Punaauia lorsqu'il faut discuter d'une question importante, plutôt que d'atteler son cheval et de se rendre à Papeete lui-même. Heureux aussi de se sentir enfin un membre honoré et respecté d'au moins une classe de la société, il ferme volontiers les yeux sur la vulgarité et le manque d'éducation de ses amis et donne régulièrement des petites fêtes pour eux[163]. Par chance, Victor Raoulx, l'homme le plus puissant du parti après Cardella, est aussi le plus important distillateur de rhum et importateur de vins et spiritueux de la place. Il se charge donc d'habitude d'apporter les boissons. Le Breton Pierre Levergos qui, on s'en souvient, a connu Gauguin lorsque celui-ci travaillait aux Travaux publics, est installé depuis peu à Punaauia, où il fait de l'élevage. Parfois invité à ces banquets, il nous a laissé ce récit[164] : « A cette époque, Gauguin paraissait riche, ayant toujours d'abondantes provisions d'alcool et de conserves de toutes sortes. Presque tous les dimanches, il invitait chez lui quelques amis à déjeuner. La réception était préparée avec soin et tout se passait à peu près calmement. Mais après déjeuner arrivaient d'autres convives, souvent très nombreux, et la bringue commençait et durait, souvent même une grande partie de la nuit. Gauguin s'amusait à faire faire à ses hôtes toute sortes d'excentricités (déshabillage des femmes, etc.), mais lui-même, tout en s'amusant beaucoup, ne paraissait jamais ivre et gardait toujours son sang froid. »

Le 23 septembre 1900, un dimanche, Gauguin atteint l'apogée de sa carrière politique lors d'une réunion organisée par le parti catholique à la mairie de Papeete et au cours de laquelle il prononce un discours. Le but de cette réunion est de protester contre l'infiltration continuelle des Chinois dans la colonie. Depuis des années, pour ainsi dire chaque bateau en amène quelques-uns. En 1900, leur nombre atteint 400, dont 77 patentés, possédant des boutiques ou des ateliers. Grâce à leur travail acharné et à leur solidarité, les Chinois sont devenus des concurrents particulièrement dangereux pour les commerçants français et ceux-ci demandent avec une insistance de plus en plus vive que l'administration interdise cette immigration sous le prétexte assez hypocrite qu'il s'agit d'une race « puante et vicieuse dont la seule présence suffit pour faire naître dans un pays sain les plus horribles maladies. » Les autorités locales sont bien d'accord, mais elles sont dans l'impossibilité d'agir à cause du traité franco-chinois de 1861, qui garantit la libre entrée en Chine aux ressortissants français en échange de la même liberté pour les citoyens de l'Empire céleste, non seulement en métropole (où les risques d'une invasion chinoise sont minimes), mais aussi dans toutes les colonies françaises. Exaspérés par ce refus dicté par Paris, les commerçants et colons de Tahiti ont d'abord demandé l'autonomie interne et, ensuite, ils ont organisé cette réunion de protestation au moyen d'affiches et de tracts. Lorsqu'elle débute en ce dimanche matin à huit heures trente, le public est nombreux. Un bon nombre sort sans doute des nombreux restaurants chinois situés autour du marché, où l'on sert un excellent café. Victor Raoulx, annoncé comme l'orateur principal, est élu président du comité à main levée, tandis que Gauguin est nommé vice-président. C'est lui qui prend la parole le premier. Il n'y a aucun doute que le compte rendu publié dans le numéro d'octobre des *Guêpes* reproduit fidèlement ce discours patriotique, car c'est lui-même qui l'a rédigé :

« Messieurs !

« Je dois tout d'abord vous remercier d'avoir répondu à notre appel, d'être venus à cette conférence. Ce n'est pas comme partout ailleurs une simple assemblée d'hommes que je vois ici, mais bien une famille unie, une réunion d'amis, tous éloignés de la mère patrie, ayant à cœur d'assurer par leur travail et leur courage, leur fortune et celle de la colonie — répondant ainsi aux désirs de la Métropole, se sentant avant tout glorieux d'être Français.

« C'est surtout à ce titre qui m'est particulièrement cher que j'ai désiré et que j'ai osé (vainquant ma timidité) vous entretenir quelques minutes seulement. Ma situation de nouveau venu et d'artiste ne me permet pas de m'étendre sur des détails que d'autres plus compétents vous feront connaître après moi. C'est donc dans son sens général que je vais vous parler d'une question grave (cette fameuse question chinoise), question si grave que la vitalité de Tahiti est compromise. Il vous appartient, s'il en est temps encore, d'y apporter remède en prenant à la fin de cette séance une résolution réfléchie, virile aussi autant que légitime.

« La statistique nous donne ce chiffre imposant de 12 millions de Chinois circulant dans le Pacifique s'emparant progressivement de tout le commerce de l'Océanie. Que devient à côté de cela cette fameuse invasion des hordes d'Attila dont l'histoire nous entretient avec terreur ?

« A bref délai, si on n'y met ordre, Tahiti est perdu ; attendrez-vous, Messieurs, pour mourir que vous soyez enterrés ? Non, n'est-ce pas, quand cela ne serait qu'au souvenir de vos glorieux ancêtres qui au prix de leur sang vous ont fait des citoyens libres.

« A côté des Chinois qui envahissent notre belle colonie une autre se prépare naturellement : je veux parler de cette nouvelle génération moitié chinoise, moitié tahitienne. Moitié ! ne le croyez pas, car le Chinois au physique comme au moral, y imprime son cachet ineffaçable. L'enfant est inscrit dès sa naissance citoyen français, devient plus tard électeur comme nous. Cette tache jaune souillant notre pavillon national me fait monter le rouge de la honte à la face. Au nom de la morale si chère à quelques-uns depuis quelque temps, cela devient un crime de préparer une pareille monstruosité.

« Je m'efforcerai de croire, vous laissant libre de croire tout le contraire, que l'Administration a la meilleure volonté du monde pour le bien du pays, pour sa prospérité d'aujourd'hui et de demain. Mais, occupée comme elle l'est souvent à des luttes politiques qui sont toujours la ruine d'une colonie, ou bien encore dévoyée par un surcroît de labeur elle pêche souvent par ignorance. Certainement la presse formée de gens compétents en matière coloniale, expérimentés aux affaires de Tahiti, fidèle à son devoir, sans esprit de lucre, toute dévouée à la cause juste du colon travailleur, s'est efforcée de prévenir, *mais vainement*, l'Administration du danger de l'invasion chinoise, lui demandant la protection à laquelle elle croyait avoir droit. Mais on a pu croire que ce n'était pas l'opinion générale, que c'était l'opinion seulement de deux ou trois esprits mécontents, prêts à critiquer pour critiquer.

« Devant ce mutisme absolu et méthodique, il était de notre devoir de faire appel à tous ceux qui ont au cœur l'amour de la patrie ; car c'est à vous, Messieurs, qu'appartient le soin de sauver la colonie.

« Lorsque vous aurez formulé votre opinion en mettant votre signature au bas de la pétition, qui va vous être présentée, on saura en France qu'il y a un coin du globe éloigné de la Métropole, une colonie française où les Français sont dignes du titre qu'ils portent, ne voulant être Chinois, et par cela même, dont on ne peut méconnaître les droits à moins d'encourir de terribles responsabilités. »

Deux autres orateurs continuent sur le même ton pendant encore une heure, en ne variant que très peu les arguments. Puis « aucun discours de réfutation n'ayant été prononcé, la séance a été close ». 256 personnes ont signé la pétition [165].

Malgré la place importante que Gauguin occupe maintenant, dans la hiérarchie du parti, ses difficultés d'argent recommencent bientôt et le placent dans une position d'infériorité vis-à-vis de ses partenaires. Au mois de novembre, par exemple, il écrit à Vollard : « La saison des pluies a commencé et pour ne pas coucher dans l'eau, j'ai été obligé de faire recouvrir ma case en entier, me voilà donc des créanciers à qui j'avais promis et qui se figurent que je leur ai menti. Je suis donc obligé pour pouvoir me nourrir de travailler à des travaux de comptabilité qui m'abrutissent. » Son employeur est sûrement le copropriétaire des *Guêpes*, Victor Raoulx.

Il est assez facile de déterminer, d'après ces citations diverses des *Guêpes* et du *Sourire* quels sont les ennemis de Gauguin journaliste et homme politique. Mais en les attaquant au nom du parti dit catholique, n'a-t-il pas en même temps réussi à servir les intérêts d'un autre groupe de la population, les autochtones, qui ont encore plus besoin d'un porte-parole que les commerçants et colons français ? La question vaut la peine d'être posée, en raison des affirmations sans cesse répétées dans tous les livres, articles et études sur Gauguin, que celui-ci a courageusement défendu, dans les colonnes des *Guêpes* et du *Sourire*, les pauvres Tahitiens contre les abus du système colonial. Quelques citations tirées de trois ouvrages récents suffisent pour montrer avec quelle éloquence ce rôle héroïque lui est attribué. Commençons par le plus circonspect de ces biographes, Gauthier, qui, dans son introduction à un album de reproductions très vendu, se contente de dire que Gauguin « avait l'imprudence de défendre les indigènes contre ce qu'il considérait comme des abus et des chicaneries de la part des autorités locales. » Raymond Cogniat, dans son volume de la série *Ars Mundi*, déclare avec plus de sévérité que les colons français « voient avec méfiance, si ce n'est avec malveillance, ce compatriote dont la pensée et les actes sont en contradiction si brutale avec les leurs. Il leur apparaît comme une manière de renégat puisqu'il prend, contre eux, le parti des indigènes. Le sentiment de justice, de morale sur le plan de l'absolu joue contre la morale du clan et les conflits sont inévitables. » Pierre-Francis Schneeberger, dans une étude publiée par International Art Book, Lausanne, précise mieux encore pourquoi le rôle joué par le peintre a été si admirable : « Il fallait être Gauguin, cependant, pour avoir le courage insolent... de partir en guerre contre les gens dont il dépendait, de narguer la mission catholique et les fonctionnaires retors. » Selon le même auteur la campagne portait largement ses fruits, car les journaux tahitiens auxquels Gauguin collaborait « circulaient rapidement et rencontraient un succès compréhensible parmi les indigènes ».

Pour voir, si par hasard, il existe au moins une parcelle de vérité dans cette opinion universellement répandue, j'ai relu minutieusement tous les numéros des *Guêpes* et du *Sourire*. Cet examen approfondi révèle qu'il est question du sort des Tahitiens en tout trois fois, et uniquement dans la première de ces publications.

Une critique violente du système scolaire, jugé mal adapté aux besoins de la population tahitienne, constitue le premier cas [166]. Mais le seul remède proposé consiste à confier l'éducation aux missionnaires catholiques au lieu de la laisser dans les mains des instituteurs tahitiens, la plupart protestants, qui ont l'insolence de faire de la propagande politique pour le parti adverse.

La seconde fois, il s'agit tout simplement des moyens

à employer pour empêcher les Tahitiens de voler les colons [167]. Gauguin possède, on s'en souvient, une expérience personnelle et douloureuse de ce problème. Pour lui, il n'existe qu'une solution efficace : « La dépense d'un gendarme français européen résidant dans chaque district serait très coûteuse, il est vrai, mais par contre bien utile. Les colons la désirent. »

Le troisième exemple est encore plus révélateur. Le point de départ est une proposition faite au Conseil général par deux de ses membres les plus influents, les pasteurs Viénot et Ahnne, de supprimer toutes les licences de débits de boissons dans les districts pour mettre fin à l'ivrognerie effrénée des Tahitiens. Voici la réponse indignée de Gauguin [168] : « Eh bien ! Nous mettons en fait que si toutefois il était possible de supprimer le vice, la suppression des licences ne ferait qu'au contraire les exciter à boire, ne pouvant boire au jour le jour, le désir se développera de plus en plus et ils iront chercher à Papeete l'alcool par bouteilles. Tout le gain d'une fructueuse pêche de la nuit vendue à Papeete le matin y passera. Cette mesure prise contre les débiteurs n'aboutit donc à rien de ce qu'on se propose, gêne le public de passage sur les routes et enlève une source de bénéfice à toute une classe d'individus. »

Nous sommes bien obligés de conclure que Gauguin, du début jusqu'à la fin, exclusivement et avec la plus grande loyauté, a servi les intérêts de ses employeurs. Le fait qu'il ne croyait sans doute pas toujours lui-même ce qu'il disait et écrivait, ne rend pas sa manière d'agir beaucoup plus sympathique. D'ailleurs, ses motifs réels, sa soif de vengeance et son besoin d'argent, n'échappaient nullement à ses adversaires. L'un d'eux a exprimé très nettement ce qu'ils pensaient tous, dans une lettre ouverte [169] contenant ce jugement sévère : « Vous tenez du reste, M. Gauguin, à gagner l'argent que vous recevez pour répandre le mensonge et la calomnie. Etrange occupation pour un artiste, que celle d'exploiter, à tant la contrevérité, la crédulité humaine et de trafiquer, à cœur vil, de la naïveté publique. »

Aujourd'hui, avec le recul du temps, il est difficile d'éprouver une telle indignation morale pour le comportement de Gauguin, surtout si l'on prend en considération que tous ses discours et diatribes restaient de vaines paroles. La seule chose vraiment déplorable est qu'un aussi grand artiste au lieu de peindre et de créer, ait perdu presque deux années à de pareilles futilités.

CHAPITRE X

LA MAISON DU JOUIR

La délivrance de cette servitude humiliante dans laquelle Gauguin se trouve, vient d'un côté inattendu. Son sauveur est le jeune marchand de tableaux Ambroise Vollard qui, sept ans plus tôt, lui a rendu un service assez douteux, celui de lui procurer Anna, dite « La Javanaise ». Vollard a fait de bonnes affaires depuis, grâce à son flair extraordinaire qui l'a poussé à soutenir des peintres maudits, tels que Redon, Van Gogh et Cézanne. Dès l'exposition chez Durand-Ruel, en novembre 1893, ce marchand a également commencé à réaliser la valeur et l'importance de ce quatrième grand fondateur de l'art moderne, Paul Gauguin.

Vollard, souvent dépeint comme un malin et cynique profiteur, n'a pas été épargné par Gauguin qui l'a bien des fois traité de roublard, de voleur, de brigand, de roué coquin, ou encore de caïman de la pire espèce ! Sans doute a-t-il bien des côtés déplaisants, surtout sa tactique délibérée de laisser traîner chaque affaire afin de faire baisser le prix. Par exemple, les mots qui viennent à l'esprit de Jean Loize pour le caractériser sont : « habile, labile, imprécis, négligeant — et intelligent ». Certes, Vollard a profité bassement, en 1898, de la situation critique de Gauguin, en lui achetant neuf tableaux pour un total de mille francs ! Mais à la fin de l'année suivante, à la mort de Chaudet, il lui fait des propositions fort honnêtes, en lui promettant un versement mensuel de 300 francs et la fourniture gratuite de toile et de couleurs, contre un minimum de vingt-cinq tableaux par an, dont il fixe le prix unitaire à 200 francs. Et il n'exige même pas d'exclusivité, ce qui permet à Gauguin de vendre l'excédent de sa production à qui bon lui semble. Aucun autre marchand ne lui a jamais fait une offre pareille et les collectionneurs montrent toujours le même dédain pour ses œuvres. Il s'empresse donc de signer, en mars 1900, un contrat avec Vollard. A sa grande fureur, il y a au début quelques retards dans les versements. Mais, pour être juste, il faut aussi préciser que, pendant toute une année, il est lui-même trop occupé par ses activités journalistiques et politiques pour peindre et n'envoie à Vollard que dix tableaux anciens. Pour comble de malheur, l'adresse de Daniel, qui sert d'intermédiaire, est si mal écrite (les commissionnaires lisent rue Clignancourt au lieu de rue Liancourt), que cet envoi reste en souffrance à Marseille et n'arrive à son destinataire qu'au mois d'octobre 1900[170]. A la fin de l'année, Vollard a cependant rattrapé tous ses retards et, à ce moment-là, il accepte la pressante requête de Gauguin de porter l'avance à 350 francs par mois et le prix du tableau à 250 francs.

Le peintre décide alors de réaliser son vieux rêve de s'installer aux îles Marquises. Ou, comme il le dit lui-même : « Il était temps de filer vers un pays plus simple et avec moins de fonctionnaires. » Ailleurs, il est un peu plus explicite : « Je crois qu'aux Marquises, avec la facilité qu'on a pour avoir des modèles (chose qui devient de plus en plus difficile à Tahiti), et avec les paysages alors à découvrir, bref des éléments tout à fait nouveaux et plus sauvages, je vais faire de belles choses. Ici mon imagination commençait à se refroidir, puis aussi le public à trop s'habituer à Tahiti. Le monde est si bête que lorsqu'on lui fera voir des toiles contenant des éléments nouveaux et *terribles*, Tahiti deviendra compréhensible et charmant. Mes toiles de Bretagne sont devenues de l'eau de rose à cause de Tahiti ; Tahiti deviendra de l'eau de Cologne à cause des Marquises. »

D'après ses voisins et bons amis, Pierre Levergos et

Fortuné Teissier, l'espoir de trouver des femmes plus faciles est une raison bien plus déterminante qu'il ne l'admet dans ses lettres. « Quand il alla aux Marquises », dit Levergos[171], « il voulut m'amener avec lui, comme cuisinier, mais, comme j'aurais eu aussi à soigner les plaies de ses jambes, je renonçai, la vue de ses plaies infectées me donnait des vomissements. C'est justement à cause de ses plaies, me disait-il, qu'il quittait Tahiti, où aucune femme ne voulait plus coucher avec lui, tandis qu'aux Marquises, où elles sont plus sauvages et plus pauvres, il aurait plus de chance. » Teissier confirme ces propos lorsqu'il rapporte[172] que Gauguin « un jour, rentra triomphant de Papeete ; il venait d'entendre dire qu'aux Marquises il était toujours possible de se procurer une fille comme modèle pour une poignée de bonbons ! »

Gauguin n'aura donc plus besoin de Pau'ura. Celle-ci, âgée maintenant de vingt ans, a perdu sa fraîcheur. Aussi Gauguin est plutôt soulagé lorsqu'elle refuse de s'embarquer dans une aventure encore plus aléatoire que leur déménagement à Papeete, en 1898. Le destin de leur fils Emile, âgé de deux ans, préoccupe encore moins Gauguin car il sait que Pau'ura aura peu de mal à lui trouver des parents adoptifs si un jour elle ne veut plus l'élever elle-même.

Convaincu plus que jamais de trouver le bonheur parfait aux Marquises, il met aussitôt sa propriété en vente. Sans trop de difficultés, il trouve un acquéreur au prix de 5 000 francs. Tous deux sont entièrement d'accord sur toutes les conditions quand survient une complication inattendue. Le notaire sollicité pour rédiger l'acte de vente découvre que Gauguin est marié et que sa femme est toujours en vie. N'ayant fait établir aucun contrat lors de leur mariage, Mette est, selon la loi, copropriétaire de tous les biens de son mari. Celui-ci ne peut donc vendre sans son accord écrit. Il n'a pas eu de nouvelles de sa femme depuis qu'il a reçu la brève annonce de la mort d'Aline, quatre ans plus tôt, et il a toutes les raisons de supposer qu'elle est à son égard plus mal disposée que jamais. Avec diplomatie, il charge donc Daniel de Monfreid d'écrire à Mette pour lui demander l'autorisation nécessaire et lui adresse dans ce but un modèle de lettre très bien tournée.

Si Mette n'a plus donné signe de vie depuis la mort d'Aline en 1897, c'est en partie parce que l'hostilité insultante de son mari l'a profondément choquée. Mais une autre raison de son silence tient certainement à la publication de *Noa Noa* dans *La Revue Blanche* d'octobre et de novembre de cette même année. Il est plutôt rare que les femmes apprécient de voir imprimé noir sur blanc, dans une revue à grand tirage, le récit enthousiaste et détaillé des amours de leur mari avec une jeune fille indigène de treize ans, et Mette n'est pas une exception. Elle est même d'une sensibilité extrême. Le poète Victor Segalen sera témoin[173], quelques années plus tard, au cours d'un dîner, de la jalousie violente que la seule vue de certains tableaux de son mari peut lui inspirer. « Quand elle imagine quelles furent ses substituées et ses remplaçantes parmi ces femmes dont les torses et les ventres tapissent les murailles chez Fayet et chez Monfreid — alors il n'y a pas assez de toutes les expressions et les mines de dégoût poisseux et hautain ; et sa serviette indignée fustige et met en pièces, en l'air et alentour, des *vahine* imaginaires, évidemment odieuses. » Pourtant, plus de trois années se sont écoulées depuis que le récit des amours de Gauguin avec Teha'amana-Tehura a paru dans *La Revue Blanche*. Mais le hasard a voulu que *Noa Noa* sorte en librairie au mois de mai 1901 et nous pouvons être sûrs que Morice, Schuff ou les Molard se sont empressés de lui en envoyer un exemplaire qui a réveillé ses vieilles rancunes.

Gauguin est aussi mécontent que Mette de cette édition, mais pour d'autres raisons : le livre est sorti trop tard et sans illustration. A ce propos, il faut remarquer qu'il a embelli pendant ses loisirs à Punaauia la copie du manuscrit qu'il avait faite à la hâte à Paris juste avant son retour en y collant pêle-mêle toutes sortes de dessins, de gravures et même de photos, sur les pages blanches primitivement destinées aux contributions lyriques de son collaborateur. Ce manuscrit est souvent présenté à tort comme le vrai texte de *Noa Noa*. En réalité, l'édition de 1901, avec ses nombreux poèmes, est beaucoup plus proche de la conception originale de Gauguin de cette œuvre. Tout ce qu'il y manque, ce sont les dix gravures sur bois exécutées par lui au cours de l'hiver 1893-1894 spécialement pour illustrer ce livre.

Toute indisposée qu'elle soit envers son mari, Mette envoie néanmoins l'autorisation demandée — sans un mot — par l'intermédiaire de Daniel de Monfreid. Mais bien avant de la recevoir, Gauguin a découvert un moyen de tourner la loi. Celle-ci autorise en effet la vente des biens de la communauté si, après un affichage fait au bureau des hypothèques pendant un mois, le conjoint ne s'est pas présenté pour réclamer son inscription. Il est bien certain qu'aucune contestation ne parviendra jamais de Copenhague et, après avoir usé de ce subterfuge, en toute franchise, Gauguin qualifie lui-même cette procédure de « monstrueuse, qui favorise le bluff contre les honnêtes gens », jurant que jamais il n'y aurait eu recours s'il n'avait été aussi pressé de partir. Son client profite d'ailleurs de son impatience à conclure l'affaire pour abaisser son prix à 4 500 francs [174]. Le nouveau propriétaire, un ancien marin suédois, se nomme Axel Edward Nordman. Pendant longtemps employé de magasin à Papeete, il considère qu'à 55 ans il est temps de prendre sa retraite à la campagne. En prenant possession de la maison, il découvre, cloué sur un mur, un panneau de bois sculpté qui ne lui dit rien. Il est donc très heureux de pouvoir s'en débarrasser avec profit, peu de temps après, en le vendant à l'instituteur français de l'école de Punaauia [175]. Le panneau a finalement été racheté, bien à propos, par le Musée National d'Art de Suède, le pays natal de Nordman.

Le jour même où il conclut la vente avec Nordman, Gauguin règle à la Caisse agricole le solde de 385,90 francs de l'emprunt hypothécaire qu'il doit encore. Avant la fin du mois, il se débarrasse d'une autre affaire en rédigeant son dernier numéro des *Guêpes*. Apparemment, sa carrière de journaliste se termine victorieusement, étant donné que son ennemi numéro un, Gallet, a été remplacé par un nouveau gouverneur. Tout le monde dans la colonie croit que ce changement résulte de la campagne de presse de Gauguin et il est le premier à s'en attribuer le mérite dans plusieurs articles exultants. En réalité — on l'apprendra plus tard — c'est en raison de son mauvais état de santé que Gallet a été obligé de demander sa retraite anticipée. Le nouveau gouverneur, Edouard Petit, est à tous points de vue l'opposé de Gallet. Lorsqu'il débarque le 24 février 1901, les délégations diverses qui l'attendent sur le quai se trouvent en face d'un homme maigre, affable, presque timide, aux allures d'intellectuel. Les dirigeants du parti catholique, très satisfaits, concluent immédiatement que ce nouveau gouverneur sera facile à manier [176]. Cardella et Coulon avisent leurs lecteurs dans le numéro publié au milieu d'août 1901 : « Les *Guêpes* ne paraîtront à l'avenir que lorsqu'il y aura nécessité de le faire. » Ils ne peuvent mieux reconnaître à quel point Gauguin était devenu indispensable au journal.

Si, parmi la centaine d'îles des Etablissements Français de l'Océanie, il choisit les Marquises, ses raisons sont, nous l'avons déjà vu, les mêmes qui l'ont conduit en 1892 chez le gouverneur Lacascade pour solliciter le poste vacant de juge de paix dans cet archipel. Il est convaincu que ce sont les dernières îles où l'on retrouve encore, à peu près intacts, les coutumes et les arts anciens. Quand, pour la deuxième fois, en 1895, il veut s'y installer, juste après son retour à Tahiti, il sait déjà avec exactitude où il veut aller. En 1901, au moment où il commence enfin à mettre ce vieux projet à exécution, il pense toujours que c'est cette île qui lui convient le mieux. Mais sans doute reçoit-il peut après de nouvelles informations, car il opte alors pour l'île de Fatuiva, « presque encore anthropophage ».

Une fois de plus, il a été gravement induit en erreur. Ou disons qu'il s'en est fait une image trop belle, exactement comme en 1890, lorsqu'il préparait son premier voyage océanien, synthétisant à l'aide de son imagination fertile les renseignements fragmentaires et de valeur très inégale qu'il a pu recueillir. Si l'on compare la situation aux Marquises à celle qui existe à Tahiti et dans les autres

îles de la Société en 1900, les mœurs y paraissent sûrement beaucoup plus sauvages. En réalité, ce n'est pas que les Marquisiens aient mieux conservé leurs coutumes ancestrales, mais c'est parce qu'ils vivent dans le désordre et l'anarchie. Les responsables de la destruction de leur vieille culture sont les baleiniers américains, anglais et parfois français qui, par douzaines, chaque année, ont fait escale dans ces îles au cours de la première moitié du siècle dernier, en quête de vivres frais et de distractions. En retour de l'hospitalité chaleureuse prodigué par les insulaires, particulièrement les femmes, les capitaines et les matelots ont distribué des clous, des outils, des perles de verre, des vêtements, des fusils, des balles, des bouteilles d'alcool et répandu des maladies de toutes sortes.

Aux îles de la Société, qui elles aussi ont été beaucoup fréquentées par les baleiniers, les chefs et les missionnaires ont été assez forts pour protéger la population contre les pires abus. Par contre, divisés en petites tribus, chacune confinée dans une étroite vallée, et vivant dans un état chronique de guerre, les Marquisiens ont été incapables de s'unir contre ces envahisseurs étrangers mieux armés. Lorsque la France a pris possession des Marquises en 1842, la population qui, cinquante ans plus tôt, à l'arrivée des premiers baleiniers, comptait encore environ 80 000 personnes, était tombée à 20 000. Le seul résultat de cette occupation, dont le but était purement stratégique, a été l'installation çà et là de quelques gendarmes. Les missionnaires catholiques de la Congrégation des Sacrés-Cœurs, arrivés en même temps et souvent sur les navires de guerre français, ont essayé avec une foi et un courage extraordinaires, mais sans plus de succès, de prodiguer un enseignement chrétien aux enfants. Ce n'est qu'à partir de 1880 que le gouverneur des Etablissements Français de l'Océanie, dont cet archipel fait formellement partie, a commencé à y affirmer son autorité.

A l'époque où Gauguin décide de s'installer là-bas, la population est tombée à 3 500 habitants. Le docteur Buisson, alors en poste aux Marquises, après plusieurs années de service méritoire à l'hôpital de Papeete (où, à plusieurs reprises, il a traité Gauguin), résume ainsi[177] la triste situation sanitaire : « Si la lèpre et surtout la syphilis y ont peut-être diminué d'intensité avec le temps, la phtisie au contraire n'a fait que se généraliser et semble vouloir donner le coup de grâce aux derniers sauvages de notre Océanie française. »

Un autre médecin de la Marine, Paul Claverie[178], estime après avoir passé tous les problèmes en revue : « A la civilisation, ou plutôt à ce qui la représente là-bas, le Marquisien a gagné bien peu. Il faut d'ailleurs reconnaître que l'expression de notre civilisation y est singulièrement réduite et n'a rien qui puisse vivement frapper les imaginations : quelques colons américains ou européens, quelques-uns fort recommandables, d'autres beaucoup moins, venus là pour vendre quelques denrées alimentaires et quelques cotonnades, une demi-douzaine de trafiquants de bourre de cocos ou de nacre, les deux seuls objets d'exportation du pays, des missionnaires catholiques qui enseignent d'une façon très méritoire à lire et à écrire, mais qui n'ont guère réussi à inculquer à leurs élèves une morale quelconque ou à les intéresser à la religion qu'ils leur prêchent, les résidents ou représentants du gouvernement français, quelques soldats d'infanterie de marine ou gendarmes qui représentent surtout pour les indigènes les impôts et les corvées. »

Résignés à la mort et à l'extinction de leur race, les Marquisiens trouvent leur seule consolation dans l'alcool ou dans l'opium qu'ils ne fument pas mais qu'ils mangent. Quand les autorités interdisent la vente de vins et d'alcool, ils fabriquent des alambics ou font une fermentation de fruits qu'ils appellent « bière ». La brousse ayant envahi toutes les vallées procure d'excellentes cachettes aux buveurs et les gendarmes harassés réussissent rarement à les retrouver. Le nouveau délégué des Marquises au Conseil général de la colonie, depuis la réforme du gouverneur Gallet, est l'avocat Léonce Brault. Il s'élève énergiquement contre cette interdiction stupide qui, selon lui, n'est pas seulement inefficace mais constitue de surcroît un empêchement sérieux au repeuplement de ces îles par des colons français. Voici l'essentiel de son argument [179] : « Réagir contre l'alcoolisme, c'est un devoir pour le Gouvernement, mais partir de là pour interdire la consommation du vin, c'est dépasser le but qu'on veut atteindre et c'est surtout nuire au commerce national. De plus, c'est vouloir rendre un pays français inhabitable aux Français et les forcer à laisser la place aux étrangers généralement consommateurs de thé. »

Me Brault aurait plutôt dû mettre ses compatriotes en garde contre les buveurs de bière. En effet, le nombre de commerçants chinois et anglais, aux Marquises, est à peine de deux douzaines et ils sont loin d'avoir fait fortune, tandis qu'une maison de commerce allemande possède des comptoirs dans toutes les îles de l'archipel et fait de grosses affaires. C'est du reste à cette puissante Société Commerciale d'Océanie que Gauguin a demandé, avant de quitter Papeete, de se charger de ses transactions bancaires. A partir de ce moment, Vollard effectue ses versements mensuels par l'intermédiaire du siège social de cette société à Hambourg.

En attendant une immigration française plus qu'hypothétique, les gouverneurs qui se succèdent à Tahiti vers la fin du siècle dernier n'entrevoient qu'une utilisation possible de ces îles lointaines. Ils s'en servent comme lieux de déportation pour deux catégories d'indésirables bien distinctes. Le premier groupe comprend 135 résistants polynésiens qui ont pris une part particulièrement active dans la guerre de Raiatea-Tahaa en 1897. Le second est constitué par des lépreux originaires des autres îles de la colonie.

Inévitablement — comme en 1891 lors de son premier débarquement à Tahiti — la brusque confrontation de son rêve avec la réalité provoque chez Gauguin, cette fois aussi, une amère déception. La seule différence est qu'il lui faut moins de temps pour se rendre compte de sa méprise. Depuis 1899, la ligne entre Tahiti et les Marquises est desservie par un vapeur de 554 tonneaux, subventionné par le gouvernement qui, malgré son nom français *La Croix du Sud*, appartient à une compagnie néo-zélandaise.

Plus d'une fois dans les colonnes des *Guêpes*, Gauguin a dénoncé l'octroi de cette faveur à une compagnie étrangère. Mais dans ce cas comme dans tant d'autres, il n'a guère eu de succès — heureusement pour lui. Car, en comparaison de la flotte locale, *La Croix du Sud* est un navire exceptionnellement spacieux et rapide. Alors que les petites goélettes à coprah mettent au mieux dix jours pour franchir les 750 milles qui séparent Tahiti des Marquises, *La Croix du Sud* accomplit régulièrement le voyage en cinq jours, y compris plusieurs escales aux atolls de l'archipel des Tuamotu, performance jamais égalée depuis sur cette ligne.

Mais ceci ne veut pas dire que le voyage sur *La Croix du Sud* est sans désagrément. Un écrivain anglais [180], qui a fait cette traversée peu de temps avant Gauguin, s'en est amèrement plaint : « Mon Dieu, comme nous avons roulé et tangué sur ce petit navire et quel excédent de passagers gratuits, fourmis, rats, cafards, etc. ! Ma couchette était d'environ trente centimètres trop petite pour moi si bien que je couchais dans le salon. Toutes les nuits j'étais réveillé par les cafards qui manifestaient une prédilection pour mes ongles de pied et pour mes cheveux. Je crois que nous avons aussi ingurgité une demi-livre de fourmis dont le sucre en particulier était rempli. »

La fierté qu'inspire aux autorités ce vapeur moderne (bien qu'il soit anglais) explique que tous ses voyages sont mentionnés en détail dans le journal officiel de la colonie. Nous savons donc de source certaine que Gauguin est à bord lorsque le navire quitte Papeete le 10 septembre 1901. Le fret consiste principalement en farine, biscuits, riz, cassonade, conserves de viande et savon. Parmi les 27 passagers, il y a deux missionnaires — un catholique et un protestant — et six colons, dont plusieurs accompagnés de leur famille [181]. Dans un coin de la cale sont entassés les meubles de Gauguin et ses trois chevalets. Son passage lui revient à 250 francs, dont 130 francs de fret.

Le 15 septembre, ainsi que le prévoit l'horaire, *La Croix du Sud* arrive à sa premièrc cscale aux Marquises, Taiohae, à l'île de Nukuhiva. L'allure et la composition du

« comité d'accueil » qui attend sur la jetée sont révélatrices. Ce groupe hétéroclite comprend un gendarme en uniforme coiffé d'un casque colonial blanc, quelques commerçants à l'air abruti par l'alcool, des missionnaires en soutane noire, et une foule de Marquisiens en pantalon et chemise et de Marquisiennes en longue robe flottante. Notons en passant que c'est sur cette même île, dans la vallée de Taipivai, à environ sept kilomètres à l'est de Taiohae, qu'Herman Melville, comme il le décrit dans *Typee*, a trouvé soixante ans plus tôt ce que Gauguin recherche, c'est-à-dire une existence simple et heureuse dans une tribu de cannibales, vivant encore à la mode ancestrale. Bien que cet ouvrage classique soit le seul grand roman consacré aux Marquises, on en cherche en vain une quelconque référence dans les livres ou dans les lettres de Gauguin. Et pourtant celui-ci n'aurait pu manquer d'approuver l'éloge constant que Melville fait de la vie sauvage et sa condamnation sévère de tous les méfaits de notre civilisation occidentale. Il faut donc croire que Gauguin n'a jamais entendu parler du grand écrivain américain, ce qui après tout n'est pas si étonnant car, au tournant du siècle, Melville était tombé dans une période d'oubli et *Typee* n'avait pas encore été traduit en français.

La Croix du Sud ne fait qu'une seule autre escale aux Marquises, à Atuona, sur la côte sud de Hivaoa [182], où elle arrive de bonne heure le matin du 16 septembre. Les voyageurs qui, comme Gauguin, veulent se rendre à l'île la plus méridionale de l'archipel, Fatuiva, doivent donc débarquer à Atuona et, de là, poursuivre leur route à bord d'un des petits cotres qui naviguent entre les îles et achètent du coprah pour le compte de la société allemande. Le village d'Atuona est situé dans une baie peu profonde, balayée par les alizés, qui contraignent les navires à mouiller dans la crique voisine de Tahauku, un peu mieux abritée.

Aussitôt que Gauguin parvient à sauter à terre de la baleinière instable, il est entouré d'une foule ressemblant à celle de Taiohae, à une exception près. Il s'agit d'un jeune prince annamite qui souhaite la bienvenue dans un français impeccable et lui offre de visiter le village. Ce guide peu commun, nommé Nguyen Van Cam mais appelé communément Ky Dong, a été déporté trois ans plus tôt de son pays natal pour sa participation à une rébellion contre le protectorat français. Par suite d'une heureuse erreur administrative, il a été expédié, non comme prévu à l'île du Diable, en Guyane, mais en Océanie. Il a commencé son exil très agréablement au chef-lieu de Tahiti, où les autorités, très embarrassées et « considérant que le territoire de la commune de Papeete n'est pas un lieu propre à la déportation », ont fini par l'envoyer aux Marquises au début de 1900. Là, on lui a confié un poste d'infirmier, métier auquel il n'entend rien, de sorte que ce bannissement est surtout devenu une punition pour les pauvres malades de cet archipel. Comme la plupart des rebelles de toutes les anciennes colonies, Ky Dong a acquis ses idées révolutionnaires dans les lycées français qu'il a fréquentés.

Accompagné de Ky Dong[183], Gauguin s'empresse de rendre visite aux deux agents du gouvernement, le gendarme Charpillet et le médecin militaire Buisson. Il les a tous les deux connus à Tahiti et, comme autrefois, ils se montrent bienveillants. Mais leur accueil est tiède en comparaison de l'enthousiasme manifesté par la dizaine de commerçants et de colons français ainsi que par les religieux et religieuses résidant à Atuona. La raison de cette chaleureuse réception est simple : ce sont tous d'assidus lecteurs des *Guêpes*, l'organe pro-français et procatholique. L'un des colons d'Atuona, un ancien gendarme nommé Reiner, a représenté les Marquises et le parti catholique au Conseil général jusqu'au moment de la réforme Gallet en 1899, qui lui a coûté son siège. Il y a donc toute raison de croire que Gauguin connaît déjà assez bien ce personnage influent.

Avec ses 500 habitants, ses deux missions (car il y a aussi une petite congrégation protestante), ses cinq ou six magasins et ses deux boulangers chinois, Atuona est certainement alors l'endroit le plus civilisé de tout l'archipel des Marquises. Gauguin hésite néanmoins à continuer son voyage. Il y a peu de chance que Fatuiva soit très différente des îles qu'il a déjà vues. D'autre part Atuona possède bien des avantages, en raison même de son caractère d'avant-poste de la civilisation. Il sait déjà qu'il y trouvera quelques Européens tandis que dans la plupart des autres îles, presque personne ne parle français. Les quelques phrases tahitiennes qu'il connaît lui seraient inutiles étant donné que la langue marquisienne se distingue du tahitien autant que, par exemple, le français de l'italien. Atuona est en outre le seul endroit, à l'exception de Taiohae, desservi régulièrement par *La Croix du Sud*. Enfin, c'est la seule île de l'archipel où réside un médecin. Il décide donc de demeurer à Atuona. Avec l'aide de Ky Dong, il loue, deux francs par jour, une chambre dans la maison du demi-chinois Matikaua. « Le logement assuré », raconte le prince annamite [184], « j'accompagnai Gauguin chez le restaurateur Ayu, chez lequel il allait prendre pension pendant quelques semaines. Ce Chinois vendait aussi du thé et des gâteaux. Le peintre se préoccupa aussitôt de trouver une compagne indigène ; précisément, en cours de route, nous rencontrâmes cinq ou six jeunes Marquisiennes, de vertu accommodante, qu'il invita à venir avec lui prendre du thé et des gâteaux. Comme le peintre semblait fort généreux, toutes acceptèrent de se mettre en ménage avec lui. Ce fut autour de notre voyageur d'être embarrassé : laquelle choisir ? Ce fut Fetuhonu (étoile des tortues) qui l'emporta. C'était une grande et belle fille de vingt ans, mais elle avait les pieds bots. Les déboutées, dans leur dépit, criblèrent le nouveau couple de moqueries, en marquisien, que Gauguin ne pouvait comprendre. »

Dans la rue principale, au centre du village, se trouve une terrain libre d'environ un demi-hectare. Il conviendrait très bien à Gauguin qui voudrait y construire une maison afin d'éviter de longs déplacements que sa jambe malade rend pénibles. Un magasin, tenu par un jeune Américain nommé Ben Varney, est situé juste de l'autre côté de la rue. Or ce terrain appartient à la mission catholique. En ce mois de septembre 1901, Mgr Martin qui, seul, est habilité à traiter des affaires au nom de la mission, se trouve en visite dans l'île voisine de Tahuata. Gauguin doit donc patienter jusqu'à son retour. Il utilise cette attente à bon escient en assistant à la messe chaque matin en compagnie du gendarme et du docteur. A son retour, l'évêque n'hésite pas à acquiescer à la demande d'un homme aussi pieux, mais il n'en réclame pas moins 650 francs pour le lot, somme relativement élevée. Le contrat de vente est signé le 27 septembre[185]. A partir de ce jour-là, le peintre ne se montre plus à la cathédrale !

Afin d'emménager dans sa nouvelle maison le plus rapidement possible, il embauche les deux meilleurs charpentiers du village, Tioka et Kekela, et il les autorise à employer de la main-d'œuvre à volonté. Il leur fournit aussi du vin en abondance. Grâce à ce stimulant, au bout d'un mois la maison est terminée, ce qui est une performance remarquable car il s'agit d'un bâtiment à étage de 40 pieds sur 18, c'est-à-dire plus de treize mètres de long sur six de large. Les matériaux utilisés sont en grande partie ceux du pays. Le toit est recouvert de feuilles de cocotier tressées, qui offrent une bonne protection contre la chaleur tropicale, et les murs sont faits de lattis de bambou, permettant à l'air de circuler à travers. Par contre, le style architectural est complètement inconnu dans les îles et représente une œuvre originale et très personnelle de l'artiste. Au rez-de-chaussée, il n'y a que deux pièces, séparées par un espace vide, à un bout une cuisine et à l'autre bout un atelier de sculpture. Ces deux locaux sont bien fermés et leurs portes munies de cadenas à cause du bon nombre d'instruments, d'ustensiles, de provisions et d'autres objets qu'ils contiennent susceptibles d'attirer la convoitise des voleurs. L'espace vide au milieu sert de salle à manger, très fraîche et bien aérée[186]. En ce qui concerne le premier étage, nous en possédons une excellente description, faite par Louis Grelet, représentant de commerce qui, à 22 ans, rend visite pour la première fois au peintre pour lui proposer sa marchandise, surtout des vins et des spiritueux[187] : « Au haut de l'escalier, formant anti-

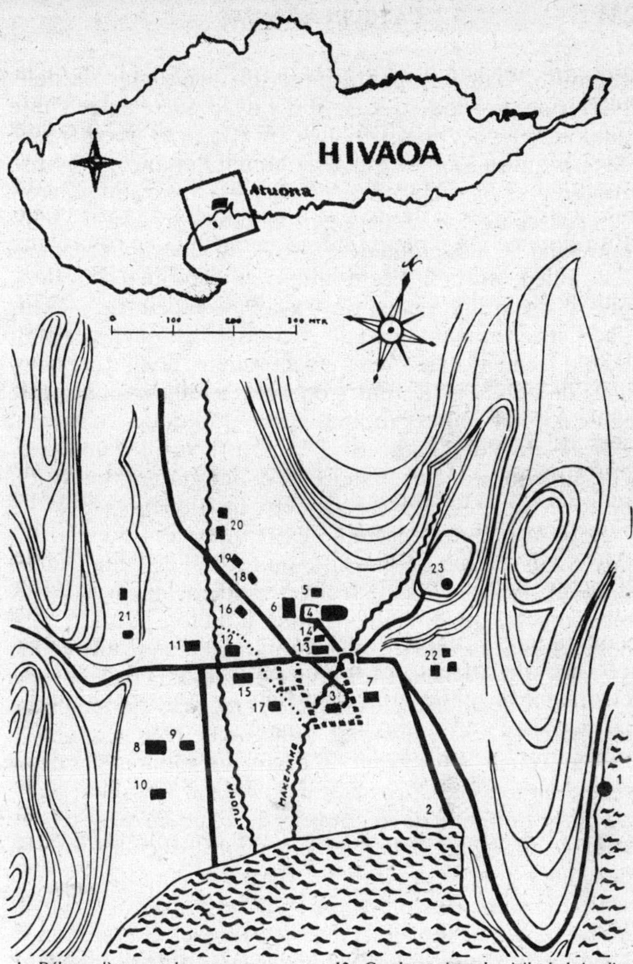

1. Débarcadère pour les passagers
2. Débarcadère pour les marchandises
3. Propriété et maison de Gauguin
4. Eglise catholique et cour de réunion
5. Evêché de Mgr Joseph Martin
6. Internat catholique des jeunes filles
7. Ecole des frères pour les garçons
8. Temple et école protestante.
9. Domicile du pasteur Paul Vernier
10. Domicile du diacre hawaiien Kekela
11. Dispensaire et domicile du médecin
12. Gendarmerie et domicile du brigadier
13. Magasin de l'Américain Ben Varney
14. Magasin-restaurant de Matikaua
15. Magasin du Français Emile Frébault
16. Restaurant-boulangerie du Chinois Ayu
17. Maison du charpentier Tioka
18. Maison du prince annamite Ky Dong
19. Magasin du Chinois Lam-Keu
20-22. Cases de familles marquisiennes
23. Cimetière où Gauguin a été enterré

chambre, était une petite pièce d'à peine plus de deux mètres de profondeur... où il n'y avait guère autre chose que son lit — des plus rustiques. En effet, j'avais été frappé de voir qu'un homme qui avait connu l'aisance, puisse se contenter d'un tel inconfort ! Une légère cloison séparait cette pièce de son atelier, qui paraissait très vaste, mais où régnait le plus grand désordre — un vrai capharnaüm ! Au milieu, un petit harmonium, au fond des chevalets, près d'une grande baie, où travaillait le peintre. » Dans l'atelier se trouvent aussi deux commodes, quelques malles qui ferment à clé, et des étagères faites de simples planches de bois. Sur les murs on voit des reproductions de tableaux et 45 photographies pornographiques achetées à l'escale de Port-Saïd, en 1895. Outre son harmonium, Gauguin possède une mandoline et une guitare, bien qu'il ne joue pas très bien de ces deux instruments.

Sous la grande fenêtre à l'extrémité ouest de son studio, il fait creuser un puits qui lui fournit de l'eau fraîche à portée de la main. Il trouve rapidement un excellent moyen de se désaltérer sans avoir à quitter la place où il peint devant la fenêtre : il remonte à l'aide d'une canne à pêche la gargoulette qu'il conserve toujours fraîche dans le puits. A quelques mètres de là, il aménage une baignoire en chaux et galets, exposée à la vue de tous.

Finalement, s'inspirant du décor traditionnel des cases *maori* qu'il a vues au musée d'Auckland, Gauguin place à l'autre extrémité de sa nouvelle demeure, là où se trouve l'entrée, cinq panneaux de bois sculptés. Il en dispose un de chaque côté de la porte, horizontalement au niveau du seuil. Sur celui de gauche, il a gravé les deux mots « Soyez mystérieuses », sur celui de droite « Soyez amoureuses et vous serez heureuses. » Il fixe les trois autres panneaux autour de la porte, deux verticalement de chaque côté des montants et un horizontalement, au-dessus, en guise de linteau. Sur ce dernier, ses voisins amusés ou scandalisés peuvent lire cette inscription : MAISON DU JOUIR.

Ce nom convient à merveille. Attirés par les rasades de vin et de rhum que Gauguin leur dispense généreusement, les Marquisiens sont nombreux à venir tous les soirs

« La Maison du Jouir », de Gauguin à Atuona

Au rez-de-chaussée, deux pièces qui ferment : à droite une cuisine, et à gauche, l'atelier de sculpture. Au milieu, un espace vide, très bien aéré, qui sert de salle à manger et, vers la fin de la vie du peintre, de hangar pour sa carriole. Le premier étage est presque entièrement occupé par son studio, muni de grands auvents. Grâce à une canne à pêche, Gauguin peut se désaltérer sans efforts, en remontant une gargoulette qu'il conserve toujours au frais dans le puits du jardin. Sa petite chambre à coucher se trouve à l'entrée, en haut de l'escalier. A l'instar des maisons maori qu'il a vues en Nouvelle-Zélande, la porte d'entrée est entourée de panneaux sculptés.

regarder les photos pornographiques et passer une bonne partie de la nuit à chanter et à boire. Le maître, bien sûr, retient chaque fois une *vahine* pour le reste de la nuit. Mais presque toutes ces femmes ont depuis longtemps passé l'âge de la prime jeunesse et il hésite donc à inviter l'une d'elles à s'installer à demeure chez lui.

L'absence d'adolescentes parmi ses invités n'est nullement due à une morale ni à une surveillance plus strictes des parents aux Marquises qu'à Tahiti mais uniquement à l'emprise considérable des missionnaires catholiques qui, à la surprise générale, ont décrété que les jeunes filles de treize à quatorze ans ne sont encore que des enfants qu'il faut mettre en pension à l'école d'Atuona tenue par les Sœurs de Saint-Joseph de Cluny.

Tandis que les jours passent, Gauguin lorgne avec une envie croissante les groupes de jeunes filles nubiles qui défilent continuellement devant sa maison sous la conduite d'une ou plusieurs religieuses. Il ne met pas longtemps à découvrir que les missionnaires sont dans l'erreur quand ils affirment que tous les parents sont astreints à envoyer leurs enfants à l'école. Selon la loi française, également applicable aux lointaines Marquises, seuls les enfants qui habitent à moins de quatre kilomètres d'une école sont tenus à s'y rendre. Gauguin réussit bientôt à convaincre un couple qui habite dans la vallée de Hekeani, à 9 kilomètres à l'est du village, de retirer de l'école de la mission leur fille de quatorze ans, Marie-Rose Vaeoho, et de lui permettre de partager sa joyeuse existence dans la Maison du Jouir. A Marie-Rose et à ses parents, il offre, pour les remercier, de magnifiques cadeaux : six mètres de cotonnade, huit mètres d'Indienne, dix mètres de calicot, sept mètres de mousseline, deux paquets de galon, un mouchoir, une douzaine de rubans, une douzaine de dentelles, trois bobines de fil et une machine à coudre. Le total s'élève à 244,50 francs. Nous savons aussi, grâce au livre de comptes du commerçant Ben Varney, chez qui ces achats ont été faits, que cette nouvelle liaison a été négociée le 18 novembre 1901 [188]. Marie-Rose semble satisfaite de la tournure que prend son éducation européenne, surtout que Gauguin ne lui demande de faire ni le ménage ni la cuisine. Le personnel de maison consiste en deux domestiques pleins d'entrain mais paresseux : le cuisinier Kahui et le jardinier Matahava, chacun payé dix francs par mois, un bon salaire.

Ce n'est pas la première fois que Gauguin se lance sans réfléchir dans de grandes dépenses pour se réinstaller confortablement. Heureusement, en cette occasion, les conséquences ne sont pas aussi désastreuses qu'en 1897 puisqu'il peut maintenant compter sur les versements mensuels garantis par Vollard. Pour la même raison, lorsque, peu après l'installation de Marie-Rose dans la maison, il met fin à ses réceptions et se concentre sur son travail, il jouit d'une tranquillité et d'une paix qu'il n'a encore jamais connues.

Bien qu'il soit arrivé trop tard pour réaliser son vieux rêve de vivre parmi de vrais sauvages et de se retremper aux sources primordiales de l'art, il a quand même la satisfaction de trouver aux Marquises quelques vestiges de l'ancienne culture, du plus haut intérêt pour un artiste. Tout d'abord, tous les vieillards sont encore tatoués de la tête aux pieds de merveilleux motifs géométriques entrelacés. A force de chercher et de questionner, il obtient aussi de temps en temps que quelqu'un lui cède ou lui montre d'anciens objets conservés comme de précieux héritages, tels que des bols et des casse-tête, témoignant d'un sens décoratif extraordinaire, ou des pendentifs d'oreille en os humain ou encore en dent de cachalot et des statuettes de pierre finement sculptées et hardiment stylisées. Il aurait pu en voir un choix plus grand et plus varié, si le grand spécialiste allemand Karl von den Steinen, pendant son séjour aux Marquises en 1897-1898, n'avait pas ramassé, grâce aux prix généreux qu'il offrait, toutes les pièces importantes qui avaient échappé aux rafles précédentes des nombreux gendarmes et administrateurs stationnés dans l'archipel depuis environ vingt ans.

Mais peu importe ce que Gauguin trouve ou ne trouve pas dans les cases du village et de la vallée d'Atuona. Les spécimens d'art marquisien qu'il a pu voir là — ou ailleurs, au musée du Trocadéro, à Paris, et chez des collectionneurs privés à Tahiti [189] — ne seront jamais dans son œuvre que des accessoires d'une importance secondaire utilisés pour quelques rares natures mortes. Du point de vue du style, c'est plutôt vers un art plus pur, une simplification plus grande, un dépouillement plus complet de tout ce bric-à-brac exotique, que sa peinture évolue rapidement après son arrivée aux Marquises. Il renonce définitivement à toutes ces allusions symbolistes et métaphysiques, dont ses toiles tahitiennes sont si souvent surchargées. Parmi les quelque vingt tableaux qui datent des premiers mois remarquablement prolifiques de 1902, le très beau *Et l'or de leur corps*, au Louvre, dans les collections du Jeu de Paume, et les deux versions des *Cavaliers sur la plage*, l'un en possession de l'armateur grec Stavros Niarchos et l'autre au Folkwang Museum à Essen, témoignent d'une manière particulièrement heureuse de sa faculté extraordinaire d'affranchissement et de renouvellement. Fait significatif, il cesse de donner des titres polynésiens à ses toiles.

Le modèle préféré de Gauguin n'est pas Marie-Rose, comme on pourrait le croire, mais la fille adoptive de son domestique, Kahui, une jeune femme rousse nommée Tohotaua. Il est assez étonnant de constater qu'il y avait déjà, avant la découverte, des Polynésiens aux cheveux roux, mais c'est une conséquence probablement due aux mélanges multiples de races qui ont eu lieu dans leur pays d'origine, des milliers d'années avant notre ère. En tout cas, les témoignages concordent pour rattacher Tohotaua à une famille qui, dans son héritage génétique, possède ce trait assez courant. Cette belle femme a notamment posé pour le tableau intitulé *Contes Barbares*, aujourd'hui au Folkwang Museum à Essen, œuvre dans laquelle Gauguin retombe pour la dernière fois dans un symbolisme aussi facile qu'obscur, en opposant le splendide corps nu de Tohotaua au portrait exécuté de mémoire de son ami des années bretonnes, Meijer de Haan, roux lui aussi, mais bossu et repoussant de laideur. De surcroît, un jeune bouddha aux traits polynésiens, assis entre ces deux personnages, nous regarde énigmatiquement. Un autre tableau pour lequel Tohotaua a posé tenant un éventail à la main, évoque également de vieux souvenirs : c'est un portrait qui ressemble à celui de Teha'amana, de 1893. Cette toile se trouve aussi au Folkwang Museum à Essen. Exceptionnellement, nous possédons une photographie, prise au moment de la pose par un ami de Gauguin.

Tohotaua est l'épouse d'un homme d'Atuona, nommé Haapuani, qui est non seulement le meilleur danseur du village, mais aussi le sorcier le plus réputé. Gauguin est encore plus fasciné par Haapuani que par sa femme et il le peint vêtu d'une houppelande rouge dans un très beau tableau, *L'enchanteur*, qui appartient aujourd'hui au Musée des beaux-arts de Liège. Les rapports entre Gauguin et la jolie Tohotaua deviennent rapidement très intimes, sans que cela provoque des complications ni avec Marie-Rose ni avec le mari qui, malgré son vernis européen — il parle très bien français — et sa foi catholique ardente, trouve ce comportement parfaitement normal, puisque conforme aux vieilles coutumes du pays [190]. En effet, certaines Marquisiennes pratiquent encore à cette époque la polyandrie, c'est-à-dire l'union permanente entre une femme et plusieurs hommes, forme de mariage extrêmement rare ailleurs dans le monde.

Petit à petit, une certaine routine s'établit dans la *Maison du jouir*. Gauguin ne coupe sa journée qu'une seule fois, vers onze heures, pour l'apéritif et le déjeuner. Le soir, il partage parfois son dîner avec ses amis les plus intimes, Ky Dong, Reiner et Emile Frébault, ancien sergent d'infanterie devenu commerçant, qui tente sans succès de concurrencer Ben Varney. Ils boivent ensemble de l'absinthe, d'ordinaire dans la salle à manger aérée du rez-de-chaussée. Parmi les Marquisiens, Gauguin invite de temps en temps son voisin le plus proche, le charpentier Tioka, un homme de son âge, devenu son ami à l'époque de la construction de sa maison. Aux autres qui ont mérité sa gratitude, il fait servir par ses domestiques un verre de rhum ou de vin dans la cuisine. Quand il ne reçoit pas d'invités, il demande au cuisinier, Kahui, de mettre les assiettes et les casseroles sur la table et il distribue lui-même la nourriture en trois parts égales : une pour Marie-Rose et lui-même, une autre pour ses deux domestiques et une troisième pour son chien Pego (diminutif de Paul Gauguin) et son chat, qui ne porte aucun nom.

Un colon basque, Guilletoue, fait de temps en temps la chasse et rapporte chaque fois une carcasse sanglante de bœuf sauvage qu'il dépèce et vend. Mais aucun marché de poisson ou de légumes frais n'existe dans cette île où chaque famille satisfait à ses propres besoins et Gauguin se retrouve donc dans la même situation qu'au début de son premier séjour à Tahiti, à Mataiea, c'est-à-dire qu'il est obligé de s'approvisionner principalement dans les magasins. Grâce aux mensualités de Vollard, il le fait sans difficulté, même avec la table ouverte qu'il a pris l'habitude de tenir. Voici, par exemple, la liste combinée de ses achats chez Varney et au magasin de la société allemande, dont les livres de compte existent encore [191], au cours des mois de décembre 1901 et de mars 1902 :

Décembre 1901

Le 2	32	litres de vin rouge	35,20 francs
	20	kilos de pommes de terre	12,00
	5	kilos d'oignons	3,50
	6	boîtes de tripes	7,80
Le 4	1	boîte de beurre	2,50
Le 12	1	sac de riz	13,00
	1/2	kilo d'amidon	0,40
Le 16	1	boîte de beurre	2,50
	3	boîtes d'asperges	6,00
	2	boîtes de haricots	5,00
	1	sac de sel	0,45
	1	bouteille de sauce tomate	2,00
	2	paquets de thé	2,00
	2	boîtes d'anchois	4,00
	1	litre de vinaigre	3,00
Le 18	10	kilos de pommes de terre	5,00
	5	kilos d'oignons	3,50
	32	litres de vin rouge	35,20
Le 26	18	litres de vin rouge	19,80
	16	litres de rhum	56,00

	6	boîtes de beurre	14,40
	6	boîtes d'asperges	10,80
	12	kilos de sucre	15,60
	1	sac de riz	13,00
	16	1/2 litres de vin rouge	18,15
	5	kilos d'oignons	3,50
	2	kilos d'ail	3,00
	4	boîtes d'asperges	7,20
	1	litre d'huile d'olive	5,00
		Total	309,50 francs

Mars 1902

Le 3	20	kilos de pommes de terre	12,00 francs
	12	boîtes de sardines	8,60
	5	kilos d'oignons	3,50
	4	kilos d'ail	6,00
	10	boîtes d'asperges	18,00
	12	kilos de sucre	15,60
Le 10	1	sac de riz	12,00
	3	paquets de thé	4,50
	6	bouteilles de sauce tomate	12,00
	5	boîtes de beurre	7,50
Le 12	3	fromages	24,00
	2	boîtes d'asperges	3,60
	5,6	kilos de morue	9,24
	1,9	kilo de fromage	11,40
Le 22	12	boîtes de tripes	28,80
	1,4	kilos de saucisses	13,30
	24	boîtes de sardines	17,00
	24	boîtes de petits pois	31,20
	2	litres d'absinthe	15,40
Le 27	1	boîte de cacao	3,50
	1	kilo de tabac	13,00
	10	paquets de cigarettes	6,50
		Total	276,64 francs

Ces achats, complétés sans aucun doute chez Frébault ou chez des Chinois dont les comptes ont disparu, nous renseignent non seulement sur le régime alimentaire mal équilibré de Gauguin, mais aussi sur la largesse avec laquelle il traite ses invités. Cette prospérité matérielle s'accompagne d'une paix de l'esprit comme il en a rarement connu auparavant, ainsi qu'en témoigne ce passage d'une lettre à Daniel de Monfreid, datée de mars 1902 : « On n'a pas idée de la tranquillité avec laquelle je vis ici dans ma solitude, tout à fait seul, entouré de feuillage. C'est le repos, et j'en avais besoin loin de tous ces fonctionnaires qui étaient à Tahiti. Je me félicite tous les jours de ma résolution. »

CHAPITRE XI

Mgr PAILLARD ET M. COQUIN

A peine Gauguin a-t-il expédié sa lettre que le calme est troublé par l'irruption subite d'un groupe de hauts fonctionnaires, c'est-à-dire précisément la catégorie de personnes qu'il est allé fuir aux Marquises. Le 18 mars 1902, l'aviso *La Durance* mouille dans la baie de Tahauku, avec à son bord le nouveau gouverneur et son état-major [192]. La principale raison de cette tournée du gouverneur Petit tient à son désir de se rendre compte sur place de la situation et des problèmes propres aux Marquises. Il connaît déjà très bien ces îles, y ayant séjourné dix mois en 1881-1882, en qualité de commissaire de la marine. Il raconte du reste toute sa campagne dans le Pacifique, qui a duré au total deux ans, dans deux ouvrages assez amusants, *En Océanie* et *Au loin*, publiés sous le nom de plume d'Aylic Marin.

Les colons et commerçants établis à Atuona profitent naturellement de cette occasion pour exprimer leurs doléances. Les abus qu'ils dénoncent avec le plus de véhémence sont les mêmes qui ont amené le gouverneur Gallet à introduire deux ans plus tôt sa réforme si critiquée dans les colonnes des *Guêpes* : pourquoi les sommes considérables versées au budget de la colonie sous forme d'impôts, de droits d'exportation et d'amendes par les habitants des Marquises et des autres archipels éloignés, servent-elles surtout à financer les travaux d'aménagement et de développement de Papeete, la capitale ? Maintenant tout à fait d'accord avec ce point de vue, Gauguin appuie leurs démarches par une pétition rédigée au nom de tous les indigènes [193]. Voici, in extenso, ce cri de détresse plus ou moins authentique :

« A Monsieur le Gouverneur,

« Nous venons vous remercier de l'honneur que vous nous faites en venant passer quelques jours parmi nous et vous assurer de notre parfaite soumission (nous, indigènes sans forces), déclarés par vous auparavant citoyens français régis par les lois républicaines, pas assez cependant pour jouir du droit de boire qu'on accorde aux Nègres et aux Chinois.

« Essentiellement pauvres, nous subissons des journées excessives de prestation pour des routes qui n'en sont pas et (pour) le peu de culture que nous avons, (nous avons) payé un impôt qui menace d'augmenter chaque année : *et cela de par votre unique volonté*. Demain nos terres, nos maisons le seront aussi ; peut-être aussi notre unique nourriture — le maiore.

« Si vous consultez les chiffres des années précédentes vous trouverez que le montant des contraventions qui nous sont infligées *brutalement* par la justice suffirait à lui seul à gérer nos affaires et si humainement vous établissez notre pauvreté comparée à la situation des Européens et Chinois vous trouverez qu'une contravention de 100 F pour un indigène équivaut à une contravention de 1 000 F pour tout autre.

« Comme nous venons de vous le dire, élevés dans les principes chrétiens nous nous soumettons, offrant la joue gauche après avoir été frappés sur la joue droite, mais nous pensons que véritablement *Dieu nous a abandonnés*. »

Dans l'entourage du gouverneur se trouve entre autres le chef du service judiciaire de la colonie, Edouard Charlier, si détesté par Gauguin. Le gouverneur sait donc déjà à quoi s'en tenir quand celui-ci sollicite une audience privée pour exprimer plus librement sa critique du système en vigueur et il refuse de le recevoir [194]. Gauguin réagit d'une manière imprudente : après le départ du navire, il écrit à l'administrateur des Marquises qui habite à Taiohae, à Nukuhiva, et explique qu'il ne voit pas pourquoi il paierait les 24 francs d'impôt annuel dit de routes, plus les 20 francs correspondant à la valeur de dix jours de prestations en nature, exécutées par les indigènes. Avec une grande logique, il fait remarquer qu'il n'y a pas lieu de payer ces impôts, vu l'absence totale de routes aux Marquises. L'administrateur, Maurice de la Loge de Saint-Brisson, répond sèchement [195] qu'il a transmis sa lettre au gouverneur et qu'en attendant la décision de son supérieur, il ne pourra « que faire exécuter la loi dans toute sa teneur intégrale ».

En même temps que Gauguin s'engage dans ce conflit avec les autorités, son état de santé s'aggrave brusquement. Comme dans le passé, les principaux symptômes apparaissent sous forme de douleurs persistantes à la jambe, accompagnées de palpitations. Jusqu'alors, à l'aide d'une bonne canne, il a encore pu faire une courte promenade quotidienne dans le village ou jusqu'à la plage, où il s'est souvent amusé à tirer quelques oiseaux de mer, passe-temps qui lui a permis de varier son menu. De temps en temps, il est aussi monté à cheval, comme tout le monde dans l'île. Craignant maintenant que la maladie ne le rende prisonnier de sa *Maison du Jouir*, il demande au commerçant Ben Varney de lui commander une charrette anglaise à Papeete.

Fâcheusement, le bon docteur Buisson, seul médecin de l'archipel, n'est plus à Atuona, ayant été rappelé à Tahiti en février 1902 [196]. Il s'avère rapidement que le prince annamite Ky Dong, qui se trouve de ce fait à la tête du service de santé de l'archipel, s'y connaît beaucoup moins en médecine qu'en littérature. Gauguin fait donc chercher la seule personne du village capable de l'aider, le jeune pasteur Paul Vernier, revenu à Atuona par *La Croix du Sud* en même temps que lui, et qui, outre la théologie, a étudié la médecine en France et à Edimbourg.

A peine deux ans plus tôt, Gauguin a publié dans *Les*

Guêpes cet entrefilet ironique : « Paul-Louis Vernier, qui avec un dévouement sans bornes s'est installé dans une belle maison construite tout nouvellement avec des bois venant d'Amérique, et cela dans un îlot perdu dans l'océan à trois jours de Tahiti où se trouve son père, à huit jours de San Francisco. C'est là, dit-il, dans une lettre que le Journal des Missions évangéliques trouve si intéressante, que je vis entouré de ma jeune et tendre épouse et d'un adorable bébé, et que je vais me mettre en lutte contre la sauvagerie : lutte formidable car les missionnaires catholiques sont sans scrupules. Mes épaules sont faibles mais je suis jeune et j'espère que Dieu écoutera mes prières, me tiendra compte de mes souffrances. Lisant cette lettre j'ai failli pleurer, puis j'ai entrevu vaguement le Dante conduisant Virgile aux enfers [197] ; cette fois mon âme s'est élevée. »

Oubliant cette basse attaque, Vernier répond avec une charité toute chrétienne à l'appel du peintre et lui distribue conseils et médicaments. Ce n'est pas diminuer la valeur de son geste de dire que c'est peut-être aussi la solitude qui pousse le pasteur à chercher la compagnie de Gauguin. Il vient de perdre sa femme bien-aimée, et il est très malheureux et isolé, entouré d'une population catholique plus ou moins hostile [198]. Rien d'étonnant donc s'il prolonge souvent ses visites au malade pour parler de littérature, d'art, de musique, d'ethnologie. Gauguin est lui-même enchanté d'avoir découvert un interlocuteur dont la curiosité d'esprit s'alimente d'autres choses que de ragots et de gauloiseries. Tioka, toujours de bonne humeur et prêt à rendre service leur sert de messager. Il est d'ailleurs membre de la minuscule communauté protestante du pasteur Vernier et il s'est montré si solide dans sa foi qu'il vient d'être nommé diacre.

Gauguin a déjà gravement offensé Mgr Martin par ses fredaines avec les filles et l'enlèvement de Marie-Rose. Ce qui finit par exaspérer l'évêque est cependant cette amitié grandissante pour le pasteur Vernier qui lui a déjà causé tant d'ennuis par la propagation active de ses hérésies. Le pasteur a commencé ses conquêtes spirituelles juste avant l'arrivée de Gauguin, en convertissant une douzaine de catholiques à Hanaiapa, une petite vallée sur la côte nord de Hivaoa. Mgr Martin a immédiatement contre-attaqué en personne et, au début de janvier 1902, il a réussi à ramener au bercail les brebis perdues. Mais en rentrant de Hanaiapa, il a été victime d'un accident. Son cheval ayant glissé sur une pente abrupte et l'ayant désarçonné, l'évêque s'est déboîté l'épaule. Son état s'aggravant, il a été obligé de s'embarquer sur *La Croix du Sud* pour aller se faire soigner à Papeete. Il est demeuré là tout un mois et n'est rentré que peu de temps avant la visite officielle du gouverneur Petit à Atuona [199]. Après cette mésaventure, dont le pasteur Vernier est considéré comme responsable, les missionnaires catholiques sont plus hostiles que jamais à son égard.

L'indignation qui règne à la mission se manifeste ouvertement pendant une procession du Saint-Sacrement qui se déroule le 8 juin 1902 et prend la forme d'une protestation contre les machinations du pasteur hérétique, ainsi que le récit d'un Père qui y participe en témoigne [200] : « L'église eût été beaucoup trop petite pour contenir l'assistance. En conséquence, un autel monumental de cinq à six mètres de haut, qui devait, le soir, servir de reposoir, avait été élevé dans l'enclos des Sœurs. C'est là que Mgr Martin allait célébrer la sainte messe, assisté de deux porte-insignes et du R.P. David...

Après l'Evangile, le R.P. David exposa en bons termes que cette cérémonie et celle du soir étaient une protestation aussi éclatante que légitime contre ceux qui ne croient pas à Jésus-Christ dans l'Eucharistie, et contre ceux qui, tout en y croyant, restent indifférents. Puisse l'exhortation avoir été aussi salutaire qu'elle fut éloquente !

Car hélas ! les apôtres du "libre examen" ont fait le tour du monde, prêchant une certaine liberté de croire — pourvu qu'on croie, comme eux, ce que leur chef Luther leur a pourtant dit tenir de Satan, le père du mensonge, à savoir que Jésus-Christ ne serait pas dans l'Eucharistie. Et si quelques-uns se réservent de croire à je ne sais quelles figures, du moins, ils s'affranchissent de tout honneur à rendre. C'est contre cette erreur que nous protestions. »

Le soir, une autre cérémonie importante se déroule dans la cour de la cathédrale, cérémonie qui a dû intéresser davantage Gauguin. Il s'agit de la bénédiction d'un monument commémoratif des grandes fêtes du Jubilé séculaire qui avaient été célébrées aux Marquises l'année précédente. Grâce aux oboles de tous les fidèles de l'archipel, Mgr Martin a pu commander à Paris ce monument représentant « un Christ en croix avec saint Jean montrant d'une main le ciel, tandis que sainte Madeleine, le regard en haut, les mains jointes et renversées, manifeste une inexprimable affliction. Le groupe est de grandeur naturelle et en fonte, ainsi que les trois piédestaux. Celui de la croix porte en relief l'indication de l'objet de ce monument :

1900
Le Christ Dieu-Homme
Vit
Règne
Commande
1901
Jubilé-Atuona

« Le monument repose sur une maçonnerie d'environ 70 mètres cubes, de forme rectangulaire, qui s'élève par cinq gradins jusqu'à la plate-forme des piédestaux. Les pierres de taille sont aussi rares ici que les tailleurs de pierres. Il fallait donc trouver des pierres qui pussent être taillées avec nos moyens locaux. On en découvrit quelques-unes de premier ordre à Vaitahu, et quelques autres de second ordre à Hanaupe et Taaoa. D'autres furent fournies par les gens d'Atuona. »

Et le chroniqueur conclut : « Le premier monument décoratif élevé publiquement aux Marquises a donc été, come cela devait être en toute justice, la Croix du Sauveur qui règne du haut du ciel sur toutes les parties de l'univers. »

On aimerait beaucoup avoir l'opinion de Gauguin sur

ce monument qui, aujourd'hui encore, se trouve au même endroit et dont les trois personnages, de couleur chocolat, sont d'une banalité effrayante. Malheureusement, il y a un trou dans sa correspondance jusqu'à la fin d'août 1902, car le 27 mai *La Croix du Sud* a rencontré le destin qui, tôt ou tard, attend tous les navires qui sillonnent la Polynésie. Elle s'est abîmée sur un récif des Tuamotu [201]. Il se passe trois mois avant qu'un autre bateau puisse assurer la ligne et Gauguin a alors d'autres choses plus importantes à raconter dans ses lettres que des souvenirs déjà anciens de l'inauguration d'un monument religieux. Ce que nous pouvons regretter davantage, aujourd'hui, c'est qu'il ne soit pas resté dans les rangs du parti catholique de la colonie suffisamment longtemps pour que l'évêque d'Atuona lui confie l'exécution du « premier monument décoratif élevé publiquement aux Marquises ».

S'il existe donc déjà à la mission catholique, au moment de la fête religieuse du 8 juin, une animosité latente contre Gauguin, il faudra attendre la célébration d'une autre fête, celle du 14 juillet 1902, pour qu'une guerre ouverte éclate. Aux lointaines Marquises, comme à Tahiti, la commémoration de la prise de la Bastille est le plus grand événement de l'année. Partout l'organisation de la fête nationale incombe naturellement aux représentants officiels de la République : les gendarmes. Et celui d'Atuona, Charpillet, est particulièrement affairé, à cause de tous les gens d'Hivaoa et de l'île voisine de Tahuata qui arrivent à pied, à cheval ou en cotre. La plupart d'entre eux restent au moins une semaine et tout le village se transforme en une grande foire. C'est l'occasion de beaucoup de réjouissances et de concours de danses et de chants. Des prix en espèces sont décernés aux meilleurs groupes, et ils sont toujours très âprement disputés. C'est pourquoi il importe que le président du jury soit compétent et impartial. Charpillet demande à Gauguin d'assumer ce rôle d'arbitre principal, ce qui indique que les relations entre les deux hommes sont encore très cordiales.

Cette excellente description d'un écrivain anglais [202] qui a assisté aux fêtes du 14 juillet à Atuona deux ans auparavant, nous donne une très bonne idée de ce que Gauguin a vu et subi en 1902 : « La fête commença à 11 heures environ et je fus présenté à toute la population blanche de ces îles — environ une vingtaine d'hommes y compris une demi-douzaine de gendarmes. A l'exception de ceux-ci, ils formaient le lot d'individus le plus louche et le plus déchu qu'il m'ait jamais été donné de voir. Mais quand on pense que certains sont installés comme commerçants dans des lieux aussi isolés, sur des îles elles-mêmes isolées, sans personne à qui parler excepté des autochtones, et sans le moindre lien avec le monde extérieur, il n'est pas si étonnant qu'ils aient perdu toute dignité et se soient si souvent adonnés à la boisson. La plupart avaient amené leur femme habillée de la manière la plus extravagante. Un très bon repas nous fut servi, arrosé à satiété de vin rouge ordinaire et couronné d'un vulgaire cognac. Après le dîner, les discours furent très nombreux et il y eut un feu roulant de félicitations et de remerciements.

« Ensuite débuta le principal événement du jour. Les danseurs de chaque vallée vinrent à leur tour et se rangèrent sur quatre colonnes, deux d'hommes et deux de femmes, d'environ vingt personnes chacune, en face de notre table. Chaque groupe fit un gros effort sous la conduite d'une sorte de "maître de danse" vêtu de vieilles dépouilles de marins offertes il y a peut-être bien des années par des bateaux de passage, ou encore, à défaut, vêtu de la meilleure imitation possible de l'un de ces uniformes, confectionné d'une cotonnade de couleurs avec des galons jaunes.

à Pendant ce temps, tous les danseurs concurrents se rassemblaient autour du spectacle en attendant leur tour et ils ne se gênaient pas pour donner leur opinion. Ils furent assez aimables pour me nommer président du jury des danses. Je crois avoir vu un sourire narquois sur le visage de Varney quand j'eus accepté et j'en découvris rapidement la raison, car je me retrouvai dans une situation pire que celle d'un arbitre de football. Non seulement les indigènes se groupèrent autour de moi en m'expliquant la beauté des danses de leur propre groupe, mais chaque gendarme venait en personne et s'asseyait à mes côtés pour me dire pourquoi je devais accorder le premier prix à sa vallée, si je ne voulais pas perpétrer la pire des injustices. Entre tous, les gendarmes étaient les plus excités. Deux d'entre eux en vinrent aux mains et furent bel et bien mis en état d'arrestation par le brigadier.

« Ils dansèrent tout l'après-midi et nous restâmes assis pour les regarder. Presque tous les Blancs absorbèrent avec constance autant de vin et de cognac que possible, si bien qu'à l'heure où le dîner fût servi, ils étaient tous ivres. Ainsi, après le repas du soir, je n'ai pu trouver un seul membre de mon jury assez sobre que je pusse consulter pour décerner les prix.

« Le soir se déroula le concours de chants. Les habitants de chaque vallée, à tour de rôle, formèrent un large cercle et s'assirent les jambes croisées. Chaque chœur interpréta son *rari* particulier et funèbre ; c'était un spectacle pittoresque tout éclairé par les grandes flammes des torches de bambous.

« Il y avait bien deux ou trois mille Marquisiens rassemblés à Atuona, dont la population d'ordinaire ne dépasse pas cinq cents personnes. Inutile de dire, quand on connaît les particularités des habitants de ces îles, que, plus tard, dans la soirée, les scènes devinrent indescriptibles... J'ai oublié de dire qu'il existe sur cette île une profonde rivalité entre les missions catholique et protestante, et cela apparut clairement au cours de ces fêtes. Au concours, chaque mission présenta un groupe de danse formé de ses fidèles et la seule façon dont je pus donner satisfaction aux uns et aux autres (je dis bien « je » car les membres de mon jury se jalousaient tellement et ils étaient si peu sobres qu'ils ne pouvaient accepter une décision que de moi, étranger) fut de donner un premier prix à chacune des factions en présence et, même après cela, les deux prêtres missionnaires aux allures de jésuite ascète me dévisagèrent de manière fort peu amicale. »

Gauguin utilise le même subterfuge pendant les fêtes de 1902, en accordant deux premiers prix de chant *ex-æquo*, l'un aux catholiques pour leur excellente exécution de l'hymne à Jeanne d'Arc, et l'autre aux protestants pour leur impeccable interprétation de la Marseillaise[203]. Mais cet expédient ne satisfait personne, surtout pas l'évêque.

Imprudemment, le peintre ne tarde pas à s'exposer une nouvelle fois à la colère de Mgr Martin et pour des raisons bien plus graves. Au mois de juillet, pendant les fêtes, sa *vahine*, Marie-Rose, est très visiblement enceinte. Peu de temps après, elle retourne, à la manière marquisienne, pour accoucher chez ses parents, dans la vallée éloignée de Hekeani. (Leur enfant, né le 14 septembre, est une fille[204].) Gauguin, plutôt soulagé, essaie de remplacer Marie-Rose le plus vite possible tandis que l'évêque est, de son côté, bien décidé à empêcher les autres élèves de l'école des Sœurs de suivre son exemple. Devant cet interdit, Gauguin prend un air sardonique : « Monseigneur est un lapin, tandis que moi je suis un vieux coq bien dur et passablement enroué. Si je disais que c'est le lapin qui a commencé, je dirais la vérité. Vouloir me condamner au vœu de chasteté ! C'est un peut fort. »

Mais les circonstances lui sont défavorables. Les vacances scolaires ont commencé et la plupart des pensionnaires sont déjà rentrées chez leurs parents dans des vallées éloignées d'Hivaoa ou dans les îles voisines. Les quelques jeunes filles qui habitent Atuona manifestent maintenant une telle crainte de l'évêque qu'elles résistent à toutes les avances de Gauguin. Celui-ci se venge en sculptant deux grandes statues de bois qu'il installe à un endroit où tous les gens du village peuvent facilement les voir et les identifier : devant l'escalier qui mène au premier étage de sa maison. La statue de droite, sur laquelle il a gravé *Père Paillard,* ressemble en tous points à l'évêque, portant sur sa tête une paire de cornes. Celle de gauche, intitulée *Thérèse*, représente une Marquisienne presque nue aux traits parfaitement reconnaissables, ceux d'une des servantes de l'évêque qui se nomme en effet Thérèse et qui, se trouvant enceinte, vient d'épouser, d'une manière un peu précipitée, un catéchiste indigène. C'est sans doute à la même époque que Gauguin a sculpté une troisième pièce de bois, un peu plus grande, qui représente un homme hideux serrant ses mains sur son sexe. Elle représente, selon une inscription en grosses lettres sur sa poitrine, *Saint Orang*, ce qu'on est naturellement tenté de compléter par *Outang*. Il s'agit du bras droit de l'évêque, un prêtre au nom peu commun de Orens Saint-Cricq qui, en effet, est loin d'être beau [205]. Mais les missionnaires sont, eux aussi, capables de mots d'esprit, car à partir de ce moment ils ne disent plus Gauguin mais *coquin*.

Au début de la nouvelle année scolaire, il porte un coup encore plus rude à la mission. Il se rend sur la plage, et, le code civil à la main, explique aux parents qui viennent par bateau des autres vallées ou des autres îles qu'ils ne sont pas tenus d'envoyer leurs enfants à l'école, contrairement à ce qu'on leur a dit. Même des parents qui vivent à Atuona refusent d'y remettre leurs enfants, croyant à tort que la scolarité obligatoire ne s'applique qu'à des écoles d'Etat. A la rentrée, le nombre d'élèves, aussi bien chez les Frères que chez les Sœurs, ne représente que la moitié des effectifs de l'année scolaire précédente.

Conséquence inévitable de cette tournure inquiétante que prennent les événements, il se fait un nouvel ennemi en la personne de Charpillet, pourtant plein de bonhomie, et cela non seulement parce que le gendarme est catholique pratiquant mais aussi parce que ce conflit, avec toutes les interprétations contradictoires de la loi sur la scolarité lui donne beaucoup de travail supplémentaire. La première sanction de Charpillet contre Gauguin est quelque peu grotesque : il le verbalise parce que, le soir, après la tombée de la nuit, il n'a pas de lanterne sur sa carriole. Il est pourtant bien difficile de prétendre qu'il puisse représenter un danger pour la circulation étant donné qu'il possède le seul véhicule de tout l'archipel. Mais bientôt, Charpillet trouve un motif beaucoup plus sérieux. Le 28 août, il rédige un long rapport à l'administrateur des Marquises dans lequel il accuse carrément Gauguin du délit qualifié, prévu par la loi, d'incitation des indigènes à ne pas envoyer leurs enfants à l'école et à ne pas payer leurs impôts [206]. Les chiffres qu'il cite à l'appui de cette dernière affirmation montrent que les sommes perçues, soit 20 000 francs à la même date l'année précédente, n'ont atteint cette année que 13 253 francs. Le brigadier cite aussi des propos très préjudiciables émis par Gauguin : « Je ne paierai pas, on me fera ce qu'on voudra et les indigènes, s'ils étaient renseignés, feraient comme moi. » Et Charpillet conclut : « A ces inconvénients le sieur Gauguin en apporte d'autres d'un ordre secondaire par ses mœurs entre autres qui sont celles d'un disciple d'Epicure, ce que le Marquisien n'avait guère besoin de connaître. »

La chance sert Gauguin. Le zélé gardien des lois, Maurice de la Loge Saint-Brisson, vient d'être remplacé par un vieil ami du peintre, le commis François Picquenot, muté de Papeete aux Marquises en raison de « son attitude inconvenante à l'égard du secrétaire général ». Par conséquent, le nouvel administrateur est particulièrement capable de comprendre et d'excuser le comportement d'un insoumis comme Gauguin et le prouve immédiatement par ses actes[207]. Pour commencer, il essaie de calmer Charpillet. En ce qui concerne le refus des parents d'envoyer leurs enfants à l'école, il va jusqu'à lui dire que, dans la majorité des cas, Gauguin a probablement raison et qu'il ne faut rien entreprendre pour le moment. Mais tolérer que les indigènes refusent de payer leurs impôts est naturellement exclu. Pour faire un exemple, Picquenot autorise Charpillet à pratiquer une saisie chez celui qui est responsable de ce lamentable état de choses, c'est-à-dire Gauguin.

En fin de compte, il s'aperçoit qu'il s'est fait tous ces ennemis pour rien, puisque sa santé se détériore au point qu'il n'a plus ni le désir ni l'énergie de remplacer Marie-Rose. En septembre, ses souffrances deviennent si intolérables qu'il doit à nouveau avoir recours aux piqûres de morphine pour trouver un peu de sommeil. Après avoir augmenté la dose un certain nombre de fois, il craint de dépasser la mesure et, pour éviter toute tentation, il confie sa seringue à Varney et s'en remet au laudanum qui l'abrutit. Dans ces conditions, il peint, comme il le dit lui-même, « peu et mal ». Son voisin, Emile Frébault, raconte[208] qu'à cette époque Gauguin, une fois la nuit tombée, a l'habitude de s'installer à son harmonium, d'où il tire des sons qui ressemblent à de longues plaintes.

Au cours de cette période difficile, Ky Dong demeure l'une des rares personnes admises par le peintre dans son atelier. Un jour, trouvant son ami dans un désarroi complet, le prince annamite s'installe devant le chevalet et commence à peindre. Gauguin oublie ses douleurs et s'approche pour découvrir que Ky Dong fait son portrait. Sans dire un mot, il l'écarte, saisit une glace et termine lui-même le tableau. D'un réalisme brutal, c'est l'image d'un homme aux cheveux gris, amaigri et marqué par la souffrance, qui nous regarde tristement de ses yeux fatigués à travers ses lunettes. On comprend facilement que l'authenticité de ce portrait, ni signé ni daté, et d'une facture parfois maladroite — qui se trouve aujourd'hui au Musée d'Art de Bâle — soit mise en doute par beaucoup d'experts[209]. Mais sa genèse curieuse suffit pour en expliquer tous les aspects aberrants.

Gauguin ne voit plus d'autre solution que de retourner en Europe pour se faire soigner. Une fois qu'il aura retrouvé sa santé, il s'installera en Espagne, choix un peu inattendu pour un peintre qui a passé toute sa vie en quête de nouveaux horizons et de nouveaux motifs. Quand Daniel de Monfreid apprend cette nouvelle, il lui explique avec tact que tout espoir de guérison est illusoire, en ajoutant avec une grande clairvoyance : « Il est à craindre que votre venue ne vienne déranger un travail, une incubation qui ont lieu dans l'opinion publique à votre sujet : vous êtes actuellement cet artiste inouï, qui du fond de l'Océanie envoie ses œuvres déconcertantes, inimitables, œuvres définitives d'un grand homme pour ainsi dire disparu du monde. Vos ennemis (et vous en avez bon nombre, comme tous ceux qui gênent les médiocres) ne disent rien, n'osent vous combattre, n'y pensent pas : vous êtes si loin ! Vous ne devez pas revenir ! Bref vous jouissez de l'immunité des grands morts, vous êtes passé dans *l'histoire de l'art.* »

Au moment où il reçoit cette lettre, Gauguin a perdu toute illusion au sujet de sa santé et répond avec une triste résignation : « Si j'arrive sinon à guérir du moins à ne plus autant souffrir, il n'y aura que demi-mal car mon cerveau continue à travailler et je me remettrai à l'œuvre pour tâcher de terminer sainement l'œuvre que j'ai commencée. C'est d'ailleurs la seule raison qui m'empêche dans les plus terribles moments de me brûler la cervelle. »

Comme chaque fois que ses souffrances physiques et morales le mettent dans l'incapacité de peindre, il sort sa plume. Cette fois-ci, il commence par récrire son long essai « philosophique » de 1897 sur la tyrannie de l'Eglise catholique, sujet à nouveau d'actualité après ses démêlés avec l'évêque d'Atuona. Paradoxalement, si son style est devenu beaucoup plus vif et direct, c'est grâce à ses deux années au service du parti catholique de la colonie, comme rédacteur des *Guêpes*. Une fois lancé corps et âme dans la polémique, il continue et ajoute vingt pages au manuscrit [210]. Son nouveau point de départ est un souvenir personnel, l'exécution d'un assassin qu'il a vue en 1888 : « L'auteur de cet ouvrage, mal placé pour voir, aperçut au petit jour un groupe qui s'avançait vers la guillotine. Apercevant une figure *pâle, penchée, désolée, en somme de très vilaine apparence*, il eut comme un sentiment de répulsion instinctive. Il se trompait. Cette figure ignoble était celle de l'aumônier (certes un acteur de *1er* ordre celui qui, pour ses appointements, simulait ainsi une pareille souffrance).

A côté, un jeune homme qui malgré les entraves de ses mains et de ses pieds marchait sinon d'une allure délibérée le visage brave en quelque sorte souriant.

La tête débordait la planchette de la bascule. Il dit : "Qu'est-ce que c'est que ça ?" et de la tête il désignait la boîte devant, à côté du couteau. "C'est le panier pour la tête". "Et ceci ?", désignant à droite une grande boîte. "C'est la boîte pour ton corps."

"Allez-y", s'écria-t-il. Ce fut tout. Avec un bruit sinistre, le collier tomba, puis le couteau. Les lueurs rouges de l'aube coloraient le ciel ; le sang rouge inondait les dalles ; des messieurs en habit, *La Police*, l'aumônier en habit noir aussi, la soutane fraternisant avec la justice.

Les troupes, les sergents, les curieux, chassés dehors de l'enceinte.

Une barrière extérieure garnie d'une foule toute particulière, les filles, les souteneurs, le monde des prisons. Et ceux-ci criaient :

"Vive l'assassin, à bas la Justice !"

Et voilà le spectacle *civilisé* ! »

Avec la même ferveur, Gauguin condamne ensuite une autre pratique civilisée : « Si donc cette institution du mariage qui n'est autre *qu'une vente,* est *déclarée seule morale reconnue pour l'accouplement des sexes*, il y a forcément une exclusion de cette morale pour tous ceux qui *ne veulent* ou ne peuvent se marier. Il n'y a plus place pour *l'amour*, pour le bon sentiment.

Traitée ainsi, la femme tombe dans l'abjection, condamnée à se marier *si la fortune le permet* ou à rester vierge, cette monstruosité malsaine et malpropre, si en dehors de la nature, contraire au sentiment vrai qui est l'Amour...

Si jamais une société a été barbare et cruelle c'est bien la société d'aujourd'hui : cette société hypocrite qui soi-disant au nom de *la morale chrétienne* règle ainsi le sort de la femme, est cause de toutes ses souffrances. »

Mais ceci n'est rien en comparaison des abus de pouvoir dont Gauguin rend coupable l'Eglise catholique : « Depuis plusieurs années tous ces désordres signalés dans les colonies, aboutissant à la guerre, *reconnus* sans contestation de provenance religieuse, se sont accumulés comme enseignement du danger de ces missions ; danger toujours croissant que les Etats sont impuissants à éviter. La Chine commence à se fermer aux missions, elle les égorge. Et l'Europe courroucée ira verser un sang inutile pour soutenir ses missions ! Ne sent-on pas là une injustice immorale, une atteinte à la liberté de conscience ? Supprimez les missions en Chine et la paix sera aussitôt faite. »

Réalisant sans doute que même amélioré et complété, ce long et obscur texte ne trouvera grâce devant aucun éditeur, Gauguin décide d'en faire un autre usage. Il persuade le commerçant Emile Frébault, le seul de ses amis intimes qui soit en bons termes avec la mission catholique, de le passer en toute innocence à Mgr Martin. Celui-ci retourne gracieusement le compliment en confiant à Frébault à l'adresse de Gauguin un beau volume profusément illustré décrivant les progrès triomphants des missions catholiques. Cet ouvrage qui n'est que le premier tome de toute une série[211], débute par un historique de 96 pages, démontrant la nécessité et la consolation de la foi chrétienne, telle qu'elle a été codifiée par l'Eglise catholique. Dès le premier paragraphe, on est au centre du problème puisque l'auteur y affirme notamment : « La plus grande misère de l'homme n'est pas la pauvreté, ni la maladie, ni l'hostilité des événements, ni les déceptions de cœur, ni la mort : c'est le malheur d'ignorer pourquoi il naît, souffre et passe. » Cette introduction polémique constitue donc une réplique très appropriée à l'essai de Gauguin. Celui-ci retourne rapidement à Mgr Martin, par la même voie, cet ouvrage, avec plusieurs pages d'appréciations critiques, dont voici un passage caractéristique : « En somme, ce livre étale devant nous (en outre de leurs procédés infâmes), un édifice somptueux de marbre et d'or, et non l'édifice de Saint-Pierre, celui de l'Evangile. » Quant aux serviteurs de l'Eglise, il est encore plus dur pour eux : « le missionnaire n'est plus un homme, une conscience. C'est un cadavre entre les mains d'une confrérie. Sans famille, sans amour, sans aucun des sentiments qui nous sont chers. » Et voilà pour les religieuses : « Avec tristesse et dégoût je vois passer ce troupeau de vierges malsaines et malpropres — des bonnes-sœurs — rejetées avec violence, soit par la misère, soit par la superstition de la société, pour entrer au service d'un pouvoir envahisseur. » On comprend pourquoi l'évêque préfère ne pas poursuivre cet étrange duel.

Le deuxième essai de Gauguin est plus court et plus intéressant. Bien qu'il ne puisse s'empêcher d'insérer une fois de plus quelques anecdotes et souvenirs océaniens sans rapport avec le sujet, il nous y livre avec esprit et ironie ses appréciations de la peinture contemporaine en France, fustigeant sévèrement à chaque page l'incroyable aveuglement que montrent les critiques et marchands pour tout ce qui est nouveau et valable de cette période si importante dans l'histoire de l'art moderne. Le titre de cette critique des critiques, *Racontar de rapin*, annonce parfaitement le ton moqueur que l'auteur conserve d'un bout à l'autre. Plein d'espoir, il adresse son manuscrit au *Mercure de France*. Il ne sera publié que cinquante ans plus tard.

Ayant ainsi disposé en succession rapide de son antagoniste le plus proche, Mgr Martin, et de toute la bande hostile de critiques d'art en métropole, Gauguin s'attaque ensuite à un troisième adversaire, le gouverneur Petit, et à travers lui à toute l'administration coloniale, en envoyant une lettre ouverte à *L'Indépendant* de Tahiti, le journal qui vient de succéder aux *Guêpes*[212]. S'imaginant à tort que son sort et celui du lointain archipel des Marquises peuvent intéresser le public parisien, il expédie en même temps une copie au *Mercure de France*. Son attaque contre Petit devient un réquisitoire sévère du même genre et du même style que ceux qu'il a si souvent rédigés pour *Les Guêpes*. Se référant à la visite du gouverneur aux Marquises, six mois plus tôt, Gauguin écrit : « Il y avait tout lieu d'espérer, de croire même, que vous veniez pour être renseigné sur l'état de nos affaires, et par suite gouverner sainement la colonie, apporter dans la mesure du possible des améliorations tant désirées à cette colonie complètement remise entre vos mains, sans représentant au Conseil général. De ce fait dans l'impossibilité (si ce n'est à un colon isolé et bien intentionné) de faire connaître ses espérances et faire valoir ses droits. Les espérances comme les croyances se sont envolées avec la fumée du navire de guerre. Vous avez été saluer Monseigneur à l'évêché, et ensuite à la case gouvernementale vous faire saluer par le gendarme.

Fatigué sans doute de cette extraordinaire corvée, vous vous êtes reposé en faisant de la photographie. Belles jeunes filles aux seins fermes et au ventre lisse prenant leurs ébats dans le cours d'eau : voilà de quoi enrichir votre superbe collection et intéresser l'Ecole du plein air. Nulle trace cependant du désir de faire de la colonisation. Ce qui eût été intéressant et utile, c'est : *Si* vous départissant de cette morgue que vous avez affichée dès le début de votre arrivée à Tahiti (afin sans doute de rendre impossible toute conversation entre vous et le colon) vous eussiez consulté les seules personnes capables de vous renseigner ; *ceux* qui, ayant habité les Marquises s'efforcent, mais en vain, avec leur intelligence, leurs capitaux, et leur activité de coloniser.

Vous auriez appris alors que nous ne sommes pas des palefreniers de vos écuries (comme votre conduite à notre égard semble le faire croire) vous auriez appris aussi beaucoup de choses que vous feignez ou voulez ne pas savoir. »

Le noble rôle de défenseur des colons délaissés que Gauguin assume est en quelque sorte terni vers la fin de la lettre lorsqu'il devient trop apparent qu'il est avant tout irrité par le manque de courrier et d'approvisionnement pendant les trois mois qui ont suivi la perte de *La Croix du Sud*. Il dépeint son existence sous ces sombres couleurs : « Souvent en disette, sans pain, sans riz ni biscuit, sans sel ni pommes de terre, sans aucun des bénéfices de la civilisation, si ce n'est la tracasserie des arrêtés et arrêtons.

On peut assurer sans crainte de se tromper que si la colonie était une colonie pénitentiaire on n'oserait la laisser sans vivres.

Nos familles en France sans nouvelles sont dans de mortelles inquiétudes ; nos correspondants croyant à un accident laissent prudemment nos affaires commerciales ou autres en suspens, et ne nous envoient nos fonds que lorsqu'à nouveau ils se sont rassurés.

Les commerçants sans courriers pour transporter leurs exportations, sans courriers pour leur apporter leurs marchandises restent avec des magasins vides sans pouvoir faire des affaires et se ruinent. Et cependant les patentes, les contributions courent toujours et il faut payer sinon la saisie ! Autrement dit la bourse ou la vie.

Toutes choses que vous semblez ignorer ou que vous voulez faire subsister.

"Mais le naufrage de La Croix du Sud est une exception", direz-vous pour excuse. Non, Monsieur le Gouverneur, c'est un cas tellement prévu que les Compagnies d'assurances pour la traversée de l'Archipel dangereux ne veulent assurer qu'à des prix inabordables...

Et puis qu'importe ! à défaut de navires de guerre n'y avait-il pas de goélettes pour envoyer nos vivres, notamment la farine. Je vous l'ai dit plus haut : pour ceux du bagne vous n'auriez osé le faire. »

La seule réponse du gouverneur Petit est indirecte puisqu'elle consiste en un discours prononcé en novembre à l'ouverture de la session ordinaire du Conseil général et dans lequel il constate avec tristesse : « En visitant, cette année, dans ma tournée annuelle, l'archipel des Marquises que je connais bien, y ayant longtemps stationné à mon premier séjour en Océanie, j'ai été douloureusement frappé de la dépopulation de ces îles si belles... C'est la fin d'une race qui paraît ne demander dans sa sauvagerie irréductible, qu'à s'éteindre sans trouble, refusant absolument de se soumettre aux mesures les plus élémentaires d'hygiène, se livrant d'autre part au vice de l'ivrognerie qui la décime en même temps que certaines maladies héréditaires et cela en dépit de l'interdiction d'importation dont sont frappés tous les produits alcooliques aux Marquises et malgré la surveillance très active des gendarmes chefs de poste. »

Comme remède, le gouverneur n'en entrevoit qu'un : « apporter un élément nouveau de population, capable de rendre la vie à ce pays qui se meurt. C'est un moyen énergique que nous emploierons bientôt pour utiliser les plus fertiles de nos îles, si le Département donne suite à un projet dont je l'ai saisi le mois dernier, tendant à introduire à Nuka-Hiva, à Ivaoa et à Tahuata cent familles de colons martiniquais de cinq personnes en moyenne. Chacune de ces familles pourrait avoir une concession *gratuite* de dix hectares de bonnes terres cultivables. » Le désir du gouverneur d'accorder la préférence aux émigrants originaires de la Martinique s'explique par la triste actualité dont jouit cette île, à ce moment-là. Le 8 avril, une éruption de la Montagne Pelée a fait 30 000 victimes et chassé de leurs foyers un nombre égal de personnes. Beaucoup de ces sinistrés ne demandent pas mieux que d'émigrer.

Heureusement pour eux et pour les Marquisiens, le projet du gouverneur Petit échoue pour une raison d'ordre prosaïque[213] : on ne trouve nulle part l'argent nécessaire pour offrir le voyage aux Martiniquais.

CHAPITRE XII

LE TRAQUENARD

Gauguin est aussi convaincu que le gouverneur Petit et tous les hauts fonctionnaires du département des Colonies que la race marquisienne est vouée à une extinction rapide. Devant cette fin inéluctable, il estime que la seule attitude humaine et charitable à prendre envers ces derniers sauvages est de les laisser mourir en paix. Or, à ses yeux, l'administration commet la même erreur que les missionnaires, en voulant les civiliser *in extremis* à l'aide des gendarmes, le code Napoléon en main. Théoriquement, l'archipel est sous le contrôle d'un administrateur civil qui reçoit de Papeete des ordres du gouverneur. Mais ce fonctionnaire ne dispose d'aucun bateau pour se déplacer et se trouve de ce fait bloqué dans sa résidence à Nukuhiva. Par conséquent, les dix à douze gendarmes métropolitains disséminés à travers les îles, ignorant totalement le Marquisien et vivant parmi les populations qui ne comprennent pas un seul mot de français, règnent en maîtres absolus. Or, pour jouer ce rôle, ils ne possèdent pas toujours la personnalité ni la compétence requises. Chacun d'eux, dans sa vallée ou son île, remplit non seulement les fonctions de policier, greffier, huissier, procureur et juge, mais aussi celles de percepteur, notaire, douanier, capitaine de port et receveur des postes, pour ne mentionner que les principales tâches qui lui incombent. Dans ces conditions, certains gendarmes deviennent, bien sûr, de petits dictateurs odieux.

Cette épithète ne convient aucunement à Charpillet, le gendarme en poste à Atuona, qui a beaucoup de bon sens et de tact. Mais après son rapport sur les agissements « anarchistes » de Gauguin, le peintre lui en veut et commence à l'épier pour lui rendre la pareille. Au début de décembre 1902, il possède déjà suffisamment de preuves accablantes pour pouvoir rédiger une longue plainte, qu'il envoie au commandant de la gendarmerie à Papeete [214]. Qu'ils soient exacts, exagérés ou entièrement imaginaires, les méfaits et abus dont il accuse Charpillet sont, dans le fond, assez anodins. Le principal concerne la construction d'une route entre Atuona et la vallée voisine de Taaoa, où la mission catholique possède beaucoup de terres. Gauguin conteste l'utilité de ces travaux et leur exécution technique.

A plusieurs reprises, dans ce réquisitoire véhément, il est aussi question de l'usage personnel assez curieux que le brigadier et sa femme font des prisonniers employés « *tous les jours* à tous les travaux, et ils sont nombreux chez les gendarmes ces travaux de domesticité, cuisine, chercher et fendre beaucoup de bois pour cette cuisine, couper l'herbe de guinée pour les chèvres et les chevaux, etc. ». Si, par hasard, il n'y a plus de prisonnier, le brigadier force le geôlier « à lui servir en tout et pour tout de cuisinier et de domestique ». Gauguin n'hésite pas à qualifier ces pratiques, pourtant très courantes et généralement admises, de « régime arbitraire de terreur » qui a comme résultat néfaste de « faire haïr les Européens par l'indigène (*heureusement* très doux et timoré, mais pas encore assez civilisé pour ne pas être sujet à de la colère et troubler un jour notre sécurité) ». Finalement, il arrive à ce qui semble être le but essentiel de sa lettre. Il prévient le commandant de la gendarmerie contre les malveillances de Charpillet qui « fera tous ses efforts pour *chercher* à me faire poursuivre pour excitation à la révolte, me signaler comme homme révolutionnaire et dangereux. N'en croyez rien et ne vous laissez pas imposer. Je suis au contraire un homme excessivement philosophique et pacifique dont *l'honorabilité* jusqu'à présent n'a jamais été contestée. »

A peine a-t-il posté cette lettre que Charpillet est rappelé pour être affecté dans une autre île. Comme Gauguin l'admettra plus tard, malgré tous ses défauts, « Charpillet avait en somme cette qualité d'être bien élevé et convenable avec les colons ». Son successeur, Jean-Pierre Claverie, qui arrive le 4 décembre 1902 et entre en fonctions le 16, est, par contre, un grossier personnage, d'un tempérament coléreux et agressif. Il a fait une longue carrière en Océanie et a été en poste à Mataiea en 1891, quand Gauguin s'y est installé[215]. Ils ont probablement eu des démêlés déjà à cette date car, dès son arrivée à Atuona, il a des préjugés contre Gauguin et déclare ouvertement à qui veut l'entendre que son prédécesseur a été beaucoup trop mou. Puis, lors de sa première rencontre avec le peintre, il fait une démonstration publique de son mépris en lui tournant ostensiblement le dos.

Gauguin est enfin décidé, lui aussi, à tourner le dos à tous les gendarmes, missionnaires et fonctionnaires contre qui il s'épuise à lutter en Don Quichotte, pour se consacrer enfin à la seule occupation qui importe : la peinture. Il y est d'ailleurs presque contraint pour une autre raison et c'est qu'il a un retard considérable dans ses livraisons à Vollard. Il trouve néanmoins le temps de consigner pêle-mêle ses colères, ses réflexions et ses souvenirs dans un nouveau cahier. « Ça soulage », dit-il. Le titre qu'il choisit pour cette suite à *Racontars de rapin*, est *Avant et après*, la date de démarcation étant naturellement celle de sa première arrivée en Océanie en 1891. Cette candide confession en indique bien le ton : « Car j'ai travaillé et bien employé ma vie, intelligemment même, avec courage. Sans pleurer. Sans déchirer. J'avais cependant de très bonnes dents. »

Cette nouvelle période productive est troublée exactement le 13 janvier 1903, à 8 heures du soir, par un événement imprévu. Gauguin note avec une réelle émotion dans son livre-journal : « Dieu que j'ai si souvent offensé, m'a cette fois épargné. Au moment où j'écris ces lignes un orage tout à fait exceptionnel vient de faire de terribles ravages. » Les cyclones sont extrêmement rares dans la

Polynésie orientale et le précédent qui remonte à 1878, n'a causé que des dégâts mineurs. Celui qui s'abat sur les Marquises en 1903 a son origine, comme d'habitude, au nord, plus près de l'Equateur. Situé sur la côte sud de Hivaoa, protégé par de hautes montagnes, le village d'Atuona reste relativement abrité des vents. Mais il n'échappe pas au déluge. Vers minuit, les deux rivières de la vallée débordent. Celle de l'ouest, qui a donné son nom, Atuona, au village et à la vallée, charrie tant de rochers et d'arbres déracinés qu'il se forme une sorte de barrage vers son embouchure. L'eau déborde partout et rejoint l'autre rivière, Makemake, juste au sud de la maison de Gauguin. (Voir la ligne en pointillés sur la carte d'Atuona, page 287). Dans sa course, elle emporte la case de Tioka et la gendarmerie où Mme Claverie se trouve seule, son mari étant en tournée d'inspection dans une autre vallée. La femme du gendarme, la caisse sous le bras, réussit tout juste à échapper au désastre. Le torrent balaye aussi le pont construit par Gauguin sur la Makemake. Il se trouve donc complètement isolé, au milieu d'un immense lac, et il passe une nuit fort désagréable. Les rafales traversent les matériaux légers dont la maison est faite, l'empêchant d'allumer une lampe. Quand le jour pointe enfin, il est encore entouré par tant d'eau qu'il n'ose s'aventurer dehors pour gagner un lieu plus sûr. Les seules personnes en vue sont deux Marquisiens sur la véranda du magasin de Varney. Ils n'ont pas l'air très pressés de lui venir en aide. Mais il sait parfaitement comment attirer leur attention : il sort deux bouteilles de rhum et les agite vigoureusement. Le résultat ne se fait pas attendre. Les deux hommes se mettent à l'eau et le ramènent sur leur dos.

Comparés aux terribles ravages que ce cyclone a produit dans les îles basses de l'archipel des Tuamotu, où 517 personnes ont trouvé la mort, les dégâts aux îles Marquises sont assez négligeables, en raison de leur élévation. A Atuona, on ne déplore que la mort d'un bébé, noyé, et les seules maisons sérieusement endommagées sont celles du gendarme et de Tioka[216]. Grâce à la hauteur exceptionnelle de la *Maison du Jouir*, l'eau n'a pas atteint l'atelier du premier étage où le peintre conserve tous ses objets de valeur, dont un certain nombre de toiles anciennes et récentes. En preuve d'amitié pour son voisin Tioka, dont la maison était construite sur un terrain manifestement trop bas, il lui fait don, par un acte légal, d'une parcelle de sa propriété.

Puis il reprend sa vie de reclus et son journal, où il est maintenant question de l'art et de l'artisanat traditionnels : « On ne semble pas se douter en Europe qu'il y a eu soit chez les Maories de la Nouvelle-Zélande, soit chez les Marquisiens un art très avancé de décoration. Il se trompe, Monsieur le fin critique quand il prend tout cela pour un art de Papoue !

Chez le Marquisien surtout, il y a un sens inouï de la décoration.

Donnez-lui un objet de formes géométriques quelconques, même de géométrie gobine, il parviendra — le tout harmonieusement — à ne laisser aucun vide choquant et disparate. La base en est le corps humain ou le visage. Le visage surtout. On est étonné de trouver un visage là où l'on croyait à une figure étrange géométrique. Toujours la même chose et cependant jamais la même chose.

Aujourd'hui même à prix d'or, on ne retrouverait plus de ces beaux objets en os, en écaille, en bois de fer qu'ils faisaient autrefois. La gendarmerie a tout *dérobé* et vendu à des amateurs collectionneurs et cependant, l'administration n'a pas songé un seul instant, chose qui lui aurait été facile, à faire un musée à Tahiti de tout l'art océanien. »

A peine Gauguin a-t-il remis de l'ordre dans sa maison que sa tranquillité est à nouveau troublée. Cette fois-ci, ce sont ses voisins et amis français dans le village qui font irruption de plus en plus souvent. Certes, ils n'osent pas le déranger quand il est à son chevalet. Mais il y a toujours l'heure de l'apéritif, vers onze heures, et les soirées. C'est ainsi qu'il apprend les dernières nouvelles sous une forme plus ou moins arrangée et déformée. Tous ceux qui l'ont connu à cette époque sont unanimes à souligner l'influence néfaste de ses deux visiteurs les plus assidus,

Reiner et Guilletoue, à l'esprit intrigant et chicaneur. Ce n'est sûrement pas une coïncidence que ces deux colons soient des êtres en marge de la société, non pour la même raison que Gauguin, mais à cause de leurs origines ethniques. Tandis que Reiner est alsacien, déraciné par la guerre de 1870, Guilletoue est basque, et tous deux se sont installés en Océanie tout simplement parce qu'ils n'ont pas pu s'adapter en France métropolitaine. Pour avoir servi de nombreuses années dans la gendarmerie de la colonie, Reiner sait interpréter les règlements et s'en servir pour redresser des torts ou tracasser ses ennemis personnels. La distinction est souvent impossible à faire. Ces capacités lui ont également valu un siège au Conseil général, dans le parti catholique, de 1893 jusqu'à la réforme du gouverneur Gallet en 1899. A partir de cette date, il s'occupe surtout de mettre en valeur, avec l'aide de sa femme, Alsacienne, elle aussi, sa grande plantation de cocotiers, dans la baie de Tahauku, toute proche du village d'Atuona.

Si Reiner sait expliquer à sa manière les lois et les décrets, Guilletoue est avant tout capable de rapporter ce que disent et font les Marquisiens, grâce à sa connaissance approfondie de leur langue et de leurs coutumes, acquise pendant plus de vingt ans de séjour. Il gagne sa vie en travaillant périodiquement comme vendeur dans un magasin chinois et en faisant, presque chaque fin de semaine, la chasse aux bœufs sauvages, sur les hauts plateaux, à l'intérieur de l'île. Cette vie semi-nomade lui permet également d'apprendre ce qui se passe dans les autres vallées.

Ces deux hommes sont particulièrement hostiles envers le nouveau gendarme, Claverie. Les autres amis de Gauguin, Frébault, Varney, Ky Dong et Tioka, ne sont pas beaucoup plus tendres. Au début de 1903, dans la *Maison du Jouir*, la conversation tourne surtout autour de deux récents scandales qui les indignent tous dans la même mesure. Le premier est un crime passionnel commis dans le village et le second une affaire de trafic de contrebande qui s'est passée à Tahuata, l'île voisine, avec la connivence du gendarme local[217]. Le drame de jalousie ayant causé la mort d'une femme d'Atuona, Piitua, s'est déroulé alors que Charpillet était encore en fonctions et il a très vite conclu à la culpabilité du mari de la victime, un matelot déserteur noir, immédiatement mis en prison. Claverie est du même avis. Cependant d'après les affirmations des colons, le vrai coupable est l'amant marquisien de Piitua, mais celui-ci l'a tellement intimidée jusqu'à sa mort — survenue seulement plusieurs semaines après l'agression — qu'elle n'a pas osé avouer la vérité au gendarme. Le témoignage le plus important est fourni par Ky Dong. En sa qualité d'infirmier, il a soigné la victime et il jure qu'en outre des deux blessures au couteau apparentes à la poitrine, la malheureuse avait, sans que le gendarme s'en soit aperçu, une horrible plaie au vagin. C'est une méthode sauvage de vengeance connue aux Marquises depuis les temps anciens.

L'affaire de Tahuata est beaucoup plus anodine. Il s'agit de la vente en contrebande à bord d'un baleinier américain, de quelques tissus, savons et conserves, avec la complicité du gendarme, Guichenay, qui aurait reçu un pot-de-vin. Mais Reiner, Guilletoue et les commerçants locaux jugent ce délit presque avec la même sévérité que l'assassinat puisqu'il constitue pour eux une concurrence déloyale. Manquant eux-mêmes du courage nécessaire, ils poussent Gauguin à envoyer une plainte à l'administrateur des Marquises.

Entre-temps, le chef du service judiciaire de la colonie a enfin réalisé qu'il faut entreprendre une enquête sérieuse sur le crime passionnel d'Atuona. Il n'y a toujours pas de juge résidant aux Marquises, malgré l'intention ferme du gouverneur Lacascade, en 1892, de pourvoir ce poste — pour lequel, on s'en souvient, Gauguin a posé sa candidature. Le projet ayant été abandonné par le successeur de Lacascade, le procureur s'est contenté d'organiser une tournée de temps en temps. La dernière date du mois d'août 1901. Le 5 février 1903, un jeune magistrat, nommé Horville, débarque enfin à Atuona d'un navire nouvellement affrété, portant le nom prometteur d'*Excelsior*. Bien avant, à toutes fins utiles, Gauguin a rédigé un long rapport où il énumère tout ce qu'il a pu apprendre sur l'assassinat de Piitua et où il dénonce sans ambages la manière négligente dont les gendarmes ont mené l'enquête. Aussitôt que le juge met pied à terre, il lui communique ce document. Mais les jours passent et, à sa grande indignation, Horville ne manifeste pas le moindre désir de l'interroger, lui ou quelque autre personne susceptible d'apporter des révélations. Il est clair que le juge est satisfait de l'instruction menée par Charpillet et Claverie et qu'il transmettra ainsi le dossier au tribunal de Papeete, seule instance qualifiée pour statuer dans une affaire de meurtre.

Pressé de continuer sa tournée, Horville commence à liquider en série les dossiers accumulés. Or Gauguin estime qu'une de ces affaires résulte d'une fausse accusation. Il s'agit d'une inculpation d'ivrognerie contre vingt-neuf habitants de la vallée de Hanaiapa, sur la côte nord de l'île. La plainte a été déposée par un certain « demi », Maurice, lui-même condamné à plusieurs reprises pour des délits graves, y compris ceux de parjure et de faux témoignage. Les vingt-neuf Marquisiens, hommes et femmes, jurent tous qu'ils sont innocents et accusent Maurice de chercher une vengeance. Gauguin est tout aussi bien renseigné sur cette affaire, car plusieurs des accusés sont protestants et ont raconté leur version au pasteur Vernier. L'un deux parle même assez bien le français pour être allé voir le peintre et s'être confié à lui.

Heureux de profiter de cette occasion pour rétablir la justice et porter à la fois un coup à Claverie, Gauguin décide de se faire l'avocat des vingt-neuf accusés. L'audience débute mal pour lui. Il se présente devant la cour dans sa tenue vestimentaire habituelle, c'est-à-dire vêtu d'un tricot de coton rayé sale et d'un *pareu* à fleurs. En outre, il s'assied par terre à la manière indigène, exposant ostensiblement ses jambes enflées et suppurantes. Le magistrat refuse d'accepter un défenseur qui affiche un tel mépris du tribunal et Gauguin, furieux, doit se rendre chez lui pour enfiler un pantalon tandis que le juge attend. A son retour, il voit tous ses efforts anéantis par le procureur, en l'occurrence Claverie, qui amène devant la cour un témoin imprévu en la personne de Tumahuna, chef de la vallée de Hanaiapa. Tout en admettant qu'il n'a *vu* personne en état d'ivresse, Tumahuna affirme qu'il a *entendu* les accusés mener un tel vacarme pendant la nuit entière qu'il est impossible de douter qu'ils fussent ivres. Cette déposition entraîne la condamnation de chacun des vingt-neuf accusés à cinq jours de prison et à cent francs d'amende. Gauguin objecte non seulement que les preuves sont insuffisantes, mais que l'article de la loi invoqué par le juge n'est nullement applicable. Le juge se borne à répliquer qu'il peut toujours faire appel à Papeete. Mais comme Gauguin insiste, il ordonne à l'autre gendarme présent, faisant fonction d'huissier, de l'expulser. Le peintre menace de frapper si on ose porter la main sur lui puis, finalement, il se retire de lui-même, après avoir promis à ses vingt-neuf clients de faire appel et d'en supporter tous les frais.

A la sortie de l'audience, Tumahuna fait au gendarme qui a dressé le procès-verbal cet aveu aussi révélateur pour sa connaissance du français que pour sa compréhension du processus légal[218] : « Tu sais, mon gendarme, moi pas content comme ça. Kanaques Hanapaoa dire au juge, moi dire à eux de boire, pas peur, pas de contravention, moi Chef, moi Mutoi, pas peur moi boire avec eux et moi aussi ivre. Moi dire oui au juge. Toi dire à moi faire comme ça, moi faire, moi pas content. Gendarme dire à moi, viens avec moi trouver le juge, gendarme dire au juge, moi dis à Tumahuna faire comme ça pour prendre Kanaques. »

Quelques heures plus tard, Guilletoue qui connaît mieux que personne les habitants de Hanaiapa-Hanapaoa, rapporte à Gauguin que la nuit pendant laquelle le chef Tumahuna affirme avoir entendu les hurlements des vingt-neuf personnes condamnées, il se trouvait dans une autre vallée, huit kilomètres plus loin. Guilletoue promet d'aller immédiatement voir Claverie pour lui donner cette preuve du parjure de Tumahuna, mais à la dernière minute, réflexion faite, il part à la chasse. De leur propre initiative, Reiner et Varney acceptent de témoigner qu'ils ont bien entendu Guilletoue faire cette déclaration. Plusieurs jours après, comme Claverie n'a toujours pas interrogé Guilletoue ni Tumahuna, Gauguin, exaspéré, se rend en boitant à la gendarmerie pour réclamer des explications. Claverie lui répond avec arrogance qu'il n'a pas d'ordre à recevoir de lui. Il s'ensuit une si violente altercation qu'en rentrant chez lui, crispé, bouleversé, Gauguin crache le sang.

Aussitôt qu'il retrouve assez de forces, il contre-attaque dans une direction différente. Il fait signer par un certain nombre de Marquisiens une pétition demandant l'ajournement temporaire des prestations de dix jours de travail ainsi qu'un sursis pour le paiement de l'impôt annuel de 24 francs. La raison invoquée est excellente. Le cyclone a détruit toutes les plantations de bananes et d'ignames et déraciné ou dénudé la plupart des arbres à pain, ce qui oblige les familles d'Atuona, pour ne pas mourir de faim, à passer la plupart de leur temps à pêcher, chasser et chercher des provisions dans des vallées éloignées épargnées par la tempête. Horville, à qui la pétition est présentée, déclare qu'il faut l'adresser à l'administration, représentée à Atuona par le gendarme Claverie. Celui-ci refuse net d'accorder ce sursis, sachant fort bien que la demande émane de Gauguin.

Tout ceci est mesquin et futile, de part et d'autre. Mais petit à petit, pendant ces premiers mois de l'année 1903, Gauguin commence à formuler une critique de la colonisation, telle qu'il l'observe aux Marquises. Elle n'est plus fondée sur son amour-propre blessé mais sur une analyse lucide et exacte de la situation et son mobile est indéniablement une compassion sincère pour les pauvres Marquisiens, prisonniers d'un système administratif et légal totalement incompréhensible pour eux. Cette nouvelle prise de conscience le pousse à rédiger un autre rapport à l'occasion d'un événement rare aux Marquises : l'arrivée inattendue à Atuona, le 10 mars, de deux inspecteurs des colonies en tournée officielle.

Dans sa nouvelle supplique, Gauguin récapitule ce qu'il a déjà signalé au juge Horville au sujet des écoles catholiques, du meurtre de Piitua, des impôts injustifiés, des amendes exagérées, du trafic de contrebande, etc. Mais il place en même temps tous ces cas particuliers dans un contexte plus général, celui de l'absence complète d'un appareil judiciaire adapté aux conditions spéciales aux Marquises. « La justice pour des raisons d'économie nous est envoyée tous les dix-huit mois environ. Le juge arrive donc pressé de juger, ne connaissant rien, rien de ce que peut être l'indigène... De par sa volonté (il) s'installe à la gendarmerie, y prend ses repas, ne voyant personne autre que le brigadier qui lui présente les dossiers avec ses appréciations... A l'audience, l'accusé est interrogé de par l'intermédiaire d'un interprète qui ne connaît aucune des nuances de la langue et surtout de la langue des magistrats, langage très difficile à interpréter dans cette langue primitive, sinon avec beaucoup de périphrases. Ainsi par exemple on demande à un indigène accusé s'il a bu. Il répond non et l'interprète dit : "Il dit qu'il n'a jamais bu", et le juge s'écrie : "Mais il a déjà été condamné pour ivresse !!!" L'indigène très timide de par sa nature devant l'Européen qui lui paraît plus savant et son supérieur, se souvenant aussi du *canon* d'autrefois, paraît devant le tribunal terrifié par le gendarme, par les juges précédents, etc. et préfère avouer même quand il est innocent sachant que la négation entraînera une punition beaucoup plus forte. Le régime de la terreur. »

Les inspecteurs sont aussi pressés que l'était le gouverneur l'année précédente. Ils s'entretiennent avec Claverie le jour de leur arrivée, assistent à une réception à la mission catholique le lendemain, et repartent ce même jour à cinq heures de l'après-midi. Ils n'ont donc pas le temps de recevoir Gauguin ni de lire sa lettre de doléances [219]. L'artiste, plus décidé que jamais à poursuivre la lutte, insère ce rapport dans *Avant et après*, qu'il vient de terminer, et envoie le manuscrit au *Mercure de France*, avec prière de le faire paraître, offrant au besoin de payer lui-même pour l'impression. Il s'adresse dans ce but à Daniel, l'implorant de vendre à n'importe quel prix les nombreuses toiles en dépôt chez lui.

L'inspecteur principal André Salles, au retour de sa

tournée, produit de son côté un rapport destiné au ministère des Colonies, dans lequel il fait écho à de sévères critiques formulées envers Gauguin [220]. Il est évident que ces récriminations viennent surtout de Claverie et de l'évêque, puisqu'il affirme sans hésitation : « Les habitants savent fabriquer une liqueur alcoolique avec des oranges et d'autres fruits du pays ; c'est actuellement la seule ressource des gens du groupe Sud-Est. Aussi quelques personnes pensent-elles que vu l'impossibilité supposée d'empêcher cette fabrication il vaudrait mieux autoriser l'introduction du rhum. Mais je ne puis me rallier à cette solution ; l'usage de l'alcool entraîne trop loin les malheureux Marquisiens qui en subissent l'influence. Le colon Manlius raconte avoir plusieurs fois assisté à des scènes d'ivrognerie dans quelques hautes vallées : les indigènes en groupes de 40 à 50 individus remplissent de jus d'orange le plus grand récipient que possède la communauté, ils vont jusqu'à prendre à cet effet une pirogue. Puis hommes, femmes, nus, boivent, reboivent, se battent ou s'accouplent. Les gendarmes savent qu'il est dangereux de survenir en pleine fête. Le peintre Gauguin, qui vit à Atuona et prend la défense de tous les vices des indigènes, ne voit dans ces scènes de sauvagerie qu'une simple distraction nécessaire aux Marquisiens. »

Salles veut « empêcher les abus et d'un autre côté agir sur l'esprit des enfants, les préparer à trouver horrible la sauvagerie de leurs parents ». Comment y parvenir ? Il poursuit : « Seuls l'école et l'internat peuvent tendre vers ce double but. Les administrateurs et médecins successifs des Marquises l'avaient aussi bien compris que les missionnaires. Aussi avaient-ils réussi à grouper dans les écoles existantes toute l'enfance, ou à peu près, des îles. Les indigènes s'étaient résignés à confier aux sœurs de Saint-Joseph de Cluny et aux frères de l'Instruction chrétienne, leurs filles et fils, s'astreignant à leur apporter une fois par semaine la quantité nécessaire de nourriture indigène.

« Depuis deux ans, tout est changé. Un peintre impressionniste, M. Gauguin, malade, est venu s'établir à Atuona où il a dénommé son habitation la "Maison du Jouir".

Dès ce moment, il s'est attaché à attaquer dans l'esprit des indigènes toute autorité établie, les engageant à ne pas payer l'impôt et à ne plus envoyer leurs enfants à l'école. A ce dernier point de vue, il est allé jusqu'à venir sur la plage, quoique se déplaçant avec difficulté, pour décider les gens de l'île de Tahuata à remmener leurs enfants ; des rapports de Gendarmerie en font foi. Le but a été atteint. Les trois écoles catholiques d'Atuona et de Puamau comptaient, il y a quatre ou cinq ans, plus de trois cents élèves ; elles n'en ont plus que soixante-dix. Chez les sœurs, il était rentré soixante élèves en septembre dernier ; je n'en ai vu que trente-cinq. »

Ce rapport est un encouragement direct à se débarrasser de ce dangereux anarchiste. Aussi, le gouverneur, dans un rapport séparé[221], n'hésite-t-il pas à dénoncer Gauguin comme un « mauvais Français » et un individu « de basse qualité » et de regretter sincèrement que les lois en vigueur dans la colonie ne lui permettent pas de renvoyer sans procédure ce fauteur de trouble en métropole. Mais il ne manque pas entièrement de moyens d'intervenir. Aussitôt qu'il a pris connaissance de la plainte déposée par le peintre contre le gendarme Guichenay, de Tahuata, il a autorisé le commandant de la gendarmerie à le poursuivre pour diffamation. L'issue ne fait pas beaucoup de doute pour le gouverneur, car il ajoute que « le sieur Gauguin peut, par suite, se trouver déjà sous le coup d'une condamnation sérieuse, M. le juge Horville actuellement en tournée aux Marquises ayant dû s'occuper de cette affaire. »

Ignorant les fermes intentions de ses supérieurs d'écraser Gauguin, l'administrateur Picquenot, toujours aussi bien disposé envers le peintre, essaie pendant ce temps de faire lui-même une enquête à Tahuata, lors d'une tournée, mais ne trouvant pas le gendarme Guichenay chez lui, il se contente de lui laisser une lettre demandant des explications. En repassant par Tahuata, un ou deux jours plus tard, Picquenot trouve une réponse de Guichenay qui, curieusement, s'est à nouveau absenté dans l'intérieur de l'île pour affaire urgente. Dans ce message, le gendarme déclare catégoriquement qu'aucune marchandise n'a été débarquée des baleiniers à l'exception de quelques petits articles que lui ont offerts les capitaines de ces navires. Il parvient même à prouver qu'il a acquitté des droits d'entrée sur ces marchandises, en joignant un reçu dûment signé par le douanier local, qui n'est autre que Guichenay lui-même. Très rusé, il ne manque pas non plus de transmettre à Claverie la lettre de Picquenot — avec la demande originale d'enquête de Gauguin. Picquenot a immédiatement compris le danger que ceci représente pour le peintre et il a la gentillesse de s'arrêter chez lui à Atuona pour lui conseiller de retirer par écrit ses accusations. Sagement Gauguin suit son avis[222]. Mais il est trop tard, Claverie a déjà eu le temps de lancer toute la machine juridico-administrative contre lui.

Le 27 mars, le gendarme qui assiste Horville comme huissier, Eugène Pambrun, apporte à Gauguin une citation[223] l'assignant « à comparaître en personne le mardi trente et un mars courant à huit heures et demie du matin à l'audience du tribunal de justice de paix... pour répondre et procéder sur et aux fins d'une procédure de laquelle il résulte qu'il est prévenu d'avoir par une lettre non datée, au commencement de février dernier, accusé le gendarme Guichenay du poste de Vaitahu, île Tauata, d'avoir débarqué d'accord avec les capitaines de deux bateaux américains (c'est-à-dire en fraude), des marchandises diverses, ce qui constitue le délit de diffamation prévu par les articles 29, 30 et 31 de la loi du 29 juillet 1881 ; et en outre répondre aux conclusions qui seront prises contre lui par M. l'Officier du ministère public, d'après l'instruction à l'audience. »

Gauguin n'a donc que trois jours pour préparer sa défense. Cette volonté manifeste de faire vite est de mauvais augure et le déroulement du procès confirme immédiatement ses soupçons d'être pris dans un traquenard savamment préparé. Rejetant tout d'abord sa demande de renvoi et ensuite sa demande d'enquête judiciaire sur toute l'affaire de contrebande, le juge Horville accepte par contre avec empressement les réquisitions de l'officier du ministère public — qui est le gendarme Claverie — et condamne Gauguin à une amende de cinq cents francs et à trois mois d'emprisonnement. L'énormité de l'injustice commise est encore plus frappante si on sait, comme le peintre l'a compris trop tard, que la loi invoquée ne s'applique qu'aux déclarations diffamatoires *imprimées*.

Outré, écœuré, mais en même temps plus combatif que jamais, Gauguin concentre à partir de ce moment tous ses efforts pour obtenir réparation. Pour commencer, il adresse par le courrier suivant du 2 avril une demande d'appel au tribunal supérieur de Papeete et charge l'avocat Léonce Brault de défendre sa cause. Et comme il l'a déjà fait précédemment en maintes occasions (et toujours sans résultat), il écrit à Charles Morice pour qu'en France, celui-ci remue l'opinion publique, par des articles sur les abus qui existent aux Marquises. Mais à peine a-t-il rédigé une page qu'il fait une digression pour parler d'art et surtout du sien : « Tu t'es trompé un jour en disant que j'avais tort de dire que je suis un sauvage. Cela est cependant vrai : je suis un sauvage. Et les civilisés le pressentent, car dans mes œuvres, il n'y a rien qui surprenne, déroute, si ce n'est ce ''malgré-moi-de-sauvage''. C'est pourquoi c'est inimitable... Tout ce que j'ai appris des autres m'a gêné. Je peux donc dire : personne ne m'a rien appris. Il est vrai que je sais si peu de choses ! Mais je préfère ce peu de chose qui est de moi-même. Et qui sait si ce peu de chose, exploité par d'autres, ne deviendra pas une grande chose ? »

Toutes ces tribulations et tracasseries qui durent depuis plusieurs mois n'ont, hélas ! pas laissé à Gauguin beaucoup de temps pour peindre, et il a pris un grand retard dans ses livraisons de tableaux. Aussi craint-il que Vollard ne lui coupe ses mensualités. Or, ses comptes avec la Société Commerciale de l'Océanie montrent un débit de 1 400 francs. Comment, dans ces circonstances, trouver une somme d'au moins 1 000 francs pour entreprendre le voyage à Tahiti afin de faire appel ? Désespéré, il écrit à un riche collectionneur que Daniel connaît et l'implore d'acheter trois tableaux pour 1 500 francs. Ceux-ci représentent presque toute sa production pour 1903, car il n'existe que quatre toiles de lui qui portent ce millésime. Les sujets de ces tableaux sont du reste assez révélateurs de sa situation. Le premier représente son jardin avec le cheval dont il a besoin pour se déplacer. Deux autres sont des scènes du village montrant le cimetière en arrière-plan. Le quatrième est une version réduite de son testament spirituel de 1897, *D'où venons-nous ? Que sommes-nous ? Où allons-nous ?*

A ce moment précis où il a besoin de tous ses moyens, sa santé se détériore rapidement. Encore une fois, il a recours au pasteur Vernier qui ne peut que changer ses pansements et lui conseiller la prudence dans l'usage du laudanum. Excellent conseil que Gauguin est incapable de suivre. Quand ce tranquillisant ne lui fait plus assez d'effet, il supplie Varney de lui rendre la morphine et la seringue qu'il lui a confiées quelques mois plus tôt avec l'instruction formelle de ne plus jamais les lui redonner. Loyalement Varney refuse, puis, fatigué par les demandes si pressantes de Gauguin, il finit par céder [224]. Le soulagement qu'apporte la morphine permet au malade de rédiger une longue missive adressée au chef de la gendarmerie à Papeete. Il l'expédie par le vapeur du 28 avril.

Selon ce document, de treize pages grand format, les événements ont pris un tournant décisif au moment de l'arrivée de Claverie. Avant, dit Gauguin, « mon existence aux Marquises était celle d'un solitaire loin de la route, infirme, et travaillant à son art, ne parlant pas un mot de la langue marquisienne, ne voyant aussi que très rarement quelques personnes ». Puis ensuite « ce ne fut qu'une série de vexations pour lesquelles je fis des observations reçues toujours avec violence en place publique devant Européens et Indigènes. La vie pour moi devint intolérable, une lutte du genre de celle décrite par Balzac dans *Nos Paysans*. »

Rappelant sa si violente altercation avec Claverie à la suite de la condamnation des vingt-neuf habitants de Hanaiapa, Gauguin poursuit : « A mon tour, Monsieur l'Officier de vous dire que vos gendarmes, malgré toutes les fonctions civiles qu'ils remplissent ne sont gendarmes que pour délits et crimes et qu'en aucun cas les colons doivent être traités par eux comme des militaires sous leurs ordres. Et je vous crois trop juste pour prendre en pareil cas la défense quand même de vos gendarmes. Si cela doit se renouveler je vous demanderai à *forcer* l'insolent à m'en donner réparations par les armes.

Il est heureux que je sois le défenseur des indigènes car jusqu'à présent tous les colons, qui sont des colons pauvres vivant de leur commerce, savent ce qu'il en coûte de se frotter à la gendarmerie et se taisent. De ce fait les gendarmes, assurés de n'avoir aucun contrôle (vous êtes si loin et si peu à même d'être bien informé) assurés aussi que l'administrateur, quand il y en a un, ne peut à chaque instant venir faire des enquêtes, assurés aussi en cas d'enquête du témoignage de son chef interprète, et du témoignage des indigènes en sa faveur qui sont timorés et sûrs de la vengeance, sont les maîtres... Et on veut m'incriminer d'être le défenseur de malheureux sans défense ! Il y a bien cependant une Société protectrice des animaux. »

Puis après un récit détaillé de toutes les injures qu'il a dû subir, il conclut par cette tirade : « Quoi qu'il en soit, Monsieur l'Officier, je tiens à vous dire que j'irai à Tahiti me défendre et que mon défenseur aura beaucoup à dire, l'administrateur aussi mis en cause, et que même condamné à la prison, ce que je considère pour moi (dans notre famille nous ne sommes pas habitués à cela) comme déshonorant, je marcherai toujours la tête haute, fier de ma réputation justement acquise, et qu'en dehors du Tribunal je ne permettrai à personne au monde si haut placé qu'il soit de dire quoi que ce soit sur mon honorabilité. »

Le ton agressif de cette lettre donne une fausse impression de l'état d'esprit et de la santé de Gauguin car, en réalité, elle lui a demandé un gros effort et il a été obligé de rédiger beaucoup de brouillons[225]. Epuisé par cette tâche, il s'enferme chez lui dès que le vapeur a appareillé et ne veut voir personne pendant une semaine. Enfin, de bonne heure, le 8 mai 1903, il fait appeler le pasteur

Vernier. Dès que celui-ci a gravi les marches très raides de l'escalier de la Maison du Jouir, il trouve son propriétaire couché sur son lit. Gauguin lui demande à voix faible s'il fait jour ou nuit et se plaint de douleurs « partout ». Il ajoute qu'il a eu deux syncopes. Puis, rapidement, il entame une conversation sur l'art et la littérature, le roman de Flaubert *Salammbô* en particulier. Il semble que cela lui fasse du bien de pouvoir s'entretenir avec quelqu'un car bientôt la douleur s'estompe. Gauguin ignore où sont passés les deux domestiques. Mais cela ne paraît pas l'inquiéter beaucoup et, après un certain temps, Vernier le quitte pour aller reprendre sa classe interrompue.

A onze heures, l'ami de Gauguin, Tioka, plus fidèle et affectionné que ses domestiques, vient lui rendre visite. Selon la coutume polynésienne, il annonce son arrivée en appelant : « Koke, Koke. » Ayant attendu en vain la permission d'entrer, il monte l'escalier et découvre Gauguin étendu sur le rebord du lit, une jambe pendant à l'extérieur. Il le saisit et le réprimande d'avoir tenté de se lever, mais n'obtient aucune réponse. Un éclair traverse son esprit : si son ami était mort ? Pour s'en assurer, il a recours à une méthode traditionnelle, il lui mord la tête. Gauguin ne bouge toujours pas. Tioka d'une voie aiguë entonne alors une lamentation funèbre [226]. Sur la table se trouve une petite fiole vide. Gauguin a-t-il pris une dose trop forte de laudanum ? Ou s'agit-il d'une fiole vide depuis longtemps ? [227] Nous n'en savons rien.

Les deux domestiques arrivent enfin et repartent aussitôt répandre la nouvelle. Un quart d'heure plus tard, la petite chambre qui sent le renfermé est pleine de curieux, plus ou moins sincèrement affligés [228]. Ils sont vite rejoints non seulement par le pasteur Vernier qui tente une respiration artificielle, mais aussi, à la surprise générale, par l'évêque, accompagné de deux frères de l'école de garçons voisine. S'il vient rendre cette dernière visite à son adversaire, c'est parce que Gauguin, catholique par le baptême, ne doit pas être enterré comme un païen. Le brigadier Claverie est là, lui aussi, pour veiller à ce que Gauguin, mort ou vif, respecte la loi. Sans délai, il rédige un acte de décès et demande aux deux personnes arrivées les premières sur les lieux, Tioka et Frébault, de le signer. Pointilleux comme toujours, il ajoute dans la marge la remarque suivante qui sonne comme un reproche : « On sait qu'il est marié et père de famille, mais on ignore le nom de sa femme. »

La réglementation en vigueur prescrit l'inhumation dans les 24 heures. Mais, malgré la vigilance de Claverie, Gauguin marque les derniers points. C'est avec trois heures de retard, à deux heures de l'après-midi le jour suivant, que le cercueil, hâtivement et grossièrement fabriqué, est déposé dans la terre rouge et volcanique du cimetière catholique sur la colline de Hueakihi, au-dessus d'Atuona. A l'exception des quatre fossoyeurs, la seule personne qui a pris la peine de gravir la pente abrupte dans la chaleur du jour est Emile Frébault [229]. L'unique oraison funèbre est cette note amère, insérée par Mrg Martin dans une lettre [230] adressée à ses supérieurs en France : « Il n'y aura eu de bien saillant ici que la mort subite d'un triste personnage, nommé Gauguin, artiste de renom, ennemi de Dieu et de tout ce qui est honnête. »

L'administrateur des Marquises, Picquenot, se montre plus affligé — pour une raison différente. Il écrit dans son rapport au gouverneur [231] : « J'ai averti les créanciers du défunt d'avoir à me fournir leurs créances en double expédition. Des renseignements qui me sont parvenus il résulte que le passif excédera de beaucoup l'actif, les quelques tableaux du défunt, peintre décadent, ayant peu de chance de trouver amateur. »

NOTES

Les abréviations suivantes ont été employées :

ANNALES	Annales des Sacrés-Cœurs.
ANNUAIRE	Annuaire de Tahiti et dépendances
BO	Bulletin Officiel des Etablissements Français de l'Océanie
BSEO	Bulletin de la Société des Etudes Océaniennes
FDM	Fonds Daniel de Monfreid, Saint-Clément, Corneilla-de-Conflent, Pyrénées-Orientales
FLMG	Fonds Jean Loize, Musée Gauguin, Tahiti
JO	Journal Officiel des Etablissements Français de l'Océanie
JME	Journal des Missions Evangéliques
MF	Mercure de France
MG	Musée Gauguin, Tahiti
MT	Le Messager de Tahiti
REPERTOIRE	O'Reilly, Patrick - Teissier, Raoul : Tahitiens, Répertoire bio-bibliographique de la Polynésie Française.
WC	Wildenstein-Cogniat : Gauguin, Catalogue, Paris 1964.

1. Ce n'est qu'en 1961 que Merete Bodelsen a mis fin à toutes les suppositions, plus ou moins fantaisistes, concernant les débuts artistiques de Gauguin, en publiant, dans la revue danoise *Signum*, les lettres de Marie Heegaard, amie et compagne de Mette, écrites à ses parents pendant le séjour des deux jeunes filles à Paris, en 1872-1873, pendant lequel elles ont fait la connaissance de Gauguin. Ces lettres, jusqu'alors inédites, nous révèlent que c'est chez son tuteur, le banquier, photographe passionné et fin collectionneur d'art, Gustave Arosa, et surtout grâce à l'exemple et aux encouragements de sa fille Marguerite, que Gauguin commence à s'intéresser à l'art et à s'initier au métier de peintre. Par ces documents, nous apprenons même à quelle date et dans quel lieu il prend les pinceaux pour la première fois : au mois de juillet 1873, dans le jardin de Gustave Arosa, à Saint-Cloud. Les passages essentiels des lettres de Marie Heegaard sont reproduits en anglais dans Bodelsen, 1965 : 306-13.

2. L'épisode mélo-dramatique, si cher aux biographes de Gauguin, où le « boursier prospère » qui jusqu'alors n'a fait de la peinture qu'en amateur, le dimanche, prend brusquement la décision irrévocable de quitter la Bourse « pour peindre enfin tous les jours », est une pure fiction. Comme Bodelsen, 1970 : 598, le démontre, la vérité est bien plus prosaïque. D'abord Gauguin n'est plus à la Bourse en 1883 mais, depuis trois ans, employé à l'Agence Financière des Assurances, 93, rue Richelieu. Ensuite il est tout bonnement congédié. Il faut aussi remarquer que le titre de « boursier » utilisé par la plupart de ses biographes pour la période précédente de sa vie, 1871-1880, correspond en réalité à un modeste emploi de coulissier chez un agent de change. Le petit-fils de Gustave Arosa interviewé par Chassé, 1959 : 43, explique avec précision en quoi consistait ce métier : « Le fait important à retenir, c'est que, vers 1880, il n'y avait pas de conversations téléphoniques. Les boursiers, à cette époque où la frénésie de spéculation était très forte, payaient largement des jeunes gens cultivés mais sans préparation technique pour aller dans les cafés et restaurants des environs de la Bourse s'entretenir vers une heure de l'après-midi avec des clients possibles pour leur recommander les valeurs en vogue. » La thèse principale de Chassé, 1959 : 41, est cependant fausse : Gauguin n'était plus à la Bourse au moment du krach de l'hiver 1882-1883.

3. L'hebdomadaire officiel, *Exposition Universelle*, contient des plans et des descriptions très détaillées. Pour la section coloniale, il faut surtout consulter les numéros 24 et 25. 3 et 10.8.1889. Le *kampong* javanais a été l'objet d'un petit guide spécial de 23 pages, intitulé *Javanais et javanaises* à *l'Exposition Universelle.*

4. La liste complète des objets et produits provenant des Etablissements Français de l'Océanie a été publiée dans le JO 6.2.1890. Les problèmes causés par l'envoi d'un groupe d'indigènes sont traités avec beaucoup d'humour dans le MT 16.11.1889 et, à l'occasion de l'exposition de 1900, à nouveau analysés et discutés dans le JO 29.9.1898.

5. Gauguin a probablement lu le roman de Loti un an auparavant, pendant son séjour à Arles chez Vincent Van Gogh. En avril 1888, six mois avant l'arrivée de Gauguin, Vincent est tellement enthousiasmé par la lecture de ce livre qu'il écrit à sa sœur (lettre W 3 N) : « Je puis très bien me figurer qu'un peintre d'aujourd'hui fasse quelque chose comme ce que l'on trouve dépeint dans le livre de Pierre Loti, où la nature d'Otahiti est décrite. » Même si Vincent a poussé Gauguin à lire *Le mariage de Loti* et si les deux amis ont discuté ce roman, il n'y a aucune justification de conclure, comme le fait Françoise Cachin, à la page 132, dans son excellent petit livre sur la peinture de Gauguin, que « de son côté, Van Gogh a joué certainement un rôle important auprès de Gauguin, et non seulement dans la mesure où c'est lui et non, comme on l'a souvent dit, Bernard, qui est à l'origine du départ pour Tahiti. » En réalité, à cette époque, c'est à la Martinique que Gauguin veut installer son atelier des Tropiques (voir les lettres n°s 558 et 558a de Vincent à son frère Théo, fin octobre 1888), et ce n'est que deux ans plus tard, après avoir songé au Tonkin et à Madagascar, que, sur l'insistance de Bernard, il change d'avis et opte à contrecœur pour Tahiti.

6. C'est grâce aux nombreuses citations que Gauguin fait dans ses lettres qu'il a été possible d'identifier ce guide de 104 pages, assez bien illustré. Le titre est sans prétention : *Les colonies françaises : Tahiti, îles Sous-le-Vent* et l'auteur anonyme est un pharmacien de la marine, Edouard Raoul, envoyé à Tahiti en 1887 pour y créer un jardin d'acclimatation.

7. Marks-Vandenbroucke : 34.

8. Willumsen : 74.

9. Maszkowski : 24. Il y a en outre de très bonnes descriptions de la crémerie de Madame Charlotte dans Lindblom : 71-73 et Mucha : 88-95.

10. Jules Huret : Paul Gauguin devant ses tableaux, *L'Echo de Paris*, 23.2.1891.

11. MF, mai 1891 : 318-20.

12. Annuaire 1891 : 164-6.

13. Renseignements techniques et rapport du commandant de l'*Océanien* pendant le voyage 97, 1891, dans les archives des Messageries Maritimes, Paris.

14. Un article dans le JO 28.5.1885 ainsi que Cotteau : 279-80, indiquent les particularités du navire et racontent la vie à bord. Les journaux de bord de la *Vire* ont été détruits mais le document BB4 1587, aux Archives de la Marine, donne la date du départ de Nouméa. Le JO 11.6.1891 contient une liste des passagers pendant ce voyage.

15. Le voyage a donc duré 69 jours et non 63 comme Gauguin l'indique lui-même dans son récit *Noa Noa.*

16. Jénot : 117-8

17. Adams : Letters : 478. Marie-Thérèse et Bengt Danielsson résument le séjour tahitien de Henry Adams et John La Farge dans l'introduction de l'ouvrage *Mémoires d'Arii Taimai* publié par Henry Adams.

18. JO 31.10.1889.

19. JO 16.6 et 18.6.1891. JME 1891 : 387-9.

20. Rapport n° 32, 15.5.1903, d'André Salles, archives du ministère de la France d'Outre-Mer.

21. Répertoire : 186. Rapport Salles : 9-11.

22. Claverie : 130-35.

23. Agostini, 1905 : 31-2.

24. Quelques lignes d'une lettre à Odilon Redon, écrite avant son départ pour Tahiti, témoignent de l'importance que Gauguin attache à sa collection de reproductions d'œuvres d'art : « J'emporte en photographies, dessins, tout un petit monde de camarades qui me causeront tous les jours. »

Field, 1960, analyse de nombreux autres exemples d'emprunts dans l'œuvre de Gauguin.

25. Il y a aussi des comptes rendus dans le MT 11.7 et 18.7.1891.

26. Pallander : 288-9.

27. Desfontaines : 118-9.

28. Courtet : 215-6.

29. Pour la genèse de ce musée qui fut l'œuvre du frère Alain, voir Chavelot : 307-9 et Répertoire : 196-8. Les collections furent confiées en 1917 à la Société des Etudes Océaniennes et peuvent encore être identifiées, grâce au catalogue descriptif de Natua-Lavondès.

30. Chadourne-Guierre : 84-5.

31. Le Messager de Tahiti (qui était jusqu'en 1883 le nom du Journal Officiel) : 7.5.1854.

32. Garnier : 353.

33. Courtet : 208.

34. Olivaint, 1920 : 93.

35. La seule étude sur les maladies de Gauguin, celle de Vallery-Radot, ne nous apprend rien. Un dossier complet contenant toutes les références et indications que nous possédons, a été soumis à trois médecins : le Dr F. Stephan, professeur de pathologie générale à l'Université de Strasbourg, le Dr Charles Rohmer, Vichy, spécialisé dans les maladies de foie et des voies digestives, et le Dr Gerda Kjellberg, Stockholm, dont le domaine est les maladies vénériennes. Ils sont tous d'accord sur ce diagnostic.
Tous les biographes de Gauguin situent cet accident au mois de mars 1892, parce que ce n'est qu'à ce moment-là que le peintre en parle dans ses lettres. En les examinant d'un peu plus près, il apparaît pourtant qu'il s'agit d'un événement déjà ancien. Jénot : 125, fournit la preuve définitive que c'est vers la fin de son séjour à Papeete, avant qu'il s'installe à Paca, que Gauguin est tombé malade.

36. Pola Gauguin : 158.

37. Le *Carnet de Tahiti* contient sur la page 2V une liste de tableaux peints à Tahiti dont l'un est décrit comme *Le Bûcheron de Pia*. Il s'agit certainement du numéro 430 dans WC.

Sur la même liste, on trouve une autre toile, *Paysage de Paea soir*, que Gauguin a dû peindre pendant son séjour chez Pia. C'est évidemment aussi à ce moment-là qu'il a pu admirer le magnifique spectacle du soleil se couchant derrière Moorea qu'il décrit au début de *Noa Noa*, car cette île n'est pas visible de Mataiea où il s'est installé ensuite.

38. Agostini, 1905 : 83.

39. La frise représente la scène où Tathagata (c'est-à-dire Bouddha) rencontre un moine, Ajiwaka, sur la route de Bénarès. Nous en retrouvons un écho dans *Noa Noa* (Loize, 1966 : 22) où Gauguin écrit : « Aux yeux de Tathagata, toutes les plus parfaites magnificences des Rois et de leurs ministres ne sont que comme du crachat et de la poussière. »

40. Gauguin en fait mention dans une lettre inédite, adressée au commandant de la gendarmerie, écrite le 28 avril 1903, une semaine avant sa mort.

41. Gauguin raconte cet épisode dans un appendice du premier manuscrit de *Noa Noa*, sans indiquer de date. Il faut donc consulter le BO n° 1, 1892, où une notice nous apprend, en effet, que le poste de juge de paix aux Marquises est devenu vacant en janvier cette année-là. D'après BO n° 3, 1892, un juge a été nommé le 1er mars. Gauguin a donc entrepris sa démarche entre ces deux dates.

42. MT 5.3.1892.

43. Annuaire : 228-30. Courtet : 193-6.

44. Il faut remarquer ici que ce n'est qu'à partir du 4 octobre 1892 qu'une boîte aux lettres est installée sur les diligences.

45. Jénot : 125.WC : 168.

46. Répertoire : 439. Ginies, 1937. Renseignements oraux fournis par M. Alexandre Drollet qui était témoin de la scène. Aristide Suhas est enterré au cimetière de Tipaerui, où son nom et les dates de sa naissance et de son décès sont toujours nettement lisibles.

47. Répertoire : 16. Nécrologie dans les *Guêpes* 18.7.1901. La Bruyère : 196-7. Des renseignements supplémentaires ont été fournis par la fille adoptive du capitaine Arnaud, Mme May Wilmot.

48. JO 24.3 et 7.4.1892.

49. Dans son catalogue des sculptures et céramiques de Gauguin, Christopher Gray a souvent recours pour ses interprétations aux chapitres consacrés à l'ancienne religion et à la mythologie de l'ouvrage très connu de Teuira Henry : *Ancient Tahiti*. Ce procédé est absurde, Gauguin n'ayant jamais vu ce livre, basé sur des observations faites par le grand-père de l'auteur entre 1824 et 1834, puisqu'il n'a paru qu'en 1928. La possibilité que Teuira Henry aurait pu communiquer les notes à Gauguin est également exclue car elle se trouvait à Honolulu de 1890 à 1915.

50. Adams, 1964. Introduction.

51. Danielsson : *L'amour dans les mers du Sud*, Chapitre 8.

52. Gauguin a fait une copie libre de ce tableau pour illustrer une sorte d'hommage en vers à Puvis de Chavannes de Charles Morice, publié dans le MF, février 1895.

53. JO 12.5.1892 et Hamon : 26 nous aident à situer cet événement au mois de mai 1892. Il est fort probable que Gauguin a profité de ce nouveau séjour à Paea pour faire l'excursion dans la vallée de la Punaruu dont la description est insérée dans *Noa Noa*, au milieu du récit de sa vie à Mataiea.

54. Maugham, 1949 : 107-8. Chassé, 1955 : 107. WC assigne sans aucune explication à cette œuvre la date de 1896 alors que Gauguin était installé à Punaauia !

55. Des notices dans le JO 2.6.1892 indiquent que le capitaine Arnaud est revenu de Mangareva le 29.5 et que le courrier d'Europe est arrivé le 1.6.

56. Mme Wilmot, fille du capitaine Arnaud, a gardé ce tableau (WC 434) chez elle, à Papeete, jusqu'en 1920. Gauguin a peint un autre tableau très semblable (WC 466), exposé à Copenhague en 1893, aujourd'hui à la Galerie d'Art Moderne à Dresde. Mme Wilmot affirme que Gauguin aurait aussi fait un portrait « pas très bon » du capitaine, qui serait resté dans la famille jusqu'aux environs de 1930.

57. Renseignements fournis par le vieux résident de Mataiea, M. Puto'ura a Ta'iterefa'ato'a, et par M. Ma'arihau a Teheiura qui a épousé Teha'amana quelques années après le départ de Gauguin. Elle a eu deux fils, dont l'aîné Teheura est encore en vie. L'acte de décès de Teha'amana, dans l'état

civil de Papeete, indique qu'elle est morte le 9 décembre 1918 à Mataiea, pendant la terrible épidémie de grippe espagnole qui a enlevé un quart de la population de Tahiti. Au cimetière de Mataiea aucune inscription n'indique la tombe où repose la Tahitienne que Gauguin a immortalisée. Loize, 1966, face à p. 34, reproduit une « Photographie de Teha'amana » mais n'apporte aucune preuve de son authenticité. La même photographie a été reproduite dans plusieurs livres de voyage de l'époque (Wragge, Senn, etc.) sans qu'il soit jamais mentionné qu'elle représente la *vahine* de Gauguin.

58. *Noa Noa*, manuscrit du Louvre, pp. 50-1. Les pages précédentes 48-9 contiennent un poème de Morice sur le même thème qui est plutôt une paraphrase qu'une traduction. L'importance sentimentale que Gauguin y attache est confirmée par le fait qu'il le reproduit longtemps après, en 1900, dans *Les Guêpes* n° 15.

59. L'exactitude de ce récit, reproduit d'après la première version de *Noa Noa*, est confirmée par d'autres auteurs contemporains tels que Courtet : 211-5 et Desfontaines : 157-63. La meilleure étude sur le contexte social et religieux de la pêche à Tahiti a été publiée par Charles Nordhoff en 1930.

60. Renseignements de M. Puto'ura a Ta'iterefaato'a et de Mme Teraiehoa Lequerré.

61. Lettre XII, qui n'a pas été écrite le 31.3.1893, comme indiqué dans l'édition Falaize, mais en septembre 1892. Ceci est prouvé par des références à un récent voyage de Mette Gauguin à Paris, à la réception par Daniel de Monfreid d'un tableau expédié en mai 1892 et à l'exposition à Copenhague « au printemps prochain ».

62. Hercouet : 109.

63. MT 15.10.1892.

64. JO 15.12.1892.

65. Cette photographie, avec la légende *Végétation aux Iles Sous-le-Vent*, a été reproduite, coloriée, quelques années plus tard dans le fas. XLIII de la collection *Autour du monde*, publiée par l'éditeur L. Boulanger.

66. Quand j'ai montré une reproduction de ce portrait à

M. Puto'ura a Ta'iterefa'ato'a, qui avait 15 ans en 1892, il a immédiatement reconnu Teha'amana et m'a fait remarquer l'arc noir au-dessus de son œil droit, en m'expliquant que c'était une cicatrice due à un accident. Etant encore très petite, elle était tombée sur la tête pendant un tour à cheval qu'elle avait fait malgré l'interdiction de ses parents.

67. MT 8.4 et 22.4.1893.

68. Notice biographique sur Mme Charbonnier par Mlle France Brault. Stephen Haweis : 124, raconte comment il a acheté ces portes vitrées à Mme Charbonnier en 1913. Wildenstein-Cogniat les reproduisent dans leur catalogue, sous le n° 509, parmi les tableaux peints à Paris bien qu'ils indiquent en même temps que les portes proviennent de la « case tahitienne » de Gauguin. Le titre *Rupe Rupe Tahiti* (Luxuriante Tahiti) est le refrain d'une chanson très populaire encore de nos jours.

69. JO 22.6.1892. Gauguin raconte lui-même toutes ses difficultés dans l'appendice de la première version de *Noa Noa*. (Loize, 1966 : 49-50).

70. Rapport du commandant Poydenot, Archives des Messageries Maritimes, Paris.

71. Mucha : 104-5.

72. Testament et inventaire de M. Isidore Gauguin, déposés le 15 septembre 1893 à l'étude de Me Fougeu, notaire à Orléans. A part les obligations de chemin de fer, l'oncle de Gauguin n'a laissé qu'un mobilier de peu de valeur et 300 francs en or.

73. Rippel-Ronai : 55, raconte que Gauguin a peint tous les cadres de ses tableaux en blanc, mais s'imaginant après l'exposition que ce choix de couleur a été une des causes du fiasco, « il se mit aussitôt à les repeindre en jaune et les accrochait ainsi dans son atelier ».

74. La seule carte d'invitation connue, faisant partie de la collection d'autographes de M. Alfred Dupont, prouve qu'effectivement le vernissage a été reporté du 4 (date généralement acceptée jusqu'à maintenant) au 9 novembre.

75. Rotonchamps : 136-8 reproduit les titres de tous les tableaux — ce qui nous permet de les identifier — à l'exception de quelques « paysages ». Quant aux deux sculptures, il s'agit

certainement de *l'Idole à la perle* (Gray 94) et de *Hina* (Gray 97), choisies pour illustrer le compte rendu de l'exposition, publié par Roger Marx dans la *Revue Encyclopédique* du 1er février 1894.

76. Morice, 1920 : 31-2.

77. Lettre de Camille Pissarro à son fils Lucien, datée 23.11. 1893.

78. Gauguin a réuni dans *Cahier pour Aline* la plupart des comptes rendus de l'exposition parus dans la presse. Une lecture attentive des journaux et des revues ne m'a fait découvrir que deux critiques supplémentaires. La première, signée Gustave Geoffroy, a paru dans *La Justice*, 12.11.1893, et la seconde, anonyme, dans le numéro de janvier du *Figaro Illustré*.

79. *L'Echo de Paris* 14.11.1893.

80. La pièce ayant été immédiatement interdite par les autorités à cause de ses tendances « anarchistes », la première représentation en a également été la dernière.

81. Cette construction légère a été conservée, entièrement cachée derrière un immeuble en pierre sans caractère, et habitée jusqu'en 1972, date à laquelle elle a été démolie pour laisser la place à une tour moderne. Les renseignements les plus sûrs sur l'ameublement du studio sont fournis par Gauguin lui-même, 1894 : 273-4, Rotonchamps : 141-2, Leclerq, 1894 : 121, et par le manuscrit de Judith Gérard.

82. Kjellberg : 40-2. William Molard est né en 1862 et sa femme en 1853.

83. Mémoires de Judith Gérard.

84. Lettre inédite de Gauguin à sa femme. MG.

85. Lettre inédite de Gauguin à Octave Mauss. Archives des Musées Royaux des Beaux-Arts de Belgique.

86. Mémoires de Judith Gérard. Nous ne connaissons cette plaque, aujourd'hui disparue, (Gray 109), que grâce aux copies en bronze qui en ont été faites, probablement vers 1920.

87. Le titre de ce tableau (WC 508), qui appartient au collectionneur suisse Hans Hahnloser, est divisé en trois parties qu'il faut lire dans l'ordre indiqué.

88. Rippl-Ronai : 55.

89. Moerenhout, I : 434.

90. Il avait raison. La vente à l'Hôtel Drouot, le 16.3.1959, de ces dix-huit œuvres mineures, sculptures, croquis et gouaches, a rapporté plus de 30 millions d'anciens francs.

91. Menpes : 139, 141, Gauguin parle longuement de Menpes dans : *Lettres à Odilon Redon :* 196.

92. Jaworska : 219-26. Après la mort de Roderic O'Conor, sa collection a été vendue aux enchères les 4 et 7 février 1956 à l'Hôtel Drouot. La plupart de ses propres peintures ont été acquises par la galerie anglaise Roland, Browse & Delbanco qui depuis a organisé deux expositions dont les catalogues fournissent des renseignements supplémentaires sur le peintre et son œuvre.

93. Jaworska : 139-48 et Sutton, 1964. Séguin a publié ses souvenirs de Gauguin dans l'*Occident* en 1903.

94. Il y a presque autant de versions de cette tragique promenade que d'auteurs. Mon récit est basé sur les renseignements contenus dans une lettre de Filiger écrite quelques jours plus tard, sur les articles parus dans la presse locale de l'époque, ainsi que sur les procès-verbaux du tribunal reproduits par René Maurice.

95. Comme Delsemme : 72 l'a déjà réalisé, cette lettre fragmentaire (Malingue CLXIX) est adressée à Mme Morice et écrite non en 1899 mais pendant l'été 1894. Une lecture attentive du texte plus complet conservé au Musée Gauguin supprime les derniers doutes.

96. Richard Field : 511.

97. Loize, 1966 : 125.

98. Gauguin se prépare sérieusement puisqu'il demande à Molard (Malingue CLIII) de lui procurer un dictionnaire samoan-français. Il dédie également un monotype en couleur à un de ses compagnons en ces termes (Jaworska : 225) : « For my friend O'Conor, one man of Samoa ».

99. Söderström : 244-83, Ahlström : 248-90.

100. Alexandre, 1926 : 100-2.

101. Le calcul exact n'a jamais été fait et il ne présente pour-

tant aucune difficulté puisqu'une liste complète de tous les prix de vente a été publiée dans le catalogue de l'Exposition du centenaire : 97-9. Les enchères ont rapporté au total 19 664 francs, sur lesquels Gauguin a été obligé de verser 7 % de commission, soit 1 376,48 francs. De plus il a payé, selon ses propres aveux, 150 francs pour la salle et 30 francs pour le transport. Ses frais s'élèvent donc à 1 556,48 francs. La vente réelle de 9 tableaux et 16 dessins a rapporté 2 986,50 francs. Le bénéfice de Gauguin a donc été de 1 430,02 francs. Il convient d'ajouter que le texte de la lettre (Malingue CLVIII) à sa femme, où il présente un bilan truqué, contient de surcroît une faute de transcription : « comme bénéfice j'ai 464 Fr 80 *dans* ma poche » au lieu de « comme bénéfice j'ai 464 Fr 80 *de* ma poche ».

102. Loize, 1951 : 25. Perruchot : 293-4.

103. Morice, 1896. Aucun des nombreux historiens d'art qui ont essayé d'analyser cette œuvre étrange ne s'est référé à ce texte important à cause de l'erreur qui a été commise de le dater de 1891. Pourtant le fait qu'il est justement question dans cet article de la statue *Oviri* et du salon de 1895, prouve clairement que ce numéro non daté (440, volume 9) des *Hommes d'Aujourd'hui* n'a pas été publié en 1891, comme l'indiquent la plupart des bibliographies. Une lettre inédite, dans les archives du MG, de Morice à Vanier, datée du 12.5.1896, constitue la preuve définitive que ce numéro consacré à Gauguin a, en effet, paru au début de cette année-là.

104. Bodelsen, 1964 : 146-52. L'interprétation la plus récente est celle de Landy qui ignore également le texte de Morice de 1896. Pour cet auteur, la statue symbolise la destruction de l'être civilisé et sa renaissance comme sauvage, thème d'une très grande actualité pour Gauguin au moment où il est sur le point de retourner en Océanie pour toujours. Cette interprétation a du moins l'avantage d'être intelligible, ce qui n'est pas le cas de l'exégèse extravagante de Gray : 64-5, où il est question pêle-mêle du sphinx, de la légende d'Œdipe, des déesses hindoues Kali et Paravati, de Hina la lune et de Taaroa le soleil ! — sans parler des sources iconographiques, hétéroclites elles aussi, citées par l'auteur.

105. Une lettre inédite de Gauguin à Vollard, 25.8.1902, FLMG,

constitue la meilleure preuve de la place capitale que le peintre a lui-même assignée dans son œuvre à cette statue jusqu'à la fin de sa vie. Il y dit notamment qu'il la considère « non seulement comme la meilleure chose de moi mais encore comme le *seul peut-être* de spécimen sculpture cérame en tant que céramique de Chapelet car tout ce qui s'est fait en sculpture par les artistes c'est du moulage qui a le même caractère du plâtre... J'ai été le premier à lancer la céramique sculpture et je crois que si on l'a oublié, il pourrait se faire qu'un jour on soit moins ingrat à mon égard. En tout cas j'affirme orgueilleusement que personne n'a *encore fait cela.* » En octobre 1900 il demande à Daniel de lui renvoyer cette statue parce qu'il veut la mettre dans son jardin, en attendant qu'elle puisse orner sa tombe. Ce dernier vœu a finalement été réalisé en 1973, lorsque la Fondation Singer-Polignac, avec le concours de M. Jacques Spiess, a placé une copie d'*Oviri* sur la tombe du peintre à Atuona.

106. Faut-il vraiment croire que Gauguin aurait fait escale à Tahiti pendant son voyage autour du monde sur le *Chili* entre le 29 octobre 1866 et le 14 décembre 1867, dont nous connaissons aujourd'hui la durée exacte grâce aux recherches de Marks-Vandenbroucke qui n'a cependant pas pu retrouver le journal du bord ? Perruchot n'hésite pas à l'affirmer dans sa *Vie de Gauguin* : 43-4 et essaie de le prouver à l'aide des indications « glanées ici et là ». Les « indications » se réduisent en réalité à ces lignes de l'interview faite par Tardieu ainsi qu'à des allusions dans deux articles de Mirbeau ! Dans le premier article, publié le 18.2.1891 dans le *Figaro*, Mirbeau se contente de dire : « Il part pour Tahiti — entrevu, jadis, pendant ses voyages de marin ». Dans le second article, publié dans l'*Echo de Paris*, le 14.11.1893, Mirbeau est encore plus vague puisqu'il écrit : « Marin, il avait, jadis, salué cette terre d'enchantements, et la passion de la connaître, de la comprendre, de la vivre, lui était restée. »
Il convient d'ajouter un court passage, non cité par Perruchot, d'un article que Gauguin a publié dans le numéro de juin 1899 des *Guêpes* et où il mentionne un curieux souvenir d'une visite au jardin zoologique de Londres en 1885 : « un crapaud monstrueux qui ressemblait à s'y méprendre à un gouverneur polynésien que j'avais rencontré autrefois

dans un de mes voyages dans les îles. » Finalement, il existe une lettre inédite dans FLMG dans laquelle Morice écrit à Alidor Delzant le 10.12.1890 que son ami Gauguin a « le besoin impérieux de revoir quelque Orient. Tahiti ou le Cambodge sont pour lui des lieux pleins de souvenirs où il a la certitude de produire une œuvre nouvelle. »
Que conclure ? A mon avis, il convient tout d'abord de classer toutes les allusions faites par Gauguin lui-même parmi les nombreuses déclarations délibérément ambiguës et mystificatrices que le peintre aimait faire aux journalistes qui, du reste, ne reproduisaient pas toujours avec une exactitude scrupuleuse les dires de la personne interviewée. En ce qui concerne la lettre de Morice, il importe de souligner que dans tous ses articles écrits entre 1893 et 1895, c'est-à-dire à une époque où il était déjà l'ami intime du peintre, il n'est plus jamais question — pas plus que dans sa biographie — d'un événement aussi important qu'une escale de Gauguin à Tahiti en 1867. Le seul autre biographe qui a bien connu le peintre pendant son vivant, Rotonchamps, déclare catégoriquement que lorsqu'il s'est embarqué en 1891, il ignorait Tahiti « dont il n'entrevit la configuration, le climat et les mœurs que par l'intermédiaire d'une brochure de vulgarisation géographique ». Il faut aussi noter que les lettres de Gauguin écrites à son arrivée à Tahiti et pendant les trois ou quatre mois qui suivent ne contiennent pas la moindre allusion à un séjour précédent. Au contraire, elles donnent toutes l'impression que l'île est pour lui une véritable *terra incognita*. Afin de résoudre d'une manière définitive ce petit problème agaçant, le capitaine Bailly, Papeete, m'a aidé à examiner les listes des arrivées et départs de bateaux à Tahiti pendant l'année 1867, publiées chaque semaine dans le journal officiel local de l'époque, le *Messager de Tahiti*. Le *Chili* n'y figure pas. Mais ceci n'exclut évidemment pas que, pendant la traversée du Pacifique de l'est vers l'ouest, ce navire ait effectivement pu faire une courte escale dans une île polynésienne autre que Tahiti.

107. Ce manuscrit qui se trouve au Louvre et dont il existe deux éditions en fac-similé, est souvent présenté à tort comme le texte original de *Noa Noa*. Grâce aux patientes recherches de Jean Loize, nous connaissons enfin aujourd'hui la genèse de cet ouvrage. C'est en 1951 que Loize a décou-

vert le texte entièrement de la main de Gauguin, ce qui nous permet de déterminer avec exactitude les apports ultérieurs de son collaborateur Morice. Loize a réuni ensuite tous les documents relatifs à ce problème et il les a analysés avec une perspicacité remarquable dans une édition critique de *Noa Noa*, publiée en 1966.

Mes conclusions, basées sur des recherches parallèles, entreprises pendant la même période, ne divergent de celles de Loize que sur un point : la date à laquelle Gauguin a fait ce manuscrit qu'il a emporté dans ses bagages à Tahiti. Loize pense que c'est pendant sa convalescence à Pont-Aven, pendant l'été 1894. Mais les documents qu'il présente, pp. 78-82, démontrent clairement que tous les brouillons et notes sont toujours à cette époque à Paris chez Morice. Gauguin n'a donc pas pu entreprendre le travail à cette époque.

108. Strindberg, qui fait toujours partie de sa coterie, a donné une preuve inattendue de son admiration grandissante pour l'œuvre de Gauguin en essayant au mois de mai 1895 de persuader le peintre allemand Schlittgen d'organiser à Munich une exposition « du maître de l'école à laquelle appartient aussi Edvard Munch ». Voir *Strindbergs brev*, lettre n° 3130 et Herman Schlittgen : 280-1.

109. Rapport du commandant Didier. Archives des Messageries Maritimes, Paris.

110. JO 12.9.1895.

111. MT 10-25.8.1895.

112. Pallander : 289-90. Gauguin, 1951 : 40.

113. Papinaud. Loize : 128.

114. Deschanel : 441-618. Caillot, 1909 : 101-281. JO 16.8.1888. JO 24.7.1890. MT 10.10.1895.

115. Rapport du commissaire Chessé 12.10.1895 et rapport du gouverneur Papinaud 15.10.1895, carton A 142, Archives de la France d'Outre-Mer.

116. Mes recherches sur cet épisode, jusqu'à maintenant inconnu de la vie de Gauguin, ont commencé par la lecture de cette lettre, publiée pour la première et unique fois dans une revue littéraire bretonne, *Le Goëland*, et reproduite ensuite, page 250, dans la seconde partie de la thèse de doctorat

de Mme Ursula Marks-Vandenbroucke qui, malheureusement, n'a jamais été publiée malgré le nombre important de documents inédits et de renseignements intéressants qu'elle contient. Hännli : 197-242 fournit de précieux renseignements supplémentaires sur les Iles-sous-le-Vent et la fête de l'annexion à Huahine, à laquelle il a assisté.

117. Agostini, 1899 : 19-24.

118. Séguin : 160. Sutton, 1960 : 173.

119. Répertoire : 541-2. Agostini, 1899, 1905.

120. MT 10.10.1895.

121. Renseignements oraux de M. Ma'arihau a Teheiura.

122. Keable. Renseignements oraux de M. Henri Teissier et de Mme A.-C. Brillant.

123. Lettre n° 115 de la collection Alfred Dupont.

124. Copie de lettre inédite de Morice à Schuffenecker 13.6.1896, FLMG.

125. Une troisième tentative pour secourir Gauguin nous est révélée par le brouillon d'une autre pétition, datée du 11.10.1896, sauvé de l'oubli par le Dr Gerda Kjellberg, Stockholm. Cette pétition est rédigée par un jeune fonctionnaire, Edouard Gérard, qui deviendra plus tard le mari de Judith Molard, et adressée à l'inspecteur général des beaux-arts. Son but est de persuader celui-ci d'acheter pour le Musée du Luxembourg des œuvres des deux grands artistes Vincent Van Gogh et Paul Gauguin. En ce qui concerne ce dernier, Gérard propose *Manao tupapau* et ses arguments sont excellents : « L'on peut bien penser, monsieur, qu'un jour ou l'autre Van Gogh et Paul Gauguin seront représentés dans nos musées nationaux : leurs admirateurs souhaiteraient qu'ils le fussent dignement par des œuvres complètes et non par des toiles de combat ou par d'insignifiantes ébauches. Avec le temps, d'ailleurs, les œuvres se disperseront et la spéculation s'en emparera. Nous pouvons aujourd'hui offrir à l'Etat un paysage de Van Gogh et une toile de Gauguin que d'aucuns considèrent comme sa meilleure œuvre : *La petite négresse couchée sur le ventre* à 1 050 F. » Mais ni ce choix, ni les arguments ne réussissent à convaincre cet inspecteur. Ses successeurs continuent obstinément à dédaigner, pendant encore trente-cinq ans,

toutes les magnifiques occasions qui s'offrent à eux d'acquérir des œuvres de Gauguin, malgré des prix encore modestes. C'est exclusivement grâce à quelques donateurs clairvoyants et généreux ainsi qu'aux clauses réparatrices du traité de paix avec le Japon (!) que le Jeu de Paume possède aujourd'hui des œuvres majeures de Gauguin.

126. Répertoire : 186 et renseignements oaux de Mme Madeleine Sigogne, une des quatre filles de Me Goupil. Jeanne, dont le prénom tahitien était Vaite, est décédée en 1943. La demeure de la famille Goupil n'a été démolie qu'en 1965. Les deux statues mentionnées ornaient encore le jardin à cette époque.

127. Wragge : 262-3.

128. Répertoire : 31. Agostini, 1905 : 69. Renseignements oraux de M. Henri Teissier et de Mme A.-C. Brillant.

129. Ramsden : 22. Renseignements oraux du cousin de Pau'ura, M. Poara'i a Tai.

130. Gauguin doit probablement beaucoup plus que ces vaches à Tassaert, car celui-ci aussi a peint une toile appelée *Le sommeil de Jésus* « où l'enfant-Dieu endormi est entouré d'un groupe d'enfants ». (Voir Montrosier : 118). Un autre tableau de Gauguin, *Bébé*, aujourd'hui à l'Hermitage, Leningrad, représente seulement la partie centrale de cette Nativité.

131. Collection Edmond Sagot. Partiellement reproduite dans le catalogue de vente, 1962.

132. Agostini, 1899, Deman, La Bruyère, 1936.

133. Lettre inédite, MG.

134. Loize : 28, 103. Copie d'une lettre inédite à Morice, mars 1897, FLMG.

135. Le registre de transcription, vol n° 77 du Bureau des terres, Papeete, montre que la vente a eu lieu le 11 mai 1897. Le nom du propriétaire était Mme Veuve Eulalie Gatien.

136. Montchoisy : 285. BO n° 12, 1895 : 258-70, arrêté n° 333 réorganisant la Caisse agricole. L'obligation relative à cet emprunt est conservée au Musée de Papeete et reproduite dans le BSEO n° 120 : 678-81, avec des commentaires erronés et fantaisistes de Jacquier.

137. Lemasson 1950 n° 2 : 19.

138. Ce manuscrit qui se trouve aujourd'hui au Cabinet des Dessins du Louvre, est presque inconnu, même des spécialistes, tout simplement parce qu'il est inséré parmi les « Diverses choses », c'est-à-dire les notes annexées au manuscrit de *Noa Noa*. Une autre version de cet essai, plus longue, dont il sera question dans le chapitre XI du présent ouvrage, appartenant au City Art Museum de Saint Louis, Etats-Unis, porte un titre légèrement différent : *L'esprit moderne et le catholicisme*. L'analyse comparative et critique de ces deux textes a été faite par Marks-Vandenbroucke.

139. Par contre, Morice a obéi assez fidèlement au vœu formulé par son ami au début de l'année, en insérant dans la seconde partie de *Noa Noa*, publiée le 1er novembre 1897, un court compte rendu de « l'exemple de grandeur que donne au monde » la population de Raiatea qui « pour l'amour de son propre et national idéal » a résisté jusqu'au bout à « l'expansion coloniale ». Cet article termine par l'interview fictive avec le chef rebelle.

140. Gauguin a certainement trouvé ce titre dans *Sartor Resartus* de Carlyle dont une traduction française a été publiée en feuilleton, de novembre 1895 à février 1897, dans le *Mercure de France*, revue à laquelle le peintre était abonné et qu'il lisait très attentivement.

141. La première référence faite par Gauguin à cette œuvre est une description ayant comme titre *Le tableau que je veux faire*, placée dans *Diverses choses* juste avant son essai *L'Eglise catholique et les temps modernes*. La conception de ce tableau « grave comme une évocation religieuse » est cependant encore assez vague, car la figure principale est « une femme se transformant en statue conservant la vie pourtant, mais devenant idole ». La note termine par cet aveu : « Mon Dieu, que c'est difficile la peinture quand on veut exprimer sa pensée avec des moyens picturaux et non littéraires. »

142. Il est possible de dater cet événement tragique avec une grande exactitude grâce au récit que Gauguin en fait dans sa lettre XL à Daniel où il dit notamment : « Aussitôt le courrier arrivé... j'ai voulu me tuer. » Le seul bateau qui a apporté du courrier à cette époque est la goélette *Galilée*, arrivée à la date indiquée.

143. Lemasson : 19. BO 1895 n° 12 : 260.

144. BO 1898 n° 1 : 37.

145. C'est précisément à cette époque que Gauguin apprend, très tardivement, la mort de Rimbaud qu'il appelle « un ami », évidemment dans un sens très général du mot, puisque les deux hommes ne se sont jamais rencontrés. Dans un article publié dans les *Guêpes* au mois de juin 1899, à un moment où il considère sa propre œuvre terminée, il exalte l'œuvre du poète, en la comparant aux exploits futiles du capitaine Marchand, dont tout le monde parle.

146. BSEO 120 : 678-81. Voir également note 136.

147. Renseignements oraux de Mme Teraiehoa Lequerré.

148. Agostini, 1905 : 28-31.

149. BO 1898 nos 4 et 5. Répertoire : 20. Dorsenne : 134-5. Renseignements oraux de Mlle Hélène Auffray.

150. Renseignements oraux de M. Pierre Levergos.

151. Leblond, 1903 : 536-7. Dorsenne : 139. Renseignements oraux de Mme A.-C. Brillant.

152. Renseignements oraux de Mme Marcelle Peltier, fille d'Ambroise Millaud.

153. Acte de naissance dans l'état civil central de la Polynésie Française. Gauguin étant toujours marié à Mette, ne peut pas reconnaître cet enfant et ne figure sur l'acte de naissance que comme « déclarant ». Je ne peux pas résister à la tentation de citer ici ces lignes d'une lettre de Vincent Van Gogh, de janvier 1890, à sa sœur : « J'aime tant l'ami Gauguin parce qu'il a trouvé moyen de faire à la fois et des enfants et des tableaux. » Pendant des années, des « promoteurs » et des marchands peu scrupuleux, prétendant que ce fils naturel avait hérité du génie de son père, ont en vain essayé de l'exploiter. Emile, qui n'a même pas le droit de signer ses barbouillages « Gauguin », a finalement su se libérer de cet esclavage imposé et vit aujourd'hui paisiblement à Tahiti au milieu de ses nombreux enfants et petits-enfants.

154. Les événements sont reconstitués à l'aide de cette lettre. Leblond, 1903. Lemasson : 19.

155. Cette lettre figure sous le n° 131 dans le catalogue de la vente aux enchères de la bibliothèque du Père O'Reilly à l'Hôtel Drouot, le 2.6.1969.

156. Cabinet des Dessins du Louvre, n° R.F.28 : 844.

157. Répertoire : 74-5. Renseignements oraux de Mme Marcelle Peltier.

158. Salles : 26-7.

159. Monchoisy : 108.

160. BO 1899 n° 10 : 199-206.

161. BO 1899 n° 12 : 327.

162. Danielsson-O'Reilly reproduisent la totalité de ses articles.

163. Selon le témoignage de M. Pierre Levergos, *Les onze menus* publiés par Gérard Cramer, Genève, ont été dessinés par Gauguin pour une de ces fêtes. Se basant sur une étude de style, René Huyghe, 1952 : 115, les situe dans l'œuvre du peintre « entre décembre 1899 et juin 1901 ».

164. Compte rendu d'une conversation avec M. Pierre Levergos fait par M. Yves Martin, Tahiti.

165. La pétition avec les 256 signatures est conservée dans les archives du ministère de la France d'Outre-Mer, dossier 32, Q2. Le nom de Gauguin y figure, suivi du mot « publiciste ».

166. *Les Guêpes*, février 1901 : 1.

167. *Les Guêpes*, décembre 1900 : 50

168. *Les Guêpes*, décembre 1900 : 49

169. *Les Guêpes*, août 1901 : 3.

170. Loize, 1951 : 115.

171. Note de M. Guillaume Le Bronnec.

172. Keable : 771.

173. Loize, 1951 : 164.

174. Registre de transcription au Bureau des terres, acte n° 261 I.

175. Une légende tenace veut que le fils de Nordman ait jeté à la mer un grand nombre d'autres sculptures. Des histoires aussi fantastiques circulent encore aujourd'hui à Tahiti

concernant des œuvres de Gauguin que leurs propriétaires auraient détruites. Les seules personnes à qui une pareille mésaventure semble bien être arrivée sont M. Fortuné Teissier, le voisin de Gauguin à Punaauia, qui possédait deux paysages, et les enfants de Victor Raoulx qui auraient perdu aussi tard que vers 1930, dans des circonstances mystérieuses, un portrait du capitaine Arnaud.

176. *Les Guêpes*, février 1901 : 1-2.

177. Rapport du gouverneur Petit, 11.5.1902 : 16.

178. Claverie : 202-3.

179. Chambre de commerce, séance du 13.4.1901.

180. Hall-Osborne : 81.

181. JO 21.11.1901.

182. A cette époque l'île était encore quelquefois appelée La Dominique, nom que lui avait donné son découvreur espagnol, Mendaña, en 1595. Aujourd'hui on ne se sert plus que du nom polynésien primitif, Hivaoa. Atuona est souvent orthographié Atuana par Gauguin qui ne fait là que suivre l'exemple d'une erreur des colons et des administrateurs négligents.

183. Répertoire : 470-1. BO 1899 n° 5, 1900 n°s 1 et 7. La culture française de Ky Dong était si solide qu'il a pu composer un poème en alexandrins de 1 500 vers, décrivant d'une manière satirique l'arrivée à Atuona d'un opulent artiste célibataire nommé Paul, événement qui cause une série d'intrigues parmi les Marquisiennes du village. O'Reilly, 1962, a publié quelques échantillons de ce manuscrit inédit.

184. Le Bronnec : 193.

185. BSEO 120 : 682.

186. Il n'existe aucune photographie de la dernière demeure de Gauguin et le dessin illustrant l'article publié dans le numéro spécial de la *Gazette des Beaux-Arts*, janvier-avril 1956, p. 196, est malheureusement très inexact. Ma description est basée sur O'Brien, 1919 : 149, où le vieux colon Baufré, interviewé par l'auteur, est évidemment Frébault, et sur des renseignements et dessins que Guillaume Le Bronnec et Louis Grelet m'ont fournis. En outre, un croquis

inédit de Gauguin dans une lettre à Daniel de Monfreid, datée de novembre 1901, montre la silhouette de la Maison du Jouir.

187. Lettre de Louis Grelet à l'auteur 1.3.1960. L'inventaire fait après la mort du peintre et publié dans BSEO 120 : 694-704 confirme parfaitement ce témoignage.

188. Guillaume Le Bronnec m'a communiqué une copie *complète* de ces comptes qui ont seulement été résumés dans le numéro spécial de la *Gazette des Beaux-Arts*, janvier-avril 1956.

189. En outre de la collection de curiosités marquisiennes, appartenant au lieutenant de la gendarmerie, admirée par Gauguin à Papeete en 1891, une autre, encore plus importante, réunie par le gendarme Brindejonc, a été exposée dans le palais royal à Papeete pendant les fêtes du 14 juillet 1899, avant d'être envoyée à l'Exposition Universelle de Paris en 1900. JO 13.10.1898 contient une liste de ces objets avec leurs noms marquisiens.

190. Le Bronnec, 1956 : 196-7. Willowdean Handy : 66-85. O'Brien, 1919 : 109. Lettre de Louis Grelet à l'auteur, 1.3.1960. L'ouvrage de E.S.C. Handy : *Marquesan legends* contient une photo représentant Haapuani debout, à côté d'une statue de grande taille.

191. Les comptes de la Société Commerciale d'Océanie ont été reproduits par Jacquier dans BSEO 120 avec un très grand nombre de fautes de transcription. Les chiffres utilisés ici proviennent des originaux.

192. Rapport du commandant Dejean, BB4, Archives de la Marine.

193. FDM.

194. Cette nouvelle polémique suit de très près la réapparition des *Guêpes* au mois de janvier, « plus irritées encore que dans le passé contre nos gouvernants ». C'est précisément le gouverneur Petit qui est l'objet principal de la colère du parti catholique. Voici un passage représentatif de l'éditorial, en date du 24 janvier 1902 : « Gouverneur sans valeur, homme sans énergie, en proie sans cesse au spectre de la *titularisation,* vous avez courbé l'échine, abaissé votre front et vous êtes aujourd'hui l'esclave d'agioteurs sans honneur,

de politiciens sans patrie, d'hommes sans morale. Ils vous ont fait à leur image. Vous êtes leur fantoche qu'ils rejetteront un jour comme un enfant le jouet qu'il a détraqué. » Il est fort probable que Gauguin a reçu ce numéro par le courrier régulier, juste avant l'arrivée du gouverneur, ce qui expliquerait sa nouvelle combativité.

195. FDM.

196. JO 6.3.1902.

197. Gauguin connaissait non seulement l'œuvre originale au Louvre mais aussi une « étude de Manet, d'après *La Barque de Dante* de Delacroix », exposée chez Vollard, rue Laffitte, au mois de mars 1895, en même temps que des toiles bretonnes et une poterie de lui-même. Voir MF mars 1895.

198. JME août 1903 : 134-6 et septembre 1903 : 207-8.

199. Annales, novembre 1902 : 354-5.

200. Annales, novembre 1903 : 344-51.

201. Rapport du gouverneur Petit au ministère, 26.6.1902, Archives de la France d'Outre-Mer.

202. Hall-Osborne : 139-46.

203. Chassé, 1955 : 109.

204. Etat-civil central de la Polynésie Française, Papeete. La fille a été baptisée Tahiatikaomata et, selon une coutume établie, un parent mâle de la famille l'a reconnue comme son enfant. Tahiatikaomata, communément appelée Tauanui, a eu deux enfants et trois petits-enfants, tous élevés dans les écoles catholiques d'Atuona.

205. Chassé, 1955 : 104-5, 109-10. Répertoire : 416. Annales, mars et novembre 1900. Gauguin mentionne également le Père Orens dans son manuscrit *Avant et Après*.

206. FDM.

207. JO 7.11.1901. BO 1902 n° 7.

208. O'Brien, 1919 : 148.

209. Schmidt : 251-61. Louis Grelet, à qui Ky Dong fit cadeau de ce portrait, m'a fourni ces renseignements sur sa genèse.

210. H. Steward, directeur-assistant au City Art Museum de

St. Louis, Etats-Unis, où se trouve aujourd'hui ce manuscrit, prétend dans une étude publiée dans le bulletin de ce musée, en 1949, qu'il s'agit simplement d'une transcription du brouillon faite en 1897. Une comparaison avec le manuscrit du Louvre (dont Léonard semble ignorer l'existence) révèle cependant que Gauguin a considérablement récrit le texte, inversé l'ordre des deux parties, ajouté vingt pages et même changé le titre de *L'Eglise Catholique et les temps modernes* en *L'esprit moderne et le catholicisme*. Ce dernier manuscrit, daté de 1902 par Gauguin lui-même, a été acheté à la vente organisée après sa mort à Papeete, en 1903, par son ami Alexandre Drollet qui l'a confié en 1923 à un reporter-écrivain, Mme Claude Rivière, dont il n'a plus jamais eu de nouvelles. Le manuscrit a réapparu, dix ans plus tard, chez un libraire de Los Angeles qui l'a vendu à un collectionneur privé. Après avoir encore changé de main, le dernier propriétaire en a fait cadeau, en 1948, au City Art Museum.

211. C'est Gauguin lui-même qui raconte cet épisode dans *Avant et Après*. Les citations qu'il fait permettent facilement d'identifier cet ouvrage comme *Les Missions Catholiques Françaises au XIXe Siècle*, vol. 1, Paris, publié sous la direction du Père J.-B. Piolet.

212. Le seul exemplaire connu de ce nouveau journal est joint au rapport 32 du 15 mai 1903 de l'inspecteur Salles, conservé dans les archives du ministère de la France d'Outre-Mer. Il porte le numéro 1, la date du 7 octobre 1902, et se présente comme organe « des républicains indépendants » de Tahiti ! Dans son rapport, Salles remarque : « La mauvaise humeur de l'opposition, le ressentiment qu'elle éprouve de son impuissance se traduisent par des articles de presse, dans *Les Guêpes* jusqu'en septembre 1902, dans *L'Indépendant* à partir de cette époque. » Il y a donc toute raison de croire que l'article de Gauguin a effectivement paru dans ce mensuel.
Si nous possédons ce texte, c'est parce que Gauguin l'a envoyé au *Mercure de France* qui l'a inséré, plus d'un an après la mort du peintre, sans autre titre que « Paul Gauguin, colon », en petits caractères, dans le numéro d'août 1904. Notons également que la marque d'oblitération de l'enveloppe, reproduite sous le n° 130 dans le catalogue de la vente O'Reilly, 2.6.1969, nous renseigne sur la date de

l'envoi : « Atuana 31 oct. 02 Tahiti », bien que Gauguin l'ait daté lui-même « Novembre 1902 ».

213. Apprenant le projet du gouvernement, Gauguin proteste dans *Avant et Après*. Le passage termine par cette remarque ironique : « Si au Helder ou autre bouzin, voire même aux Folies-Bergère, vous rencontrez Ed. Petit, dites-lui qu'il n'a pas son pareil. »

214. Lettre inédite dont il existe une copie au FLMG.

215. Annuaire 1891 : 105 et 1903 : 177. Chassé 1955 : 111.

216. JO 12-13.2.1903. Annales juillet 1903 : 211. Lettre de Guillaume Le Bronnec à l'auteur, 18.5.1960.

217. Les lettres de Gauguin à l'avocat Brault, retrouvées à Papeete chez la fille de celui-ci en 1960, ainsi que les nombreux documents dans les fonds de Monfreid, publiés en partie seulement par Loize, ont permis de reconstituer les événements qui suivent.

218. BSEO 133-4 : 234.

219. BSEO 133-4 : 218.

220. Rapport d'André Salles 4.4.1903, archives du ministère de la France d'Outre-Mer.

221. Rapport du gouverneur Petit 11.5.1903, archives du ministère de la France d'Outre-Mer. Danielsson, 1972 : 8-9.

222. BSEO 133-4 : 221-8. Lettre de Gauguin au capitaine Porlier, 5.4.1903, appartenant à Louis Grelet. Des versions incomplètes et plus ou moins estropiées ont été publiées par Borel et Bompard.

223. FDM.

224. Lettre de Louis Grelet à l'auteur, 1.3.1959 : « Je puis répondre catégoriquement que Varney lui avait rendu le paquet contenant son attirail de morphine quelques semaines avant sa mort. C'est en présence de mon frère et moi (fin 1901 ou début 1902) que Gauguin avait remis le paquet à Varney en lui disant de ne lui rendre sous aucun prétexte. Varney lui répliqua : Mais alors, jetez-le à la mer ! Sur quoi Gauguin dit : Non, je puis en avoir besoin dans un cas urgent. Lors de ses affaires de tribunal, il réclame à plusieurs reprises sa seringue et finalement Varney, excédé, la lui rendit. »

225. Brouillons et copie du texte définitif de la main de Gauguin dans FDM. Quelques bribes seulement de cette lettre ont été publiées par Loize, 1951.

226. Lettre du pasteur Vernier à Daniel de Monfreid, 8.3.1904, reproduite par Rotonchamps : 222-7.

227. Sans qu'il en existe la moindre preuve, la croyance que Gauguin a été assassiné, soit par le gendarme, soit par l'évêque, est très répandue. Le seul point sur lequel les auteurs qui soutiennent cette thèse ne peuvent pas se mettre d'accord est la méthode utilisée pour supprimer le pauvre peintre. La version la plus ingénieuse est présentée par Charles Kunstler, en 1934, dans *Candide*, où il affirme que c'est le brigadier Claverie qui a tué Gauguin, à l'aide d'une cigarette empoisonnée ! Le crime aurait été constaté, mais non dénoncé, par le docteur Buisson ! Contentons-nous de répliquer que ce brave médecin avait quitté les Marquises un an avant la mort de Gauguin.

228. Selon une légende dont Victor Segalen est responsable, la dernière œuvre de Gauguin restée sur le chevalet à sa mort aurait été un tableau représentant le village de Pont-Aven sous la neige. Mais Segalen n'est arrivé à Atuona qu'au milieu d'août 1903, c'est-à-dire trois mois après la mort du peintre, alors que sa Maison du Jouir avait déjà été vidée et tous les objets et meubles vendus sur place ou expédiés à Papeete. Il s'agit donc d'une pure supposition qui est contredite par le fait que les couleurs sur la palette, retrouvée dans la maison, ne correspondent pas du tout à celles utilisées pour peindre ce tableau, qui se trouve aujourd'hui au Jeu de Paume. Nous savons d'autre part que Gauguin avait apporté aux Marquises au moins une douzaine de toiles anciennes.

229. Rotonchamps : 226. Catalogue du centenaire : 103-4. O'Brien, 1919 : 148, 1920 : 238-42. Le Bronnec, 1956 : 194.

230. Archives de la Congrégation des Sacrés-Cœurs, Rome. Cette lettre donne également le nom du jeune missionnaire qui a enterré Gauguin : le Père Victorin Saltel.

231. Dossier Gauguin, Musée de Papeete, Tahiti.

BIBLIOGRAPHIE

Cette liste comprend essentiellement des livres, études et articles mentionnés dans le texte et dans les notes. Il y figure aussi un certain nombre d'ouvrages, non cités, qui contiennent des renseignements utiles et souvent très peu connus sur les îles et la période océanienne de la vie de Gauguin. Pour une bibliographie plus complète de l'œuvre et de la vie de l'artiste, voir John Rewald : *Le Post-Impressionnisme*, Editions Albin Michel, Paris, 1961.

Adams, Henry : *Memoirs of Arii Taimai*, Paris, 1901 ; *Letters, 1858-1891*. Boston, 1930.

Agostini, Jules : *L'Océanie Française, les Iles-sous-le Vent*, Paris, s.d. (1899) ; *Folklore de Tahiti et des îles voisines*, Paris, 1900 ; *Tahiti*, Paris, 1905.

Ahlström, Stellan : *Strindbergs erövring av Paris*, Stockholm, 1956.

Alazard, Ildefonse : Les Iles Marquises. Dans P. Piolet : *Les Missions catholiques françaises au XIXe siècle*, Vol. IV, Paris, 1902.

Alexandre, Arsène : *Paul Gauguin, sa vie et le sens de son œuvre*, Paris, 1930.

Annales des Sacrés-Cœurs, Revue mensuelle, Braine-le-Comte, Belgique.

Annuaire de Tahiti et dépendances, Publication officielle du gouvernement local, Papeete.

Aurier, Albert : « Le symbolisme en peinture », Paul Gauguin, *Mercure de France*, Paris, mars 1891.

Bernard, Emile : *Souvenirs inédits sur l'artiste Paul Gauguin et ses compagnons*, Lorient, 1939.

Bodelsen, Merete : « Unpublished Letter by Theo Van Gogh », *The Burlington Magazine*, Londres, juin 1957 ; « J.F. Willumsen i 90' ernes Paris », dans *Vision och Gestalt*, Stockholm, 1958 ; « Nyt lys over den unge Gauguin », dans *Signum* n° 2, Copenhague, 1961 ; « Gauguin and the Marquesan God », *Gazette des Beaux-Arts*, Paris, mars 1961 ; *Gaugin's Ceramics*, Londres, 1964 ; « The dating of Gauguin's early paintings », *The Burlington Magazine*, Londres, juin 1965 ; « Gauguin Studies », *The Burlington Magazine*, Londres, avril 1967 ; Gauguin og impressionisterne, Copenhague, 1968 ; « Gauguin, the Collector », *The Burlington Magazine*, Londres, septembre 1970.

Borel, Pierre : « Une Canaque de sang royal connut le secret de la mort de Paul Gauguin », *Paris-Soir*, 28 juillet 1939 ; « Les derniers jours et la mort mystérieuse de Paul Gauguin », *Pro Arte et Libris*, Genève, septembre 1942.

Bovis, Edmond de : « Etat de la Société Tahitienne à l'arrivée des Européens », *Revue coloniale*, n° 14, Paris, 1855.

Buisson, Dr : « Les îles Marquises et les Marquisiens », *Annales d'hygiène et de médecine coloniales*, Paris, 1903.

Bulletin de la Société des Etudes Océaniennes, Publication trimestrielle consacrée aux études ethnologiques et historiques, Papeete.

Bulletin officiel des Etablissements Français de l'Océanie, Publication mensuelle contenant tous les décrets et arrêtés, nominations, mutations, etc., Papeete.

Cabanne, Pierre : *Charles Filiger*, Introduction du catalogue de l'exposition à Reid Gallery, Londres, 1963.

Cachin, Françoise : *Gauguin*, Paris, 1968.

Caillot, Eugène : *Les Polynésiens orientaux au contact de la civilisation*, Paris, 1909 ; *Histoire de la Polynésie orientale*, Paris, 1910.

Chadourne, Marc - Guierre, Maurice : *Marehurehu*, Paris, 1925.

Chambre de Commerce des Etablissements Français de l'Océanie, Procès-verbaux des réunions, Papeete.

Chassé, Charles : *Le mouvement symboliste dans l'art du XIXe siècle*, Paris, 1947 ; « Gauguin et son temps », Paris, 1955 ; « Le sort de Gauguin est lié au krach de 1882 », *Connaissance des arts*, Paris, février 1959 ; *Charles Filiger*, Introduction au catalogue de l'exposition au Bateau-Lavoir, Paris, 1962.

Chauvelot, Robert : *Iles de Paradis*, Paris, 1925.

Claverie, Paul : *Pages détachées*, Paris, 1894.

Conseil général des Etablissements Français de l'Océanie, Procès-verbaux des réunions, Papeete.

Cotteau, Edmond : *En Océanie*, Paris, 1888.

Courtet, E. : « Autour de l'île de Tahiti », *Société de Géographie de l'Est*, vol. XXI, Nancy, 1899.

Danielsson, Bengt : L'amour dans les mers du Sud, Paris, 1957 ; *Forgotten Islands of the South Seas*, Londres, 1957 ; « Gauguin's Tahitian Titles », *The Burlington Magazine*, Londres, avril 1967. En français : « Les titres tahitiens de Gauguin », *Bulletin de la Société des Etudes Océaniennes*, nos 160-161, Papeete, 1967 ; « The Exotic Sources of Gauguin's Art » dans *Gauguin and Exotic Art*, catalogue de l'exposition, Philadelphie, 1969 ; « Gauguins slingrande livsväg - De exotiska källorna för Gauguins konst », et traduction en français : « La vie de Gauguin et les sources exotiques de son art » dans *Gauguin i Söderhavet*, catalogue de l'exposition, Stockholm, 1970 ; « Quand le gouverneur Petit voulait expulser "le mauvais français" et "malfaiteur" Gauguin », *La Dépêche de Tahiti*, 2 avril 1974.

Danielsson, Marie-Thérèse et Bengt : Introduction des *Mémoires d'Arii Taimai*, Société des Océanistes, Publication n° 12, Paris, 1964 ; *Tahiti à l'époque de Gauguin*, Catalogue d'une exposition de photographies anciennes au Musée Gauguin, Tahiti, 1968 ; *Gauguin à Tahiti*, Société des Océanistes, Dossier 16, Paris, 1973.

Danielsson Bengt - O'Reilly, Patrick : *Gauguin journaliste*, Société des Océanistes, Paris, 1966.

Daulte, François : « L'art de "transporter" le sujet chez Gauguin », *Connaissance des Arts*, Paris, février 1958.

Delesemme, Paul : *Charles Morice*, Paris, 1958.

Deman, T. : *La Révolte aux Iles Sous-le-Vent (Tahiti)*, Douai, 1897.

Deschanel, Paul : *La politique française en Océanie*, Paris, 1884.

Desfontaines, Jules : *Les îles enchantées de la Polynésie*, Nantes, 1891.

Didier, G., commandant : « Rapport », Archives des Messageries Maritimes, Paris.

Dolent, Jean : *Maître de sa joie*, Paris, 1902.

Dorival, Bernard : « Sources of the Art of Gauguin from Java, Egypt and Ancient Greece », *The Burlington Magazine*, Londres, avril 1951 ; *Carnet de Tahiti de Paul Gauguin*, Paris, 1954.

Dorra, Henri : « The first Eves in Gauguin's Eden », *Gazette des Beaux-Arts*, Paris, mars 1953 ; « Emile Bernard and Paul Gauguin », *Gazette des Beaux-Arts*, Paris, avril 1955 ; « More on Gauguin's Eves », *Gazette des Beaux-Arts*, Paris, février 1967.

Dupont, Alfred : *Précieux autographes*, Catalogue de la vente à l'Hôtel Drouot, Paris, 1958.

Edwards, Hugh : *Gauguin prints*, Chicago, 1959.

Exposition Universelle de 1889, Hebdomadaire officiel, Paris, octobre 1888 - février 1890.

Field, Richard : « Plagiaire ou Créateur ? » dans *Gauguin*, Collection Génies et Réalités, Paris, 1960 ; *Paul Gauguin : The paintings of the first voyage to Tahiti*, Thèse de doctorat inédite, Harvard, 1963 ; « Noa Noa Suite », *The Burlington Magazine*, Londres, septembre 1968 ; « Gauguin's Woodcuts : Some Sources and Meanings », dans *Gauguin and Exotic Art*, catalogue de l'exposition, Philadelphie, 1969 ; « Paul Gauguin » *Monotypes*, Catalogue de l'exposition, Philadelphie, 1973.

Filiger, Charles : « Lettre à J. Blois », dans : Auriant : XII Lettres inédites de Charles Filiger, *Maintenant*, n° 6, Paris, juillet 1947.

Fontainas, André : « Art Moderne, Exposition Gauguin », *Mercure de France*, Paris, janvier 1899.

Garnier, Jules : *Voyage autour du monde*, Paris, 1871.

Gauguin, Paul : *Ancien culte mahorie* (1892), Paris, 1951 ; *Cahier pour Aline* (1893), Paris, 1963 ; *Noa Noa* (1893-1894), Edition fac-similé du premier brouillon, Paris, 1954 ; « Nature mortes », *Essais d'Art Libre*, n° 24, Paris, 1894 ; « Exposition de la Libre Esthétique », *Essais d'Art Libre*, nos 25-27, Paris, 1894 ; « Sous deux latitudes », *Essais d'Art Libre*, nos 28-30, Paris, 1894 ; « Armand Séguin », *Mercure de France*, Paris, février 1895 ; « A propos de Sèvres et du dernier four », *Le Soir*, Paris, 23 avril 1895 ; « Les peintres français à Berlin », *Le Soir*, Paris, 1er mai 1895 ; *L'Eglise Catholique et les temps modernes* (1897), Manuscrit au cabinet des dessins du Louvre ; *Le Sourire* (août 1899 - avril 1900), Edition fac-similé, Paris, 1952 ; *L'Esprit moderne et le catholicisme* (1902), Manuscrit au City Art Museum, St Louis, USA ; *Racontar de rapin* (1902), Paris, 1951 ; *Avant et Après* (1902-1903), Edition fac-similé, Copenhague, 1951 ; *Letters to Ambroise Vollard and André Fontainas*, San Francisco, 1943 ; *Lettres de Gauguin à sa femme et à ses amis*, éditées par Maurice Malingue, seconde édition, Paris, 1949 ; *Lettres de Gauguin à Daniel de Monfreid*, éditée par Annie Joly-Ségalen avec une préface de Victor Segalen, Paris, 1950.

Gauguin, Paul - Morice, Charles : *Noa Noa*, édition fac-similé du manuscrit de 1895, de la main de Gauguin, Stockholm, 1947 ; « Noa Noa », *La Revue Blanche*, Paris, 15 octobre et 15 novembre 1897 ; *Noa Noa*, Paris, 1901.

Gauguin, Pola : *Mette og Paul Gauguin*, Copenhague, 1959.

Geffroy, Gustave : « La Bretagne du Sud », *Le Tour du Monde*, vol. X, Paris, 1904.

Gérard, Judith : *Mémoires - Absence de Gauguin - Julien Leclercq, un satellite de Gauguin*, Manuscrits en possession du Dr Gerda Kjellberg, Stockholm.

Gérard-Arlberg, Gilles : « Nr 6, rue Vercingétorix », *Konstrevy*, n° 2, Stockholm, 1958.

Ginies, Louis : « Histoire d'un portrait inconnu de Gauguin », *Marseille-Matin*, Marseille, 21 décembre 1937.

Goldwater, Robert : « A unique Gauguin, Marquesan Elements in a Woodcut », *Magazine of Art*, Londres, janvier 1937.

Goupil, Auguste : « Les îles Tahiti » dans Alfred Rambaud : *La France coloniale*, Paris, 1886.

Gray, Christopher : *Sculpture and Ceramics of Paul Gauguin*, Baltimore, 1963.

Guillot, François : *Souvenirs d'un colonial en Océanie*, Annecy, 1935.

Hall, Douglas - Osborne, Albert : *Sunshine and surf*, Londres, 1901.

Hammacher, A.M. : *Les amis de Van Gogh*, Paris, 1960.

Hamon, Renée : *Gauguin, le solitaire du Pacifique*, Paris, 1939.

Handy, E.S. Craighill : *The native culture in the Marquesas*, Hawaii, 1923.

Hännli, Eugène : *Trois ans chez les Canaques*, Lausanne, 1908.

Haweis, Stephen : « Paul Gauguin, artist », *International Studio*, Londres, mai 1921.

Hercouet, Charles : « Etude sur Tahiti », *Bulletin de la Société de Géographie de Rochefort*, n° 6, Rochefort, 1880.

Huguet : « Les îles Sous-le-Vent, l'expédition de Raiatea », *A travers le Monde*, n°s 11 et 13, Paris, mars 1898.

Huyghe, René : *Gauguin, créateur de la peinture moderne*, préface au catalogue de l'exposition du centenaire à l'Orangerie, Musée du Louvre, Paris, 1949 ; « La clef de Noa Noa. Conclusion dans Gauguin », *Ancien culte mahorie*, Paris, 1951 ; *Le carnet de Paul Gauguin*, Paris, 1952.

Jade, Marie : « Le Gauguin que j'ai connu », *Le Figaro Littéraire*, Paris, 23 août 1952.

Jaworska, Wladyslawa : « Gauguin - Slewinski - Makowski », *Sztuka i Krytyka*, nos 3-4, Varsovie, 1957 ; *Gauguin et l'école de Pont-Aven*, Neuchâtel, 1971.

Jénot : « Le premier séjour de Gauguin à Tahiti », *Gazette des Beaux-Arts*, Paris, janvier-avril 1956.

Journal des Missions Evangéliques, Publication mensuelle, Paris.

Journal Officiel des Etablissements Français de l'Océanie, Papeete.

Joyant, Maurice : *Henri de Toulouse-Lautrec*, Paris, 1926.

Keable, Robert : « From the House of Gauguin », *Century*, vol. 106, New York, septembre 1923 ; « Bohemian and rebel in the world's garden », *Asia*, n° 11, New York, 1924.

Kjellberg, Gerda : *Hänt och sant*, Stockholm, 1951.

La Bruyère, René : *Les frères Rorique*, Paris, 1934 ; « La Guerre des îles Sous-le-Vent », Œuvres libres, n° 175, Paris, 1936.

La Farge, John : *Reminiscences of the South Seas*, New York, 1912.

Landy, Barbara : « The meaning of Gauguin's "Oviri" Ceramic », *The Burlington Magazine*, Londres, avril 1967.

Lebeau, Henri : « Au pays de Stevenson et Gauguin », *La revue de Paris*, 1er juillet 1909.

Leblond, Marius-Ary : « La vie anarchiste d'un artiste », *La dépêche de Toulouse*, Toulouse, 1er octobre 1903 ; « Gauguin en Océanie », *Revue Universelle*, Paris, 15 octobre 1903

Le Bronnec, Guillaume : « La vie de Gauguin aux Marquises », *Bulletin de la Société des Etudes Océaniennes*, n° 106, Papeete, 1954 ; « Les dernières années », *Gazette des Beaux-Arts*, Paris, janvier-avril 1956.

Leclercq, Julien : *Strophes d'Amant*, Paris, 1891 ; « Exposition Paul Gauguin », *Mercure de France*, Paris, novembre 1894 ; « Le Plaidoyer d'un fou », *La Revue Encyclopédique*, Paris, 15 février 1895 ; *La physionomie, d'après les principes d'Eugène Ledos*, Paris, 1896 ; *Le caractère et la main, histoire et documents*, Paris, s.d.

Lemasson, Henry : « Paul Gauguin vu par un de ses contemporains à Tahiti », *Encyclopédie de la France et d'Outre-Mer*, nos 2 et 3, Paris, février 1950.

Leonard : « H. Stewart : An unpublished manuscript by Paul Gauguin », *Bulletin of the City Art Museum of St Louis*, St Louis, 1949.

Levergos, Pierre : « Notes prises par M. Yves Martin », Papeete.

Lindblom, Théodore : « Mme Charlotte, en parisisk kvinnobild », *Idun*, n° 5, Stockholm, 1901.

Loize, Jean : *Les amitiés du peintre Georges Daniel de Monfreid et ses reliques de Gauguin*, Paris, 1951 ; « Il faut réhabiliter Gauguin », *Arts*, n° 410, Paris, mai 1953 ; « Gauguin sous le masque ou cinquante ans d'erreur autour de Noa Noa », dans *Noa Noa par Paul Gauguin*, Paris, 1966.

Loos, Viggo : « Swedenborg, Baudelaire och Gauguin », *Svenska Dagbladet*, Stockholm, 28 juillet 1956.

Loti, Pierre : *Le mariage de Loti*, Paris, 1880.

Lövgren, Sven : *The Genesis of Modernism*, Stockholm, 1959.

Mager, Henri : *Cahiers coloniaux*, Paris, 1889 ; « Grandeur et décadence de Tahiti », *Revue française de l'étranger et des colonies*, vol. XXII, Paris, 1897 ; *Le Monde Polynésien*, Paris, 1902.

Marks-Vandenbroucke, Ursula : « Gauguin, ses origines et sa formation artistique », *Gazette des Beaux-Arts*, Paris, janvier-avril 1956 ; *Paul Gauguin*, thèse pour le doctorat de l'Université, présentée à la Faculté des Lettres de l'Université de Paris, 1957.

Massey, Gérard : *A Book of the Beginnings. The Natural Genesis*, Londres, 1881-1883.

Maszkowski, Karol : « U Madame Charlotte » (1894), dans *Sztuki Piekne*, Varsovie, 1925-1926.

Maugham, Somerset : *A writer's notebook*, Londres, 1949 ; *Purely for my pleasure*, Londres, 1962.

Maurice, René : « Autour de Gauguin », *Nouvelle revue de Bretagne*, Rennes, novembre-décembre 1953.

Menpes, Dorothy : *Brittany*, Londres, 1905.

Moerenhout, Jacques-Antoine : *Voyage aux îles du Grand Océan*, Paris, 1837.

Monchoisy (pseudonyme pour Mativet, M.) : *la Nouvelle Cythère*, Paris, 1888.

Montrosier, Eugène : *Les chefs-d'œuvre d'art au Luxembourg*, Paris, 1881.

Morice, Charles : « Exposition d'œuvres récentes de Paul Gauguin », *Mercure de France*, Paris, décembre 1893 ; « Paul Gauguin », *Le Soir*, Paris, 23 novembre 1894 ; « L'atelier de Paul Gauguin », *Le Soir*, Paris, 4 décembre, 1894 ; « Le départ de Paul Gauguin », *Le Soir*, Paris, 28 juin 1895 ; « Paul Gauguin », *Les Hommes d'Aujourd'hui*, n° 440, Paris, 1896 ; *Paul Gauguin*, Paris, 1920.

Mucha, Jiri : *Alphonse Mucha*, Londres, 1966.

Myrica, Pierre de (pseudonyme pour René La Bruyère) : « Notes et impressions », *Le Tour du Monde*, n° 8, Paris, 1902.

Neverman, Hans : « Polynesien und Paul Gauguin », *Baessler-Archiv*, vol. IV, Berlin, 1956.

Newbury, Colin : « La représentation politique en Polynésie Française, 1880-1903 », *Journal de la Société des Océanistes*, Paris, décembre 1967.

Nordhoff, Charles : « Notes on the off-shore fishing of the Society Islands », *Journal of the Polynesian Society*, Vol. 39, New Plymouth, Nouvelle-Zélande, 1930.

O'Brien, Frederick : *White Shadows in the South Seas*, New York, 1919 ; « Gauguin in the South Seas », *The Century*, New York, juin 1920 ; *Atolls in the sun*, Londres, 1922.

O'Conor catalogue, Collection vendue à l'Hôtel Drouot, Paris, 6-7 février 1956.

Olivaint, Maurice : « Voyage à Tahiti », *Bulletin de la Société de Géographie d'Algar et de l'Afrique du Nord*, Vol. 25, Alger, 1920 ; *Fleurs de corail*, Paris, 1900.

O'Reilly, Patrick : *Victor Segalen et l'Océanie*, Paris, 1944 ; « Les amours d'un vieux peintre aux Marquises » ou Paul Gauguin héros d'une comédie en vers écrite de son vivant, *Journal de la Société des Océanistes,* n° 18, Paris, décembre 1962.

O'Reilly, Patrick - Teissier, Raoul : *Tahitiens, répertoire bio-bibliographique de la Polynésie française*, Publication de la Société des Océanistes, n° 10, Paris, 1962. Supplément, 1966.

Pallander, Edwin : *The log of an Island Wanderer*, Londres, 1901.

Papinaud, Pierre : « Rapport du 15 octobre 1895 », Archives de la France d'Outre-Mer, Paris.

Petit, Edouard (pseudonyme : Aylic Marin) : *En Océanie*, Paris, 1888 ; *Au loin*, Paris, 1891 ; « Rapport du 25 juin 1902 », Archives de la France d'Outre-Mer, Paris ; Rapport du 11 mai 1903 », Archives de la France d'Outre-Mer, Paris ; *Discours devant le Conseil Général, le 10 novembre 1903*, Papeete, 1903.

Piquenot, François : *Géographie physique et politique des Etablissements Français de l'Océanie*, Paris, 1900.

Pissarro, Camille : *Lettres à son fils Lucien*, Paris, 1950.

Poydenot, Ct. : « Rapport », Archives des Messageries Maritimes, Paris.

Précaire, M. de : « Rapport de mer sur le cyclone des îles Tuamotu », *Revue Coloniale*, Paris, mai 1903.

Ramsden, Eric : « Death of Gauguin's Tahitian mistress », *Pacific Islands Monthly*, Sydney, janvier 1944.

Raoul, Edouard : *Les Colonies françaises : Tahiti*, Paris, 1889.

Redon, Odilon : *Lettres*, Paris, 1960.

Rewald, John : *Gauguin drawings*, New York - Londres, 1958 ; « The genius and the dealer », *Art News*, New York, mai 1959 ; *Le Post-Impressionnisme*, Paris, 1961 ; « Théo Van Gogh, Goupil and the Impressionists », *Gazette des Beaux-Arts*, Paris, janvier-février 1973.

Rey, Robert : *Onze menus de Paul Gauguin*, Genève, 1950.

Rippl-Ronai, Jozsef : *Emlekezesei*, Budapest, 1957.

Roskill, Mark : *Van Gogh, Gauguin and the impressionist Circle*, Londres, 1970.

Rostrup, Haavard : *Gauguin og hans venner*, Copenhague, 1956 ; « Gauguin et le Danemark », *Gazette des Beaux-Arts*, Paris, janvier-avril, 1956.

Rotonchamp, Jean de : *Paul Gauguin*, Paris, 1925.

Rott, Céline : *Moana, ou voyage sentimental chez les Maoris et les Peaux-Rouges des Iles*, Paris, 1923.

Rugière, Paul : « Tahiti et Gauguin », *Mercure de France*, Paris, novembre 1921.

Rulon, Henri Charles : *Un siècle de travail missionnaire à Tahiti, Les Frères de Ploërmel en Océanie*, Manuscrit.

Salles, André : « Rapports du 4 avril et du 15 mai 1903 », Archives de la France d'Outre-Mer, Paris.

Salmon, Tati : « Lettres à Henri Adams », 1892-1913, Massachusetts Historical Society Library, Boston, USA.

Schenck, Earl : *Come unto these yellow sands*, New York, 1940.

Schlittgen, Hermann : *Erinnerungen*, Munich, 1926.

Schmalenbach, Walter : *Die Kunst der Primitiven als Anregensquelles*, Köln, 1961.

Schmidt, George : « Paul Gauguins letztes Selbstbildnis ? », *Jahresbericht der öffentlichen Kunstsammlung*, Bâle, 1945.

Schniewind, Carl O. : « The woodcuts of Paul Gauguin », dans : *Gauguin*, catalogue de l'exposition Wildenstein, New York, 1956.

Segalen, Victor : « Cyclone des îles Tuamotu », *Armée et Marine*, Paris, 12 avril 1903 ; « Gauguin dans son dernier décor », *Mercure de France*, Paris, juin 1904.

Séguin, Armand : « Paul Gauguin », *L'Occident*, Paris, janvier-février-mars 1903.

Sérusier, Paul : *ABC de la peinture*, Paris, 1950.

Simon, T.F. : « Stéfanik po Gauguinových stopàch na Tahiti », *Hollar*, n° 1, Prague, 1937.

Söderström, Göran : *Strindberg och bildkonsten*, Stockholm, 1972.

Spitz, Charles et al. : « Possessions françaises en Océanie », dans : *Autour du Monde*, Fascicules XXXIV - XXXXVI - XLIII, Paris, s.d. (1896).

Steinen, Karl van den : « Reise nach den Marquesas Inseln », *Gesellschaft dür Erdkunde*, Vol. 25, Berlin, 1898.

Strindberg, August : *Strindbergs brev*, Vol. X - XI, Stockholm, 1969.

Sutton, Denys : « La Perte du pucelage » by Paul Gauguin, *The Burlington Magazine*, Londres, avril 1949 ; « Notes on Paul Gauguin à propos a Recent Exhibition », *The Burlington Magazine*, Londres, mars 1956 ; « Roderic O'Conor », *The Studio*, Londres, novembre 1960 ; « Echoes from Pont-Aven », *Apollo*, Londres, mai 1964.

Sýkorová Libuše : *Gauguin woodcuts*, Londres, 1963.

Tardieu, Eugène : « Paul Gauguin », *L'Echo de Paris*, Paris, 13 mai 1895.

Tharaud, Jean et Jérôme : *Le gentil douanier et un artiste maudit*, Paris, 1929.

Vallery-Radot, Pierre : « Gauguin, misère et maladies », *La Presse Médicale*, n° 2, Paris, 1957.

Van Gogh, Vincent : *Correspondance complète de Vincent Van Gogh*, Paris, 1960.

Veene, Théophile van der : « Conférence sur Tahiti », *Bulletin de la Société des Etudes coloniales et maritimes*, Paris, 1884.

Verkade, Willibrod : *Die Unruhe zu Gott*, Freiburg, 1933.

Villaret, Bernard : « Les dernières années de Gauguin », *Revue de Paris, Paris, février 1953.*

Vollard, Ambroise : Souvenirs d'un marchand de tableaux, Paris, 1937.

Wildenstein, Georges - Cogniat, Raymond : *Gauguin, Catalogue*, Paris, 1964.

Willumsen, J.F. : *Mine erindringer*, Copenhague, 1953.

Wragge, Clement : *The Romance of the South Seas*, Londres, 1906.

SOMMAIRE

IMPRIMÉ EN FRANCE PAR BRODARD ET TAUPIN
Usine de La Flèche (Sarthe), le 08-11-1988.
1964A-5 - Dépôt légal décembre 1988.

PRESSES POCKET - 8, rue Garancière - 75006 Paris
Tél. 46.34.12.80

AGORA

RAYMOND ARON

L'OPIUM DES INTELLECTUELS

Cherchant à expliquer l'attitude des intellectuels, impitoyables aux défaillances des démocraties, indulgents aux plus grands crimes, pourvu qu'ils soient commis au nom des bonnes doctrines, je rencontrai d'abord les mots sacrés : gauche, Révolution, prolétariat. La critique de ces mythes m'amena à réfléchir sur le culte de l'Histoire puis à m'interroger sur une catégorie sociale à laquelle les sociologues n'ont pas encore accordé l'attention qu'elle mérite : *l'intelligentsia.* Ainsi ce livre traite à la fois de l'état actuel des idéologies dites de gauche et de la situation de *l'intelligentsia,* en France et dans le monde. Au début de l'année 1955, les controverses sur la droite et la gauche, la droite traditionnelle et la nouvelle gauche sont revenues à la mode.
Ici et là, on s'est demandé s'il fallait me situer dans la droite ancienne ou moderne. Je récuse ces catégories. Qu'on observe la réalité, que l'on se donne des objectifs, et l'on constatera l'absurdité de ces amalgames politico-idéologiques, dont jouent les révolutionnaires au grand cœur et à la tête légère et les journalistes impatients de succès.
Ayant fini d'écrire ce livre consacré à la famille dont je suis originaire, j'incline à rompre tous les liens, non pour me complaire dans la solitude, mais pour choisir mes compagnons parmi ceux qui savent combattre sans haïr et qui se refusent à trouver, dans les luttes du Forum, le secret de la destination humaine.

R.A.

RAYMOND ARON

DIMENSIONS DE LA CONSCIENCE HISTORIQUE

Les études réunies dans cet ouvrage ont été écrites entre 1946 et 1960. Bien qu'elles aient répondu à des demandes occasionnelles, elles m'ont paru éclairer, sous différents angles, un seul et même problème, celui de l'histoire que nous vivons et que nous nous efforçons de penser.
Moins formels que l'*Introduction à la philosophie de l'Histoire* (1938), dont le sous-titre *Essai sur les limites de l'objectivité historique* exprimait l'intention proprement épistémologique, ces récits mettent en lumière les liens entre les problèmes du savoir historique et ceux de l'existence dans l'histoire. Ils essayent de rendre intelligible notre conscience de l'histoire par référence aux traits majeurs de l'époque présente, comme de mieux comprendre notre époque par référence à nos idées et à nos aspirations. En ce sens, j'aurais été enclin à baptiser *dialectique* la méthode suivie dans ce livre si le mot, revendiqué par des auteurs auxquels appartient au moins un droit de priorité, ne suggérait des prises de position fort éloignées des miennes.

Raymond Aron.

AGORA

PIERRE PASCAL

DOSTOÏEVSKI L'HOMME ET L'ŒUVRE

Ce que nous propose avant tout Pierre Pascal, c'est une relecture de l'œuvre qui n'oublie rien, ne censure rien, ne met rien artificiellement en vedette, relie chaque œuvre majeure à un réseau de récits et d'essais qui l'ont précédée. Ainsi, lentement mais avec force, ressort une unité cachée de l'univers dostoïevskien. Ce livre prendra une place à part dans le procès que, depuis son premier biographe Strakhov, on fait et refait à Dostoïevski, que l'on soit armé de marxisme, de psychanalyse ou d'ontologie... Dans ce procès Pierre Pascal, sans rien ignorer des commentaires les plus récents, est au banc de la défense. L'homme Dostoïevski apparaît, en définitive, par-delà les orages de son caractère et les misères de sa maladie, marqué par une limpide et fondamentale bonté. Dostoïevski l'artiste apparaît comme un passionné d'écriture, un « écrivain-né » dont nous avons la chance de pouvoir explorer certains laboratoires secrts. Enfin et surtout, au terme de cette longue marche à travers l'univers de Dostoïevski-écrivain, se dressera un nouveau et convaincant Dostoïevski penseur où les deux rives des contraires ne s'éloignent point à l'infini, comme on l'a souvent cru, mais sont unies par un même fleuve de soif, qui est la soif de Dieu.
Alors le lecteur devinera que pour l'auteur de cet ouvrage, Dostoïevski a dû être plus qu'un objet d'exploration intellectuelle, mais avant tout un guide spirituel et sans doute un modèle d'attitude humaine.

Georges Nivat

E.R. CURTIUS

LA LITTÉRATURE EUROPÉENNE ET LE MOYEN-ÂGE LATIN I

La spécialisation sans l'universalisme est aveugle mais l'universalisme sans la spécialisation est inconsistant. Pour avoir su concilier l'une et l'autre, l'ouvrage de E.R. Curtius sur *La Littérature européenne et le Moyen Age latin* demeure l'une des sources fondamentales de la réflexion littéraire contemporaine.
Il le doit tout d'abord à la rigueur d'une méthode dont l'intransigeante précision ne le cède en rien à celle des sciences de la nature car pour Curtius " La philologie démontre à l'aide des figures ". C'est dire que sans cette œuvre l'étude des faits littéraires n'est altérée par aucun présupposé doctrinal étranger à son objet.
Il le doit également à l'ampleur de la perspective adoptée qui, de Virgile à Dante et de Vico à Goethe reconstitue l'unité de la tradition culturelle latine.
Consacré au Moyen Age latin — et non au Moyen Age en général — ce livre fait une large place à l'Antiquité gréco-romaine sans négliger pour autant les œuvres ou les écoles de l'âge classique.
" *On y trouvera,* nous dit l'auteur, *des renseignements sur l'origine du mot* littérature, *et sur son sens primitif, sur ce qu'est un canon d'écrivains, sur la façon dont s'est constituée et développée la notion d'écrivain classique. Les phénomènes constants ou récurrents de la biologie littéraire y sont examinés : opposition entre " anciens " et " modernes ", courants anti-classiques, que l'on appelle aujourd'hui " baroques " et pour lesquels je propose le terme de maniérisme. On y étudie la poésie dans ses rapports avec la philosophie et la théologie, on y examine les moyens par lesquels elle a idéalisé la vie de l'homme (héros, pasteurs) et la nature (description des paysages), et quels types définitifs elle a créés pour ce faire* ".

AGORA

MILTON FRIEDMAN

INFLATION ET SYSTÈMES MONÉTAIRES

Inflation, mal incurable ? Telle est la question posée par le dernier texte de Milton Friedman dans cette nouvelle édition révisée et augmentée du déjà classique *Inflation et systèmes monétaires.* Prix Nobel de Sciences économiques en 1976 pour l'ensemble de ses recherches sur la monnaie, le maître de Chicago livre dans cet ouvrage une synthèse fidèle mais accessible de ses travaux sur le rôle de la monnaie dans la genèse et le développement de la hausse générale des prix.
Son observation attentive des tendances passées dans différents pays, aussi bien qu'une analyse des phénomènes récents conduisent à formuler un jugement sans équivoque : le rôle de l'augmentation de la masse monétaire est la cause déterminante de l'inflation. Sa disparition implique donc un contrôle rigoureux de la liquidité, tant sur le plan interne qu'international. Le diagnostic est clair, le remède connu. Tout le problème est alors pour le Pr Friedman, de savoir si nos économies affaiblies disposent encore du courage politique suffisant pour supporter le traitement de choc qu'il préconise.

ERNST CASSIRER

LA PHILOSOPHIE DES LUMIÈRES

Il s'agit de comprendre la pensée du siècle des Lumières moins dans son ampleur que dans sa profondeur, de la présenter non dans la totalité de ses résultats et de ses manifestations historiques, mais dans l'unité de sa source intellectuelle et du principe qui la détermine. Il ne me semble ni nécessaire ni possible d'entreprendre un récit épique du cours, du développement et du destin de la philosophie des Lumières. Il s'agit plutôt de rendre perceptible le mouvement intérieur qui s'accomplit en elle et l'action dramatique, en quelque sorte, où se trouve engagée sa pensée. Tout le charme caractéristique, toute la valeur théorique propre de la philosophie des Lumières résident dans ce mouvement, dans l'énergie de la pensée qui la suscite et dans la passion qu'elle met à penser tous ses problèmes. Dans cette perspective, bien des éléments s'intègrent à son unité, qui, pour une autre méthode exposant purement et simplement les résultats, pourraient passer pour des contradictions insolubles, pour un mélange éclectique de thèmes hétérogènes. Pour dévoiler sa signification historique propre il faut interpréter d'un centre unique de perspective ses tensions et ses relâchements, ses doutes et ses décisions, son scepticisme et sa foi inébranlable. Telle est l'interprétation que va tenter cet ouvrage.

E.C.

AGORA

LEO STRAUSS

LA CITÉ ET L'HOMME

Dans cet ouvrage, Leo Strauss se tourne vers la philosophie politique classique, non pas pour la comprendre en relation avec ses conditions historiques, non pas seulement donc pour la comprendre en elle-même, mais pour comprendre la crise de notre temps. La crise de notre temps est la crise de la modernité. Or la modernité est née d'une rupture consciente avec la philosophie classique. En outre, comprendre la crise de la modernité est comprendre la modernité. Il nous faut donc, pour comprendre la modernité, tenter de retrouver les anciens par-delà les présentations, favorables ou défavorables, que les modernes nous en ont données. Ce livre constitue l'accomplissement de ce programme; il tente de retrouver Aristote, Platon, Thucydide, et de les comprendre de l'intérieur, sans être soumis aux préjugés modernes. Le résultat est extraordinaire : nous retrouvons, non seulement la philosophie classique, mais peut-être la philosophie tout court, avec tout son caractère problématique. Nous autres modernes, les héritiers de la philosophie, qui avons constitué notre monde à partir des enseignements de la philosophie, nous avons peut-être " oublié " la philosophie. En outre, la redécouverte par Strauss de la philosophie politique classique nous montre la profondeur du point de vue classique sur les choses politiques. Ainsi, peut-être Aristote, Platon, et même l'historien Thucydide nous apprennent-ils, encore aujourd'hui, ce qu'est la nature des choses politiques et humaines, et en quoi la cité, la communauté politique, est la condition de l'accomplissement de la nature humaine, et en quoi exceptionnellement mais de manière révélatrice, l'homme dépasse la cité.

MAX WEBER

L'ÉTHIQUE PROTESTANTE ET L'ESPRIT DU CAPITALISME

Dans l'œuvre immense du grand sociologue allemand Max Weber (1869-1920), *L'Ethique protestante et l'esprit du capitalisme* occupe une place singulière. Cette étude de sociologie religieuse, publiée en 1920, n'a pas pour seul objet l'analyse d'un système de croyances. Elle apporte également une éminente contribution au grand débat qui ne cesse d'opposer, depuis plusieurs décennies, partisans et adversaires du matérialisme historique.
Pour Max Weber, Rome ou l'Inde, la Chine ou l'Égypte anciennes ont pu connaître des " embryons " d'organisation capitaliste de l'économie mais la recherche rationalisée du profit est un trait des Temps Modernes propre aux sociétés occidentales.
Le luthérianisme et plus encore le calvinisme auront été, par les motivations psychologiques qu'ils mirent en jeu, l'une des sources spirituelles de cette rationalisation. *L'Éthique protestante* ne traite pas du fonctionnement mais de la formation du capitalisme moderne. Elle met en relation des convictions et des comportements : ascèse morale des sectes qui se développent surtout à partir du XVIIe siècle (piétistes, méthodistes, baptistes, notamment) et mode de vie des premiers capitalistes modernes sous le signe de la productivité, de la rigueur et de la raison. Mode de vie que le dogme de la Prédestination rend intelligible, avec sa recherche angoissée des signes de l'élection divine dans la réussite des affaires temporelles.
Toutefois, comme l'affirme Raymond Aron : " Rien ne serait plus faux que de supposer que Max Weber a soutenu une thèse exactement opposée à celle de Marx, expliquant l'économie par la religion, au lieu d'expliquer la religion par l'économie. " Les thèses weberiennes ne proposent aucune détermination unilatérale des phénomènes sociaux. Elles s'opposent au dogmatisme marxiste non pour y substituer un dogmatisme inverse mais pour nous rappeler la richesse et la complexité du réel.